Craig Johnson a exercé des métiers aussi divers que policier, professeur d'université, cow-boy, charpentier ou pêcheur professionnel avant de s'installer dans un ranch qu'il a construit de ses mains sur les contreforts des Bighorn Mountains, dans le Wyoming.

DU MÊME AUTEUR

Little Bird
Gallmeister, 2009
et « Points Policier », nº P4226

Le Camp des morts
Gallmeister, 2010
et « Points Policier », nº P4468

L'Indien blanc
Gallmeister, 2011
et « Totem », nº 26

Enfants de poussière
Gallmeister, 2012
et « Totem », nº 36

Dark Horse
Gallmeister, 2013
et « Points Policier », nº P4101

Molosses
Gallmeister, 2014
et « Points Policier », nº P4326

Tous les démons sont ici
Gallmeister, 2015
et « Points Policier », nº P4611

Steamboat
Gallmeister, 2015

La Dent du serpent
Gallmeister, 2017

Tout autre nom
Gallmeister, 2018

Craig Johnson

À VOL D'OISEAU

ROMAN

Traduit de l'anglais (États-Unis)
par Sophie Aslanides

Gallmeister

TEXTE INTÉGRAL

TITRE ORIGINAL
As the Crow Flies

ISBN 978-2-7578-5396-2
(ISBN 978-2-35178-111-1, 1re publication)

À Marcus Red Thunder, qui, comme Henry,
sait dans quelle direction souffle le vent.

Les Indiens ont survécu à notre projet assumé de les exterminer, et depuis que les vents ont tourné, ils se sont même mis à supporter les bonnes intentions que nous leur témoignons, ce qui peut être beaucoup plus fatal.

JOHN STEINBECK,
America and Americans

Afin de rester fidèle au texte original, la traductrice a choisi de conserver les noms des personnages indiens ; l'auteur ayant parfois fondé des jeux de mots sur ces noms, il paraît cependant utile d'en fournir au lecteur une traduction approximative. Dans l'ordre d'apparition dans le texte :

Katrina Walks Nice : Katrina Marche Joliment
Henry Standing Bear : Henry Ours Debout
Herbert His Good Horse : Herbert Son Bon Cheval
Brandon White Buffalo, Virgil White Buffalo : Brandon Bison Blanc, Virgil Bison Blanc
Lonnie Little Bird, Melissa Little Bird, Arbutis Little Bird : Lonnie Petit Oiseau, Melissa Petit Oiseau, Arbutis Petit Oiseau
Audrey Plain Feather, Adrian Plain Feather : Audrey Plume Simple, Adrian Plume Simple
Clarence Last Bull, Charles Last Bull : Clarence Dernier Taureau, Charles Dernier Taureau
Loraine Two Two, Inez Two Two : Loraine Deux Deux, Inez Deux Deux
Rosalie Little Thunder : Rosalie Petit Tonnerre
Artie Small Song, Nate Small Song : Artie Petit Chant, Nate Petit Chant
Karl Red Fox : Karl Renard Roux
Albert Black Horse : Albert Cheval Noir
James Woodenlegs : James Jambes de Bois
Wanda Pretty on Top : Wanda Jolie Dessus
Erma Spotted Elk : Erma Wapiti Tacheté
Wiggins Red Thunder : Wiggins Tonnerre Rouge
Leslie Little Hawk : Leslie Petit Faucon
Charlie Shoulderblade : Charlie Omoplate
Pretty Weasel : Jolie Belette
Running Wolf : Loup Qui Court
Lone Bear : Ours Solitaire
American Horse : Cheval Américain
Bear Comes Out : Ours Sort de sa Tanière
Big Hawk : Grand Faucon
Bobtail Horse : Cheval à Queue Écourtée
Buffalo Horn : Corne de Bison
Crazy Mule : Mule Folle
Eagle Feathers : Plumes d'Aigle
Elk Shoulder : Épaule de Wapiti
Fire Crow : Corbeau de Feu
Little Coyote : Petit Coyote
Magpie : Pie
Old Mouse : Vieille Souris
Dena Many Camps : Dena Camps Multiples

1

– Je voudrais bien savoir ce qu'a fait Katrina Walks Nice pour se faire virer d'un rade comme celui-là pendant soixante et un jours.

Je commençais à avoir des doutes sur la composition de l'équipe de négociateurs que j'avais amenée avec moi pour convaincre le chef de la tribu des Cheyennes du Nord d'accepter que ma fille se marie à Crazy Head Springs.

– Tu ne peux pas qualifier le White Buffalo de « rade ». C'est le centre névralgique de la réserve.

Mon adjointe, Victoria Moretti, secoua la tête.

– C'est rien d'autre qu'une putain de supérette. (Elle sourit, se réjouissant de l'occasion qui lui était donnée de remuer la merde.) Elle a dû faire un truc vachement grave pour se retrouver interdite d'accès pendant deux mois.

Vic montra du doigt le tableau blanc fixé au-dessus de la caisse enregistreuse sur lequel étaient inscrits les noms de tous les contrevenants qui avaient été épinglés pour chèques sans provisions, vol à l'étalage et autres comportements crapuleux, de manière que tout le monde puisse en prendre connaissance – une version moderne du pilori.

Mon regard glissa sur le panneau pour aller se poser sur les corbeaux qui tournaient au-dessus de Lame Deer tandis que les premières gouttes de pluie tombaient sur la 212. C'était la route principale dans la réserve, et celle que les poids lourds empruntaient pour éviter les pesées sur l'autoroute. Avant d'être élargie et nivelée correctement, elle était connue sous le nom de Scalp Alley, en référence aux nombreux voyageurs infortunés qui avaient trouvé la mort sur la bande composite d'asphalte et de scories, et aux croix plantées au bord de la chaussée, autant d'éclairs sinueux des Blacks Hills jusqu'à Little Bighorn.

Comme le dit mon bon ami Henry Standing Bear, sur la réserve, même les routes sont rouges.

J'essayais de rester attentif, mais je me laissais continuellement distraire par les corbeaux qui surfaient sur les courants aériens dans l'éther des Hautes Plaines ; il pleuvait au loin, mais le soleil semblait vouloir l'emporter sur les nuages. Le ciel arborait un violent contraste de bleu et de gris charbonneux que ma mère prétendait être causé par le diable qui battait sa femme.

– Elle a dû voler la caisse enregistreuse.

Je fus obligé de reporter mon attention sur ce qui se passait à l'intérieur, à l'abri, et je fis tourner la bague que je portais au petit doigt. Ma femme, Martha, me l'avait confiée avant de mourir pour que je puisse la donner à Cady le jour de son mariage.

Je levai les yeux – les négociations ne se déroulaient pas bien. Apparemment, Dull Knife College avait tout à coup prévu un cours de langue cheyenne en immersion à Crazy Head Springs précisément le jour du mariage. Nous avions réservé les lieux très en avance, mais les caprices du conseil tribal étaient bien connus, et maintenant nous nous trouvions en difficulté. Le vieil Indien assis en face de moi hocha la tête d'un air extrêmement sérieux. Je négociais avec le chef de la nation Cheyenne du Nord, et il me donnait du fil à retordre.

– La bibliothécaire de l'université est méchante. Je n'aime pas avoir à faire à elle, elle a l'Alzheimer indien. Mmm, oui, c'est bien vrai.

Mon regard quitta Lonnie Little Bird et alla se poser sur la surface asphaltée luisante de pluie. La rue principale de Lame Deer était purifiée de tous nos péchés.

– Que veux-tu dire, Lonnie ?

– C'est quand on oublie tout sauf les rancunes.

Je ne pus m'empêcher de sourire et je pris une grande inspiration, avant d'expirer lentement pour calmer mes nerfs, sans cesser de tripoter la bague sur mon petit doigt.

– Cady tient beaucoup à Crazy Head Springs, Lonnie, et il est beaucoup trop tard pour changer la date prévue fin juillet.

Il jeta un coup d'œil par la fenêtre, ses yeux noirs suivant la direction indiquée par mes yeux gris.

– Peut-être que tu devrais aller parler à la bibliothécaire de l'université. Tu es imposant, elle t'écoutera. Tu pourrais lui montrer ton arme. (Il baissa les yeux sur la couverture indienne noire et rouge qui couvrait son fauteuil roulant.) Elle se fiche pas mal d'un vieil Indien qui n'a plus de jambes.

Henry Standing Bear, l'organisateur du mariage de ma fille, celui qui avait pris les dispositions dont l'avenir semblait de plus en plus compromis, sirotait son café et écoutait en silence.

– Mais c'est toi, le chef, Lonnie.

– Oh, tu sais, ça ne veut pas dire grand-chose, sauf quand quelqu'un a besoin d'un contrat pour vendre son bœuf ou de faire couper un ruban pour une inauguration.

Jusqu'à cette année, la contribution officielle de Lonnie au gouvernement tribal s'était limitée à des siestes pendant le conseil. Un mois auparavant, lorsqu'on avait découvert que le précédent chef était coupable de détournements de fonds au bénéfice d'un compte privé appartenant à sa fille, une réunion d'urgence avait été convoquée. Comme, une fois de plus, Lonnie s'était endormi, il avait été incapable de se défendre et le conseil avait unanimement voté pour qu'il devienne le nouveau chef.

– Elle est responsable de tous les livres là-bas et c'est une pur-sang, autant dire qu'elle représente le pire des deux mondes.

Un homme massif aux cheveux longs, coiffé d'un chapeau haut de forme gris orné d'une plume d'aigle s'arrêta à côté de la table et tapota le plateau de ses doigts repliés.

– B'jour, Chef.

Lonnie soupira.

– J'aimerais mieux que tu ne m'appelles pas comme ça, Herbert.

Herbert His Good Horse, l'animateur du matin sur la station FM de faible puissance KRZZ, sourit et se tourna vers nous autres, serrés sur les banquettes.

– Vous connaissez l'histoire des trois Indiennes qui sont mortes en même temps ?

Herbert était un pilier de la réserve : presque tous les habitants se calaient sur la fréquence 94.7 FM juste pour entendre les plaisanteries extrêmement drôles qu'il racontait entre les chansons.

Lonnie répondit pour toute l'assemblée.

– Non.

– Saint Pierre était assis sur son trône à l'entrée du paradis…

– Est-ce une histoire vraie, Herbert ?

Il hocha la tête vigoureusement, la plume d'aigle coincée dans son chapeau s'agitant de haut en bas comme une crête sur sa tête.

– C'est un des curés de Saint-Labre qui me l'a racontée, et ces catholiques, ils disent parfois la vérité.

Vic lança un rire tonitruant.

– Trop bon !

Elle leva sa tasse vide pour attirer l'attention de Brandon White Buffalo dans l'espoir de bénéficier d'une seconde tournée, mais le grand Indien Crow était occupé avec un autre client.

Herbert His Good Horse sortit un long cigare effilé des plis de sa veste en brocart de soie, ainsi qu'un coupe-cigare.

– Une des femmes était lakota, une autre était crow et la troisième était une Cheyenne pur-sang. Saint Pierre les regarde et leur dit qu'elles sont des païennes et qu'il ne peut absolument rien faire pour les laisser entrer dans le paradis de l'homme blanc, mais il est curieux, parce qu'elles sont mortes toutes les trois en même temps. Il demande à la première, la femme lakota, si elle a quelque chose à dire, et elle répond qu'elle ne sait rien des règles, mais qu'elle avait toujours essayé, dans sa vie, de rechercher l'équilibre entre la route rouge et la route noire. Saint Pierre écoute et il est impressionné par la spiritualité de la femme. Finalement, il lui donne la permission d'entrer.

Lonnie sourit et hocha la tête tandis que Herbert rangeait son coupe-cigare et sortait un briquet Zippo en cuivre à la cheminée sectionnée, celui qu'il avait sur lui pendant les années 1970 au Vietnam.

– Saint Pierre se tourne vers la femme crow et lui demande si elle a quelque chose à dire, et elle lui répond que pour elle il y a un esprit dans l'air, la terre, l'eau et en toutes les créatures qui peuplent la terre et qu'elle a passé sa vie à tenter de se montrer respectueuse envers toutes ces choses. Saint Pierre est tellement impressionné qu'il lui fait signe qu'elle peut entrer au paradis de l'homme blanc, elle aussi.

Lonnie but une gorgée de café et Henry, souriant, me jeta un coup d'œil.

– Ensuite, saint Pierre se tourne sur son trône et regarde la femme cheyenne. Il lui demande : « Est-ce que tu voudrais dire quelque chose ? » La Cheyenne hoche la tête et dit : « Qu'est-ce que vous faites, assis sur mon siège ? »

Lonnie rit tellement fort en tournant la tête de droite et de gauche, la bouche grande ouverte, que pas un son n'en sortait. Au bout d'un moment, il se mit à taper Henry sur la cuisse ; j'imagine que c'était juste parce que l'Ours avait encore ses deux jambes et parce qu'il était aussi cheyenne.

– Mmm, oui, c'est bien vrai.

Une fois remis de sa propre plaisanterie, Herbert alluma son cigare, tapa sur la table et conclut avec sa phrase fétiche :

– Restez calmes, soyez courageux et…

Toute l'assemblée termina la phrase en chœur :

– Et guettez les signes.

Henry, probablement heureux de cette interruption, posa sa tasse de café refroidi sur la table, sourit avec indulgence et regarda le disc-jockey s'éloigner d'un pas lent. Ce n'était pas vraiment la faute de l'Ours si, à la dernière minute, notre site avait été attribué à quelqu'un d'autre. Comme il me l'avait expliqué, vérifier les dates tous les événements prévus par toutes les organisations de la réserve était une tâche du même ordre que d'essayer de rassembler des tétras des prairies.

Je contemplai l'anneau en platine orné d'un petit diamant enchâssé entre deux éclats.

– Lonnie, comment s'appelle la bibliothécaire ?

Lorsqu'il entendit notre question sur la source de l'obstruction à laquelle nous étions confrontés, son rire s'éteignit au fond de sa gorge.

– Oh, c'est ma sœur Arbutis. Mmm, oui, c'est bien vrai.

Henry porta sa main à son nez et se mit à masser sa cloison nasale entre ses doigts puissants.

– *Ahhh-hüi*, j'avais oublié.

J'avais déjà rencontré Arbutis Little Bird, que je connaissais plus comme étant la tante de Melissa que la sœur de Lonnie. Melissa, qui était au centre d'une affaire compliquée que j'avais résolue trois ans auparavant, était maintenant pensionnaire à Bozeman et meneuse dans l'équipe de basket de Montana State. Concernant notre cause, la nouvelle n'aurait pas pu être pire – Arbutis était une canonnière au regard d'acier et à la coque en fonte qui, par défaut, réagissait à tout par un refus catégorique ne tolérant aucune discussion.

Je regardai à nouveau par la fenêtre ; les corbeaux avaient disparu et la pluie semblait l'emporter. Nous étions maudits.

– Henry, as-tu pensé à l'emmener à Painted Warrior ? C'est un très bel endroit, hmm, hmm. Des corbeaux planent au-dessus de la vallée, ils tournoient au-dessus des falaises, là où les roches portent les traces des peintures de guerre du célèbre combattant. Oui, c'est bien vrai.

L'Ours lâcha son nez.

– Près de Red Birney ?

Ils sourirent tous les deux et Lonnie hocha la tête.

– Ouais, c'est sûrement pas vers White Birney.

Par une perversité de la géographie, deux villes toutes proches s'appelaient Birney, l'une sur la réserve, l'autre, juste en dehors. Pour les Indiens, elles seront pour toujours identifiées comme Red Birney et White Birney, mais pour les Blancs politiquement corrects, les noms avaient été métamorphosés en Birney Day (en référence à *day school*, l'externat) et Birney Post (qui avait un bureau de poste). Comme la plupart des choses dans la réserve, c'était compliqué.

– Tu peux prendre la route des crêtes, mais il te faudra un 4 x 4 si ça se met à pleuvoir. Si j'étais toi, je prendrais la 4 en direction du moulin à Tie Creek, puis je remonterais par le chemin de terre jusqu'à la route du guet, sur ta droite. Elle t'emmènera directement au pied des falaises.

Les gens du coin désignaient par « route du guet » une voie qu'on empruntait pour braquer un projecteur et braconner les cerfs sur le territoire de la réserve. Je commençais à perdre la foi.

– Lonnie, c'est très important pour Cady que son mariage soit célébré à Crazy Head Springs, et il a lieu dans deux semaines.

Il hocha à nouveau la tête, puis son visage s'assombrit, signe de son respect pour la gravité de ma situation.

– Eh bien, peut-être que tu devrais aller à la bibliothèque alors, mais prends ton arme, Walter. Mmm, oui, c'est bien vrai.

Vic s'arrêta au comptoir pour acheter du chewing-gum et s'engagea dans une grande conversation avec

Brandon White Buffalo – probablement en rapport avec Katrina Walks Nice.

Henry poussa le fauteuil de Lonnie et lui fit franchir la porte ; ils retrouvèrent l'atmosphère bizarrement indéfinissable de cet après-midi d'été où les nuages d'orage, suspendus dans l'air, dessinaient des corbeilles. La Nation Cheyenne, estimant qu'il pourrait être sage d'explorer d'autres pistes, me lança un coup d'œil par-dessus son épaule.

– Voudrais-tu aller jeter un œil sur Painted Warrior ?

Je fis la grimace, pensant à la manière dont j'allais devoir annoncer la nouvelle à Cady.

– Eh bien, je n'ai aucune envie d'aller à la bibliothèque ferrailler avec Arbutis Little Bird, ça, c'est certain.

– Il est possible que je puisse y aller tout à l'heure. Tu as ton arme ? Peut-être que je te l'emprunterai.

Dans un geste machinal, je tapotai le creux de mes reins, où mon arme de service était rangée.

– Tout ce que j'ai, c'est mon .45, et je ne crois pas qu'il aurait la puissance nécessaire pour abattre Arbutis.

J'ouvris la porte et partis en direction du camion de Henry, que je méprisais au plus haut point. J'avais prêté le Bullet à Vic pour qu'elle puisse se rendre à Billings, d'où elle prendrait un avion pour Omaha plus tard dans la journée ; elle allait à un séminaire de formation sur les relations publiques dans la police. Je me retrouvais donc avec Lonnie, Henry et le Rezdawg, le véhicule le plus malfaisant du continent nord-américain.

Vic passa à côté de moi, lisant dans mes pensées.

– Tu es sûr que tu n'as pas besoin de ton pick-up ?

– Non, ça va aller.

Elle mit son poing sur son ceinturon et resta plantée là, déhanchée.

– J'essaie toujours de comprendre pourquoi diable tu t'es portée volontaire pour aller à Omaha.

– Faut bien que quelqu'un y aille.

– Ouaip, mais Saizarbitoria aurait pu y aller, ou Frymire, ou Double-Tough.

Elle haussa les épaules et tourna la tête.

– Cela n'a rien à voir avec les noces imminentes, dis-moi ?

Elle frotta le bout de sa chaussure renforcée sur l'asphalte du parking.

– Maman sera là après-demain. (Son regard alla se poser au loin, sans destination définie.) Je suis nulle pour ces trucs-là. Je serai rentrée juste avant le mariage, mais je crois que je vais éviter la phase préparatoire au grand cirque à trois pistes, si ça ne te fait rien.

Elle appuya sur le bouton de ma télécommande et les lumières de mon véhicule s'allumèrent brièvement.

– OK, mais je suppose que tu n'emmènes pas le chien.

Elle répondit en ouvrant la portière, et nous regardâmes soixante-dix kilos de races canines croisées bondir de la banquette et faire le tour du pick-up avant de rejoindre le mastodonte de trois quarts de tonne de 1963 en s'arrêtant d'abord devant Lonnie. Le chef des Cheyennes du Nord tendit ses mains ridées et elles saisirent la tête du chien, passant un pouce sur le sillon laissé par la balle et le tenant comme s'il le bénissait.

– *Ha-ay*, grand vaurien.

Je passai derrière et baissai le hayon du Rezdawg, me pinçant au passage les doigts dans les chaînes. J'attendis que le chien remarque ma présence et me rejoigne. Il contempla le camion délabré et se dépêcha de s'asseoir.

– Vic a besoin du Bullet. Allez, on va souffrir tous les deux.

Il monta sur le plateau et je refermai deux fois le hayon parce que, bien entendu, la première fois, il refusa de s'enclencher.

Vic descendit la vitre du côté conducteur de mon pick-up.

– Ça va aller, toi, de jouer au cow-boy avec les Indiens ici ?

Je m'approchai de sa portière.

– Je crois, oui.

Nous regardâmes Henry installer la couverture sur les genoux de Lonnie, plier le fauteuil roulant et le poser sur le plateau à côté du chien.

– J'ai un bon éclaireur.

– Hmm. (Elle mit le contact et fit rugir le V-10, mais resta là, au point mort.) Je t'appellerai depuis le Nebraska. (Elle réfléchit deux secondes puis enclencha le levier de vitesse du trois quarts de tonne.) Putain de merde, qu'est-ce que j'aurai d'autre à foutre ?

Nous n'avions qu'un kilomètre et demi à parcourir pour arriver chez Lonnie, ce qui était une bonne chose parce que le Rezdawg ne pouvait guère couvrir une distance plus importante sans tomber en panne.

Lors des nombreuses conversations que j'avais eues avec Henry concernant son pick-up, je lui avais demandé pourquoi lui qui était si méticuleux dans tous les autres domaines de sa vie – sa maison, son travail, sa voiture – il ne faisait pas réparer cette ruine pour de bon. Alors que nous attendions, arrêtés au bord de la route, que le Rezdawg ait un nouveau temps de récupération, il m'avait fait la réponse suivante : ce pick-up était une relique sacrée de sa vie, et si on remplaçait des pièces, son esprit s'en trouverait altéré. Je rétorquai qu'à mon avis l'esprit de ce tas de ferraille semblait avoir bien besoin d'être raccommodé, mais, comme toujours, il m'ignora.

J'avais aussi fait remarquer que le véhicule ne roulait pas avec son carburant d'origine, ni les pneus d'origine, ni l'huile, mais cela aussi n'avait pas été suivi du moindre effet.

Je poussai le chef indien sur le plan incliné qui menait à sa jolie petite maison. Lonnie avait eu une vie plus échevelée dans sa jeunesse ; il jouait au baseball et il se saoulait à un niveau quasi professionnel, jusqu'à ce qu'il perde ses jambes à cause du diabète. Il était encore en liberté conditionnelle, serré de près par un bataillon de sœurs au premier rang desquelles la redoutable Arbutis, et il devait négocier avec elles pour obtenir un droit de visite chaque fois que Melissa, la meneuse de jeu, rentrait à la maison, mais il se plaignait que cela arrivait de plus en plus rarement.

– Elle a beaucoup d'amis à Bozeman. Je comprends pourquoi elle préfère rester là-bas plutôt que de rentrer à la maison et regarder des histoires avec moi.

Les histoires dont parlait Lonnie étaient les *soap operas* qu'il suivait avec assiduité et qu'il commentait comme si les personnages étaient de véritables amis.

– Mais en fait, je l'aime encore plus quand elle revient à la maison ? Mmm, oui, c'est bien vrai.

Je marquai un temps d'arrêt sous le porche pour que Lonnie puisse récupérer son courrier dans la boîte aux lettres fixée au mur de la maison ; la plupart des résidents de la réserve avaient des boîtes postales et ne bénéficiaient pas de ce genre d'attention, mais Lonnie était spécial.

– Ces filles, elles jouent avec notre cœur, n'est-ce pas, Officier ?

– Oui, tu as raison.

Il me tapota la main dans un geste rassurant.

– Ne t'inquiète pas, nous allons résoudre cette affaire pour le mariage de ta fille.

– Merci Lonnie.

Je commençai à le pousser vers l'intérieur de la maison, mais ses doigts se refermèrent sur les mains courantes en chrome de son fauteuil.

– Je crois que je vais rester dehors et regarder tomber la pluie. Peut-être écouter un match de base-ball. Cet après-midi, les Rockies jouent à domicile contre les Phillies.

Je regardai le ciel et son patchwork de soleil et de nuages d'orage. Le diable devait être en train de battre sa femme, effectivement. J'étais certainement le seul à utiliser cette expression.

J'ajustai le fauteuil de Lonnie de telle sorte qu'il puisse regarder en direction du nord-ouest et voir arriver la pluie si elle se décidait. Les lourds nuages se reflétaient dans les lunettes épaisses de Lonnie et ils rejoignirent les minuscules arcs-en-ciel qui avaient tendance à apparaître comme par magie sur ses verres, renforçant l'impression que cet homme était bien un trésor.

– Le diable doit être en train de battre sa femme. Mmm, oui, c'est bien vrai.

C'est un chien humide qui nous rejoignit sur la banquette tandis que nous repartions en direction de la ville, et je continuai à faire tourner la bague autour de mon doigt tout en passant mon coude par la portière côté passager, dont la vitre ne descendait qu'à moitié.

– Ce n'est pas ta faute.

La Nation Cheyenne m'ignora et regarda fixement à travers le pare-brise craquelé.

– Écoute, quoi qu'il arrive, elle te pardonnera. C'est à moi qu'elle ne pardonnera pas.

L'Ours hocha la tête puis passa à un autre de nos innombrables problèmes.

– Nous avons réservé toutes les chambres du motel Western 8 à Ashland.

Il n'y avait pas d'autre motel à au moins quatre-vingts kilomètres à la ronde.

Il changea de vitesse, et j'écoutai la boîte grincer.

– Il y a ma maison.

– Je ne veux pas que tu sois obligé de faire ça.

– Ce serait un honneur.

En fréquentant les Cheyennes assez longtemps, on apprenait à quel moment il valait mieux ne plus discuter quand ils font acte de générosité.

– Merci. (Je posai la main sur la large tête du chien et le grattai derrière les deux oreilles, ce qu'il savourait autant qu'une expérience religieuse.) Bizarre, ce temps.

Henry ne dit rien mais jeta un coup d'œil à la bague qui ornait mon auriculaire. J'essayai de changer de sujet.

– Pourquoi, à ton avis, les anciens disaient que le diable devait être en train de battre sa femme ?

Il parla fort pour couvrir le bruit de l'antique moteur en passant la troisième, grilla tranquillement un stop au coin de l'une des rares intersections de Lame Deer et prit, vers le sud, la Route 4 du bureau des Affaires indiennes, les bandes rugueuses grondant comme des tambours de guerre sous nos roues.

– C'est une phrase folklorique universelle.

Il enclencha la quatrième et nous traversâmes l'essentiel de la ville, passant devant la station Sinclair White Buffalo, le grand magasin IGA, dont Henry dit qu'il signifie Indiens Gaspillent leur Argent, et les bâtiments du gouvernement tribal.

– La version italienne est la même que la nôtre, mais chez les Français, *le diable se marie avec sa fille*[1].

Je cessai de caresser le chien, posai mon bras sur le dos de la banquette et regardai par la vitre arrière.

– Quels pervers.

– Le proverbe allemand, c'est *Wenn's regnet und die Sonne scheint, so schlägt der Teufel seine Grossmutter : er lacht und sie weint*, qui veut dire que le diable bat sa grand-mère : il rit et elle pleure.

Un Yukon noir avec un imposant pare-buffle et des plaques du Montana avait commencé à nous suivre en ville et roulait un peu trop près du pare-chocs arrière du Rezdawg, ce qui me permit de remarquer la présence sur le tableau de bord d'un gyrophare halogène très discret qui lançait des éclairs rouges.

– Il y a des expressions similaires en Hongrie et en Hollande.

1. En français dans le texte. (Toutes les notes sont de la traductrice.)

– Est-ce que tu aurais passé du temps avec Jules Beldon, par hasard ? (Le gyrophare derrière nous nous signifiait indubitablement que nous devions nous ranger.) Hé, Henry ?

Inconscient qu'un véhicule apparemment officiel nous filait le train, ou plus plausible, ignorant l'injonction, il continuait à nous conduire vers la sortie de la ville.

– Les Polonais disent que lorsque le soleil brille et que la pluie tombe, le diable est en train de fabriquer du beurre.

Je me tournai complètement sur mon siège pour voir encore mieux.

– Henry…

Le GMC fit une manœuvre agressive et se mit à rouler à côté de nous ; le moteur du Yukon rugit et l'Ours remarqua enfin sa présence.

– Les Russes appellent ça une pluie aveugle. Un peu déprimant, mais poétique quand même.

Il attendit un moment que le 4 x 4 nous double, et constatant qu'il n'en faisait rien, il rangea le Rezdawg sur le gravier au bord de la route, entre deux délinéateurs.

– Dans tous les cas, c'est le diable qui est rendu responsable de tout.

Je regardai le Yukon, en violation manifeste de la procédure standard de la police, se garer en travers devant nous comme si nous risquions de tenter de nous enfuir, ce qui, pour nous qui étions à bord du Rezdawg, était une hypothèse franchement cocasse. Aucune inscription sur le véhicule ; je regardai s'ouvrir brusquement la portière et sortir une femme très grande au physique sportif et aux cheveux noirs.

Elle posa une main sur le toit du GMC et riva ses lunettes de soleil réfléchissantes Oakley sur nous. Elle resta là une seconde, puis claqua la portière et tout en ignorant les quelques voitures qui faisaient un écart pour l'éviter, se dirigea vers l'arrière de son véhicule. Elle avait des pommettes hautes et marquées, une mâchoire carrée qui équilibrait les traits de son visage encadré de cheveux noir corbeau dont la tresse lui arrivait au milieu du dos. Elle n'avait certainement pas encore trente ans ; elle portait un jean noir, une chemise d'uniforme de la police tribale, des bottes noires et un ceinturon de la même couleur avec un revolver Smith & Wesson N-frame de très gros calibre qui cognait contre sa hanche.

Elle ressemblait à ces guerriers de la dernière chance qui sont capables de poser le pied par terre et courir un marathon sans la moindre préparation.

– Papiers du véhicule et permis de conduire.

Henry ne bougea pas, se contenta de la regarder. C'était fort compréhensible.

Elle répéta, cette fois avec un peu plus de force, en détachant bien les mots.

– Papiers. Du. Véhicule. Et. Permis. De. Conduire.

Henry me lança un coup d'œil puis descendit le pare-soleil dénudé en carton – l'enveloppe en vinyle s'était désintégrée et avait pelé comme une mue de serpent il y avait bien longtemps. Les documents flottèrent avant de tomber sur ses genoux comme un oiseau qu'on aurait tiré. Il se pencha sur une fesse et sortit son portefeuille de sa poche arrière ; il prit son permis de conduire qu'il ajouta aux papiers avant de lui tendre l'ensemble.

– Quel est le problème, officier ?

Elle examina les divers documents puis désigna le Yukon noir.

– Vous voyez ce véhicule ?

Avec de grands gestes ostentatoires, Henry abaissa ses Wayfarers et plaça sa main en visière au-dessus de ses yeux comme un Indien tout droit sorti d'un film de série B en train de chercher un convoi de chariots.

– Oui, je crois que je le vois.

La déclaration suivante était encore plus acide.

– C'est un *véhicule officiel*, et quand il vous fait signe de vous ranger, vous vous rangez. (Elle jeta un coup d'œil au permis de conduire et l'examina quelques instants.) Je vous connais, monsieur Henry Standing Bear.

Il l'examina d'un air indifférent.

– Et j'ai entendu parler de vous, mademoiselle Lolo Long.

Je remarquai que cette fois-ci, en l'appelant par son nom, il n'utilisait pas son grade.

Elle tendit le menton lorsque ses yeux se rivèrent sur les siens, une chose que peu de gens oseraient ou pourraient faire.

– Et qu'avez-vous entendu ?

– J'ai entendu dire que vous étiez la plus…

Je l'interrompis, pressentant que ce que la Nation Cheyenne allait dire avait peu de chances d'améliorer notre situation.

– Pourquoi n'avez-vous pas mis votre sirène ?

Un long moment s'écoula tandis que son regard passait de Henry, au chien, puis à moi. Elle abaissa ses lunettes pour y voir plus clair dans la pénombre de la cabine, et ses yeux couleur de jaspe se posèrent sur moi comme la double embouchure de la tourelle d'un cuirassé.

– Excusez-moi, mais ce n'est pas à vous que je parle.

Je haussai une épaule et souris intérieurement devant la ressemblance qu'elle présentait avec Vic.

– Eh bien, je suppose que ce ne sont pas mes affaires, mais il n'y a pas de signalisation sur votre véhicule et nous sommes très haut dans celui-ci, vous étiez si près que j'ai dû vraiment regarder de près pour voir votre gyrophare – si vous aviez juste mis en route votre…

Elle posa sa main sur le bord supérieur de la portière et m'interrompit.

– Vous savez, monsieur… ?

Elle laissa la question en suspens, comme son bras.

– Longmire.

Elle secoua à peine la tête, comme si mon nom était en soi un agacement.

– Cette première partie, celle qui disait que ce n'étaient pas vos affaires ? (Elle pointa un ongle on ne pouvait plus explicite, on aurait dit qu'elle épinglait mes mots un par un comme des insectes dans une vitrine.) Elle me plaisait bien, restons-en là. (Les verres iridescents remontèrent et elle se tourna pour faire face à Henry.) Je sais que pas mal de gens par ici vous considèrent comme un peu, disons… spécial, mais cela ne vous dispense pas de suivre les règles de la circulation. (Elle leva une main et désigna la ville, derrière nous.) Ce panneau, là-bas, à l'intersection dit stop, pas pause, pas hésitation, il dit stop, et quand je suis dans le coin, vous feriez mieux de marquer nettement le stop.

Je la regardai prendre les papiers de Henry et repartir vers le Yukon, sa tresse épaisse comme un poing maintenue au bout par une barrette ornée de perles qui tressautait au rythme de sa démarche fière et des rebonds de son revolver.

L'Ours avait l'air de s'ennuyer ; il posa son menton sur son poing et sortit son coude par la portière.

– Alors, quand est-ce que tu t'es mis à porter une bague au petit doigt ?

Je cessai de la tripoter.

– Elle appartenait à mon arrière-grand-mère.

– La sorcière ?

Je soupirai, constatant une fois de plus à quel point l'Ours connaissait bien mon histoire familiale.

– Elle n'était pas sorcière, elle soignait avec les plantes, c'est tout. (Il hocha la tête mais je voyais bien qu'il n'était pas d'accord.) Martha l'a portée, mais elle me l'a rendue pour que je la donne à Cady lorsqu'elle se marierait. Le problème est que Michael lui a déjà offert une bague de fiançailles, alors je ne sais pas quoi en faire.

Il marmonna dans son poing.

– Donne-la-lui.

– Les gens réagissent drôlement parfois, avec ce genre de truc.

– Donne-la-lui, c'est tout. (Il tendit la main et lissa un morceau de scotch qui tenait le tableau de bord en place.) C'est pour ça que tu la portes ? Pour t'en souvenir ?

– Un peu, oui. Je l'avais perdue, et je l'ai retrouvée dans une petite boîte en cèdre qui est posée sur ma commode. J'ai pensé que peut-être, si je la gardais au doigt, je ne la perdrais pas à nouveau.

L'Ours ne dit rien mais lança un coup d'œil vers le Yukon. Je voyais encore les traces d'adhésif à l'endroit où avait été collée l'étiquette du prix, à l'intérieur de la vitre, et je me hasardai à poser une question.

– Qui est miss Lolo Long ?

– La nouvelle chef de la police tribale, nommée par le dernier chef de la tribu.

Je hochai la tête.

– Celui qui est inculpé.

– Oui. Celui que Lonnie a remplacé.

Il fit une moue qui désignait le Yukon, où apparemment l'officier Long était en train de remplir une contravention d'une longueur conséquente.

– Vétéran de la guerre d'Irak. Je ne sais pas ce qu'elle a fait là-bas, mais elle est rentrée tendue comme les cordes d'une mandoline fabriquée dans le Montana. J'imagine que le vieux chef essayait de rattraper son mandat et s'est dit qu'il rendait service à tout le monde en nommant un chef de la police qui suivait les règles à la lettre, mais pour ce que j'en sais, tout ce qu'elle a fait jusqu'à maintenant, c'est empoisonner la vie de tout le monde.

Je la vis ouvrir la portière et approcher, les lunettes high-tech maintenant rangées en sécurité dans sa poche de poitrine.

– La tienne aussi ?

Il m'adressa un de ses sourires pincés.

– Récemment, oui.

L'officier Long s'arrêta à la portière et tendit à Henry ses papiers ainsi qu'un sous-main rigide en aluminium et un stylo.

– Je vous ai verbalisé pour absence d'arrêt à l'intersection, absence de réaction devant un véhicule officiel et absence de feux de stop sur le véhicule. (Elle parcourut des yeux le flanc cabossé vert marbré du Rezdawg puis revint à l'Ours.) Je suis certaine que je pourrais trouver un nombre important d'autres infractions en relation avec ce véhicule, mais étant donné qu'il s'agit de notre première rencontre, je vais mettre la pédale douce.

La Nation Cheyenne me regarda, mais je ne dis rien et continuai à caresser le chien. La bête regardait Lolo Long plein d'espoir, tout sourires et battements de queue.

Traître.

– Vous avez trente jours pour répondre par courrier ou en personne au bureau principal et centre de détention de la police. Vous savez où ça se trouve ?

– Vous voulez parler de la prison ? (Henry sourit.) Oui, je sais.

– Je veux bien le croire.

Henry signa la contravention et la lui rendit.

– Comprenez-vous les infractions telles qu'elles vous ont été expliquées ?

– Oui.

Elle sortit les lunettes de soleil datant de l'ère spatiale de sa poche et, d'un geste théâtral, les remit sur ses yeux de calcédoine opaque, arracha un exemplaire de la contravention du bloc-notes et le lui donna.

– Je vous souhaite une bonne journée.

Il continua à sourire, remonta ses vieilles Ray-Ban sur ses yeux en guise de réponse et me tendit la contravention d'un montant de deux cent soixante-deux dollars tandis qu'elle tournait les talons et partait.

– Tiens, range ça dans la boîte à merde.

Elle s'interrompit un instant à peine et tourna très légèrement la tête.

Je la vis prendre une inspiration et savourer le goût des mots qu'elle s'apprêtait à prononcer. Je m'attendis presque à la voir dégainer son gros calibre 44, mais elle se contenta de passer ses pouces dans son ceinturon, de nous lancer un dernier regard appuyé avant de s'en aller, martyrisant l'asphalte avec le talon de ses bottes.

C'était ce qu'elle avait fait de plus professionnel dans toute notre interaction.

Elle démarra son 4 x 4, remonta sur la route en faisant fumer ses pneus et poursuivit sa route vers le sud à une vitesse fulgurante.

Henry bâilla, rangea son permis de conduire dans son portefeuille, qu'il lança sur le tableau de bord.

– Je n'ai jamais eu de feux de stop, je crois bien.

La crête qui va jusqu'à la falaise de Painted Warrior s'étend sur un bon kilomètre et demi au nord-ouest de Red Birney. Et pour se rendre sur le site, soit on roule le long de la crête, soit on passe par-derrière, par les chemins de terre en contrebas. Il y avait peu de chances que Cady et Michael acceptent de se marier sur une falaise, mais Henry m'assura que la zone à la base était aussi belle que spectaculaire.

Il avait raison.

Nous avions suivi les indications de Lonnie et sorti le Rezdawg de la route entre les collines herbeuses qui entouraient la base des falaises et un grand monticule de roches sédimentaires. Nous grimpâmes un long moment pour parvenir à un col et un champ de gros éboulis, et nous nous garâmes en haut d'une petite corniche, au moment précis où des volutes de vapeur commençaient à s'élever au-dessus du capot du Rezdawg.

Un cerf mulet, une biche bien en chair se trouvait un peu sur notre droite, descendant vers Tie Creek, et je décidai de lui accorder une bonne avance avant d'ouvrir la portière puis je laissai sortir le chien qui commença à explorer le coin. Il se rendit immédiatement à l'endroit où se trouvait la biche quelques instants plus tôt et lança un regard agacé vers l'animal qui bondissait en criant au milieu des pins de Virginie, dans les rochers qui descendaient vers le pied des falaises.

– De toute manière, tu ne l'aurais jamais attrapée.

Il se tourna pour me regarder ; je fermai la portière et rejoignis Henry, qui était adossé au pare-buffle artisanal orange carotte au milieu d'un bain de vapeur, à l'avant du pick-up.

– Qu'est-ce que tu en penses ?

C'était exactement comme Lonnie l'avait décrit. J'avais entendu parler de ce site et j'avais même dû y venir une fois quand j'étais enfant, mais en fait, je ne l'avais jamais vraiment vu. Encadré par un canyon en cul-de-sac en contrebas, le guerrier dessiné par la corniche avait le visage levé vers le ciel. Comme avec les nuages, il fallait regarder longtemps avant de le voir, mais il était là. Ses traits me rappelèrent un autre de mes amis, Virgil White Buffalo, jusqu'aux sillons profonds qui creusaient le visage de pierre. La roche était essentiellement de couleur kaki, mais il y avait quelques grandes traces de peintures de guerre, là où la paroi avait été tachée par des dépôts de scories qui couraient verticalement sur le visage du géant – d'où son nom, Painted Warrior.

L'ascension de la pente raide jusqu'au replat rocheux où commençait la falaise proprement dite était d'environ soixante-dix mètres.

L'Ours défit l'attache, souleva le capot du Rezdawg et contempla le sinistre nuage de fumée qui s'éleva avant d'être emporté par la brise. Je me demandai si lui aussi allait se transformer en un objet identifiable. Henry essaya d'enlever doucement le bouchon du radiateur avec un chiffon rouge qu'il était allé chercher dans la cabine.

– Quand j'étais jeune, on chassait les cerfs ici. On les forçait à prendre le canyon et on postait quelqu'un sur la corniche, à attendre.

Je contemplai les abords du col parsemé de petits pins tout tordus, rabougris à cause de l'altitude et des conditions atmosphériques. Si on n'était pas au courant, on ne penserait jamais que ces petits arbres étaient séculaires. Grâce aux reflets du soleil qui pointait son nez entre les nuages d'orage amassés, on distinguait des petits affleurements rocheux qui ceignaient la corniche comme une couronne.

– C'est ici, l'endroit auquel pensait Lonnie ?

– Ici, ou peut-être juste après la rivière.

Il finit par dévisser suffisamment le bouchon pour qu'un glouglou soit perceptible et qu'un filet d'antigel coule sur le radiateur.

Je me retournai pour admirer la vue panoramique.

– À l'endroit où la fracture entre les parois rocheuses mène à la falaise ?

Il posa le bouchon sur le revêtement intérieur de l'aile et se tourna pour contempler le paysage avec moi.

– Oui. (Il jeta un coup d'œil vers la vapeur qui continuait à s'échapper du Rezdawg.) Est-ce que tu aurais envie d'aller jusque là-bas, pour voir ?

– Oui, il vaudrait mieux que j'y aille, je crois. Je regrette de n'avoir pas apporté d'appareil, j'aurais pu envoyer des photos à Cady.

– J'en ai un dans le camion. (Il s'essuya les mains sur le chiffon, qu'il rangea dans la cabine et revint avec un sac de taille moyenne muni d'une bandoulière qu'il passa sur son épaule.) J'ai aussi deux bouteilles d'eau. Je suis paré.

Au pied de la corniche coulait Tie Creek, mais on était en été et l'eau ne nous arrivait qu'à la cheville. Nous franchîmes la petite rivière en marchant sur des pierres rondes – le chien traversa à grands renforts d'éclaboussures – et nous poursuivîmes entre les arbres jusqu'à la colline suivante. La vue sur la partie basse des falaises était plus dégagée, car elle réfléchissait la vive lumière du soleil dont les rayons descendaient tout droit comme sur une image biblique ; les parois rocheuses au-dessus étaient très impressionnantes, et je devais admettre que cet endroit était vraiment d'une beauté rare.

Je m'arrêtai au sommet de la colline pour reprendre mon souffle et je levai les yeux, le regard attiré par un bref éclat scintillant près du sommet de Painted Warrior. Je pris le temps de quelques profondes inspirations, me demandant bien ce qu'était cette chose que j'avais cru voir. J'avais vécu une aventure échevelée dans le coin de Cloud Peak deux mois auparavant, et les effets s'en faisaient encore sentir. La Nation Cheyenne ne me quittait pas des yeux.

– J'ai cru voir quelque chose, là-haut.

Il se tourna et regarda.

– Où ?

– Près du sommet. Un reflet, sur quelque chose de brillant.

Son regard acéré balaya la crête la plus élevée.

– Je ne vois rien.

Je hochai la tête.

– Probablement la lumière réfléchie sur un morceau de quartz ou une vieille canette de bière. Justement, est-ce qu'on pourra boire une bière après ça ?

Ses yeux examinèrent la corniche.

– Bien sûr. (Il jeta un coup d'œil à sa montre.) On pourra monter au Jimtown Bar et boire un coup avant que les professionnels débarquent. Peut-être même qu'on ne se bagarrera pas.

– D'ici là, pourrais-je avoir une de tes bouteilles d'eau ?

Il descendit le sac de son épaule, défit la fermeture Éclair d'un des compartiments et me tendit une bouteille couverte de condensation.

Je bus un peu d'eau, enlevai mon chapeau et essuyai la sueur qui s'était déposée sur le ruban intérieur.

– C'est de la courtoisie professionnelle, quand tu vas dans le bar de quelqu'un d'autre ?

Il hocha la tête puis s'accroupit et sortit du sac un gros appareil photo et un objectif.

– Tu l'as dit.

Après avoir assemblé les deux éléments, il ôta le capuchon et dirigea l'objectif vers moi.

Je tins mon chapeau pour faire écran.

– Seulement le cadre, s'il te plaît. Pas les habitants. (Le chien s'assit à côté de moi et regarda Henry.) Prends une photo de lui, il n'a pas l'air de s'en formaliser.

– Ta fille aimerait une photo de toi, j'en suis sûr, et comme tu vas devoir négocier ta sortie du désastre…

Je remis mon chapeau sur ma tête.

– D'accord, mais ensuite tu devras me laisser en prendre une de toi, pour Cady.

Il leva l'appareil et le dirigea vers moi.

– Je suis comme le chien, ça ne me dérange pas. Je suis photogénique.

J'éclatai de rire et il prit la photo.

Je tendis la main pour récupérer l'appareil et il me le confia sans discuter. Je le retournai et regardai le nombre impressionnant de boutons et de molettes.

– J'ai l'habitude des appareils ALC… (Je levai les yeux vers lui.) Tu sais, Appuie Là, Crétin.

Il le prit et le régla en position automatique, puis me le rendit.

– Tiens, tu n'as plus qu'à appuyer sur le gros bouton sur le dessus.

Je levai le précieux engin et regardai dans le viseur.

– Merci.

À l'arrière-plan, le Painted Warrior produisait un effet intéressant : deux visages indiens en miroir. Je regardai de mon œil unique tandis que l'autofocus commençait à repérer les traits de la Nation Cheyenne, puis les falaises de grès derrière lui, à la recherche de tout objet que ma main baladeuse choisissait de photographier.

Patiemment, il répéta sans se départir de son sourire aux lèvres closes.

– Le gros bouton sur le dessus.

– OK.

J'ajustai l'appareil, mais la fonction automatique continuait à faire la mise au point sur les falaises juste au-dessus de l'épaule de l'Ours – on aurait pu croire que le Painted Warrior exigeait qu'on prenne une photo de lui.

– Bon sang.

Ce fut exactement au moment où j'appuyai sur le fameux bouton que je vis quelque chose s'agiter au sommet, au-dessus du front de l'Indien géant, puis dégringoler depuis le haut du visage.

J'écartai brusquement l'appareil à l'instant précis où un cri aigu parcourut le canyon, et quelqu'un tomba dans une position bizarre, comme si la personne tenait quelque chose dans ses bras. Henry se retourna rapidement et nous regardâmes, impuissants.

Le corps heurta une fois une saillie dans la descente, puis rebondit, membres écartés, sur la paroi et atterrit au pied de la falaise, là où la pente herbeuse montait à la rencontre des rochers. Le bruit mat que fit le corps en heurtant le sol fut affreux, et nous continuâmes à regarder alors que l'inconnu dévalait la pente, entraîné par les éboulis et autres pierres qui dégringolaient avec lui.

Nous courions tous les deux, la Nation Cheyenne en avance sur moi, progressant à une vitesse étonnante. Le chien nous suivait et nous descendîmes le coteau en courant entre les parois rocheuses et remontâmes de l'autre côté.

C'était tellement fou que je n'arrivais pas à croire que cela s'était produit pour de bon, mais l'adrénaline qui me balançait du carburant dans les veines et la réaction de l'Ours me disaient que c'était probablement réel.

En arrivant à la dernière colline avant la base des falaises, je vis Henry regardant de tous côtés, essayant de trouver l'endroit où pourrait se trouver la personne qui était tombée. Il y avait un bosquet de genièvre vers la gauche et je le vis partir en trombe dans cette direction. Je le rejoignis en quelques instants et me trouvai soudain face à un tableau irréel. J'avais l'impression que la terre s'était dérobée sous moi.

Sa jambe droite était tordue à l'extrême, son pied se trouvait au-dessus de son épaule, et de profondes lacérations déchiraient un côté de son corps. Ses yeux qui regardaient fixement les rochers au-dessus étaient voilés et sa tête eut un mouvement brusque involontaire, le cerveau tentant d'envoyer des signaux via la colonne brisée.

Henry s'accroupit à côté d'elle et glissa ses mains sous sa tête, pour tenter de lui apporter un soutien sans la déplacer.

– Ne bougez pas.

Un souffle s'échappa de ses lèvres tandis qu'une nouvelle coulée de larmes descendait sur ses joues. Elle prit trois fois de l'air dans sa bouche ensanglantée, tourna la tête vers la main de l'Ours – puis mourut.

Je m'accroupis à côté de lui et je la regardai, tendis la main vers sa gorge et posai les doigts à l'endroit où battait son pouls.

– Tu la connais ?

Il baissa la tête et repoussa ses cheveux de ses doigts tachés de sang, qui laissèrent des traînées du coin de son œil jusqu'à sa mâchoire crispée, comme un macabre maquillage kabuki.

– Non.

Le chien se mit à aboyer derrière nous, et je lui criai :

– Tais-toi !

Henry et moi dûmes penser la même chose exactement au même moment ; nous levâmes les yeux en même temps. De cet angle, nous ne pouvions pas voir le sommet de la falaise, seulement quelques galets qui nous tombaient dessus, probablement délogés de la paroi lors de sa chute.

Je criai :

– Hé, il y a quelqu'un là-haut ?

L'écho de ma voix retentit sur les rochers au-dessus et en dessous, accompagné des aboiements incessants du chien.

– Tais-toi !

Je penchai la tête en arrière et criai plus fort cette fois.

– Hé, il y a quelqu'un là-haut ? (Je pris une grande inspiration et hurlai à nouveau.) Il y a une femme qui est tombée !

Rien, juste les aboiements du chien, encore.

Je me tournai et je le vis planté au pied de la pente.

– J'ai dit, tais-toi !

La tête du gros chien se leva et s'inclina dans une mimique perplexe. Quelques instants plus tard, l'énorme museau se baissa et fouina dans quelque chose – et ce n'est que lorsqu'il donna un petit coup de patte au paquet emmailloté posé devant lui au milieu des hautes tiges d'herbe à bison que je finis par apercevoir la main minuscule et entendre le bébé crier.

2

Le bébé était un garçon. Je trempai sans arrêt mon petit doigt dans la bouteille d'eau pour lui donner les gouttes à boire ; je n'étais pas expert en la matière, mais à mon avis, il devait avoir environ six mois. Il avait cessé de pleurer et, bizarrement, il semblait avoir survécu à la chute sans trop de dommages visibles.

Il avait été aidé.

La chronologie et la chance se montrant toutes deux très perverses, nous avions une fois de plus franchi à toute vitesse l'intersection de la Route 4 et de la 212 à Lame Deer exactement au moment où l'arrière d'un Yukon noir s'éloignait à l'est.

Lorsque nous arrivâmes devant le bâtiment des services de santé indiens dans le quartier nord de la ville, Henry arrêta le Rezdawg sur le parking dans un dérapage dont la férocité me surprit ; je n'aurais jamais cru que le pick-up en fût capable. Sous l'auvent de l'entrée, je tendis le bébé à la Nation Cheyenne, certain qu'il était bien plus compétent que moi pour se frayer un chemin dans la bureaucratie des services de santé fédéraux.

Je le regardai tenir l'enfant serré contre sa poitrine et s'engouffrer dans le bâtiment construit onze ans auparavant avec la célérité du running back de l'équipe All-America qu'il avait été à Cal dans les années 1960

– avant que la guerre du Vietnam ne change sa vie, et sa personnalité.

Une histoire courait sur les premiers jours de Henry à Berkeley. Apparemment, quatre Californiens de Stockton avaient décidé de faire une coupe de cheveux à Geronimo pendant un week-end d'entraînement intensif, mais après trois doigts cassés, un nez fracassé, une épaule démise et une commotion cérébrale, ils avaient décidé d'aller chercher de la distraction ailleurs.

Le chien suivit Henry à l'intérieur, réticent à quitter l'enfant ; c'était bien compréhensible, après tout, c'était lui qui l'avait découvert.

Je contournai le pick-up garé devant l'entrée des urgences et montai à la place du conducteur pour le déplacer, mais mon sourire s'évanouit lorsque le moteur hoqueta et mourut à peine avais-je refermé la portière derrière moi.

– Oh toi…

Je tournai la clé dans le contact et tirai le starter un tout petit peu, mais le V8 acariâtre se contenta de grogner et ignora mes efforts. Me disant que j'allais donc pousser ce tas de ferraille pour l'enlever de là, je mis le levier au point mort et ouvris la portière, prêt à commencer à pousser.

Je levai la tête et vis un Yukon noir collé au pare-chocs arrière, et plus important, une très furieuse chef de la police tribale qui me regardait droit dans le menton.

– Les mains sur le toit du véhicule.

– Écoutez…

Je ne parvins pas à dire quoi que ce soit d'autre parce que dès que je commençai à articuler le mot suivant, elle me poussa l'épaule et enserra mon poignet droit dans une clé de bras qui me projeta contre le flanc écaillé du plateau du Rezdawg. C'était un geste intelligemment choisi et parfaitement exécuté, mais j'étais beaucoup plus lourd, et je me tournai un peu, juste pour lui faire savoir que je le pouvais encore.

– Officier, si vous voulez bien écouter…

Elle accentua considérablement sa pression dans mon dos, et la position de mon bras m'obligea à me plaquer contre le pick-up. Ma réaction immédiate aurait été de pivoter et de lui flanquer un crochet du coude sur le côté de la tête, mais j'espérais que nous n'en étions pas encore arrivés à ce point-là.

– Nous avions une urgence.

Elle me fouilla de sa main libre, sous les bras et dans le dos.

– Taisez-vous.

Je sentis le poids du Rezdawg bouger sous moi et les roues avant s'approchèrent doucement du léger décrochement à l'endroit où la zone des urgences avait été repavée.

– Il y a là-dedans un enfant qui est peut-être blessé et une femme morte au pied de la falaise de Painted Warrior.

– J'ai dit, fermez-la. (Sa main s'immobilisa au milieu de mon dos.) Qu'est-ce que c'est ?

Je soupirai.

– C'est mon arme de service, un Colt 1911, armé et verrouillé, et j'apprécierais que vous le manipuliez avec un peu de soin.

Elle fouilla sous ma veste en toile, défit le bouton du holster plat et sortit brusquement le semi-automatique, sans cesser de me maintenir contre le pick-up qui bougeait imperceptiblement.

– Vous savez que le fait d'avoir sur soi une arme cachée, sur des terres ou réserves fédérales semi-autonomes est illégal à moins que vous soyez de descendance tribale, et franchement, vous n'avez pas la tête de Chief Cleans His Bore Regularly[1]. (Elle me retourna et glissa mon Colt dans la ceinture de son jean, dans son dos, puis sortit son S & W.) Vous êtes en état d'arrestation.

– Oh, ça va…

Elle colla le .44 contre ma poitrine et me lança ses menottes.

– Mettez-les.

Je sentis le pick-up dans mon dos bouger un peu plus, se mettre à rouler sur le patchwork d'asphalte et partir vers le grand et large parking.

Je refermai une des menottes sur un de mes poignets et me tournai pour voir le Rezdawg prendre un peu de vitesse ; le regard de Lolo Long s'était posé sur le trois quarts de tonne sans pilote qui poursuivait sa route.

Une légère panique se lut sur son visage.

– Il… il faut que vous stoppiez ce véhicule.

– Désolé, je suis en état d'arrestation.

Elle continua à garder le Magnum braqué sur moi mais commença à s'écarter sans parvenir à décider si ses responsabilités allaient à son prisonnier ou au pick-up débridé.

– J'ai dit, arrêtez ce véhicule.

Je haussai les épaules et levai ma main menottée ; l'autre bracelet pendait le long de mon bras.

– Je ne peux rien faire.

Le Rezdawg était maintenant bien parti vers le parking rempli de voitures, et l'officier Long bondit

1. Chef qui nettoie son calibre régulièrement.

soudain pour l'attraper, couvrant la distance à une vitesse impressionnante – sacrément plus vite que je n'aurais pu le faire. Elle rangea son arme et attrapa la poignée de la portière, mais comme j'aurais pu le prévoir, celle-ci ne sembla pas fonctionner. Elle appuya sur le bouton et tira vigoureusement, allant jusqu'à poser une botte contre le plateau pour faire levier, sautant sur un pied comme sur un bâton à ressort. En vain.

Je me penchai et essayai de calculer la trajectoire tandis que le pick-up le plus vilain des Hautes Plaines emmenait en balade l'une des plus jolies policières, au demeurant très énervante. J'eus l'impression que le point d'impact allait être une Cadillac marron de 86 garée au bout de la rangée.

Ne voulant pas jouer les voyeurs, je tournai les talons et franchis les portes en verre coulissantes automatiques en lançant un dernier coup d'œil à Lolo Long qui plongeait par l'ouverture de la vitre dans le Rezdawg poursuivant sa course.

Henry se trouvait devant le comptoir de l'accueil et parlait d'une voix animée à une femme très imposante, mais il leva la tête en entendant le bruit de mes chaussures sur le carrelage.

– Tu as eu du mal à trouver une place pour te garer ?

– Non, aucun. (Je jetai un coup d'œil autour de nous.) Où est le chien ?

La Nation Cheyenne sourit.

– Dans la salle d'examen. On a essayé de lui en interdire l'entrée, mais il nous a fait comprendre qu'il allait nous manger tout cru si on le séparait de cet enfant.

Je hochai la tête, m'appuyai au comptoir et regardai la puissante femme indienne qui était un peu plus jeune que Henry et moi.

– Bonjour.

Je tendis la main, me rappelant soudain que j'avais une menotte attachée au poignet. Je décidai de la jouer comme si le fait d'être menotté n'avait rien de nouveau pour moi.

– Walt Longmire.

Elle parut douter quelques secondes.

– Le shérif du comté d'Absaroka ?

– Oui madame.

– Hazel Long.

– Ravi de faire votre connaissance, Hazel. (Je marquai une pause.) Seriez-vous parente de la chef Long ?

Elle jeta un coup d'œil à nouveau sur les menottes.

– Lo est ma fille, oui.

– Hmm. (Je lançai un bref regard du côté de Henry qui ne quittait pas la menotte des yeux.) Quoi ?

Il ferma les yeux et rectifia l'expression de son visage.

– Il faut qu'on contacte les autorités.

– Bizarrement, elles ont été contactées.

Je pêchai le porte-clés qui se trouvait dans la poche de ma veste et utilisai le passe qui ne me quittait jamais pour me libérer ; je laissai l'objet tomber sur le comptoir.

– Ou plutôt, elles nous ont contactés.

Il regarda dans mon dos, vers le bout du couloir, et j'étais quasiment certain de savoir ce qui se profilait.

– Je crois qu'elles sont sur le point d'établir le contact à nouveau.

Long m'attrapa par l'épaule et tira brusquement, me tournant de force pour que je me trouve face à elle. Elle transpirait et je fus un instant absorbé dans la contemplation des gouttes de sueur qui perlaient à la base de son cou.

– Vous êtes toujours en état d'arrestation. (Son visage se trouvait désormais à une quinzaine de centimètres du mien.) Et vous allez payer pour les dégâts qui ont été faits aux voitures garées sur le parking.

Voitures, pluriel. Visiblement, le Rezdawg en avait eu plus d'une. Tant mieux pour lui.

– J'étais et je suis toujours en état d'arrestation, et par conséquent, je ne suis pas responsable du véhicule en question. (Elle se raidit, un peu surprise.) Je suis assez au point sur les réglementations en matière de véhicules, ainsi que sur les lois concernant le port d'arme dissimulé dans les juridictions fédérales.

– Lo ?

Il lui fallut une seconde pour se détourner de sa cible première, mais lorsqu'elle se rendit compte que c'était sa mère qui lui parlait, elle se tourna vers elle.

– Oui ?

L'imposante femme se leva à demi.

– Lo, il y a eu…

Elle réagit, comme seuls les membres de la même famille peuvent le faire.

– S'agit-il d'une affaire à caractère officiel ? Parce que je suis en train de procéder à l'arrestation de cet homme et à moins que tu n'aies quelque chose de pertinent à dire sur…

– Lolo Louise Long, arrête de te comporter comme une petite imbécile. Il y a eu un accident. Un enfant est blessé, et une femme qui va bientôt faire partie d'une affaire à caractère très officiel est étendue, morte, au pied de la falaise de Painted Warrior.

Elle prit une grande inspiration et souffla l'air par ses narines comme un taureau.

– Et au fait, laisse-moi te présenter le shérif Walt Longmire du comté d'Absaroka, Wyoming.

– Vous êtes quand même en état d'arrestation.

– OK. (Je collai une main sur le tableau de bord tandis que nous foncions à une vitesse de près de cent soixante kilomètres/heure sur la Route 4.) Est-ce que je peux récupérer mon arme ?

– Non.

Je regardai au-delà de l'interminable capot du Yukon tandis que nous dépassions un autre automobiliste qui n'avait rien vu arriver.

– Peut-être serait-il bon que vous mettiez en route votre sirène.

Elle ne dit rien et continua à serrer son volant.

– Sérieusement, si…

Elle cria presque.

– Je ne sais pas où se trouve le bouton !

Mon visage exprima la plus parfaite surprise, mais heureusement son attention resta focalisée sur la route.

Je tendis la main pour atteindre la partie supérieure du tableau de commandes, j'abaissai un petit cache et actionnai un interrupteur, assourdissant la zone environnante avec le hurlement électronique de la sirène high-tech.

Elle darda brièvement ses yeux d'ambre sur moi.

– Merci.

Je hochai la tête et me mis à réfléchir au fait que j'étais en train de m'impliquer dans une enquête fédérale sur le territoire d'une réserve. J'avais envisagé de demander à Henry de l'accompagner, mais j'étais parvenu à la conclusion que j'étais probablement dans des dispositions un peu moins conflictuelles. L'Ours avait l'air tout aussi heureux de rester à l'hôpital avec l'enfant, le chien et l'absence de Lolo Long.

– Vous êtes nouvelle ?

– Quoi ?

– Dans la police. Je suppose que ce n'est pas exactement ce que vous faisiez en Irak ?

La réponse fut terriblement agressive.

– Non, pas exactement.

– Que faisiez-vous là-bas ?

– Ça ne vous regarde pas. (Elle me regarda brièvement, un éclat pointu de jaspe au coin de l'œil.) Vous avez servi dans l'armée ?

– Oui.

– Union ou Confédéré ?

Décidément, elle ressemblait de plus en plus à Vic. J'entrai dans le jeu et souris. C'était drôle.

– Eh bien, jusqu'à maintenant, vous aviez gardé cet esprit aiguisé rangé dans son fourreau.

La radio nous interrompit avec un appel de la patrouille de l'autoroute du Montana, qui nous informait que l'enquêteur du FBI nous rejoindrait sur les lieux et serait accompagné d'une équipe ; procédure standard sur la réserve. La chef Long saisit le micro sur le tableau de bord et accusa réception.

Elle raccrocha.

– Je vous connais. Enfin, j'ai entendu parler de vous. (Elle me regarda à nouveau.) Vous vous êtes occupé de l'affaire du viol de Melissa Little Bird il y a quelques années.

Je donnai du mou à la ceinture de sécurité en la tirant avec le pouce, soudain un peu oppressé au niveau de la poitrine.

– Ouaip, c'est ça.

– Un sacré merdier, cette affaire.

Ma poitrine se serra encore davantage.

– Ouaip.

Elle commença à réduire les à-coups dans sa conduite, freinant avant les virages pour accélérer dans les courbes, bien que notre vitesse fût encore bien au-dessus de la limite autorisée.

– Il y a eu beaucoup de rumeurs qui ont circulé quand on a commencé à retrouver ces garçons morts.

– Hmm.

– Selon une des théories, c'était votre copain, Standing Bear.

Je ne dis rien.

– Une autre disait que c'était vous.

Je ne dis toujours rien.

– Vous avez pris quelqu'un, non ?

Il me fallut un moment, mais je trouvai les mots dans ma bouche.

– Nous avons fait cesser les meurtres, si c'est ce que vous voulez dire. (Elle passa en trombe à côté d'un moulin à vent qui se trouvait au bord de la route.) Vous tournerez à gauche au prochain chemin de terre.

Elle ralentit comme je lui avais demandé et prit le virage à une vitesse raisonnable, mais s'empressa ensuite d'accélérer, les ceintures de sécurité nous coupant le souffle. Je lui indiquai la route du guet, et elle la prit tandis que je tendais le bras et tournai la molette pour mettre le GMC en position quatre roues motrices. Son regard me fit comprendre que j'avais outrepassé mes droits.

– À partir de maintenant, je me charge de la conduite du véhicule, si ça ne vous fait rien.

Nous arrivâmes à la corniche, et après avoir pris derrière son siège un kit d'analyse de scène de crime, elle me suivit ; je refis le chemin jusqu'au pied des falaises. Notre venue effraya un coyote et nous entendîmes le bourdonnement des mouches avant même d'arriver sur place.

La chef Long resta à ma droite et nous nous approchâmes du petit bosquet de genévriers ; la jambe nue de la jeune femme était toujours positionnée à un angle peu naturel, près de son visage.

Je me tournai pour regarder l'agent Long, mais elle s'était arrêtée et, les yeux rivés sur la morte, elle restait plantée sur l'herbe.

J'attendis quelques instants, puis je fis un pas en arrière de manière à me placer entre elle et la victime.

– Vous la connaissez ?

Elle parut surprise, puis elle hocha la tête d'un air distrait avec une expression traumatisée que j'avais déjà vue auparavant.

– Ouais, ouais, je la connais.

– Donnez-moi le sac.

Elle cligna des yeux une fois puis leva la tête vers moi.

– Non, je… Non.

– Donnez-moi le sac et allez vous asseoir au bord de la rivière. Si j'ai besoin de vous, je vous appelle.

Elle ne bougea pas, même après que j'eus pris l'objet dans sa main inerte.

– Allez-y.

Elle resta là encore quelques instants, puis elle tourna les talons et descendit la colline.

Je retournai auprès de la victime et posai le sac sur le sol sans la regarder vraiment. Dans ce genre de situation, je rusais avec moi-même, j'usais d'un mensonge qui me permettait de faire le boulot – je me disais que ce n'était qu'un exercice. Pour moi, cette femme n'était pas morte, pas encore. Cette partie-là commencerait bien assez tôt : le désir féroce de découvrir qui elle était, pourquoi c'était arrivé et, si c'était pertinent, qui était responsable.

Était-ce un accident, un suicide ou un homicide ?

Je rangeai mes lunettes de soleil et levai la tête, observant attentivement la falaise et regardant les nuages au-dessus filer en bandes délavées, les restes de l'orage qui avait rôdé sur Lame Deer. Il y avait une autre scène de crime là-haut, où la plupart des questions trouveraient probablement une réponse, mais cela pouvait attendre.

J'évaluai la distance et fis de rapides calculs sur la physique de l'événement, en évaluant les forces de décélération et d'impact comme pour les accidents de voiture au cours desquels les passagers négligent le port de la ceinture. Entre la dixième et la douzième seconde de chute libre, on atteint la vélocité maximale – la vélocité maximale étant de cent soixante-dix-sept kilomètres/heure. Cette jeune femme ne l'avait pas atteinte, mais elle allait suffisamment vite. Elle avait des os fracturés et des lacérations sur les organes internes ainsi que sur la tête et la colonne vertébrale. Elle m'avait dit cela dans les dernières secondes ; si seulement elle avait pu m'en dire davantage.

Je sentis le mensonge du rituel m'envelopper, qui me préservait des résultats implacables de la mort, l'ultime adversaire de l'humanité. J'ouvris la mallette d'analyse et fus immédiatement confronté à un autre adversaire, un appareil photo. Toutes ces années, et je n'avais toujours pas acquis la maîtrise d'autre chose que du modèle ALC.

Tout à coup, je me souvins que nous avions laissé l'appareil de Henry sur la corniche à côté de l'endroit où nous avions garé le Yukon, et je notai mentalement qu'il ne fallait pas oublier de le récupérer en retournant au véhicule. L'appareil du kit était aussi gros que celui de Henry, mais d'une conception plus simple, ce que j'appréciais. Je l'allumai et, conformément à la procédure, je commençai à photographier toute la scène – les alentours, la longueur de la chute, et le point du choc sur la corniche.

Lorsque je commençai à la photographier, elle, je remarquai la présence d'hématomes sur son visage et sur ses bras, certains antérieurs à sa chute. Il y avait aussi des égratignures sur l'arrière de ses bras comme si quelqu'un l'avait saisie violemment, peut-être une semaine auparavant.

Le diable devait être en train de battre sa femme.

Je continuai à prendre des photos.

Les ongles de sa main gauche étaient en sang et retournés, certains étaient même absents, mais en dehors de cela et des indices de maltraitance, elle semblait avoir été une jeune femme normale, en bonne santé. Lorsque je la recouvris avec la bâche en plastique fournie dans le kit, je remarquai qu'il y avait même un petit sac à main coincé sous son bras.

Je fus tenté de la bouger et de passer en revue le contenu du sac, mais je me dis que les autorités du Montana le feraient correctement, en s'assurant de ne pas compromettre les traces de contact. Il semblait étrange qu'elle ait décidé de sauter dans le vide avec son enfant. Je me dis qu'à cet instant affreux où je l'avais vue tomber, sa seule préoccupation avait été ce qu'elle tenait dans ses bras. Je terminai ce que j'avais à faire et rangeai l'appareil photo. Mon travail serait préliminaire comparé à celui de l'équipe du laboratoire de Hardin ou Billings qui arriverait bientôt.

Par ailleurs, j'avais d'autres ressources.

Je descendis la colline et trouvai la chef Long qui jetait des galets dans un trou d'eau un peu plus bas, dans la rivière. Une petite truite était montée du fond, mais elle disparut sous mon ombre.

– Comment ça va, troupier ?

Elle se retourna, se protégeant les yeux de sa main en visière, et me regarda.

– Comment vous m'avez appelée ?

Je m'accroupis à côté d'elle et regardai l'eau paresseuse recouvrir les pierres pour qu'elle ne se sente pas gênée d'avoir les yeux rouges et encore humides.

– Troupier. C'est comme ça que mon ancien chef m'appelait quand j'ai commencé. Je l'utilise avec mes adjoints.

– Eh bien, ne l'utilisez pas avec moi.

Elle prit une inspiration et jeta un autre galet ; cette fois, le poisson l'ignora.

– Je pense qu'on en a fini ici.

Elle jeta un œil sur sa montre, une simple Luminox, le genre que portent les membres des Forces spéciales.

– Mais pourquoi ils mettent tellement de temps ?

Je levai les yeux et contemplai ce qui était maintenant un paysage désolé ; Cady n'aurait probablement pas accepté que la cérémonie se tienne en ces lieux, mais désormais, cette hypothèse était exclue.

– Espérons qu'ils ne se sont pas perdus.

– Ouais.

– On dirait qu'il va pleuvoir. (Je l'observai, essayant de déterminer si c'était un bon moment. Je me dis que les fondamentaux ne pourraient pas faire de mal.) Comment s'appelle-t-elle ?

Elle ne bougea pas, et sa voix aurait pu venir des arbres ou des falaises au-dessus de nous.

– Audrey Plain Feather. Elle était moitié crow. Audrey.

– Et l'enfant, le petit garçon ?

– Adrian.

Je hochai la tête, pensif, et regardai vers le haut de la colline ; il y avait un chemin plus aisé vers l'ouest, un endroit où la paroi était moins raide – ce serait plus facile de grimper, surtout en pente.

– Je monte.

– Je viens avec vous.

Je posai une main sur son épaule.

– Il faut que l'un d'entre nous reste ici pour attendre les gars du labo.

Elle repoussa ma main d'un mouvement d'épaule et se leva, tirant un peu sur la radio accrochée à son ceinturon.

– J'ai ça, et j'imagine qu'ils seront capables de venir jusqu'ici tous seuls. De toute façon, je les repérerai sur la route principale plus facilement de là-haut.

– D'accord, alors, voulez-vous me faire plaisir ?

– Ça dépend.

Je soupirai.

– Il va me falloir beaucoup plus de temps que vous pour atteindre le sommet de cette falaise, alors je veux que vous me laissiez de l'avance. (Je souris, mais elle ne me rendit pas mon sourire.) Le temps que j'atteigne la prochaine crête, là-bas, et que je sois proche du col ? (Je désignai la zone qui s'étendait de l'autre côté de la rivière.) Il y a un autre appareil photo posé dans l'herbe là où Henry et moi l'avons laissé quand nous avons vu Audrey tomber. Cela vous ennuierait d'aller le chercher et de le rapporter, ou de le mettre dans votre véhicule ?

Elle prit une seconde pour répondre.

– D'accord.

Je levai les yeux vers le ciel de plus en plus chargé puis m'écriai dans son dos.

– Vous êtes sûre que vous voulez monter ?

– Oui. (Elle se tourna vers moi et déplia une branche de ses lunettes de soleil avec ses dents, avant de les poser soigneusement sur son nez.) Par ailleurs, vous êtes toujours en état d'arrestation. Allez, bougez-vous, je ne veux pas être obligée de vous attendre.

Elle commença à grimper, son large dos et ses jambes puissantes rendaient son ascension aisée.

– Oui, chef.

La pente était effectivement plus facile sur la droite, et sur le côté gauche, il y avait une ravine bordée d'arbres sur lesquels on pouvait prendre appui ; plus on prend de l'âge, plus ce genre de détails devient important.

Le sol était meuble aux endroits où s'était accumulée la terre tombée de la corniche au-dessus, et au bout d'un moment, je trouvai un rythme qui me parut familier, semblable à celui qui m'avait permis de monter au sommet de Cloud Peak seulement deux mois auparavant. Le souvenir de cette aventure me fit frissonner, alors même que la température devait dépasser les trente degrés.

J'enlevai mon chapeau et marquai une pause aux trois quarts de l'ascension. De cette hauteur, je pouvais voir les corbeaux de Lonnie persécuter un aigle qui décrivait des courbes paresseuses dans la vallée. Les corbeaux avaient probablement des nids à proximité et protégeaient leurs petits, ou alors, ils prenaient de l'exercice avant que les nuages d'orage se densifient et qu'on se prenne un vrai déluge sur la tête.

J'inspirai profondément et repris mon ascension en me servant toujours des petits arbres comme cannes, et je finis par arriver au replat sur la crête. Je lançai un coup d'œil à droite et je vis Lolo Long monter, ne faisant qu'une bouchée du chemin direct, bien plus difficile.

Je l'aurais volontiers interpellée, mais je n'avais plus de souffle.

Un chemin de terre assez large partait dans deux directions opposées juste un peu en retrait du précipice, alors je tournai à droite et progressai le long du parapet. Au bout de quelques minutes, je remarquai que l'herbe était aplatie et je vis des traces dans la terre ; je m'arrêtai et m'accroupis pour les examiner – quelqu'un était monté ici en voiture et redescendu il n'y avait pas longtemps. Du regard, je suivis les traces jusqu'à l'endroit où le véhicule s'était garé, avait fait demi-tour en deux manœuvres, puis était reparti d'où il était venu. Les sillons étaient plus profonds là où le véhicule était resté arrêté un moment ; il y avait même deux petites taches d'huile et des traces de suie où ce que je supposai être un pick-up s'était garé.

Deux cents mètres plus loin environ, le terrain perdait de son relief et la surface arrondie du rocher marquait le bord de l'à-pic. L'endroit était dangereux. Lolo Long, le regard perdu au loin, les poings sur les hanches, était debout, à environ trois mètres du bord.

– Hé, chef.

– Quoi ?

– Quelqu'un est monté en 4 x 4 ici, il y a peu de temps. Je vois deux taches de liquide de différentiel, les pneus sont larges et les deux pots d'échappement proches. Je dirais une Jeep, un truc comme ça.

Elle se tourna pour me regarder.

– Comment vous savez où se trouvaient les pots ?

Je pointai du doigt.

– Les deux traces de suie laissées au démarrage. (Je me levai.) Ils vont avoir besoin de faire changer leurs segments de piston dans peu de temps.

Quelque chose attira mon regard un peu plus loin sur le chemin ; j'allai voir et trouvai un objet coincé dans les hautes tiges d'herbes de Cuba. C'était un sac en plastique, du genre de ceux qu'on trouve dans n'importe quelle épicerie.

– Avait-elle un véhicule comme celui-là ?

Ses lèvres se serrèrent si fort que sa bouche ne fut plus qu'une ligne, et les muscles de sa mâchoire se contractèrent.

– Non. Mais le gars avec qui elle s'était mise, le père d'Adrian, oui.

Je sortis le sac en plastique bleu des herbes. Il était plein de canettes de bière écrasées, de sacs de chips vides et d'emballages de bonbons. Il y avait un reçu au fond, détrempé par les restes de liquide qui avaient coulé.

Je sortis le ticket de caisse et le tins devant mes yeux. En haut, je lus WHITE BUFFALO SINCLAIR et en dessous, listés, les objets qui se trouvaient dans le sac, à l'exception de la bière et d'un paquet de cigarettes, ainsi que de l'essence pour une valeur de trente-deux dollars. La date était aujourd'hui, 11 h 22.

La chef Long approcha et je lui tendis le sac, ainsi que le reçu ; elle le lut, sortit deux poches en plastique et rangea soigneusement les deux objets, chacun dans un sachet.

Je sortis l'appareil photo et recommençai à mitrailler. Je pris une grande inspiration, la bloquai, et je m'avançai jusqu'au précipice.

La surface était un amas d'éclats de schiste qui rappelaient les bris de terre cuite qu'on trouve disposés au hasard dans un sol en tommettes anciennes ; le sol était instable sous le pied, et quelques lézards s'enfuirent comme des roulements à billes sur la terre dure. Je progressai vers le bord et m'accroupis pour examiner les morceaux de rochers abîmés à l'endroit où la femme était tombée. Le vent se leva un peu, me poussant par-derrière, tandis que je laissais à nouveau mon regard dériver vers les nuages, certains flottant assez bas pour que nous puissions les toucher en tendant le bras.

Les corbeaux et l'aigle continuaient à jouer à cache-cache avec eux, tournant comme des toupies et partant dans des directions opposées, décrivant des cercles et s'appuyant sur les vents ascendants et les rafales pour monter.

Un mouvement rapide me tira de ma transe – un petit crotale pygmée sortit d'un fragment de rocher sur ma gauche, probablement pour s'élancer à la poursuite des lézards. Je saisis une petite pierre et la lançai dans sa direction pour l'informer qu'il devrait continuer son chemin en s'éloignant de nous, et il nous obligea en disparaissant.

Je trouvai l'endroit où Audrey était passée par-dessus le bord, et l'endroit où elle avait désespérément tenté d'échapper à l'inévitable à l'aide d'une main – ce devait être celle où il manquait des ongles. Il y avait une autre zone portant des traces dans les rochers juste devant moi, peut-être là où elle avait trébuché ou peut-être là où il y avait eu une lutte.

Je lançai un coup d'œil à la chef Long et désignai le parapet.

– Vous voyez ça ?

Elle resta à trois mètres et ne fit aucun effort pour bouger.

– Quoi ?

– Les marques dans les rochers.

Elle jeta un coup d'œil par-dessus mon épaule.

– Ouais.

– On voit mieux d'ici.

Elle ajusta la bandoulière du sac d'équipement sur son épaule.

– Je vois très bien.

Je pris une autre série de photos, tandis que les pierres se détachaient et bougeaient sous mes chaussures. Retrouvant mon équilibre, je fis quelques pas pour aller la rejoindre. Elle se tenait droite comme un i.

– Ça va ?

– Oui.

C'était une réponse bien succincte, dont le but était de couper court à toute conversation sur le sujet – le genre de réponse que j'avais appris à ignorer.

– Qu'est-ce qui se passe ?

Son regard était empreint d'une telle intensité que j'eus l'impression de recevoir un coup de pied.

– Je n'aime pas l'altitude.

Je me retournai vers la falaise et la désignai d'un geste.

– Eh bien, c'est bien naturel, étant donné que…

– Ce n'est pas le problème.

Je repoussai mon chapeau et l'observai ; elle était vraiment belle, et je voyais s'afficher sur son visage la complexité des pensées contradictoires qui l'animaient. Je tendis une main vers elle.

– De quoi s'agit-il alors ?

Elle déglutit et recula, s'éloignant du bord et de ma main.

– J'ai… j'ai envie de sauter.

Haussant les épaules, je la contournai pour aller voir la partie principale de la piste couverte d'herbe.

– C'est normal aussi. On l'appelle parfois le goût du risque. C'est l'aspect subjectif de notre nature qui fait que des cow-boys de rodéo s'attachent à des taureaux ou des parachutistes sautent d'avions en parfait état de marche. Freud appelait ce genre de comportement autodestructeur la « pulsion de mort » et l'associait au jeu, au sexe et à beaucoup d'autres choses.

Elle resta immobile et continua à guetter des signes dans les nuages qui défilaient.

– Il reliait tout au sexe, n'est-ce pas ?

– En gros, oui.

Elle se tourna et me regarda tandis que sa radio crépitait. Elle la décrocha de son ceinturon et contempla la route en contrebas.

– Bien reçu, unité Un. On est en haut, on descend tout de suite.

Je revins au bord de la falaise et vis un Yukon blanc, un Ford Expedition noir et une voiture de la patrouille de l'autoroute.

– On dirait qu'ils ne se sont pas perdus, finalement.

– Ouais.

Après avoir rangé sa radio, elle ne bougea pas.

– Vous voulez descendre les rejoindre ?

Elle hocha la tête et serra la mâchoire.

– Est-ce qu'on a fini ici ?

– Vu les ressources limitées dont nous disposons, oui.

Elle ne bougeait toujours pas, et je compris qu'elle avait encore beaucoup à dire.

– Écoutez…

J'attendis, mais rien ne vint. Puis elle s'éclaircit la voix et sortit péniblement quelques mots.

– Je… je débarque dans ce job, mais j'ai pas envie qu'on me force la main… je veux dire, peut-être que je ne vaux pas grand-chose comme flic, mais j'aimerais bien le découvrir par moi-même. (Elle s'interrompit et me regarda.) Avant qu'on descende, je voudrais m'assurer qu'on est sur la même longueur d'onde.

– Ce qui veut dire ?

– J'en sais plus sur cette affaire que vous ou eux. Je connais les gens impliqués, et je n'y crois pas une seconde. (Ses yeux se posèrent sur le parapet et examinèrent la surface – morcelée et dangereuse.) Ce n'est pas si haut que ça.

– Dans la plupart des suicides on note une hauteur d'environ cent cinquante mètres, assez haut pour mourir, mais pas assez pour que la chute dure trop longtemps.

Une rafale de vent nous gifla et, à nouveau, je me dis que ce n'était pas un endroit approprié pour le mariage.

– Vous ne croyez pas à quoi ?

Lolo Long resta plantée comme une sentinelle.

– Il est impossible qu'une femme s'avance jusqu'au bord d'une falaise comme celle-ci et saute avec son enfant dans les bras.

Bingo.

Je souris et la considérai d'un air professoral.

– Peut-être que vous n'êtes pas si nulle comme flic, après tout.

Ses yeux s'embrasèrent et elle me regarda bien en face ; je me dis, l'espace d'un instant, qu'elle pourrait essayer de me balancer du haut de la falaise. Elle fit un pas et partit vers la droite, prenant le chemin direct pour descendre, puis lança par-dessus son épaule :

– Il y a une autre raison.

Je la suivis.

– De faire quoi ?

J'entendis à peine les mots qui m'arrivèrent portés par une brise qui continuait à forcir.

– D'avoir envie de sauter. Juste pour en finir avec tout.

Les Fédéraux avaient déjà monté leur campement sur la corniche où nous nous étions garés ; un jeune homme aux cheveux blonds, qui semblait être un des agents, et un homme de la patrouille de l'autoroute furent les premiers à nous rejoindre. L'agent du FBI, vêtu d'une chemise à manches courtes, me tendit la main.

– Bo Benth. C'est un plaisir de vous rencontrer, shérif. J'ai beaucoup entendu parler de vous, et j'ai lu beaucoup sur vous.

Je lui serrai la main et lui présentai Lolo.

– Voici la chef Long. (Je continuai, enchaînai directement, juste pour qu'il n'y ait pas de confusion.) Elle sera l'enquêteur principal.

L'agent Benth sourit tandis que Long gardait les yeux rivés sur ses chaussures. Il jeta un coup d'œil vers la falaise.

– Selon nos informations, l'affaire est plutôt simple.

– Non, en fait, ce n'est pas le cas. Il y a un survivant, et un de mes amis et moi avons été témoins de la chute. La chef Long et moi avons déjà fait le premier examen de la scène de crime, ici, et là-haut.

Il regarda les nuages d'orage qui s'amassaient au-dessus de la falaise.

– Bien, parce que j'ai comme l'impression qu'on va se faire pisser dessus.

Ils commencèrent à s'approcher de la victime.

– Pour ce qui est de savoir qui aura la responsabilité de mener cette affaire, vous pouvez discuter de ça avec le nouvel agent responsable.

– Où est-il ?

Benth balança son pouce par-dessus son épaule et m'adressa un sourire étrange.

– Il essaie de trouver du réseau avec son portable dans la voiture. Vous allez l'adorer.

Tandis que nous poursuivions notre descente, l'officier Long accrocha ses pouces dans les poches de son jean.

– Super.

– Quoi ?

– Un nouvel agent responsable. J'avais vraiment besoin de ça.

Je hochai la tête.

– Vous connaissiez le précédent ?

– Seulement par téléphone. J'ai eu de la chance. (Elle regarda brièvement Painted Warrior.) On dirait que je n'en ai plus.

Nous passâmes à côté de quelques autres gars du labo médico-légal, mais pas de mon bon ami Bill McDermott, qui devait se trouver dans une autre partie de l'État.

Le Yukon blanc des Fédéraux, le véhicule de l'agent responsable, était celui qui était garé le plus loin ; un homme grand avec un bouc et des cheveux en bataille, vêtu d'une chemise rose et d'un blazer bleu, avait un bras à l'extérieur de la portière. Il tenait son portable au bout de son autre bras et le regardait avec une expression de dégoût, ses lunettes de soleil perchées au sommet de sa tête.

Lolo Long me lança un coup d'œil.

– Je gère, cette fois-ci.

L'agent fédéral jeta son portable sur la banquette arrière du Yukon.

– Il n'y a pas de réseau dans le putain de Montana ? (Il me lança un coup d'œil.) Je sais qu'il n'y en a pas dans le putain de Wyoming, mais dans le putain de Montana non plus ? (Il se tourna pour examiner la chef Long.) Hé, ça va mieux, tout à coup.

Long ignora sa remarque, ajusta la bandoulière du sac sur son épaule et tendit la main.

– Lolo Long, chef de la police tribale cheyenne. Je suis l'enquêteur principal sur cette affaire.

Il fit une mimique en biais et eut un sourire narquois qui était encore plus marqué que celui du plus jeune agent – à l'évidence, c'était un truc du Bureau. Il regarda sa main mais ne la saisit pas.

– Ah, vraiment ?

Elle faisait preuve d'une patience remarquable et elle ignora aussi cette réponse, mais sa voix était maintenant tranchante.

– Je connais bien les personnes impliquées et j'ai des informations qui pourraient conduire à une arrestation prochaine.

Il secoua la tête peut-être pour s'éclaircir les idées, me jeta un coup d'œil, puis revint à elle.

– Une arrestation prochaine, donc ?

Elle prit une grande inspiration et finit par descendre son bras.

– Le shérif Longmire et moi…

Il interrompit son discours bien préparé et me regarda avec un air on ne peut plus complice.

– Ah oui ?

Elle trébucha, puis retrouva son équilibre ; elle commençait à être de plus en plus furieuse.

– Nous… j'ai des raisons de penser que cette affaire est peut-être plus qu'une simple mésaventure.

– Ah bon ?

Totalement furieuse, maintenant, elle rétorqua.

– Oui.

Il enleva les lunettes posées sur sa tête, les envoya rejoindre le portable et se mit à masser entre le pouce et l'index les orbites de ses yeux de part et d'autre de son long nez.

– On dirait que je n'ai plus aucun souci.

Il leva la tête – et cette fois, il se fendit d'un sourire, du genre que font les hyènes – puis il tendit le poing et lui mit un coup dans l'épaule, avant d'énoncer, de la voix chantante caractéristique des mauvaises émissions de télévision.

– Eh bien, si je me présentais : Cliff Cly du FBI.

3

– Vous auriez pu me dire que vous le connaissiez.

Elle prenait les virages à plus de cent quarante kilomètres/heure, et je commençais à penser que c'était juste la manière dont conduisait Lolo Long, un peu comme A.J. Foyt.

– Et j'étais censé vous dire ça quand ?

– Vous auriez pu prendre part à la conversation à n'importe quel moment.

Je me cramponnai d'une main au tableau de bord et vérifiai que ma ceinture de sécurité était bien attachée.

– Vous avez dit que vous vouliez gérer, d'un ton, d'ailleurs, qui laissait supposer que j'avais mal géré précédemment. (Elle ne dit rien.) Vous avez eu ce que vous vouliez. Vous êtes l'enquêteur principal sur l'affaire.

– Non, vous avez eu ce que je voulais. (Elle darda ses yeux furieux sur moi.) Qu'est-ce qui fait que vous êtes si bien avec le FBI qu'ils se roulent par terre sur le dos et vous demandent de leur gratter le ventre ?

J'enlevai mon chapeau et le posai sur mes genoux.

– Pas tout le FBI, juste cet agent-là. Et pour tout dire, c'est moi qui lui ai rafistolé le bide.

Sa voix reproduisit la courbe mélodique de celle de Cly, mais avec la crispation en plus.

– Alors, comment avez-vous fait la connaissance de « Cliff Cly du FBI » ?

Je grimaçai en y pensant.

– Eh bien, j'ai commencé par lui casser la mâchoire.

– Vous lui avez fait quoi ?

– C'est une longue histoire.

Elle hocha la tête.

– Nous avons tout le temps. Vous êtes toujours en état d'arrestation.

Je soupirai et pensai à une jument qui avait été retenue prisonnière sur une mesa… et à la femme qui l'aimait.

– Il travaillait sur une affaire sur laquelle j'enquêtais moi aussi, il a fini par se prendre une balle dans le ventre au bord de la Powder River, et j'ai eu la chance de pouvoir lui trouver de l'aide.

– En lui brisant la mâchoire.

– Ça, c'était avant.

Elle prit un autre virage tandis que le V8 du GMC souffrait sous son pied.

– La chance de pouvoir l'aider, hein ?

– Ouaip.

– Alors, vous êtes un type qui a de la chance ?

Nous parcourûmes une ligne droite à toute vitesse et faillîmes percuter un camion de bois venant en sens inverse.

– Parfois. D'ailleurs… ça vous ennuierait qu'on roule à une vitesse inférieure à celle du son ? Ma fille se marie la semaine prochaine et je voudrais bien pouvoir assister à la cérémonie.

Elle leva le pied un tout petit peu, et je repris ma position dans mon siège.

– Pourriez-vous m'expliquer pourquoi vous êtes si en colère quand vous échangez avec des gens ?

– De quoi parlez-vous ?

– De la manière dont vous avez parlé à l'agent Cly et…

– Vous avez entendu comment il s'est comporté avec moi ?

Ses doigts se serrèrent sur le volant.

– Oui.

– Eh bien, vous savez pourquoi. (Sa tête s'agita au rythme des mots qu'elle cracha ensuite, l'un après l'autre.) Il. M'a. Énervée.

– Vous m'excuserez, parce que je ne vous connais que depuis six heures, mais cela ne paraît pas vraiment difficile à faire. (Elle se ferma à nouveau comme une huître et se contenta de regarder à travers le pare-brise.) Tout ce que je dis, c'est qu'être en colère contre lui n'a pas joué en votre faveur.

– Alors, vous suggérez que j'aurais dû lui péter la mâchoire ?

Je souris et me dis, Voilà ce que tu récoltes quand tu fais la morale à quelqu'un.

– Pas exactement.

– Ouais, eh bien, je suis chef de la police, pas shérif, alors, j'ai pas besoin de faire de la politique, j'ai pas besoin de me faire élire.

Je regardai à travers le pare-brise, moi aussi. La pluie tombait désormais avec empressement.

– Sans parler d'électeurs, si vous continuez comme ça, vous ne serez pas chef de la police très longtemps. (Nous poursuivîmes dans un silence brisé seulement par la sirène dont les échos se répercutaient sur les collines environnantes. Je repris :) Sa juridiction l'emporte sur la vôtre, et généralement, quand on conteste le gouvernement fédéral, on perd.

Elle tourna son joli visage cheyenne pour me regarder.

– À qui le dites-vous.

Je secouai la tête et essayai de me détendre un peu.

– Vous pourriez me dire où nous allons ?

– Voir un gars pour lui parler d'une Jeep.

Après un virage serré à gauche sur la 212, nous fonçâmes sur quelques kilomètres vers l'ouest jusqu'à un embranchement où se trouvaient quelques panneaux, dont l'un affichait : BIENVENUE À MUDDY CUSTER, HE'OVONEHE-O'HE'E.

– Qu'est-ce que cela signifie ?

– Muddy Custer ?

– Non, la partie en cheyenne.

Elle haussa les épaules.

– Là où ils se rassemblent.

Nous contournâmes un quartier où toutes les maisons étaient exactement du même modèle, mais peintes en différentes couleurs vives.

Elle surprit mon regard.

– Des mélanges. Tous les étés, Ace Hardware vient ici et organise une vente au cul du camion.

Elle remonta une allée où, posé sur des parpaings, se trouvait un vieux minibus Volkswagen jaune vif, avec les mots OLD SKOOL écrits sur le flanc. Devant lui était garée une Jeep CJ-5 datant du milieu des années 1970, partiellement décapotable.

Je regardai la pluie battre la toile.

– C'est quelqu'un qu'on connaît ?

– Que je connais.

Je levai les yeux dans la pluie qui fouettait le pare-brise et me dis que nous étions sur le point d'être terriblement mouillés.

Nous sortîmes tous les deux, et tout en enfonçant mon chapeau d'été en palme, je glissai un regard entre les ruisseaux d'eau qui coulaient du bord pour examiner les deux pots d'échappement jumeaux de la Jeep. Je me penchai sur les deux coulures de liquide différentiel qui dessinaient des arcs-en-ciel sur la surface bétonnée de l'allée. Lorsque je me redressai, je constatai que la chef Long avait déjà contourné l'autre véhicule et qu'elle arrivait au porche sur notre droite, l'arme au poing.

Je parlai fort, pour me faire entendre malgré le bruit de la pluie.

– Je suppose que je ne peux pas récupérer mon arme ?

Elle m'ignora. À une fenêtre à gauche de la porte d'entrée, j'aperçus un rideau qui reprenait sa place.

Elle monta les marches et cogna sur le cadre de la porte à moustiquaire, puis elle se tourna vers moi au moment où je parvenais à la marche inférieure.

– Avec un peu de chance, il est vraiment bourré et inconscient, ce qui est bien préférable à un peu bourré.

Je croisai les bras et essayai de réduire la taille de la cible que j'offrais à la pluie diluvienne.

– Parce que ?

Elle cogna à nouveau sur le cadre en aluminium, les parties saturées d'eau de son uniforme dessinant des courbes provocantes.

– Sinon, il est dangereux.

Je crus entendre quelqu'un se déplacer dans la petite maison.

– Et s'il est sobre ?

– Alors, je me suis trompée de maison.

Elle tendit le bras, ouvrit la moustiquaire et frappa sur la porte une demi-douzaine de fois avec la crosse de son revolver.

– Allez, Indian Taco, je sais que t'es là !

Je la rejoignis sur le porche sous les vestiges d'un auvent métallique qui tamisait la pluie en torrents intéressants, difficiles à éviter, mais c'était une meilleure protection que rien du tout.

– Je suppose, attention je suppose seulement, que son vrai nom n'est pas Indian Taco.

– Il s'appelle Last Bull, mais il a du sang mexicain.

Elle tambourina à nouveau sur la porte, laissant des indentations en forme de fer à cheval sur la surface bon marché du mince contreplaqué.

– Clarence, je sais que t'es là-dedans. Ta Jeep de merde est posée dehors et elle se vide de ses liquides sur l'allée !

On entendit un bruit laissant supposer que quelqu'un avait fait tomber une bouteille d'une table, et j'attendis pendant que Long cognait à nouveau. Au bout d'un moment, la porte s'ouvrit de dix centimètres et un œil rouge et trouble apparut au-dessus de la chaîne de sécurité ; une odeur d'alcool et de vomi s'échappa de l'intérieur.

– Quoi ?

Sa voix était grave et épaisse, et apparemment, il était bien dans l'état que prévoyait la policière.

– Ouvre la porte.

L'œil sembla y réfléchir.

– Pour… quoi ?

– Parce que j'ai dit…

Sa réponse fut stoppée net quand elle remarqua qu'il avait glissé le canon de ce qui semblait être un fusil de chasse dans l'ouverture.

Ses mouvements étaient lents ; il tripota maladroitement la chaîne, essayant de la défaire tout en tenant l'arme calée sous son bras. De là où je me trouvais, je voyais que la culasse était tirée et que l'arme n'était pas chargée. Je m'apprêtai à mentionner ce détail à Long, mais elle avait déjà reculé un pied.

– Chef, attendez…

Son pied cogna dans la porte – d'expérience, je savais comment réagissaient les portes de piètre qualité dans ce genre de situation – et elle laissa dans le panneau un trou d'environ vingt-cinq centimètres de diamètre, insérant son pied dans la maison, mais rien d'autre.

Clarence Last Bull laissa tomber son fusil et, comme c'était prévisible, se mit à courir – du mieux qu'il pouvait.

Je tendis le bras, attrapai Long par le col de sa chemise d'uniforme mouillée et la tirai en arrière et sur le côté, tentant de la dégager de la porte. Nous tombâmes à côté des marches en béton dans des plants de sauge blanche, elle me flanqua un coup de coude, se leva en catastrophe et se rua vers la porte.

– Attendez une seconde !

Continuant à m'ignorer, elle remonta les marches avec le long canon de son .44 brandi, attentive cette fois à flanquer un coup de pied dans le cadre, structurellement plus rigide.

Je décidai qu'il était temps de couper la route à Clarence.

Un trottoir menait derrière la maison, et après avoir tourné au coin, j'ouvris d'un coup une barrière grillagée pour trouver un perron en béton qui ressemblait à celui qui se trouvait devant. Un râteau au manche en bois était appuyé contre les parements peints, et je m'en emparai. Last Bull était concentré sur son objectif qui était d'atteindre le carré de terre servant de jardin, ce qui l'empêcha de remarquer la présence du manche que je glissai entre ses pieds.

Heureusement pour lui, il avait atteint la dernière des marches en béton ; malheureusement, il tomba dans la plus grande flaque du terrain, tête la première.

J'avais lâché l'outil de jardinage et je m'apprêtai à le rejoindre lorsque Lolo Long sortit comme une bombe par la porte de derrière et se catapulta sur Last Bull à l'instant où il tentait de se mettre debout.

Il était grand mais maigre et incroyablement imbibé, ce qui donnait l'avantage à la policière. Il était à bout de souffle et, maintenant, ils étaient tous les deux couverts de boue. Il la fit tomber, mais elle l'enserra entre ses jambes et le tira vers elle. Il essaya de tendre un bras faiblard vers l'arrière, mais elle lui mit un vilain coup sur la tête avec son revolver, et il s'écroula, inconscient.

Elle s'écarta de lui et resta allongée là, haletante, levant les yeux vers moi au milieu des bruits de détonation des gouttes qui tombaient dans la flaque autour d'elle. Elle s'essuya la bouche avec le dos de sa main.

– Merci pour votre aide.

– C'était pas grand-chose.

Elle se dégagea de sous le poids mort, et lorsque le visage de l'homme s'écrasa dans l'eau boueuse, elle rengaina son Smith et lui menotta les mains dans le dos.

Je passai une main sous un bras de Clarence Last Bull et le traînai pour le sortir de la flaque avant qu'il ne se noie.

Dans le bureau principal et centre de détention de la police tribale cheyenne, on était au sec, et les lieux étaient aussi douillets qu'on aurait pu s'y attendre. Bien entendu, je ne pouvais pas parler à la place de l'homme ronflant par à-coups dans une cellule, la tête sous une couverture. Un agent impassible au visage grêlé m'observait en fredonnant une douce mélodie à mi-voix et en mangeant les quartiers d'une pomme qu'il découpait à l'aide d'un couteau de poche au manche jaune.

Je tournicotai la minuscule bague sur mon petit doigt, heureux qu'elle ne soit pas tombée dans la mêlée.

– Je peux en avoir un morceau ?

Il coupa un autre huitième du fruit, le fourra dans sa bouche et me regarda, son visage aussi inexpressif que les murs nus qui nous entouraient.

Je m'adossai sur la chaise où Long m'avait ordonné de m'installer et je jetai un coup d'œil autour de moi, dans le bureau vide, aux deux ou trois autres tables repoussées contre les murs nus. Après avoir placé le suspect dans la cellule, la chef m'avait déposé avec l'homme silencieux et avait disparu dans le vestiaire du fond. Au bruit, je compris qu'elle prenait une douche pendant que le sphinx jouait les gardiens. Apparemment, j'étais toujours en état d'arrestation.

– Vous avez trop aboyé et ils vous ont coupé les cordes vocales, c'est ça ?

Je regardai par la fenêtre verticale située à côté du bureau de Long et vis le vent agiter les arbres et plaquer la pluie contre les doubles vitrages. On apprend beaucoup de quelqu'un en examinant son bureau, même s'il n'y a rien posé dessus. Celui de la chef Long était totalement vide, à l'exception d'un vieux téléphone à boutons poussoirs et d'un dossier en papier kraft.

– Hé, ça vous ennuie si je passe un coup de fil ?

Il laissa échapper un profond soupir et continua à fredonner.

J'attendis qu'il dise quelque chose, mais rien ne vint. Au bout d'un moment, je renonçai à essayer de me montrer sociable et cédai à l'épuisement que je ressentais. Je m'allongeai du mieux possible sur ma chaise et descendis un peu mon chapeau sur mon visage.

Parfois cela se passait ainsi avec les Cheyennes – la conversation n'était simplement pas nécessaire et le silence était très souvent un signe de respect ; cependant, même si je savais qu'il n'essayait pas de me mettre mal à l'aise, il ne se mettait pas franchement en quatre pour devenir mon nouvel ami, non plus.

Il ne se passa rien pendant un moment ; puis, sous le bord de mon chapeau, je vis Lolo Long arriver dans notre direction. Elle s'assit sur une chaise à côté de l'adjoint, mais ils n'échangèrent pas un regard, préférant se tenir à un certain angle avec le regard focalisé à peu près sur le milieu du mur.

Pour ce que je pouvais en dire, les deux policiers tournaient autour du pot – chacun fournissant un contrepoint aux silences de l'autre avec des réponses monosyllabiques et des sons courts qui, j'en étais certain, avaient leur substantifique moelle verbale. Ils ne chuchotaient pas mais se montraient respectueux de mon prétendu sommeil, et les consonnes sonnaient comme des petits oiseaux vifs perchés sur des arbres éloignés, les voyelles, comme une berceuse.

La chaise de l'adjoint couina et il ferma une porte, puis elle se déplaça vers ma gauche.

Je remis mon chapeau correctement et ouvris les yeux. Ses cheveux étaient encore mouillés et elle avait changé d'uniforme.

– On dirait que votre personnel ne m'aime pas.

Elle examina le dossier qui était posé sur son bureau, haussa les épaules et continua à lire.

– Il est probablement fâché parce qu'on détient son demi-frère dans la cellule, mais Charles ne dit qu'à peu près trois mots par semaine de toute façon, alors, qui sait.

– Toutes les familles ont un mouton noir, certaines en ont même deux. (Je regardai autour de moi la demi-douzaine de bureaux vides qui étaient poussés contre les murs.) Où se trouvent les autres membres de votre équipe ?

Elle gesticula d'une main distraite et continua à examiner le dossier.

– Je les ai renvoyés.

Je me tournai et la regardai, m'attendant à des détails qui ne vinrent pas.

– Pardon ?

Elle haussa les épaules.

– J'ai viré Charles aussi, mais il continue à venir. Cela fait deux semaines qu'il n'est pas payé. Je ne sais pas s'il comprend qu'il a été mis à la porte. Il manque d'imagination, et je dois admettre que c'est un trait qui finit par me plaire. (Elle leva les yeux.) Je n'aime pas les gens qui ont de l'imagination.

– Je suis navré de l'apprendre. (Je désignai d'un mouvement de la tête l'homme endormi dans la cellule.) C'est le dossier qui concerne votre pensionnaire ?

Elle baissa à nouveau la tête et une bonne minute s'écoula.

– Non, c'est le dossier qui vous concerne, vous.
– J'ai un dossier, moi ?
Elle le ferma.
– Depuis aujourd'hui.
– Alors, je suis toujours en état d'arrestation ?
– Oui. Non… (Elle jeta le dossier sur son bureau.) Peut-être.
– Je peux demander pour quelle raison ?
Elle souffla de l'air entre ses lèvres serrées.
– Soupçons légitimes, ce qui comprend votre amitié avec Henry Standing Bear.
Il se passait beaucoup de choses, là, on aurait dit un volcan sur le point d'entrer en éruption.
– Qu'est-ce que vous avez, exactement, contre Henry ?
Ses yeux s'embrasèrent, ce qui ne fit qu'augmenter mon inquiétude.
– Il croit qu'il est au-dessus des lois et je n'aime pas ça.
Je souris.
– Peut-être pas au-dessus, mais certainement au-delà. (Je me levai, regardai le téléphone posé sur son bureau.) J'aimerais passer un appel.
Elle écarta les doigts et passa une masse de cheveux noir corbeau humides derrière son épaule.
– J'ai déjà passé tous vos appels. Vous allez dormir cette nuit chez le chef de la tribu, et je vais vous y déposer. (Elle s'installa confortablement sur sa chaise, étira ses bras en laissant ses doigts posés sur le bord de son bureau comme un enfant qui testerait son envergure.) Mais là, je me disais que j'allais vous emmener dîner quelque part.

Le Charging Horse Casino est un bâtiment étrange un peu à l'écart de la route principale de la réserve des Cheyennes du Nord, et si ce n'était pas le plus grand établissement de jeu des Hautes Plaines et s'il n'était pas couvert de néons, on pourrait le manquer.

Un homme trapu un peu plus âgé que moi, avec une queue-de-cheval poivre-et-sel et le visage buriné, nous accueillit et ouvrit la porte du casino.

– Bonjour chef.

Lolo Long ne répondit pas et poursuivit son chemin.

J'adressai un hochement de tête à l'homme, qui me répondit par un sourire timide, puis je la rattrapai du mieux que je pus.

– Quelqu'un que vous connaissez ?

– Ex-chef de la police.

– Oh.

L'essentiel du bâtiment était occupé par la salle de bingo de cinq cents places au fond, mais les sessions programmées trois fois par semaine ne commençaient pas avant le lendemain soir, alors les lieux étaient assez déserts, à l'exception des professionnels éparpillés au milieu des machines à sous. Nous fûmes dirigés vers une table placée devant l'une des fenêtres en forme de losange dans le coin le plus éloigné du restaurant, d'où nous pouvions contempler les dernières débauches de lumière horizontale juste avant la tombée de la nuit.

– C'est votre place habituelle ?

Elle regarda autour de nous.

– Ils essaient de me tenir éloignée des clients.

Je hochai la tête et restai là, à attendre ; c'était elle qui invitait, alors je lui laissais l'initiative, ce qui me donnait tout loisir d'examiner la cicatrice en forme de faucille qui commençait sous sa pommette droite, tournait autour de l'orbite de son œil, et disparaissait dans son sourcil noir.

La serveuse, une femme cheyenne d'une quarantaine d'années, s'approcha en silence avec de l'eau et des cartes. Nous passâmes commande et la serveuse revint avec un pichet de thé glacé. Je hochai la tête et elle remplit deux verres, puis partit, accordant à Lolo Long du temps pour elle et pour contempler le paysage.

Elle se tourna à nouveau vers moi.

– Alors, comment je me suis débrouillée aujourd'hui ?

J'eus l'impression de tomber dans une ornière.

– Pardon ?

– Pendant l'enquête, comment je me suis débrouillée ? (Son regard se porta sur le plateau de la table.) Écoutez, je sais que vous faites ça depuis longtemps. Très longtemps. Je me dis que vous pourriez peut-être avoir un avis.

– Ce n'est pas vraiment mes affaires, mais à mon avis, vous devriez peut-être rendre votre insigne.

Il lui fallut un moment pour trouver une réponse.

– Je sais que je n'ai pas tout fait exactement comme il le fallait aujourd'hui.

– Eh bien, vous n'avez pas fait grand-chose comme il le fallait aujourd'hui. (Je jetai un coup d'œil alentour pour m'assurer que personne ne pouvait entendre, avant de poursuivre.) Avec tout le respect que je vous dois, soldat, je ne sais pas ce qu'était votre spécialité, mais ce n'était pas la police.

Elle ne bougea pas.

Je me sentis mal de l'avoir dit, mais c'était elle qui avait abordé le sujet, et je commençais à penser que ce serait peut-être la seule occasion que j'aurais jamais. J'essayai d'adoucir ma voix.

– Je suis désolé que ce soit moi qui vous le dise, mais il faut que je vous en parle avant que vous vous fassiez tuer, ou que vous fassiez tuer quelqu'un.

Les muscles de sa gorge se contractèrent.

– Alors, qu'est-ce que j'ai mal fait ?

Je regardai autour de nous, essayant de trouver une idée pour gérer la situation.

– Prenons comme exemple l'altercation avec Last Bull. Avec n'importe quel avocat à peu près correct, il s'en sortira sans rien.

– Il avait un fusil.

– Qui était vide et qu'à aucun moment il n'a dirigé vers nous. Si vous aviez prêté attention au lieu d'essayer à toute force d'entrer dans une habitation alors que vous n'aviez pas de mandat…

– Je le connais. C'est un ivrogne et il est dangereux.

– Ce qui aggrave encore votre cas. Vous avez approché la maison l'arme au poing. Je me fiche de savoir s'il est dangereux ou pas – vous lui avez offert une invitation claire à résister. C'est un suspect potentiel – le mot important ici, c'est *potentiel* – et il devrait être traité avec au moins un tout petit peu de respect. (Elle essaya de m'interrompre à nouveau, mais je ne la laissai pas.) Et si vous vous trompez ? Et si c'est seulement un gars qui vient juste de perdre une proche et son enfant ? Hein ?

Elle était en colère.

– Je ferais quelque chose comme des excuses.

– Ce serait intéressant, parce que je n'ai rien vu qui se rapproche de près ou de loin à des excuses pour quoi que ce soit, depuis que je vous ai rencontrée.

Elle croisa les bras, puis les décroisa et s'apprêta à boire un peu de thé, ou peut-être se préparait-elle à me le jeter à la figure.

– Les excuses, c'est un signe de faiblesse.

Je restai impassible, à la regarder, essayant d'être sûr que j'avais bien entendu ce que j'avais entendu, lorsque la serveuse arriva avec notre repas – elle se contenta de rester un peu sur le côté pour éviter les projections de sang.

Je poursuivis et terminai mon exposé.

– Les excuses sont le signe qu'on a une vague idée de ce qui se passe autour de soi et qu'on n'est pas un crétin bouffi d'arrogance. (J'aurais dû m'arrêter là, mais le reste devait être dit aussi.) Pardonnez-moi de le dire, mais vous n'avez pas la formation ni, d'après ce que je vois, le caractère qui convient pour ce job.

Ses yeux restèrent fixés sur les miens. Elle prit une grande inspiration puis se leva et resta à côté de la table. Les seuls sons qu'on entendait étaient la climatisation et le tintement bruyant des machines à sous.

À nouveau, elle me rappela Vic, mais sans l'excellente formation fournie par l'académie de police de Philadelphie, sans les cinq ans de patrouille sur le terrain et sans les décorations que la Terreur avait accrochées sur le mur de ses toilettes. Lolo Long deviendrait peut-être un bon officier de police, mais elle ne survivrait jamais assez longtemps pour y parvenir. Elle finirait morte sur une contre-allée ou saignée à blanc sur un bout de moquette d'extérieur usée.

Sans un mot, elle tourna les talons et partit en marchant à grands pas, ne ralentissant que pour faire valser une des assiettes posées sur la main de la serveuse. L'assiette tomba en décrivant un arc gracieux par-dessus l'épaule de la femme ahurie et s'écrasa sur le sol carrelé avec fracas, des morceaux de faïence et de steak au piment volant en tous sens.

Je baissai la tête et soupirai. Je savais que j'avais été trop loin, mais je n'y avais pas réfléchi avant de parler et, étant donné notre dernière conversation, je me dis que la serveuse ne risquait pas de recevoir des excuses.

La pauvre femme était toujours plantée là avec l'autre assiette dans la main, alors je la lui pris.

– Je suppose que la mienne est celle qui se trouve par terre, alors je prendrai le poulet frit. (Je lui tendis mon autre main.) Walt Longmire.

Elle hocha la tête et me serra la main.

– Je sais. (Elle regarda à travers la vitre, tandis que la chef Long sortait en trombe du parking au volant de son Yukon.) Elle était si gentille, autrefois.

Posant l'assiette sur la table, je désignai les dégâts par terre.

– Vous avez besoin d'aide pour nettoyer tout ça ?

– Non. (Elle sourit.) Je m'en occupe. Mangez, vous.

C'est à ce moment-là que, d'après l'officier Long, je fis preuve de faiblesse.

– Je suis désolé.

La femme associa sa faiblesse à la mienne.

– Je suis désolée, moi aussi.

Je m'assis et commençai à manger le poulet avec mes doigts ; en dehors de la serveuse, j'étais la seule personne présente dans le restaurant. Je tirai quelques autres serviettes du distributeur et elle revint avec une pelle, un balai, un pulvérisateur et des serviettes en papier.

– Je m'appelle Loraine Two Two.

– Heureux de vous connaître, Loraine.

Elle eut vite fait de nettoyer.

– J'ai entendu que c'est Audrey Plain Feather qui est tombée d'une falaise et qui est morte aujourd'hui.

Je laissai le poulet tranquille un instant.

– Le téléphone rouge ne cesse jamais de fonctionner, n'est-ce pas ?

– J'ai travaillé avec elle aux services sociaux. (Elle sourit, mais son sourire disparut rapidement.) Ils ont dit que l'enfant, Adrian, était avec elle quand elle est tombée.

Je pris une respiration et pensai à mon lien officieux avec l'affaire.

– Il est à l'hôpital, mais je crois qu'il va s'en sortir.

Loraine se releva mais évita mon regard.

– C'est une famille perturbée.

J'approuvai d'un signe de tête, tenant toujours un pilon.

– C'est ce qu'on dit.

– L'homme, Clarence, il s'intéressait à ma fille Inez, il y a un an.

– Vraiment ?

Je ne savais pas trop quoi dire d'autre.

– Oui.

Loraine Two Two se tourna, prête à partir, mais elle lança par-dessus son épaule :

– Elle avait treize ans.

Le trajet jusqu'à la maison de Lonnie Little Bird était d'environ trois kilomètres, et en avançant à pas lourds sur la côte de la Route 212, je regrettais une fois de plus la perte de mon pick-up ; le tonnerre résonnait toujours en échos sur les surfaces planes des plateaux au loin.

Avec la chance que j'avais en ce moment, il était probable que la pluie tombe à nouveau avant que j'arrive à destination.

Il était également probable que Clarence Last Bull avait tué Audrey, mais pour conclure sur ce point il faudrait attendre que la chef Long reçoive le rapport préliminaire du labo médico-légal du Montana et du FBI le lendemain matin. Il ne contiendrait pas tous les détails, mais cela suffirait pour que les lents rouages de la justice se mettent en branle.

Quelques calculs rudimentaires et la révélation de ce soir me disaient que Clarence commettait des infidélités, et le fait que c'était avec une fille de treize ans ne me le rendait pas vraiment sympathique. J'avais toujours des doutes, mais en même temps, je ne savais pas comment on agissait après avoir poussé sa femme et son enfant du haut d'une falaise. Est-ce qu'on remontait dans sa voiture et qu'on rentrait chez soi, ivre ? Si on essayait de faire en sorte que ça ressemble à un accident, on appellerait le 911 et on resterait sur place. Cela n'avait aucun sens, et dans mon métier, les choses qui n'avaient pas de sens conduisaient souvent à la découverte de celles qui en avaient.

Je me forçai à me répéter que ce n'était pas mon affaire. Tout en tripotant la bague à mon petit doigt, je me souvins à nouveau que j'avais une fille qui se mariait dans quelques semaines.

J'entendis un véhicule s'approcher dans mon dos, et pour m'amuser, je tendis mon pouce pour voir si je pouvais me faire prendre en stop. Il me vint à l'idée que c'était peut-être Lolo Long qui, dans un accès de remords, avait changé d'avis et était prête à me conduire. Ouais, bien sûr, et c'était peut-être aussi le chef High Bear qui voulait me montrer les *ledger drawings*[1] qu'il avait faits dans le cahier d'appel qu'il avait piqué au sergent 1re classe du septième de cavalerie.

Je me tournai pour regarder derrière moi – au son, je savais que le véhicule était très près – et lorsque je le vis, j'eus l'impression qu'il fonçait droit sur moi. C'était un vieux pick-up avec un moteur qui avait l'air dopé, et équipé de silencieux Glasspack. Je restai là un instant, pensant que le conducteur ne m'avait pas vu et qu'il donnerait bientôt un coup de volant avant de me dépasser, mais le pick-up poursuivait sa trajectoire droit sur moi.

Je traversai la bande d'arrêt d'urgence en courant et descendis la pente qui bordait la route, passai à côté d'un panneau qui indiquait Route 212, grimpai le petit coteau jusqu'à une clôture en fil de fer barbelé et me jetai par-dessus, dans l'herbe mouillée. Le pick-up boosté me suivit dans le fossé et me frôla au passage, écrasant quelques poteaux et produisant une pluie d'étincelles en frottant les barbelés qui raclaient la tôle. Il dérapa en biais en essayant de remonter l'accotement et de revenir sur la route, puis il ralentit tandis que le conducteur tentait de retrouver de l'adhérence.

C'est à ce moment-là que je remarquai le cerf attaché sur le capot.

Je commençai vraiment à souffrir de l'absence de mon arme.

Trempé à la suite de mon atterrissage forcé, j'appuyai sur le vieux fil à trois brins, repassai de l'autre

1. Dessin indien fait sur papier registre. À l'origine, il s'agissait d'œuvres de Cheyennes emprisonnés en Floride dans les années 1875. Elles constituent une forme de narration visuelle comparable aux *winter counts*, dessins et pictogrammes sur peau de bison.

côté, et me lançai à la poursuite du demi-tonne qui continuait à déraper, les pneus lisses étant incapables d'accrocher la route. Le vieux Chevrolet rouge était équipé de feux de stop et de phares, mais il n'avait pas de plaques d'immatriculation.

Le conducteur était cramponné fébrilement au volant pour éviter de retourner dans le fossé, mais tout ce que je pus apercevoir, ce fut un rideau de longs cheveux noirs.

J'avais du mal à remonter sur la chaussée avec mes bottes à la semelle lisse, mais je finis par retrouver le bord de la route et courus en suivant la ligne blanche. Le Chevrolet n'avait pas vraiment l'air de prendre de la vitesse, roulant toujours en crabe, mais je ne semblais pas rattraper mon retard.

Les pneus larges à l'arrière finirent par mordre sur le gravier, et je regardai le véhicule se déporter vers la droite, le cerf se balançant sur le capot.

J'arrivais au bout de mon second souffle, et de mon troisième ; le conducteur corrigea à nouveau sa trajectoire et partit en trombe vers l'est, dans la direction d'Ashland, faisant rugir son moteur comme un dragster top-fuel. M'appliquant à retrouver ma respiration, je m'arrêtai et calai mes mains sur mes genoux, le bruit du V8 rebondissant en échos sur les collines avoisinantes avant de disparaître dans le virage à un bon kilomètre de là.

– Bon sang…

Je déglutis et restai plié en deux jusqu'à ce que ma pression artérielle et mon niveau d'adrénaline reviennent à un niveau proche de la normale, mais je ne quittai pas la route des yeux, juste au cas où le conducteur fou décide de faire demi-tour pour m'attaquer une deuxième fois. Au bout d'un moment, les seuls sons autres que celui de ma respiration furent le cri de quelques oiseaux nocturnes et le coassement de grenouilles dans le fossé. Je finis par me redresser, emplis mes deux poumons et toussai.

On était à ce moment de la soirée où le jour flirte avec la nuit, et je fis quelques pas sur la route, jusqu'à ce que je remarque quelque chose de bizarre sur le gravier. C'était un morceau de corne de bison sculpté de la taille d'environ trois de mes doigts, avec une extrémité polie, un morceau de cuir brut attaché en boucle près du bout. Il y avait quelques trous percés dans l'objet et une plus grande ouverture à un quart de la longueur, environ.

Je rangeai l'objet dans ma poche de chemise et regardai devant moi – encore deux cents mètres jusqu'à l'embranchement du chemin qui conduisait à la maison de Lonnie.

Je frappai à la porte et m'essuyai les pieds sur le paillasson de la jolie petite maison – je ne savais pas bien si le chef était éveillé ou non. Je jetai un coup d'œil au bout de la rampe en béton qui menait à la porte d'entrée. J'étais heureux que la nuit soit douce, au pire, je pourrais toujours dormir sur la balancelle installée sous porche de Lonnie.

Je frappai à nouveau et j'entendis quelqu'un s'agiter à l'intérieur ; au bout d'un moment, la porte s'ouvrit sur le chef dans son fauteuil roulant. Il leva des yeux troubles mais souriants.

– *Ha'ahe*, officier. On m'a dit que tu venais dormir, mais je n'y croyais plus. Mmm, oui, c'est bien vrai.

J'ouvris la porte à moustiquaire et suivis Lonnie dans le couloir, où il y avait de nombreuses photographies datant de l'époque où il jouait au football en championnats, ainsi que d'autres de sa fille en costume de fête et jouant au basket.

Je m'assis à la table de la cuisine tandis que Lonnie examinait mes vêtements trempés, couverts de boue, et mon jean déchiré où le barbelé vorace m'avait accroché lors de mon saut.

– Soirée difficile ?

Je pris une profonde inspiration et regrettai que Lonnie ne boive plus, mais il avait renoncé dans une tentative – finalement réussie – de sortir sa fille des griffes de ses sœurs.

– Quelqu'un a essayé de me renverser en voiture.

– Où ?

Je balançai un pouce sur mon épaule.

– Alors que je marchais, juste là sur la 212.

– Mais pourquoi étais-tu à pied ?

– Oh, j'ai eu une divergence d'opinion avec ton chef de la police. (J'essayai de détourner la conversation.) Hé, Lonnie, est-ce que par hasard tu aurais de cette vraiment bonne root beer ?

Je savais que le chef conservait une seule et unique canette de Rainier dans son réfrigérateur, une façon de symboliser la tentation de l'alcool, mais je n'allais pas lui demander celle-là.

– Hmm, oui.

Il roula jusqu'au réfrigérateur et ouvrit la porte.

– Tu ne connais personne qui aurait un pick-up datant du début des années 1970, un Chevy, rouge ou marron, avec un pot d'échappement bruyant ?

Il revint à la table avec deux canettes et rangea ses genoux à côté des miens.

– Ça ressemble à deux ou trois pick-up de ma connaissance.

La canette émit un sifflement lorsque je l'ouvris.

– Est-ce que tu pourrais me faire une liste ?

Je savais d'expérience que Lonnie aimait faire des listes.

Il avait mis ses lunettes et le reflet dans les verres m'empêchait de voir ses yeux. Il lui fallut un moment pour répondre.

– Oui. Il se passe quelque chose ?

– Une femme et son enfant sont tombés de Painted Warrior cet après-midi.

J'essayai de réfléchir ; oui c'était bien cet après-midi, même si mon corps me criait qu'il s'était écoulé trois jours. Je frottai mes yeux pour tenter de les garder ouverts et je bus une gorgée de soda.

– Bref, j'ai aidé ta chef de la police aujourd'hui, et je n'arrive pas à imaginer une autre raison pour laquelle on voudrait faire de moi une victime innocente de la violence routière.

Je fouillai dans ma poche de chemise, sortis l'objet sculpté que j'avais trouvé, et le jetai sur la table devant nous.

– Une idée de ce que c'est ?

Il posa sa canette et ramassa l'objet. Il l'examina pendant un moment puis souffla dedans, bougeant ses doigts sur les trous de manière à produire un trille tout juste audible par une oreille humaine. Il la sortit de sa bouche et me regarda.

– C'est un sifflet à cerf fabriqué dans de la corne de bison, à l'ancienne. (Il le regarda à nouveau avec admiration.) Il est de bonne facture. Hmm.

La root beer avait bon goût, et je sentis que certains des nœuds dans mes épaules et mon cou commençaient à se défaire.

– Tu sais qui l'a fabriqué ?

Il tourna le sifflet en forme de fuite entre ses mains.

– Non, mais je peux le découvrir.

– Ajoute-le sur ta liste.

Nous échangeâmes un sourire, mais tout à coup le sien disparut comme une éclipse.

– Comment s'appelait la femme ?

– Audrey Plain Feather.

– Je connais cette femme. Je connais sa famille. (Il leva les yeux.) Elle est morte ?

– Oui.

Il hocha la tête.

– Et l'enfant ?

– Il est vivant, en observation en ce moment même à l'hôpital.

Il tendit la main et me tapota le bras.

– Je te remercie de t'intéresser à cette affaire, Walter.

– Oh, je ne…

– C'est une bonne chose que tu sois un ami de notre peuple.

Avant que je puisse répondre, quelqu'un frappa à la porte. Le visage de Lonnie exprima une légère surprise. Il leva un doigt osseux pour m'empêcher d'aller répondre.

– Je suis populaire ce soir. Oui, c'est bien vrai.

Il fit tourner son fauteuil autour de la table, et quand je commençai à me lever, il m'obligea à me rasseoir d'un rapide mouvement de la paume de sa main. Il disparut dans le couloir, et je tendis l'oreille lorsqu'il ouvrit la porte. Il y eut une conversation brève mais animée, en cheyenne. Je me dis que c'était Henry qui était venu me chercher, mais lorsque je prêtai attention au ton de la conversation, il parut évident que quelqu'un se faisait passer un sacré savon.

Quelques instants plus tard, Lolo Long entra et se posta à côté du mur dans le couloir. Lonnie roula à côté d'elle et alla à nouveau jusqu'au réfrigérateur ; sans dire un mot, il posa une autre canette de root beer sur la table. En passant à côté de moi sur son trajet vers le couloir, il s'arrêta pour s'adresser à toutes les personnes dans la pièce sans distinction.

– Je vais me coucher, mais je suis sûr que vous deux, les professionnels, vous avez beaucoup de choses à vous dire. Mmm, oui, c'est bien vrai.

La cuisine était plongée dans le silence ; le chef de la Nation Cheyenne du Nord, après avoir parlé, avait disparu sur son trône portable et mobile.

Elle avait les bras croisés et ses cheveux retombaient sur son visage comme un voile mortuaire. Elle leva lentement la tête, sa voix aussi ténue qu'un murmure.

– Je suis désolée.

Je fondis, comme toujours devant les gestes de conciliation offerts par les femmes, et désignai la canette de soda et la seule chaise disponible.

– Asseyez-vous.

Elle obéit, puis regarda tout ce qui se trouvait dans la pièce sauf moi.

– Ils vont essayer de m'enlever mon enquête.

Je pris une gorgée de ma boisson et j'attendis.

– Le gars que vous connaissez, l'agent, il a appelé. Le rapport du légiste donne assez d'indices raisonnables pour qu'on envisage l'homicide, alors, ils vont faire leur propre enquête.

Je hochai la tête et attendis qu'elle poursuive, mais elle ne dit rien.

– C'est la procédure standard avec le Bureau. (Je me penchai en avant et calai mes coudes sur la table.) Peut-être que vous devriez les laisser prendre la main.

Cela me valut un regard furibond.

– Non.

– Pourquoi ?

Elle prit une lampée de son soda et joua machinalement avec le sifflet.

– C'était une amie. (Lolo leva le sifflet jusqu'à son visage et l'examina.) On a habité dans la même maison à Billings autrefois, quand on allait toutes les deux à l'école. On était pleines d'espoir, et j'étais un genre de mentor pour elle. Elle est tombée enceinte… (Elle soupira, exaspérée.) Et elle est revenue ici. Je suis partie à l'armée.

Je fis un calcul rapide.

– Adrian n'a que…

– C'était avant lui, une autre grossesse qui s'est terminée par une fausse couche, mais elle est revenue quand même.

Long jeta un coup d'œil dans la pièce pour tenter de trouver les mots qui devaient probablement se cacher quelque part autour de nous.

– Écoutez, shérif, je veux la justice.

– La justice de qui ?

Un nouveau regard assassin, mais je commençai à être immunisé.

– Aidez-moi.

Je m'appuyai contre mon dossier, pris une inspiration et pensai à la plus grande avocate de tous les temps qui allait bientôt convoler en justes noces.

– Je ne peux pas.

– Vous pouvez. Je les ai vus avec vous, ils ont peur de vous.

Cela me fit rire.

– Ils n'ont pas peur de moi.

– Eh bien, ils vous respectent, et le nouvel agent responsable vous doit la vie.

Je la regardai en plissant les yeux.

– Et qu'est-ce que ça à voir avec vous ?

Elle posa la corne de bison à sa place, joignit les mains sur la table, puis tendit le bras et souleva le coin du set de table. Elle regarda par terre, puis appuya le coin du set sur la table et le lissa du bout des doigts.

– Je sais que vous pensez que je ne sais pas ce que je fais.

Je souris.

– Vous ne savez pas ce que vous faites.

Elle hocha à peine la tête en signe d'assentiment, et sa voix perdait de plus en plus de son énergie.

– Et peut-être que vous ne m'aimez pas. (Je ne dis rien.) Mais vous pourriez m'apprendre. (Sa voix n'était plus qu'un chuchotement.) S'il vous plaît.

4

Je buvais mon café et je regardais les arabesques de mousse légère qui formaient un contre-courant contre le bord opposé de la tasse, s'écrasaient sur la paroi, puis se séparaient en deux pour revenir de chaque côté avant de se rejoindre à leur point de départ. J'étais prêt à regarder n'importe quoi pour éviter de voir Clarence Last Bull en pleurs.

Long lui avait offert du café, des donuts, et lui avait même proposé de le laisser aller aux toilettes, mais tout ce que disait Last Bull, c'était qu'il voulait mourir.

Je voulais mourir rien qu'à le regarder.

La chef alla jusqu'à trouver une boîte de mouchoirs Dieu savait où, puis elle la posa sur ses genoux par-dessus ses mains inertes qui pendaient entre ses jambes.

Je poussai contre le mur la chaise pliante sur laquelle j'étais assis et j'allai jusqu'au couloir avec le dossier de l'homme sous le bras, Long sur mes talons. Nous restâmes là, la chef, les bras croisés, et moi, sirotant mon café.

Sa voix était bourrue, mais je voyais bien qu'elle était un peu secouée.

– Ça va prendre combien de temps ?

Je baissai la tête et pris une grande inspiration.

– Aussi longtemps qu'il faudra.

Nous attendîmes là pendant dix bonnes minutes sans qu'aucun de nous dise mot, l'oreille tendue. Soudain, le silence s'installa et j'entendis le prisonnier s'agiter dans la cellule.

Je levai la tête, me penchai un peu et jetai un regard vers l'extrémité du couloir – il était avachi sur sa couchette, et ses bras étaient serrés autour de ses jambes maigrichonnes, comme s'il essayait de les empêcher de s'enfuir.

Mes pas me ramenèrent dans la pièce et je sentis la présence de Lolo derrière moi tandis que je jetai mon gobelet vide dans la poubelle à côté de la porte.

Il se redressa.

– Vous êtes sûre que c'est elle ?

Je hochai la tête et ne le quittai pas des yeux.

– C'est moi qui suis arrivé auprès d'elle en premier, avec un bon ami à moi. (Je lançai un coup d'œil à Lolo.) La chef Long ici présente l'a identifiée immédiatement.

Il grogna.

– La chef Long.

La phrase que je prononçai ensuite était sans appel.

– Oui, la chef Long.

Ses yeux se rivèrent sur les miens, et nous jouâmes à qui soutient le regard de l'autre le plus longtemps pendant quatre bonnes secondes avant qu'il baisse la tête.

– Mais vous êtes sûrs que c'est elle ? Il y a peut-être…

– Non. (Il fallait que je ferme cette voie immédiatement, ou nous risquions de le laisser partir vers des espoirs insensés.) Les preuves de son identité qu'elle avait sur elle sont irréfutables.

– Je veux la voir.

Il se frotta les yeux de ses paumes de main.

– Je suis sûr qu'on peut organiser cela avec le bureau du légiste, mais d'abord je voudrais vous poser des questions.

– Je veux voir mon fils. Où est-il ?

Je tirai la chaise que j'avais repoussée contre le mur, la plaçai à côté des barreaux et m'assis.

– Il est pris en charge par les services sociaux, et nous vous emmènerons là-bas dès que nous aurons passé en revue quelques petites choses.

Il se leva et me toisa.

– Mais qu'est-ce qu'on a à passer en revue ?

– Clarence, vous ouvrez toujours la porte aux visiteurs en braquant votre fusil ? (Je pris le dossier qui était calé sous mon bras et commençai à l'étudier sans le regarder.) Je pense que vous devriez vous asseoir pour qu'on en finisse le plus vite possible. Ensuite, vous pourrez voir Adrian.

Il resta immobile quelques secondes, puis il recula jusqu'à la couchette et y déposa son corps, une partie après l'autre.

Je levai les yeux et me concentrai sur son visage. Il était jeune, à peu près l'âge de la chef Long, et comme je l'avais découvert dans le dossier que je tenais, lui aussi avait été dans l'armée.

– Armée, 2-583, deuxième bataillon, 583e unité de soutien. (Je jetai un autre coup d'œil au dossier.) Vous y étiez cuistot ?

Les mots sortirent en un flot ininterrompu, appris par cœur et atones.

– Je suis un chef diplômé. J'ai remporté le trente-quatrième concours des arts culinaires des forces armées à Fort Lee, en Virginie.

Je hochai la tête.

– C'est ce que vous faites maintenant... vous cuisinez ?

Il posa une main sur sa joue.

– Jusqu'à ce que je me fasse virer du casino.

Je l'étudiai.

– Est-ce votre recette de steak au piment que j'ai failli goûter hier soir ?

Il eut l'air un peu surpris, et j'étais presque sûr que c'était la première fois qu'il était distrait de son chagrin.

– Failli ?

– Ouais.

Je lançai un coup d'œil à la chef Long qui se tenait debout à côté de la porte, les bras croisés, à nouveau, et qui portait soudain au mur un intérêt formidable. Je revins à lui.

– Clarence, il faut que vous me racontiez ce qui s'est passé hier après-midi. J'ai besoin que vous me racontiez tout en détail pour qu'on ne rate rien.

– Il n'y a rien à raconter.

Je poursuivis comme s'il n'avait pas parlé.

– J'ai besoin de tout savoir parce que si je ne me trompe pas, le FBI va arriver ici dans peu de temps et essayer de vous embarquer. Et il faut que j'aie des réponses à toutes mes questions avant qu'ils fassent ça.

– Ils pensent que c'est moi qui l'ai fait ?

– Peut-être.

Pour la seconde fois, ses yeux se posèrent sur moi.

– Et vous pensez pareil ?

– Non, je ne le crois pas, mais là, maintenant, j'ai besoin d'entendre le récit de ce qui s'est passé hier après-midi.

Il aspira de l'air comme si je l'avais frappé, et il se mit lentement à parler.

– On partait faire un pique-nique pour fêter quelque chose. J'ai décroché un boulot à Red Lodge comme sous-chef. (Il aboya un éclat de rire qui n'avait pas beaucoup d'humour.) L'annonce spécifiait un sioux-chef, S-I-O-U-X, ils s'étaient trompés en écrivant. Je leur ai dit que j'étais en partie cheyenne, en partie mexicain et en partie sioux, et je crois que c'est comme ça que j'ai eu le job. J'allais partir là-bas la semaine prochaine, puis la faire venir le mois prochain. (Il secoua la tête, et à nouveau ses yeux se remplirent de larmes.) J'imagine que c'est foutu, maintenant.

– Quand êtes-vous partis pour Painted Warrior ?

– Je me suis arrêté au White Buffalo pour acheter à boire, du soda et d'autres trucs, aux alentours de midi.

– À 11 h 22 ?

Ses yeux s'écarquillèrent un peu.

– Hmm, oui. Je crois.

Cette partie collait avec le reçu que nous avions trouvé ; mais cela n'expliquait pas les canettes de bière et le fait qu'il était ivre quand la chef Long et moi l'avions arrêté.

– Clarence, êtes-vous allé ailleurs ?

– Non.

Mon ancien patron, Lucian Connally, m'avait appris il y avait longtemps que, si on connaissait déjà la réponse, on ne posait pas la question deux fois – et une fois qu'on l'avait posée, on attendait, jusqu'à la fin du monde si besoin était.

Il s'éclaircit la voix.

– Je… hmm… j'ai acheté de la bière à Jimtown quand ils ont ouvert. On allait faire la fête, célébrer la bonne nouvelle.

– D'accord.

– On a roulé jusque là-haut, et j'ai garé la Jeep. J'avais peur qu'il se mette à pleuvoir, alors j'ai remis la capote pendant qu'elle et Ado jouaient sur l'herbe.

– Pas près des rochers.

– Non. (Il me regarda à nouveau.) Sûrement pas.

– Et après ?

Il y eut un silence, un silence court, mais une pause quand même.

– Eh bien, on s'est disputés.

– À propos de quoi ?

La pause fut plus longue, et cette fois, je le regardai.

– Inez Two Two ?

Il s'immobilisa, et je me levai, histoire de bien montrer que je n'étais pas derrière des barreaux et que je pouvais quitter la pièce à tout instant.

– Clarence, jusqu'à maintenant, vous n'avez pas été complètement honnête avec moi, et si vous ne commencez pas à l'être, je vais vous remettre personnellement au FBI.

– Non.

Je fourrai mes mains dans mes poches et m'adossai au mur à côté de la chef Long. Il se leva et s'avança jusqu'aux barreaux, passant ses minces bras entre les tiges métalliques ; pour un sous-chef, il n'avait pas dû goûter beaucoup de ses créations.

– On se disputait à propos du nouveau boulot et du déménagement. Elle voulait aller là-bas en même temps que moi, mais je voulais tout préparer avant. J'ai loué un appartement au-dessus d'une librairie à un gars qui s'appelle Gary. Je voulais juste que ça soit beau pour son arrivée. (Il s'empressa d'ajouter :) Vous pourrez vérifier.

– On le fera. Que s'est-il passé après la dispute ?

– Écoutez, je ne veux pas que vous vous imaginiez des choses, genre, que c'était une énorme dispute hyper-violente. C'était juste la n-ième fois qu'on avait la même engueulade, depuis plus d'un an. (Il m'observa.) Vous êtes marié ?

– Veuf.

Il eut l'air contrit, une expression qui ne m'était pas particulièrement inconnue de la part de gens qui me regardaient à travers des barreaux.

– Je suis désolé, mais vous voyez ce que je veux dire, comment c'est quand on vit avec une femme ?

Je souris, juste pour qu'il sache que la conversation ne serait peut-être pas aussi désagréable qu'il le pensait.

– Martha est morte depuis maintenant presque six ans et il reste toujours des désaccords entre nous.

Il me fit un signe de tête et ses yeux se remplirent à nouveau de larmes.

– La dispute n'en finissait pas, et je buvais de la bière. Je ne sais pas, j'ai dû m'endormir.

– Vous ne savez pas, ou vous vous êtes endormi ?

– Je me suis endormi. (Son regard se promena rapidement entre Long et moi.) Je sais que ça a l'air bidon, mais c'est ce qui s'est passé. Je le jure devant Dieu.

– Et après ?

– Je me suis réveillé, et ils avaient disparu.

– Est-ce que vous les avez cherchés ?

– Ouais, j'ai regardé partout, mais ils n'étaient pas là. Je me suis dit qu'elle s'était fichue en rogne et qu'elle avait emmené Ado, qu'ils étaient rentrés à la maison à pied.

– Est-ce que vous avez regardé en bas de la falaise ?

Il eut l'air sincèrement surpris.

– Non… je veux dire, ça ne m'est même pas venu à l'idée.

– Qu'est-ce que vous avez fait ensuite ?

– Je suis monté dans la jeep et je suis parti vers la maison en me disant que je les croiserais sur la route, mais je ne les ai jamais trouvés.

– Avez-vous la moindre idée de l'heure qu'il pouvait être lorsque vous êtes parti ?

– Non. Pourquoi, c'est si important ?

– Peut-être.

Je fis une pause, la marque discursive qui indiquait que nous changions de régime, que nous allions passer de lui au vaste monde.

– Clarence, avez-vous une idée de qui pourrait vous en vouloir, à vous ou à votre famille ?

Cette hypothèse lui était totalement étrangère.

– Vous pensez que quelqu'un lui a fait ça ?

– C'est possible, et c'est à nous de creuser toutes les possibilités. Alors, pensez-vous à quelqu'un ?

– Qui m'en voudrait à moi, oui. (Il garda les yeux rivés sur le carrelage moucheté du sol.) Mais à Audrey et Ado, non.

– Pas d'ennemis de son côté, des membres de sa famille, des gens avec qui elle travaillait ?

– Non. Ses parents sont morts, et la seule famille qui lui reste, c'est une sœur à Billings.

– Et là où elle travaillait ? Pas de difficultés là-bas ?

– Non, enfin, pas que je sache.

– Où travaillait-elle ?

La voix de la chef se fit entendre dans mon dos.

– Aux services sociaux, dans le bâtiment de l'administration tribale.

– Pas de conflit avec qui que ce soit récemment ?

– Seulement avec moi.

J'inspectai mon Colt, actionnai le bloc culasse, réinsérai la balle dans le chargeur et le remis en place d'un coup sec dans la crosse ornée de plaques en bois de cerf que Cady m'avait offerte un Noël.

– Cela signifie-t-il que je ne suis plus suspect ?

Je rangeai mon arme soigneusement dans le holster au creux de mes reins.

La chef Long haussa les épaules.

– Vous êtes au bas de la liste.

Nous nous trouvions dans le hall du bâtiment des services de santé tandis que la mère de Lolo Long accompagnait Clarence Last Bull auprès de son fils.

– Alors, est-ce que je l'inculpe ?

– Ça, c'est à vous de voir. Pensez-vous qu'il risque de prendre la fuite ?

– Non.

– Pensez-vous qu'il soit coupable ?

– Non.

Je haussai les épaules.

– Moi non plus, mais il y aura peut-être un problème avec son histoire.

– Lequel ?

– Henry et moi, on se trouvait au pied de la falaise quand Audrey est tombée, alors si Clarence était là-haut, pourquoi ne m'a-t-il pas entendu crier, et pourquoi n'a-t-on pas entendu sa Jeep démarrer et partir ?

– Il était saoul, et on n'est arrivés là-haut que plusieurs heures après.

– Peut-être.

– Quelle autre explication pourrait-il y avoir ?

– Je ne sais pas bien, mais il est important de garder en tête les incohérences.

Elle hocha la tête et accrocha ses pouces dans son ceinturon.

– Il a commencé à se lâcher un peu après avoir découvert que vous étiez veuf. C'était habile.

Je m'appuyai contre le mur et repoussai mon chapeau.

– Ce n'était pas habile, c'était sincère. (En me demandant si Lolo Long était une cause perdue, je tournai la tête et regardai au bout du couloir.) Il y a une humanité que nous partageons tous, et si vous avez besoin que quelqu'un vous apporte quelque chose, vous feriez mieux de comprendre ça, ça rend le boulot bien plus facile. Clarence est peut-être coupable, et il faut que nous soyons vigilants parce que nous sommes des professionnels du soupçon, mais c'est aussi un homme qui vient de perdre quelqu'un qui lui était très cher.

Je me décollai du mur et passai derrière le comptoir de l'accueil pour m'approcher d'une cafetière et d'un plateau où étaient posées des tasses disparates. Elle me regarda.

– Je suis séparée, au cas où vous vous poseriez la question.

– Je ne me la posais pas.

Elle se livra une bataille intérieure pendant quelques instants, puis montra le calibre 45 rangé dans mon dos.

– Ce n'est pas pour changer de sujet, mais vous pourriez me dire pourquoi vous vous promenez avec cette antiquité ?

Je me servis une tasse.

– C'est celle à laquelle je me suis habitué quand j'étais à l'armée. (Je réfléchis.) C'est une faiblesse, d'avoir une préférence, mais c'est comme ça. Trop bien connaître son arme est autant un défaut que ne pas la connaître du tout. (Je listai rapidement les inconvénients du Colt 1911.) Il est lourd, la visée est difficile, la vitesse de balle, lente. Quand on voue un culte à une arme, on devient aveugle à ses faiblesses, mais je suis habitué à celle-ci. (Je sirotai mon café et désignai son gros Smith.) À moins que la situation n'ait beaucoup changé, je suis presque sûr que ce n'est pas ça qu'on vous donnait en Irak.

– Non, on m'a donné un 9 mm et j'ai détesté.

– Et vous aimez ce calibre 44 ?

– Oui.

Je bus une nouvelle gorgée de café.

– Je vous reposerai la question quand vous aurez des problèmes de dos, dans dix ans. (J'essayai de ne pas ressembler à Lucian.) Ça vous oblige à une drôle de position, vous compensez le poids de cette arme sur votre hanche.

– Vous dites ça seulement parce que je suis une femme.

Je secouai la tête, et d'un geste de la main, montrai ma carrure d'un mètre quatre-vingt-dix-huit.

– Vous me voyez en porter un à la ceinture ?

Elle tapota son revolver.

– J'aime bien son poids.

– Non, c'est faux, sinon, vous ne seriez pas obligée de prendre la position de tir à deux mains chaque fois que vous le dégainez. Je peux vous garantir qu'il y aura des moments, dans votre carrière dans la police, où vous aurez autre chose à faire avec votre deuxième main que viser. (Je soupirai.) Vous n'êtes pas en face d'assaillants qui ont des équipements pare-balles.

Elle rétorqua d'une voix un peu tendue.

– Les drogues, l'adrénaline, tout ça, ce sont des facteurs.

– Peut-être, mais des facteurs qui comptent beaucoup moins que de rater sa cible, ce qui va arriver avec *Dirty Harry* que vous avez là.

Je tendis ma tasse vide vers la cafetière pour lui proposer du café mais elle déclina d'un mouvement de tête, avec mauvaise humeur, alors je me contentai de me remettre une dose de caféine.

– Je vais vous donner une petite information que la plupart des gens ne connaissent pas. Chaque année, cinquante pour cent des policiers qui prennent une balle l'ont tirée eux-mêmes. Je ne parle pas de suicides, mais d'agents qui tirent accidentellement dans leur main libre au moment où ils dégainent ou dans leur jambe d'appui pendant qu'ils rengainent. Dans trente pour cent des autres cas, ce sont des flics qui leur tirent dessus, et dix pour cent reçoivent une balle tirée par des gens qui leur ont piqué leur arme. (Je portai la tasse à mes lèvres.) Et là, je parle de policiers entraînés, en uniforme. Ne me demandez pas les chiffres pour le commun des mortels.

J'y allais fort, et je me dis qu'elle devait en avoir assez, mais elle se contenta de ne pas bouger, une main posée sur son revolver comme si j'allais essayer de le lui enlever. Au bout d'un moment, elle croisa les bras et changea à nouveau de sujet.

– Je vous ai entendu parler d'une information importante que nous avions et dont le FBI n'avait pas connaissance.

Je continuai à boire mon café.

– Pendant que Clarence était en garde à vue hier soir, quelqu'un a essayé de me tuer.

Elle s'avança d'un pas avec un peu plus d'urgence dans la voix.

– Quoi ?

– Vous ne connaissez pas le propriétaire d'un demi-tonne Chevy marron des années 1970 avec des silencieux Glasspack, par hasard ?

– Que s'est-il passé ?

– Quelqu'un a essayé de me renverser sur la 212 pendant que j'effectuai la marche de la honte jusque chez Lonnie, hier.

Elle réfléchit.

– Peut-être que c'était juste un Indien en colère qui a vu un cow-boy marcher au bord de la route.

– Il semblait y avoir beaucoup plus d'intention que cela dans l'acte.

– Vous avez son numéro ?

– Il n'avait pas de plaques. Par ailleurs, j'essayais de m'enfuir avant d'être transformé en ornement de capot. (Elle leva les yeux vers moi et je répétai :) Demi-tonne Chevy marron, années 1970, silencieux Glasspack.

Je la regardai partir vers le parking, parvenir à son Yukon et atteindre sa radio, dans cet ordre, puis je réfléchis à tous les gens qui, en ce moment, étaient probablement en colère contre moi. Il y avait un téléphone au poste des infirmières, et je me dis que la mère de Lolo Long ne m'en voudrait pas si je passais quelques coups de fil.

Je composai le numéro du bureau et j'attendis.

– Bureau du shérif du comté d'Absaroka.

– Eh bien, il se trouve que c'est précisément le shérif du comté d'Absaroka.

Elle batailla avec le combiné, celui qui était spécial, équipé d'un accessoire pour le coincer contre son épaule et qu'elle utilisait dans les cas de force majeure ; j'étais probablement en tête du classement des cas de force majeure.

– Eh bien, mon pauvre, tu es dans de sales draps.

Je soupirai et chuchotai le nom de ma fille de manière à être certain qu'elle ne pourrait pas m'entendre à moins de deux mille kilomètres.

– Cady ?

– Oh oui, et je n'aimerais pas du tout être à ta place en ce moment.

Il y eut un bruit de papiers qu'on froisse, et elle informa quelqu'un qu'il fallait demander à Saizarbitoria, le pourcentage basque de mon personnel, de faire un peu de paperasse.

– Je n'ai pas de temps à te consacrer, mais ton adjointe est sur l'autre ligne. Veux-tu que je vous connecte ?

– Avec plaisir.

La voix suivante était pleine du jargon philadelphien – la langue dans laquelle « bonne chance pour ce coup-là » se disait « va te faire foutre ».

– Tu t'es fait enlever par les Indiens ?

Je souris en entendant le ton de la voix de Victoria Moretti.

– Presque. Je suis en train d'enseigner le métier de shérif.

– Quoi ?

– C'est une longue histoire. Il s'est passé des choses ici, dans la réserve.

– Il se passe toujours des choses avec toi. Tu es une pièce de théâtre ambulante. (Elle soupira.) Alors, sommes-nous dans l'acte un, le deux ou le trois ?

Je réfléchis un instant.

– Difficile à dire. Henry et moi avons vu une femme tomber du haut d'une falaise, et nous essayons de découvrir qui a pu faire ça.

– Isaac Newton ?

– Elle tenait un enfant dans ses bras, un garçon, âgé de six mois, à peu près. (Il n'y eut pas de repartie frivole à ça.) L'enfant est à l'hôpital et il semble être en bonne santé, mais j'ai un nouveau chef de la police tribale ici qui est en train de se faire envahir par le Bureau.

Je l'entendais presque grincer des dents.

– Comment c'est, Omaha ?

– C'est toujours dans le Nebraska.

Ruby avait dû finir de distribuer les tâches et elle revint en ligne.

– Tu sais que tu as une longue liste de gens qui essaient de te joindre, Walter ?

– Je m'en doutais.

– Lana Baroja a appelé pour le modèle du gâteau, Rosalie Little Thunder de Rapid City a appelé au sujet de la robe, la direction de Jalan Crossland a appelé pour savoir s'il y aura l'électricité sur le lieu de la réception…

Un son resta coincé au fond de ma gorge.

– Je n'ai pas la réponse à ces questions.

– Qui les a ?

– Cady peut-être ?

Vic pouffa.

– Faut que j'y aille.

Un clic résonna sur la ligne et Ruby poursuivit.

– Cady a appelé huit fois ces deux derniers jours. Est-ce que tu veux que je l'appelle et que je te mette en relation ?

Ma réponse à cette question-là fut rapide.

– Non.

– Je m'en doutais. (Elle essayait de ne pas s'énerver.) Walter, nous sommes confrontés à une situation de plus en plus épineuse et tu ne nous aides pas.

– Et Henry ? Est-ce que tu lui as parlé ? Je croyais que c'était lui, l'organisateur du mariage.

Sa voix devint encore plus énergique.

– Il organise le côté indien du mariage. Le reste est de ton ressort. À ce propos, comment se passe la partie indienne des préparatifs ?

Je pensai aux progrès fort limités que j'avais faits pour le mariage de Cady ; je jetai un coup d'œil au combiné et j'étais en train de réfléchir à l'endroit où je pouvais aller me cacher lorsque Hazel Long revint et me sourit.

– Ruby, excuse-moi une minute. (Je posai le téléphone sur mon épaule.) Hazel, pourriez-vous me prêter du papier et un stylo ?

Elle hocha la tête et posa les deux objets sur le comptoir entre nous.

– Merci.

Je remarquai que la chef Long était revenue du parking et avait rejoint Clarence ; ils étaient un peu éloignés l'un de l'autre sur le seuil de la porte, de l'autre côté du hall. Le regard exaspéré de Lolo me signifiait qu'il était temps de partir.

Je continuai à tenir le téléphone plaqué contre mon épaule comme si j'essayais de l'étouffer et baissai la tête pour croiser le seul regard amical de l'hôpital, me semblait-il.

– Hé, Hazel, est-ce que je peux vous demander un très très grand service ? (Elle sourit, et j'aurais pu l'embrasser.) J'ai une standardiste furieuse en ligne qui répond au nom de Ruby, et elle a toute une liste de personnes furieuses qui veulent hurler contre moi. Serait-il possible que vous preniez note de cette liste ?

Elle tendit ses mains habiles, et j'y déposai les problèmes de ma vie. Je me retournai et faillis percuter Lolo, qui s'était approchée en compagnie de Last Bull.

– Qu'est-ce qui se passe ?

– Je vais ramener Clarence chez lui, puis filer à Rabbit Town de l'autre côté de la réserve. Je crois que vous devriez m'accompagner.

Je jetai un coup d'œil vers la pièce qu'ils venaient de quitter.

– Est-ce que le chien est avec Adrian ?

– Ouais. (D'un geste, elle désigna sa mère, qui n'avait pas cessé d'écrire.) Maman a mis de la nourriture et de l'eau, et même un lit, mais il n'a rien touché. Vous voulez jeter un coup d'œil avant qu'on s'en aille ?

J'entrouvris la porte et je vis la grosse tête du chien se lever de l'autre côté du lit. Je chuchotai :

– Ce n'est pas parce que tu es de garde que tu dois te priver de nourriture et d'eau, tu sais ?

Il agita la queue une fois puis reprit sa position tandis que j'observais l'enfant endormi, qui semblait se reposer paisiblement. Le petit corps était si menu, et je pensai à ce que Henry avait dit sur le monde qui faisait souffrir les petites choses. Adrian Plain Feather avait surmonté une épreuve spectaculaire, et qui sait, peut-être s'en sortirait-il.

Je fermai la porte et rejoignis le petit groupe aux côtés de la chef Long, qui m'observait :

– Vous ne pensez pas vraiment que ce chien comprend ce que vous dites, quand même ?

– Si, je le pense.

Les portes automatiques s'ouvrirent dans un bruissement et nous nous trouvâmes soudain face au Federal Bureau of Investigation au complet, avec un Cliff Cly souriant et une phalange de deux autres agents fédéraux. L'agent responsable cala le dossier qui se trouvait sous son bras.

– Comment va le gamin ?

Je haussai les épaules.

– Il ne parle toujours pas.

– Je déteste utiliser les tuyaux de caoutchouc sur les bébés, mais il nous faut des résultats. (Il croisa les bras.) Je me trompe ou vous êtes non seulement hors de votre juridiction mais aussi dans le mauvais État ?

– Vous ne vous trompez pas. Je suis dans le Montana parce que Cady se marie ici le mois prochain et je suis en train de prendre des dispositions.

Il eut l'air sincèrement surpris, mais avec Cly, on ne savait jamais.

– C'est votre fille à qui j'ai parlé au téléphone dans le bar à Absalom ?

– Ouaip.

Il leva les sourcils, avec une expression qui indiquait qu'il avait laisser passer une bonne occasion.

– Merde, j'espérais la rencontrer avant qu'elle se marie.

Je me penchai tout près, le bord de mon chapeau à environ cinq centimètres de son front.

– Je ne vous laisserais jamais approcher de ma fille, même sur un pari.

Il me gratifia d'un sourire bienséant et tendit la main à Last Bull.

– Toutes mes condoléances, Clarence. (Il me lança un coup d'œil.) Vous êtes entre de bonnes mains et je suis sûr que nous découvrirons qui a fait ça.

Ensuite, il sortit une épaisse enveloppe kraft de sous son bras et me la tendit.

– Le rapport complet du légiste. Je me suis dit que vous en auriez peut-être besoin.

Il me regarda poser les yeux sur la chef Long et fit pivoter son bras comme s'il avait eu dès le départ l'intention de le lui donner, à elle.

– Tenez, chef. Je l'aurais volontiers posé sur votre bureau là-bas, chez vous, mais je ne voulais pas créer de désordre.

Après avoir déposé Clarence, elle monta la colline de Lame Deer sur la 212 à une vitesse normale pour une fois.

– Voulez-vous m'expliquer ce qui vient de se passer ?

J'examinai le dossier posé sur mes genoux.

– Je dirais que le gouvernement fédéral vient de céder la juridiction sur cette affaire à la police tribale.

– À l'évidence, ils ne croient pas que c'est lui.

– Je dirais que non.

Elle s'installa plus confortablement et augmenta la climatisation.

– Comment étiez-vous au courant pour Inez Two Two ?

– C'est sa mère qui me l'a dit.

– Qui ?

– Sa mère, la serveuse du casino, celle dont vous avez fait valser les plats.

– Oh.

– Vous voyez, quand on est gentil avec les gens, ils parlent.

Nous poursuivîmes notre route en silence pendant un moment.

– Est-ce que le fait de tourner autour des jeunes filles de treize ans est révélateur du caractère de Clarence ?

Elle y réfléchit.

– Je crois que oui.

Je lus les panneaux blancs accrochés sur les poteaux des clôtures qui avertissaient les automobilistes de ne pas tirer les chiens de prairie parce que le Département de la faune sauvage et des parcs menait une expérience.

– Il… je le connaissais avant qu'il s'engage, un vrai tombeur. On dit qu'il a survécu à un bombardement meurtrier qui a endommagé ses parties intimes. Je ne sais pas si c'est ce qui lui est arrivé là-bas, mais en tout cas, ça l'a bien embrouillé. Bref, il est revenu, et Audrey et lui ont eu une période difficile ; c'est là qu'il a rencontré la petite, Inez, au White Buffalo.

Elle posa son coude sur le rebord de sa vitre et passa ses doigts dans son épaisse crinière. Je fus frappé par sa beauté monochromatique – ses cheveux noirs de jais, ses yeux de jaspe, et sa peau couleur soleil couchant.

– Assez vite, ils se mettent ensemble, mais Audrey, qui est enceinte à ce moment-là, je vous le rappelle…

– Je suppose que Clarence n'était pas trop amoché alors…

– Ouais, eh bien, elle entend parler de ce petit rendez-vous galant et chope Inez à l'IGA et lui fiche une sacrée raclée.

– Cette Audrey était une dure.

– Ouais. (La main abandonna les cheveux.) Était.

– Peut-être qu'on devrait aller parler à Inez Two Two.

Elle hocha la tête.

– Peut-être. Écoutez, je n'aime vraiment pas Clarence, et je n'ai jamais aimé la manière dont il traitait

Audrey, mais je ne pense pas qu'il les ait poussés du haut d'une falaise, Ado et elle.

Je continuai à regarder le paysage défiler.

– Pourquoi avez-vous posé ces questions sur le travail d'Audrey ?

Je haussai les épaules.

– La maison et le lieu de travail. Ce sont généralement là que se nouent les conflits. Les gens passent l'essentiel de leur vie à un endroit ou à l'autre. Quel genre de poste occupait-elle aux services sociaux ?

– Secrétaire, réceptionniste, quelque chose comme ça. C'était le premier visage qu'on voyait quand on passait la porte – enfin, avec Herbert His Good Horse et Loraine Two Two.

Elle mit son doigt dans sa bouche.

– Quelque chose ?

– Oh, je pensais juste au panneau affiché sur le mur à côté de son bureau avertissant que si on utilise un langage inapproprié ou si on élève la voix, on sera physiquement expulsé du bâtiment.

C'était intéressant.

– Quelle est exactement la mission des services sociaux, pour qu'ils s'inquiètent ainsi de comportements violents et affichent un message de ce genre ?

– Ils ont la responsabilité des chèques d'allocations fédérales, et quand l'argent vient à manquer, en fin de mois, les Indiens s'agitent.

– Alors, Audrey aurait pu se faire des ennemis au travail.

– Indirectement, je suppose. (Elle dépassa un camion lent qui traînait une remorque chargée d'environ cinq tonnes de petites balles de foin.) Enfin, c'était pas comme si elle était celle qui remplissait les chèques. Elle se contentait de les distribuer.

Je hochai la tête et répétai ses propres mots.

– Mais elle était le premier visage qu'on voyait quand on passait la porte.

Elle leva les yeux au ciel.

– D'accord, une fois qu'on en a fini à Rabbit Town, on retournera à Lame Deer pour avoir une petite conversation avec Herbert.

– Le disc jockey ?

– Ce qu'il fait pour KRZZ est un revenu d'appoint. L'honorable Herbert His Good Horse est le patron d'Audrey. Il ne se passe rien à l'administration de la tribu sans qu'il soit au courant.

Je brandis mon poing.

– Restez calmes, soyez courageux…

Elle eut un petit sourire.

– Et guettez les signes.

Les arbres étaient tous rabougris sur les hauteurs de la réserve Cheyenne. Après que le feu Baby Dean eut balayé les corniches et emporté trente mille hectares de pins ponderosa, ce qui restait avait été vendu à perte, y compris les trois camions de rondins que Henry Standing Bear avait apportés chez moi et qui m'avaient permis de bâtir ma maison.

Sa voix interrompit le fil de mes pensées.

– Ce que j'essaie de comprendre, c'est pourquoi il n'a pas répondu quand l'Ours et vous avez crié.

Je trouvai intéressant qu'elle cite Henry en termes aussi personnels, mais décidai de ne pas commenter la chose.

– Il a dit qu'il était ivre, qu'il s'est réveillé et qu'ils étaient partis. Il y a plusieurs scénarios possibles. Peut-être qu'il était inconscient et qu'il ne nous a pas entendus. Ou alors, elle a agi comme il l'a supposé, et elle est partie.

– En ce cas, comment expliquez-vous qu'Adrian et elle soient tombés de la falaise, alors ?

– Ils sont revenus après le départ de Clarence, ou quelqu'un les a ramenés là-bas.

Elle secoua la tête.

– Est-ce que vous avez vu d'autres traces ?

– Non, mais ce n'est pas parce que je ne les ai pas vues qu'elles n'étaient pas là.

Elle ne répondit pas.

Je m'appuyai contre mon dossier, déterminé à profiter du voyage.

– Cela vous ennuierait-il de me dire qui nous allons voir ?

– Un mec qui s'appelle Small Song.

– Artie Small Song ?

Elle hocha la tête.

– Ouais. Vous le connaissez ?

– Malheureusement.

– Il a le seul GMC rouge de 71 immatriculé sur la réserve. C'est ce que j'ai trouvé de plus proche de votre Chevy. (Elle m'observa.) Comment le connaissez-vous ?

Sous son regard, je pris mon Colt dans mon holster, sortis le chargeur avant de le réinsérer dans la crosse.

– Vous n'allez pas vous tirer une balle, dites-moi ?

Je ne pus m'empêcher de sourire.

– Si c'est la seule manière de sortir de ce merdier. (Je rangeai mon Colt.) Allons-nous chez la mère ou chez l'assistante dentaire avec qui il est acoquiné ?

Elle darda des éclats de jaspe sur moi.

– Et puis-je demander comment il se fait que vous connaissiez si intimement la vie personnelle d'Artie Small Song ?

– Nous l'avons fréquenté dans l'affaire Little Bird.

Elle se concentra sur la route, et je lui en fus reconnaissant.

– La seule adresse que j'ai est celle de la mère, sur Otter Creek Road. Vous avez lu son dossier ?

– Je n'ai pas eu le temps. Pourquoi ?

Je triturai la bague de fiançailles de ma femme sur mon petit doigt.

– Il est ce que mon adjointe, Vic, appellerait un gros putain de danger public.

Lolo jeta un coup d'œil en direction de mon doigt.

– Des antécédents ?

Je laissai la bague et passai mon bras par la portière.

– Beaucoup, et il a une tendance à être bien armé. Vraiment, vraiment bien armé.

Elle sourit tout en accélérant et frappa du plat de la main sur son holster bien rempli.

– Peut-être que vous serez content que j'aie ce calibre 44, après tout.

Je regardai les squelettes brûlés des arbres morts comme des veines noires dans le ciel d'un bleu cristallin.

– J'en doute.

5

Je m'étais déjà rendu chez la mère d'Artie – sa maison se trouvait dans l'un des minuscules canyons qui descendaient vers Otter Creek. L'endroit me rappelait un peu la décharge du regretté Geo Stewart à Durant. Les véhicules couverts de rouille s'amoncelaient jusqu'à la route principale, vers les quartiers plus peuplés de l'agglomération autonome de Rabbit Town. Je ne sais pas pourquoi Rabbit Town s'appelle ainsi ; peut-être y avait-il eu des lapins autrefois, mais je n'en avais pas vu moi-même.

Jusque-là, je n'avais pas vu de GMC de 71 non plus.

Plus nous montions, plus les voitures et les pick-up étaient vieux, et nous finîmes par nous garer aux environs de 1939. Il faisait chaud, mais un filet de fumée s'échappait du toit de la minuscule maison posée à flanc de coteau, exactement comme la dernière fois que j'étais venu, l'hiver avant le précédent.

Cette fois-là, j'étais resté dans le pick-up de Henry pendant qu'il allait interroger la vieille dame sur son fils, mais aujourd'hui j'avais une certaine légitimité. Je m'extirpai du Yukon et examinai les lieux, surtout les fenêtres, car Artie avait la réputation de posséder des articles extravagants en terme d'armement, comme des FAL .308, des MAC-10 et même un Reising M50 – je le savais parce que j'avais fouillé son placard, ou tout au moins, celui de l'assistante dentaire.

– Attendez.

Lolo Long, qui déjà s'acheminait vers la maisonnette, regarda derrière elle et posa immédiatement sa main sur son arme colossale.

Je pointai un doigt ; la fumée provenait d'un endroit à l'arrière, alors je pris le sentier qui contournait la maison. La chef Long me suivit ; j'avançai avec précaution en évitant un rouleau de moquette jaune moutarde en pleine décomposition et les vestiges métalliques d'un sommier.

– Vous connaissez sa mère ?

Une fois de plus, elle fut immédiatement sur la défensive.

– Non.

J'observai la fenêtre la plus proche et vis les chiffons fourrés autour de l'encadrement, pour se protéger du chaud comme du froid.

– Juste pour que vous le sachiez, je ne m'attends pas à ce que vous connaissiez tout le monde sur la réserve.

– Merci.

– Bon. Ça vous ennuie que je parle ?

Elle exécuta une courbette signifiant après-vous-mon-cher et se posta en queue de peloton.

Une opération d'envergure se déroulait derrière la maison. Une femme d'un âge certain ramassait du charbon avec une grande pelle et l'étalait en une couche régulière dans une fosse entourée de grosses pierres et de papier aluminium. Incliné sur le flanc se trouvait un râtelier en grillage à mouton et fers à béton, sur lequel était fixée une biche de bonne taille qui avait été écartelée.

La femme s'immobilisa en m'apercevant, puis elle se redressa et cala son menton sur le dos de ses mains noueuses, ses yeux opacifiés par la cataracte rivés sur les miens.

– Madame Small Song ?

Elle ne répondit pas, mais les yeux laiteux partirent à droite comme les anneaux sur la queue d'un serpent à sonnettes et elle enregistra l'uniforme de la chef Long.

J'approchai et en désignant l'installation complexe.

– Cuisson d'un cerf dans une fosse ouverte. Je n'ai pas vu cela depuis un bon moment. Ma mère faisait ça autrefois. (Je tendis la main.) Je m'appelle…

– Je connais votre nom, officier.

Elle tourna la tête et cracha un prodigieux jet de tabac sur l'une des pierres d'au moins vingt kilos où il atterrit en grésillant. La vieille femme laissa ensuite son regard s'éloigner lorsque Long me rejoignit, jusqu'à ce que tout à coup, ses yeux retrouvent leur acuité, comme tout à l'heure.

– Vous cherchez mon fils ?

J'acquiesçai.

– Dites-moi, possède-t-il toujours ce GMC de 71 ?

Elle garda les yeux rivés sur moi, et j'étais plutôt content que les cataractes soient là pour me protéger de ce qui était certainement le mauvais œil.

– Vous voulez acheter un pick-up, officier ?

Je souris.

– On ne sait jamais.

Elle prit son temps avant de répondre et remua le charbon du bout de sa pelle au manche de bois, dont l'extrémité était usée au point qu'elle paraissait dentelée.

– Y en a plein, devant.

– J'ai besoin d'un pick-up qui roule. (Je regardai par la fenêtre, comme si Artie pouvait être à l'intérieur.) Il est dans le coin ?

– Non.

Je hochai la tête et m'accroupis à côté des pierres avec l'intention de tremper un doigt dans son jerrican de cinq litres de marinade ; je m'interrompis pour la regarder.

– Je peux ?

Son hochement de tête s'accompagna d'un brusque mouvement du menton. La marinade avait un goût extraordinaire.

– Ananas ?

– Jus industriel. C'est tout ce qu'ils avaient, ce mois-ci.

Je promenai ma langue dans ma bouche en regardant la porte, calée en position ouverte avec une chaise, et les fenêtres, ornées de rideaux de cotonnades toutes différentes. Je regardai à nouveau le corps de la biche ; la balle mortelle avait percé un flanc et continué sa course, traversant l'autre côté, emportant un beau morceau de viande. Je continuai à parler de la marinade.

– Sauge, ail…

Elle m'interrompit, impatiente devant les compétences de mes papilles novices.

– Vinaigre de cidre et bière, beaucoup de bière.

Je me redressai et examinai la femme d'un mètre cinquante enveloppée dans un châle et vêtue d'une jupe longue, plusieurs épaisseurs superposées, malgré les trente-six degrés ambiants et la chaleur du feu. On pouvait facilement l'imaginer se tenant à côté d'un chariot en train de dire la bonne aventure et de chercher des pentagrammes dans les paumes des gens.

– C'est peut-être la raison pour laquelle je l'aime tant.

Elle pencha la tête, tout en m'observant.

– Vous êtes l'officier des montagnes *Ahsanta.*

– C'est bien moi.

– On dit que vous êtes un homme bien, *Ahsanta.* (Elle se dandina d'un pied sur l'autre.) Vous savez que j'avais trois fils ?

– Non, madame.

– L'un a été tué au Vietnam. Mon second fils, celui après qui vous en avez, n'a jamais montré d'intérêt pour l'armée de l'homme blanc, c'est le plus malin. Mon petit-fils, Nate, celui qui travaille à la boîte qui parle, est le garçon de mon fils qui vit à Deer Lodge.

Je souris.

– La station de radio ?

– Oui. Il était prêt à se battre dans cette guerre qu'ils font maintenant. Je ne sais plus laquelle. (Elle changea la pelle de main et la cala à côté de son visage.) Je lui ai dit non, qu'il ne pouvait pas rejoindre l'armée de l'homme blanc, qu'ils le feraient tuer, voilà tout. (Elle m'observa.) Vous étiez dans l'armée de l'homme blanc, *Ahsanta ?*

– Oui.

Elle hocha la tête, plongée dans ses pensées.

– Seul l'homme blanc survit dans l'armée de l'homme blanc.

Je jetai un coup d'œil vers Lolo.

– La chef Long était dans l'armée de l'homme blanc.

– Se-senovoto ema'etao'o.

Je vis Long se raidir, mais elle ne dit rien ; peut-être apprenait-elle, finalement.

– Qu'est-ce que vous lui voulez, à mon garçon ?

Je décidai de jouer franc jeu avec elle.

– Hier soir, il a essayé de me renverser avec son pick-up.

Elle me regarda à travers les nuages qui opacifiaient ses yeux, puis elle ouvrit la bouche et partit dans un rire convulsif qui faisait bouger son dos minuscule comme une pompe à bicyclette.

– Peut-être qu'il ne vous aime pas, *Ahsanta*.

Je haussai les épaules.

– Peut-être, mais je ne l'ai jamais vraiment rencontré, alors, je ne peux pas imaginer ce qu'il a contre moi.

– Il n'aime pas ceux qui le font dormir à l'intérieur.

Elle continua à m'observer, mais visiblement, elle était en train de prendre une décision. Elle finit par parler.

– Il était ici, hier soir.

– Votre fils ?

– On parle de qui ?

Elle n'avait pas tort.

– À quelle heure ?

– La nuit.

– Pourriez-vous être un peu plus précise ?

Elle ajusta quelque chose dans sa bouche et je me dis qu'elle allait cracher à nouveau, mais au lieu de cela, elle déglutit.

– Je n'ai pas de pendule.

Je plaquai une main sur ma bouche pour empêcher les coins de remonter et me retenir de sourire.

– A-t-il passé la nuit ici ?

– Non, il ne peut plus dormir à l'intérieur. Je vous l'ai dit. C'est des gens comme vous qui lui ont fait ça.

Je jetai un coup d'œil aux trous dans l'animal et repérai les endroits où quelqu'un avait tranché les cuissots et les épaules et ôté la membrane de la cage thoracique. C'était un travail professionnel – Artie était très certainement là la veille au soir.

– Madame Small Long, je ne suis pas là pour arrêter votre fils. Je voudrais juste lui parler.

Elle agita le manche de la pelle en direction de la chef Long.

– Qu'est-ce que veut *Se-senovoto ema'etao'o* ?

Je regardai brièvement par-dessus mon épaule comme si je venais de me rappeler la présence de la jeune femme qui scrutait les pins de Virginie et les buissons de genièvre sur la crête au-dessus de nous.

– Elle veut juste parler à Artie, elle aussi.

La vieille dame hocha la tête mais continua à observer ses morceaux de charbon, dont les bords rougeoyaient, et il était impossible de savoir quelles pensées défilaient dans sa tête. L'espace d'un moment, je crus qu'elle avait oublié que nous étions encore là, mais tout à coup, elle cracha sur les pierres à nouveau.

– Je lui dirai que vous êtes venus, quand il reviendra.

– Ce serait gentil, madame Small Song.

Je tournai les talons et repartis, Lolo sur mes pas.

Nous avions déjà parcouru la moitié du chemin lorsqu'elle me saisit le bras et essaya de me faire pivoter. Je continuai à marcher, mais quand nous arrivâmes au terrain plat, elle se planta devant moi.

– C'est tout ?

– N'élevez pas la voix et montez dans la voiture.

Elle parut un peu surprise, puis se décida à me suivre jusqu'au Yukon. Nous ouvrîmes les portières et montâmes.

– Il est là ?

– Je ne sais pas, et c'est précisément ce qui me déplaît. (Je désignai le contact.) Il était là et il reviendra, et je me dis que ce serait pas mal qu'on ne soit pas aussi visibles lors de notre prochaine visite.

– OK, Grand Détective Blanc, alors comment avez-vous su qu'il était là ?

– D'abord, grâce à la biche. Ce n'est pas la vieille dame qui a découpé cet animal de deux cent cinquante kilos et l'a attaché sur le râtelier toute seule. Par ailleurs, j'ai la prétention de savoir ce qu'un M 50 peut faire à un morceau de chair vivante.

– Le cerf dont ce n'est pas la saison ?

– Ouaip, alors tout ce qui nous reste à faire, c'est attendre que le fils prodigue et armé jusqu'aux dents rentre à la maison.

Elle démarra le 4 x 4 et enclencha une vitesse.

– Qu'est-ce que vous proposez, qu'on s'intalle sur une colline pour attendre qu'il se décide à revenir ?

Je sortis ma montre gousset de la poche de mon jean et regardai le cadran.

– Ce cerf devrait être cuit d'ici environ sept heures. (Je montrai le chemin de terre rouge qui s'ouvrait devant nous.) Allons parler à Herbert His Good Horse et nous reviendrons tranquillement par ici une fois que la nuit sera tombée. (Je mis ma ceinture de sécurité.) Alors, que signifie *Se-senovoto ema'etao'o* ?

Elle fit rugir le Yukon dans la descente.

– Serpent rouge.

Les bâtiments de l'administration tribale forment un ensemble étendu de dédales représentant les différents secteurs du gouvernement tribal, et il y en avait beaucoup. Le bâtiment d'origine avait brûlé dans les années 1960 puis à nouveau dans les années 1980. Je me souvenais de la controverse lorsqu'on avait annoncé le coût de la reconstruction. Maintenant, on se demandait juste quand il allait à nouveau brûler.

Long se gara à côté des marches en béton, que nous montâmes avant de passer les doubles-portes vitrées. Les services sociaux étaient situés tout de suite à droite, mais la chef Long continua à marcher sur la surface cirée du couloir en direction du centre du bâtiment.

Je m'arrêtai un instant, pour contempler le panneau au-dessus du hall d'entrée sur lequel on lisait SERVICES SOCIAUX, puis avec un haussement d'épaules, je lui emboîtai le pas.

Je remarquai la présence d'un jeune Cheyenne grand et mince, vêtu d'un T-shirt noir, assis à un bureau métallique face à l'escalier, au centre du bâtiment. Il devait avoir dix-sept ans environ, il se leva lorsqu'il nous vit approcher.

– Hé, chef.

Elle l'ignora et signa le registre, puis me tendit le stylo qui était attaché au bureau par un morceau de fil de coton.

– Signez.

Le jeune homme se leva, et je lui trouvai un air vaguement familier. Sa voix était excessivement obséquieuse.

– Puis-je vous aider, chef ?

Sans le regarder, elle parla à voix basse.

– Qu'est-ce que ton bureau fait au milieu du hall au lieu d'être à côté de l'entrée ?

Il me gratifia d'un regard plein d'une fébrile incrédulité, puis lança un coup d'œil dans les deux directions du couloir principal.

– Vous savez, chef, j'ai fait une reconnaissance et j'ai découvert qu'il y avait dans ce bâtiment huit entrées différentes. Je me suis dit que peut-être je pourrais m'installer à un endroit plus stratégique. (Il me regarda à nouveau, la mine espiègle.) Et j'ai aussi un bon aperçu sur les filles de la comptabilité, juste en face d'ici.

Sans lui répondre, elle tourna les talons et repartit dans le couloir.

Il jeta un œil au registre, puis à moi. Je restai là avec le stylo, lançai un regard vers Lolo Long, puis je revins au jeune homme aux yeux de jaspe qui souriaient toujours.

– Hé shérif. Content de vous rencontrer.

Je hochai la tête et partis à mon tour, pour m'arrêter complètement après avoir fait seulement deux pas.

Il y avait un meuble-vitrine comme ceux dans lesquels on expose les photos et les trophées dans les lycées. Là, sur la troisième étagère se trouvait une photo de vingt centimètres sur trente de Lolo Long en treillis, le regard d'acier, droite comme un I et sans la cicatrice. Il y avait également une photographie de Clarence Last Bull lors de la remise de son prix des forces armées pour ses talents culinaires, et un grand trophée en argent. Cette vitrine semblait contenir presque l'intégralité de l'enquête en cours.

Mon regard se porta à nouveau sur Lolo Long.

Le jeune homme me rejoignit à côté de la vitrine et me montra un modèle réduit avec tous les accessoires, y compris les petites mitraillettes, et à côté, une très authentique Bronze Star.

– Ils lui ont donné la Bronze Star parce qu'elle a sorti tous les corps du Humvee, même les morts. (Il s'assura d'un coup d'œil que la voie était libre.) Quand elle est rentrée, elle était tellement blindée de médicaments anti-dépresseur, anti-angoisse et anti-panique que tout le monde a commencé à l'appeler Anti. Vous êtes déjà monté en voiture avec elle ?

– Ouaip.

– Bon sang, mettez votre ceinture et un casque si vous en avez un. (Il se pencha vers moi.) Je vous le jure devant Dieu, elle croit qu'elle est toujours en Irak et qu'il y a des bombes et des grenades partout le long des routes. C'est pour ça qu'elle conduit si vite, elle essaie d'y échapper.

– Vous venez ? (Nous levâmes les yeux et découvrîmes la moitié supérieure de la chef qui dépassait d'un pan du mur.) Ou est-ce que les filles de la comptabilité auraient retenu aussi votre attention, shérif ?

Le jeune homme cria à son intention.

– Hé, est-ce que je peux avoir une arme ?

Elle répondit sur le même ton :

– Non.

Puis disparut.

– Tu en as une, et lui aussi !

Il tendit la main.

– Barrett Long.

Je lui rendis sa poignée de main.

– Le petit frère ?

– Ouais.

Les services sociaux étaient un ensemble de trois bureaux autour d'un hall commun et d'un comptoir d'accueil qui réglementait l'accès aux bureaux. Il y avait aussi le panneau en caractères gras que Lolo avait mentionné. Lorsque j'arrivai, je trouvai la chef Long en train de contempler les photos posées sur le bureau, de ces clichés de mauvaise qualité qu'on fait faire dans les supermarchés discount. Il y en avait une d'Audrey tenant Adrian, une autre de Clarence avec une toque de chef et une veste blanche, une casserole en main. Il y en avait quelques autres d'Ado, souriant et troublé devant l'objectif, et un morceau de papier couvert d'empreintes de mains minuscules de toutes les couleurs.

– Vous savez, les gars, pourquoi le poulet a traversé la route ?

Nous nous retournâmes, et l'animateur de la matinale sur KRZZ était là, le chapeau haut de forme avec la plume toujours sur la tête, et à côté de lui, dans un fauteuil roulant, un homme plus jeune avec les bras les plus puissants que j'aie jamais vus.

– Pour l'Indien indigène, c'est parce que c'est le droit inhérent du poulet.

– Herb ?

– Pour le vieil Indien, le poulet essayait de s'enfuir de l'internat.

– Herb.

– L'Indien de la réserve : c'est quoi, un poulet ?

Elle abandonna la partie.

– L'Indien du bureau des Affaires indiennes : le poulet a traversé la route parce que le code des régulations fédérales N° 133, section 242, leur donne autorité pour agir ainsi d'après les lois du Département de l'Intérieur. Ils ont rédigé une demande de subvention et nous avons financé. Nous sommes très fiers de ce poulet.

Le jeune homme assis dans le fauteuil roulant se tourna pour nous regarder.

– Je vous prie d'excuser mon oncle, c'est un attardé.

Herbert baissa les yeux vers son neveu et sourit.

– Ce n'est pas politiquement correct. (Il revint à nous en soupirant.) Désolé, j'essayais de mettre un peu de légèreté dans tout ça. J'imagine que c'est officiel, donc. (Il nous regarda.) Nous avons entendu dire qu'Audrey avait eu un malheureux accident.

Lolo me désigna de la main.

– Voici le shérif Longmire, il m'assiste dans l'enquête.

– Nous nous connaissons. (Il montra le jeune homme privé de jambes.) Celui qui trouve que je ne suis pas drôle, c'est mon neveu, Karl Red Fox.

Je tendis la main et crus un instant qu'il allait me l'arracher.

– Salut.

Herbert soutint le regard de Lolo.

– L'enquête ?

Je hochai la tête et remarquai la présence de quelques personnes dans les bureaux voisins, y compris Loraine Two Two, qui s'empressèrent de retourner à leurs occupations. Je tendis une main vers la porte du bureau de Herbert.

– Nous aimerions vous parler, si ça ne vous ennuie pas.

– Bien sûr.

Il jeta un coup d'œil à Karl, qui hocha la tête.

– Je pars à toutes roues, je vais rejoindre Barrett pour parler des filles de la comptabilité.

Il se mit en équilibre sur ses roues arrière et partit dans le couloir.

Herbert nous emmena dans son bureau et referma soigneusement la porte de la pièce aveugle derrière lui. Nous choisîmes quelques chaises raides et il passa de l'autre côté de son bureau. Son visage avait les traits tirés, conséquence de l'épuisement inhérent au service public, mais on y lisait également une profonde inquiétude. C'était une expression que je voyais dans mon miroir tous les matins.

– Alors, ce n'était pas un accident.

– Nous pensons que non.

Il s'assit et partagea sa tristesse avec nous.

– Comment puis-je vous aider ?

J'attendis tandis que Lolo posait l'inévitable question.

– Nous nous demandions si tu connaissais quelqu'un qui aurait pu en vouloir à Audrey ou aurait voulu lui faire du mal.

– Tu veux dire, au point de… ?

Il parut ne pas pouvoir envisager cette hypothèse, alors j'adoucis un peu le tour de la conversation.

– Nous ne sommes pas absolument certains que ce soit le cas, mais nous allons creuser toutes les possibilités.

Je jetai un coup d'œil aux photographies encadrées que Herbert avait sur son bureau – il y en avait une d'Audrey, une des Two Two mère et fille et, bien sûr, une de Karl. Je commençai à me poser des questions, tous les membres du gouvernement tribal semblaient liés par le sang. Il y avait aussi une affiche où Karl apparaissait dans son fauteuil roulant, les bras levés en signe de victoire tandis qu'il franchissait une ligne d'arrivée, le ruban lui barrant la poitrine.

Je désignai l'affiche d'un mouvement de tête.

– Où cette photo a-t-elle été prise ?

Il sourit en sortant un cigare de sa poche de chemise avec le coupe-cigare et le briquet.

– Au Marathon international en fauteuil d'Oita, au Japon. (Il se tourna pour nous regarder.) Lolo le sait, il a perdu ses jambes dans un accident de voiture. Il buvait. Nous avons un problème dans la famille. Vous pensez vraiment que quelqu'un a tué Audrey ?

Lolo répondit :

– Tu aurais une idée ?

Il secoua la tête puis coupa l'extrémité de son cigare tout en l'agitant vers nous.

– Est-ce que l'un de vous en voudrait un ? C'est désormais le seul vice que je me permette.

Nous échangeâmes un regard avant de lui répondre.

– Non merci.

Il se pencha en avant et alluma le cigare avec le briquet Zippo que j'avais remarqué la veille, puis il mit en marche un ventilateur fixé dans le mur au-dessus de sa tête.

– Pas de fenêtre, mais j'ai mon propre système d'évacuation de la fumée, alors personne ne se plaint. (Il m'examina.) Vous étiez au Vietnam ?

J'acquiesçai.

– Ouaip.

Il se tourna vers Lolo.

– Hé, chef, il faut combien de vétérans du Vietnam pour changer une ampoule ?

Elle le regarda fixement.

– Je ne sais pas.

Il agita son cigare sous son nez.

– Eh oui, parce que tu n'y étais pas, ma grande !

Nous échangeâmes un sourire tandis qu'il s'installait sur sa chaise et lançait son briquet sur le bureau, vers moi.

– Je l'ai reçu d'un ami qui était à Saigon en 67.

Je ramassai le briquet terni, patiné. Sur le devant, je lus SAIGON, 67-68 et au dos, QUAND LE POUVOIR DE L'AMOUR DÉPASSERA L'AMOUR DU POUVOIR, LE MONDE CONNAÎTRA LA PAIX.

Je le lui rendis.

– Thoreau ?

– Hendrix, Jimi Hendrix. (Il resta une minute silencieux, en tirant sur son cigare.) Nous récupérons les mécontents habituels, ici. Des gens qui sont fâchés sans raison précise – et comprenez-moi bien, ils ont le droit d'être fâchés. Nous ne recevons qu'un montant réduit d'allocations et nous en dépensons une grande partie au début du mois. Les gens ont des problèmes, je veux dire, de vrais problèmes, et c'est nous qui avons l'argent, alors ils viennent ici. (Il marqua une pause pour tirer une autre bouffée de son cigare, et on le voyait passer mentalement en revue tous ceux qui avaient pu menacer la jeune femme.) Je ne suis pas certain de vouloir impliquer qui que ce soit juste sur la base de rumeurs.

Long s'éclaircit la voix.

– Tu préférerais que celui qui a fait ça s'en tire ?

Son regard balayait l'air entre nous à toute vitesse.

– Non.

– Alors, pourquoi tu ne nous donnerais pas quelques noms pour qu'on avance, simplement ceux qui te viennent à l'esprit.

Bien que la porte fût fermée, il baissa la voix.

– Avez-vous parlé à Clarence ?

Long s'apprêta à parler, mais je lui coupai la parole.

– Pourquoi ferions-nous cela ?

Il regarda autour de lui comme si son bureau pouvait être truffé de micros.

– Elle arrivait ici avec des marques sur les bras et parfois sur le visage, rien de méchant, juste des bleus. J'ai essayé de la faire parler, et elle a dit que parfois, il lui faisait mal. Je suppose qu'il s'agissait de Clarence.

Du coin de l'œil, je vis les muscles de la mâchoire de Lolo se serrer.

– Cela arrivait souvent ?

Il réfléchit.

– Une fois par mois, à peu près.

– Une fois par mois ?

– Oui.

Elle cracha les mots suivants.

– Pourquoi personne n'a jamais fait de rapport ?

Herbert His Good Horse se pencha en avant et parla sur un ton un peu plus agressif, jetant les cendres de son cigare dans le cendrier en céramique posé sur son bureau.

– Tu sais à quel point il est difficile d'obtenir qu'on fasse une enquête sur ces choses ou de formuler une accusation quand la victime refuse. (Il me regarda, implorant.) Elle ne voulait même pas m'en parler, à moi.

Je jetai un coup d'œil à la chef Long.

– Nous comprenons.

Il s'adossa.

– Je n'accuse personne mais…

– D'accord. (J'attendis quelques instants.) Y a-t-il quelqu'un d'autre dont le nom vous reviendrait en tête ?

Il eut un geste d'impuissance.

– Quelqu'un qui aurait pu paraître particulièrement en colère contre Audrey ? Un comportement étrange de sa part à l'arrivée de cette personne ? (Il ne dit rien mais je voyais que mon sondage avait touché quelque chose.) Vous ne voyez personne ?

Il soupira.

– Il y en avait quelques-uns, maintenant que j'y pense. Enfin… je ne sais pas si ça veut dire quoi que ce soit…

Long sortit un petit carnet et un stylo.

– Je t'en prie.

Herbert posa son regard sur le carnet puis se mit à parler lentement.

– Il y a un individu qui vient de l'est de la réserve, un homme qui s'appelle Small Song.

Pour la seconde fois de la journée, je complétai le nom de l'homme.

– *Artie* Small Song ?

– Je m'en veux d'en parler parce que son neveu, Nate, travaille avec moi à KRZZ, mais oui, c'est bien lui. (Le travailleur social hocha la tête.) Artie était ici même la semaine dernière, pour les chèques d'aide aux seniors de sa mère. On les remettait au fils pour qu'il les apporte à sa mère. C'est une femme-médecine par là-bas, de la grande médecine. Nous nous demandions si elle recevait bien ses chèques et nous avons découvert qu'elle ne les avait pas eus depuis trois mois. Alors, cette fois, on a refusé de lui donner le chèque de sa mère. Il était très fâché.

La chef Long essayait de croiser mon regard, mais je l'ignorai.

– J'imagine bien.

– Je me rappelle de lui seulement parce qu'Audrey lui a fait la leçon et lui a dit qu'il devrait avoir honte.

(Il regarda Lolo.) Barrett a dû le mettre dehors. J'ai cru qu'il allait le tuer.

La chef Long referma son bloc-notes et se leva, prête à partir.

– Merci, Herb.

Je posai une main sur son bras et l'obligeai à se rasseoir.

– Y a-t-il d'autres gens qui vous reviendraient en mémoire ?

Son regard, une fois de plus, se promena de droite à gauche et de gauche à droite entre nous deux.

– Il y en a quelques autres.

– Qui ?

– Kelly Joe Burns à Birney.

Je me dis qu'il devait s'agir de Red Birney, qui ne se trouvait pas trop loin du site de l'accident.

– Birney Day, s'empressa-t-il d'ajouter.

À l'évidence, le politiquement correct se répandait sur la réserve.

– C'est cet Houdini blanc bourré de crack, ce salopard qui arrive à courir à cent kilomètres/heure et que je pourchasse depuis un mois ?

Herbert hocha la tête.

– Je me rappelle aussi Louise Griffin, avec qui elle a eu une vraie prise de bec il y a deux ou trois semaines. (Il réfléchit.) Mais vous savez, aucune de ces personnes ne…

– Pas même Artie Small Song ? (Il leva les yeux vers moi mais ne dit rien.) Ce n'est pas de votre responsabilité de faire ces choix, Herb. Nous vous demandons juste de nous donner des noms. C'est à nous ensuite d'avancer dans l'enquête.

Il ne sembla pas complètement rassuré par mes paroles réconfortantes.

– Vous n'allez pas citer mon nom, n'est-ce pas ? J'ai une petite audience composée de gens profondément perturbés qui me suit à la radio.

– Aucun souci à avoir. (Je jetai un coup d'œil vers la porte.) Voyez-vous quelqu'un qui serait présent ici, avec qui elle a peut-être travaillé ? (Je marquai une pause.) J'ai remarqué Loraine Two Two tout à l'heure.

– Eh bien, si on pense à ce qui s'est passé, elles n'étaient pas les meilleures amies du monde. (Il rit.) Mais ça, non, certainement pas. Audrey était une sainte, par ici. Tout le monde l'aimait. Tout le monde. Elle venait les jours où elle était en congé pour avancer son travail, faisait des cookies le vendredi. Voilà pourquoi c'est si difficile à croire. (Il leva les yeux vers l'affiche accrochée derrière lui.) Elle courait et s'entraînait avec Karl, pour le préparer à ses courses.

Ses mots restèrent coincés dans sa gorge, et il se cacha le visage derrière sa main.

– Excusez-moi un petit instant.

Lolo me tapota le bras.

– Nous avons assez abusé de ton temps, Herb. Merci.

Nous nous levâmes, et d'un signe de tête, je lui signifiai ma gratitude.

– Merci.

Ses yeux brillèrent comme des petites flaques dans son visage.

– Hé, c'est l'histoire d'une Indienne qui fait du stop pour retourner à la réserve au milieu de la nuit et cette femme blanche s'arrête pour la prendre. L'Indienne lui dit : « Merci de m'emmener ; mais qu'est-ce que vous faites, si tard, sur la route ? » La femme blanche montre une bouteille rangée dans un sac en papier kraft posée sur le siège entre elles et dit : « J'ai pris cette bouteille de vin pour mon mari. » L'Indienne hoche la tête : « La méprise en valait la peine. »

Lolo Long sourit, posa sa main sur son épaule et nous sortîmes.

Dans le hall, Barrett et Karl faisaient la causette à une personne que je supposai appartenir au service de la comptabilité et qui s'empressa de battre en retraite lorsqu'elle vit Lolo arriver.

– Tu t'es battu avec Artie Small Song la semaine dernière ?

Barrett croisa les bras – ça devait être une habitude de famille.

– Hein ?

La chef Long fit défiler les pages du registre puis retourna le livre sur le comptoir et le poussa vers son frère, un doigt tapotant le nom écrit sur la page.

– Lui.

Le jeune homme se pencha en avant et lut le nom, tandis que Karl me disait bonjour d'un signe de tête et reculait son fauteuil pour sortir de la ligne de feu.

– Ah ouais, celui-là. (Barrett leva les yeux vers sa sœur.) Il a piqué une crise à l'autre bout du couloir. Il a dit qu'il allait revenir ici avec une bombe atomique et faire sauter le bâtiment.

– A-t-il menacé Audrey Plain Feather ?

– Il a menacé tous les habitants de la planète. (Il la regarda d'un air pensif.) Est-ce que ça veut dire que je peux avoir une arme, maintenant ?

Elle se retourna et feuilleta le reste du registre d'un air absent.

– Non.

– S'il revient, je pourrais dégommer la tête nucléaire qu'il tiendra à la main.

La chef me regarda puis posa à nouveau les yeux sur le registre.

– Pourquoi ne parlez-vous pas à mon petit frère des cinquante pour cent de flics qui prennent une balle ?

Je haussai les épaules.

Karl continua à m'observer puis parla.

– Si vous vous lancez à la poursuite d'Artie Small Song, vous feriez mieux de prendre une armée avec vous.

– C'est exactement ce que j'avais prévu.

Il sourit en regardant le sol.

– Autrefois, c'était avant que je perde mes jambes, j'étais parti chasser avec des amis et on avait tiré un cerf à côté de Kelly Creek. Quand on est arrivés pour le récupérer, ce gars, Small Song, était déjà en train de le découper. Mon pote s'avance et lui dit : « C'est mon cerf. » Il ne nous a même pas regardés, on était quatre, il est resté là, avec le couteau à dépecer qui bougeait d'avant en arrière. (Il leva les yeux vers moi.) Il se balançait, vous voyez, comme un serpent avant de mordre.

Je souris.

– Vous l'avez laissé garder le cerf ?

Karl hocha la tête avec l'assurance de quelqu'un qui avait failli mourir, peut-être de nombreuses fois, et en avait tiré des leçons.

– J'vous le donne en mille, bien sûr qu'on lui a laissé. Ce mec, c'est un psychopathe.

Il frissonna des pieds à la tête, dans une mimique un peu théâtrale.

Il faisait nuit, mais depuis mon poste d'observation, je parvenais à voir la vieille dame soulever les planches et vérifier la cuisson du cerf qui rôtissait en dessous. La pluie d'étincelles monta comme une constellation de corps célestes orange cherchant à rejoindre leurs frères au-dessus, éclairant le visage de la femme comme si elle était sur une scène.

J'étais installé au pied d'un pin au tronc en forme de Y, les branches basses m'offraient une cachette assez efficace, ou du moins, c'était ce que je pensais jusqu'à ce que la femme-médecine lève les yeux vers le coteau et me regarde – même à cette distance je pus sentir le poids des yeux voilés.

Elle avait mis une veste de l'armée froissée autour de ses épaules et elle avait enroulé autour de sa tête le châle qu'elle portait plus tôt, pour se protéger contre la fraîcheur de la nuit. Elle ignorait peut-être l'endroit exact où je me trouvais, mais elle semblait savoir que j'étais par là, et que certainement, je n'étais pas seul. Il y avait ici d'autres yeux que les miens et peut-être ceux d'Artie Small Song en plus.

Presque une heure auparavant, j'avais découvert cette cachette et j'avais descendu la pente avec précaution jusqu'à l'endroit où je me trouvais. J'avais appris, il y avait bien longtemps, qu'il fallait s'installer confortablement dès le départ, parce qu'on n'aurait pas le loisir de changer de position ensuite.

Dans ces situations j'avais généralement mille choses pour m'occuper l'esprit, et ce soir ne faisait pas exception. Ma fille et son mariage imminent étaient au premier rang, et je commençai à douter des motivations pour lesquelles je restais assis dans les bois. Étais-je simplement en train d'éviter le désastre qui me guettait en allant au-delà de mes responsabilités juridictionnelles, ou étais-je en train de me focaliser sur une situation et une collègue qui avait besoin de mon aide ? Étais-je là parce que c'était la voie de la résistance minimale, et le genre de choses que j'avais l'habitude de faire ?

Je dus lutter pour m'empêcher de soupirer.

Ma fille arrivait demain, et jusque-là, Henry et moi n'avions pas réussi à accomplir la plupart des tâches qui nous avaient été assignées, la plus importante d'entre elles étant de trouver un lieu pour la cérémonie. Henry était bien allé voir Arbutis pour discuter avec elle de la situation, mais lorsque je l'avais interrogé sur leur rencontre, il avait fermé sa bouche et gardé le silence – ce n'était pas bon signe.

L'endroit où je me trouvais était assez beau. Peut-être arriverais-je à convaincre Cady d'organiser une cérémonie planquée avec des invités armés. J'étais presque sûr que, du côté du marié, cela ne poserait pas de problème, puisque de toute manière ils étaient presque tous flics.

Il n'y avait pas que ma fille qui arrivait demain, mais aussi Lena Moretti, la mère de Vic et bientôt belle-mère de Cady.

Le mariage avait lieu dans moins de deux semaines.

Je pourrais me contenter de rester là ; il y avait des chances qu'on ne me retrouve jamais.

La femme-médecine retourna à la chaise de cuisine qu'elle avait placée à côté de la porte de derrière, tourna la tête et cracha. Elle leva son index et le passa sur sa lèvre, où un petit résidu de tabac avait dû rester collé, puis se débarrassa de la particule importune.

Malgré l'éloignement, je parvenais à distinguer sur son visage les plaines usées par l'érosion. Il n'était pas rare, dans ces situations, de commencer à développer une tendresse pour la personne qu'on observait, presque comme si elle devenait une extension de soi. Finalement, cela revient à être capable de rester immobile et d'attendre. La plupart des gens perdent cette capacité, les pointes affûtées de leurs sens s'émoussent et s'encrassent dans les tiroirs rouillés de leur tête, mais cela faisait partie de mon travail et je pouvais m'évader sans bouger et devenir un élément du paysage.

J'avais toute la nuit devant moi, mais pas Artie. Il était tard, et elle n'allait pas pouvoir laisser le cerf là-dedans encore très longtemps. À quel point Artie Small Song se préoccupait-il de sa viande ? À quel point se préoccupait-il de nourrir sa mère ?

La réponse vint, lente, presque glaçante lorsque je commençai à sentir quelque chose sur ma gauche, quelque chose dans les silhouettes verticales et noires des arbres qui ne se trouvait pas là auparavant.

J'attendis, les coins de mes yeux douloureux à force d'être rivés dans une direction. Si tu bouges le premier, t'es mort, disait la maxime qu'on m'avait enseignée, celle que j'avais suivie dans les Hautes Plaines, au Vietnam et dans toutes les situations périlleuses de ma vie.

J'attendis.

Il était possible que nous espionnions un homme innocent, aussi innocent qu'un type comme Artie Small Song pouvait l'être, mais une once de prévention vaut toujours mieux qu'une livre de résultats sanglants.

J'aurais juré avoir entendu quelque chose derrière moi.

Il était forcément en bien meilleure position pour me voir, moi qui avais le feu en face, en contrebas. La vieille femme savait-elle de quelle direction il arriverait ? Lui avait-elle parlé ? Était-il au courant que nous étions là ? Toutes ces questions ainsi qu'une multitude d'autres furent à deux doigts de me déloger de ma cachette devenue soudain inconfortable.

J'attendis.

Une forme sombre se fondit dans les arbres sur ma droite. Je distinguai une main posée sur la surface rugueuse de l'écorce. Les doigts pliés, à moins d'un mètre de ma tête. Je cessai de respirer, craignant qu'il puisse m'entendre. Puis il disparut à nouveau, les doigts s'effacèrent comme s'ils n'avaient jamais été là du tout.

Au bout d'un moment, je le vis à nouveau, un peu plus bas sur le coteau, sa silhouette contrastant avec la forme découpée des arbres. La vieille femme regardait désormais droit dans sa direction, et donc, dans la mienne.

Mon attention fut temporairement retenue par la femme-médecine, qui fit un pas en direction de la fosse. S'appuyant sur un de ses genoux, elle se baissa et bougea certaines planches, et un autre nuage d'étincelles monta dans la nuit.

Je voyais l'endroit où se trouvait Artie Small Song ; il s'arrêta à peine une seconde avant que sa tête ne pivote et que le fusil qu'il tenait à la main ne tourne lui aussi.

La Nation Cheyenne le percuta comme une lance de guerre, et ils dégringolèrent la pente tous les deux ; tout ce que j'entendais, c'était des grognements et des halètements. Aucun des deux combattants ne voulait laisser échapper la moindre particule d'énergie en lâchant un cri.

J'émergeai du confort relatif de ma cachette et descendis la pente en allongeant ma foulée pour gagner de la vitesse, espérant ne pas m'écraser sur le sol tête la première. Les deux hommes continuèrent à rouler dans un fracas de branches brisées, et j'entendis un énorme bruit sourd lorsqu'ils arrivèrent derrière la maison. Je rebondis sur un pin des montagnes, qui me dévia un peu de ma trajectoire, et trébuchai en essayant de retrouver mon équilibre.

La vieille femme avait découvert la fosse et tenait une des planches entre ses mains. Le feu était aveuglant, quand on était resté dans le noir si longtemps, et j'étais certain que c'était bien ce qu'elle avait en tête. Juste en dessous de moi, les deux hommes luttaient, roulant l'un sur l'autre ; ils arrivèrent près des pierres, au bord du feu.

Je me trouvais encore à une bonne dizaine de mètres lorsque Mme Small Song, dans un geste assez comique, prit son élan et frappa l'Ours avec une planche pour essayer de libérer son fils. J'atterris sur les deux combattants, et me pris l'essentiel des coups infligés par la femme-médecine, tandis que Lolo Long nous rejoignait après avoir quitté le poste que nous lui avions assigné sur le côté de la maison.

Je parvins à arracher le fusil des mains d'Artie et le jetai loin, un peu surpris de constater que ce n'était qu'un simple fusil à verrou de calibre 22.

Sa mère hurlait dans les bras de Lolo qui la maintenait à l'écart ; elle était étonnamment alerte, et Lolo eut le plus grand mal à ne pas la lâcher. Elle finit par l'entourer complètement de ses bras et la soulever de terre.

Nous remîmes Artie sur ses pieds. J'avais vu des photos de Small Song, mais je ne l'avais jamais eu face à moi. Avec toutes les histoires que j'avais entendues sur sa capacité à faire le vide dans les bars, j'avais imaginé qu'il était plus grand, mais il ne m'arrivait qu'à l'épaule.

Une fois que j'eus retrouvé mon souffle, j'émis quelques mots.

– Lolo, tout va bien ?

– Ouais.

Elle s'assit sur la chaise de cuisine avec la vieille femme sur ses genoux, sans relâcher son étreinte.

Je me tournai vers Henry.

– Et toi ?

L'Ours hocha la tête et se massa l'arrière du crâne, à l'endroit où la femme médecine avait asséné un coup convaincant.

– Oui.

Artie en profita pour me flanquer un coup de coude et essayer de se libérer, mais Henry l'attrapa à deux mains et le maintint en position debout, lui immobilisant un bras dans le dos.

– C'est un petit garnement drôlement vif, n'est-ce pas ?

Il essaya de mettre un coup de tête à Henry ; ses cheveux s'écartèrent de son visage tandis qu'il jetait un regard de défi d'abord vers moi, puis vers la chef Long et enfin vers la Nation Cheyenne.

– Il n'y a qu'un seul problème.

Je détournai les yeux du visage étonnamment juvénile d'Artie.

– Lequel ?

Henry attrapa le jeune homme par le menton et l'examina comme un cheval qu'il aurait l'intention d'acheter.

– Ce n'est pas Artie.

6

Le cerf était vraiment bon, et je me dis que c'était très gentil de la part de la femme-médecine de nous inviter à dîner étant donné que nous avions mis sa maison sous surveillance et que nous avions pratiquement tabassé Nate, le neveu d'Artie et le plus jeune membre de la famille Small Song.

Nous l'avions aidée à sortir le cerf de la fosse – c'était le moins que nous puissions faire. Ensuite, une chose menant à une autre, assis sur d'autres chaises de cuisine apportées de l'intérieur, nous nous installâmes tous pour manger du cerf et contempler le feu dans la fosse. La vieille femme avait jeté les planches dans le trou par-dessus les braises et maintenant, un joli feu dansait ; elle rentra chercher un autre plat de salade de pommes de terre.

L'humeur de Nate s'était considérablement améliorée lorsque Henry avait sorti un pack de douze canettes de Rainier. Il nous sourit à tous :

– Alors, vous avez cru que j'étais Art ?

Henry haussa les épaules et je hochai la tête – j'avais la bouche pleine.

– Si j'avais été Art, j'vous le dis, vous m'auriez jamais entendu. (Il soutint le regard de la Nation Cheyenne.) Quand j'étais petit, on me parlait de vous, on me disait que vous étiez impressionnant. Vous avez un peu vieilli, on dirait ?

Henry sirota sa bière, et si on le regardait attentivement, on pouvait apercevoir un très vague sourire à peine esquissé aux coins de sa bouche.

– Je t'ai attrapé.

Les yeux du gamin brillèrent de défi, son ego encore blessé d'avoir été coincé.

– Vous ne pourriez jamais attraper Art.

L'Ours mâcha son cerf et ne dit mot.

J'attirai l'attention du garçon.

– Quand as-tu vu ton oncle pour la dernière fois ?

– Hier.

– Et qu'est-ce qu'il faisait ?

Le gamin désigna la viande qui se trouvait dans son assiette.

– Il chassait.

La voix de Lolo Long s'éleva de sa place à côté de la porte.

– Il sait que ce n'est pas la saison pour les cerfs ?

– Il s'en fiche.

Je bus une gorgée de bière.

– Où chassait-il hier ?

Le jeune homme agita sa fourchette dans une direction vague.

– Au sud d'ici.

– Tu es allé avec lui ?

– Non, il chasse seul.

Je hochai la tête comme un vieux sage, attrapai le sifflet qui se trouvait dans ma poche et le lançai vers lui ; il tomba entre ses pieds.

– C'est à toi ou à lui ?

Nate posa son assiette en équilibre sur un genou et ramassa l'os sculpté.

– À Artie. Il n'y a qu'à voir l'entaille en bas, c'est sa signature. (Il releva la tête.) Où vous l'avez eu ?

– Quelqu'un a essayé de m'écraser avec un pick-up GMC rouge des années 1970 hier soir.

Il ne dit rien.

– Ton oncle a bien un GMC de 71 ?

– Ouais, mec, mais c'était moi qui avais ce pick-up, hier soir. (Il fourra le sifflet dans sa poche de chemise.) J'avais un rendez-vous, si vous voulez vraiment savoir.

– Est-ce que tu vas toujours à tes rendez-vous avec un cerf attaché sur le capot ?

Il parut un peu hésitant.

– Hem… ouais.

Mme Small Song sortit de la maison et s'arrêta pour ajouter une louche de salade de pommes de terre dans l'assiette de la chef Long, puis dans celle de Henry, et s'avança jusqu'à moi.

– Alors c'est toi qui as essayé de m'écraser hier soir ?

Il baissa la tête.

– Hem, ouais.

La vieille femme s'interrompit, puis me resservit pendant que je continuais à parler au gamin.

– Pourquoi ?

– Je ne sais pas.

– Tu ne sais pas pourquoi tu as essayé de me renverser hier soir ?

Il haussa les épaules mais resta silencieux. À l'évidence, il couvrait son oncle – ou quelqu'un d'autre –, et il ne faisait pas du très bon boulot. Je pensai à l'homme que j'avais pu distinguer au volant du pick-up et me dis qu'il était plus grand que le jeune homme.

– Où est le pick-up, maintenant ?

– Art doit l'avoir. Il me le laisse quand je vais à la station de radio, ensuite il le récupère. Je fais l'émission de l'après-midi.

– KRZZ ?

– Ouais. (Il prit sa voix d'animateur radio.) Nate Small Song, qui a du bon son.

Je levai le poing de concert avec Henry et Lolo, et nous entonnâmes tous en chœur :

– Restez calmes, soyez courageux et guettez les signes.

Je mangeai une bouchée, la fis descendre avec la bière, donnant au jeune homme tout le temps nécessaire pour ajouter des détails. Je risquai un coup d'œil vers la femme-médecine, mais elle avait le regard perdu vers les arbres derrière sa maison. Je suivis la direction indiquée par ses yeux vitreux et me dis que même avec ses capacités de vision limitées, elle voyait bien plus de choses que moi.

– J'ai déchargé le cerf puis j'ai garé le pick-up au pied de la colline. Il avait disparu ce matin, alors je me suis dit qu'Art l'avait récupéré.

Je regardai rapidement l'Ours, qui continuait à manger.

– Comment est-ce qu'Artie est venu jusque-là ? Tu dis que tu lui as pris le pick-up hier soir, où est-ce que ça a eu lieu ?

Si le sujet n'avait pas été aussi sérieux, il aurait été drôle de voir à quelle vitesse le gamin essayait de penser.

– À Lame Deer.

Je continuai à le harceler.

– Où ça, à Lame Deer ?

– Eh ben, en fait, pas vraiment Lame Deer, au bar, à Jimtown.

Il avait assez bien joué ce coup-là. Il serait difficile d'obtenir de la part des gens qui étaient là-bas une réponse claire à la question : avaient-ils vu Artie ou pas, et vers quelle heure.

– Alors, Artie t'a donné son pick-up hier soir avec un cerf attaché sur le capot. Tu as une idée de l'heure à laquelle ça s'est passé ?

– Nan.

Je regardai la vieille femme ; elle posa sa main sur mon épaule, prit doucement la canette de bière que je tenais à la main, puis tourna les talons et rentra dans la maison. C'était un geste simple, et on aurait pu penser qu'il était totalement innocent, à l'exception du contact physique. La femme-médecine avait tenté de me faire passer un message. J'essayai de la voir, mais elle avait disparu. Je me tournai pour regarder Nate.

– Mais le pick-up était parti ce matin ?

Il hocha la tête, reconnaissant que je ne creuse pas plus avant la question sur l'heure.

– Peut-être que quelqu'un du bar l'a conduit jusqu'ici, mec. Peut-être qu'il est venu en stop.

J'étais un peu incrédule.

– Ça fait cinquante kilomètres.

– Ça serait pas la première fois.

La voix de Henry monta de l'endroit où il était assis, de l'autre côté du feu.

– Dans le noir ?

Le gamin lui sourit à son tour.

– Chasser dans le noir, ça te fait peur, vieil Ours ?

Les yeux rivés sur le feu, la Nation Cheyenne prit une nouvelle bouchée de cerf et se mit à mastiquer. Le gamin, dans sa naïveté, ne savait pas que Henry Standing Bear était précisément ce dont tout le monde avait peur dans le noir.

Nous aidâmes à ramasser les restes du cerf, nettoyer les lieux et refermer la fosse. La vieille femme faisait la vaisselle dans un évier en porcelaine piqueté de rouille, installé dans un meuble de cuisine métallique tout aussi délabré.

Ce fut pendant que j'essuyais les assiettes désassorties achetées dans une solderie que je pris le temps d'examiner les lieux ; ils me rappelaient la maison de mes grands-parents. Basse, coincée contre le flanc de la colline, elle avait été bâtie avec des rondins équarris à la main et les interstices avaient été colmatés avec ce bon vieux ciment portland.

Sa voix n'était guère plus qu'un murmure.

– *Ahsanta*, tu es celui dont la femme est morte ?

J'étais toujours surpris de la manière dont les Indiens me situaient par le biais de ma défunte épouse.

– Oui madame.

Je voyais trois papiers peints différents dans l'extension où avait été installée la cuisine, là où les placards hauts étaient fixés. Ils étaient également métalliques, mais du genre qu'on trouvait dans les stations-service, avec les autocollants vantant AUTOLITE, CRANE CRAMS, PUROLATOR OIL & AIR FILTERS.

– Vous aimez mes placards ?

– Oui.

– C'est mon fils qui me les a trouvés.

Je me demandai dans quelle station essence il les avait volés.

– Ils sont très beaux.

Elle leva les yeux de l'évier et porta son regard sur l'endroit. Les autres étaient en train d'éteindre le feu, de l'autre côté de la fenêtre.

– Parce que Artie est comme il est, on lui reproche des choses qu'il n'a pas faites. (Elle haussa les épaules.) Parce qu'il est comme il est, il s'en tire, après certaines choses qu'il a faites. C'est la nature des choses.

Je lui souris.

– Je comprends.

Elle me regarda, et à nouveau, ce fut comme si ses yeux reflétaient les nuages que je ne pouvais pas voir dans le ciel nocturne.

– Il n'a pas fait cette chose que vous pensez. (Ses mains noueuses serrèrent le bord de l'évier.) Il a fait des choses mal, je sais, mais jamais il ne ferait ça.

Je hochai la tête.

Ses yeux restèrent rivés sur les miens.

– Vous me croyez ?

– Oui, mais vous êtes sa mère.

Elle me fit un sourire assez charmant pour quelqu'un qui avait eu autant de tabac à chiquer entre les dents, mais son sourire se ternit, s'effaça un peu lorsque je posai la question suivante.

– Comment se fait-il que vous sachiez pourquoi je le cherche, en dehors de ce que je vous ai dit ?

Elle hocha lentement la tête.

– Je sais m'y prendre avec ces choses, j'ai des pouvoirs que j'utilise pour le bien de ma famille et de mon peuple. (Elle fit un geste vers le mur.) Et quelqu'un m'a appelée cet après-midi au téléphone.

Elle émit un bref rire caquetant, et je secouai la tête.

– Et j'imagine que vous ne souhaitez pas me dire qui vous a appelée ?

Elle suspendit son torchon au robinet.

– C'est Artie.

– Il vous a appelée ?

Son sourire disparut totalement.

– Il a dit que vous le cherchiez. Qu'une femme était morte, mais qu'il n'avait rien fait.

Je descendis les manches de ma chemise et refermai les boutons pression.

– En toute honnêteté, madame Small Song, tout ce que nous voulons, c'est lui parler. Il s'est disputé avec une jeune femme aux services sociaux, la semaine dernière, ils ont eu des mots. Cette semaine, elle trouve la mort et quelqu'un essaie de m'écraser avec le pick-up d'Artie. Je crois que ça justifie une conversation, vous ne trouvez pas ?

Elle garda un moment le silence, et je commençai à me dire que j'aurais dû m'abstenir de me confronter ainsi à une vénérable, une femme-médecine et une femme de tradition.

– Après l'accord sur les revendications territoriales en 1963, mon mari et moi, on a construit cette maison avec les rondins de l'ancienne. Mon mari est mort peu de temps après, et comme beaucoup de gens dans les moments d'immense chagrin, j'ai pris le chemin de la religion et je suis devenue adepte des cérémonies du peyote. Mon fils aîné aussi était très religieux, et il venait à des réunions avec moi. Cinq ans plus tard, il est mort au Vietnam et j'ai arrêté de participer aussi souvent aux réunions, parce que ça me rappelait mon fils.

Elle marqua une pause et pencha la tête juste un peu, son regard se posant sur le placard bas.

– Je suis allée me faire baptiser, c'était le jour de la teinte des œufs, mais au bout d'un moment, quelqu'un a dit à l'un des curés que j'avais été vue à une réunion de peyote. Un jour où je me confessais, l'homme en robe noire m'a demandé si j'adressais toujours des prières à ce vieux cactus desséché en l'appelant Dieu. (Elle sourit.) Je lui ai dit que non, que je priais Dieu, mais que j'utilisais parfois le peyote quand j'étais malade. Il a dit que le peyote était une Église et que je ne pouvais pas suivre deux Églises, alors j'ai arrêté d'aller à celle de l'homme en robe noire. (Elle continua à me regarder fixement.) Est-ce que vous allez dans les églises, *Ahsanta* ?

– Non. Dans notre famille, c'était ma femme qui était la personne religieuse.

Elle hocha la tête.

– Ma religion, j'ai fini par me la fabriquer toute seule. J'allais voir les gens malades et blessés, c'est là qu'ils ont besoin de religion, pas seulement le dimanche matin ou le jeudi soir. Certaines personnes allaient mieux après avoir parlé avec moi et les gens ont commencé à m'appeler femme-médecine, et au bout d'un moment, j'en suis devenue une, j'imagine. (Elle s'écarta de l'évier et se tourna pour me faire face plus directement.) Je vous dis ces choses parce que j'ai eu une vision en deux parties vous concernant, et je voudrais vous en parler.

Je me demandai quelles étaient les motivations de la vieille femme.

– Me concernant ?

– Oui. (Elle hésita sur ce qu'elle allait dire, mais elle finit par se lancer.) Il y a quelqu'un qui voudrait vous parler, mais je ne sais pas qui c'est. Il vient me voir dans mes visions sous la forme d'un grand ours. Cela signifie-t-il quelque chose pour vous ?

Je sentis des ailes duveteuses frotter l'intérieur de mes poumons.

– Possible.

– Vous avez de la famille ?

Les mots suivants furent prononcés avec précaution.

– Oui. J'ai une fille et elle attend mon premier petit-enfant.

Elle actionna sa mâchoire comme si les mots étaient durs et avaient besoin d'être attendris.

– La personne-ours me dit que vous devez garder votre famille tout près. À cause de ceux qui voudraient leur faire du mal.

Je pensai à ce que j'avais vécu sur la montagne quelques mois auparavant, une aventure dont je n'étais pas sûr de me remettre un jour. Je pensai à Virgil et à la peau d'ours qu'il avait sur le dos la dernière fois que je l'avais vu, et au fait que je ne savais toujours pas s'il était vivant ou mort. Je pensai à son petit-fils, Owen, et au fait que je savais avec une certitude absolue qu'il était mort. Virgil ou Owen m'avait livré une déclaration concernant mon avenir ou celui de ceux qui m'étaient proches, un avertissement sur un désastre imminent que j'avais sorti de mon esprit – jusqu'à maintenant.

– Où est votre fille, *Ahsanta* ?

– À Philadelphie, mais elle va arriver ici demain.

Sa tête eut un mouvement d'approbation tandis qu'elle continuait à réfléchir.

– C'est bien. Ce sera plus facile pour vous de garder l'œil sur eux quand ils seront ici, à l'abri.

Bon sang.

– Quelle est la seconde partie de la vision ?

– Que vous devriez venir à l'église avec moi. Ce soir.

Elle hocha la tête.

Je m'appuyai d'un bras à l'évier de la cuisine et baissai la tête pour la regarder d'un peu plus près au moment où Henry, Lolo et Nate entraient dans la cuisine.

– Aller à l'église avec vous ce soir ?

– Oui, l'homme-ours dit que vous devriez le faire.

Je levai les yeux et vis Henry qui me regardait, les yeux un peu écarquillés. Je revins à la vieille femme et lui demandai.

– Quelle église ?

Elle me sourit, du tabac entre les dents.

Les membres de l'Église amérindienne sont autorisés par la justice fédérale à utiliser le peyote à des fins rituelles. La consommation de ce petit cactus globuleux est bien plus ancienne que le Controlled Substances Act[1] d'environ de cinq mille cinq cents ans.

Rien à dire.

J'avais entendu parler de ces cérémonies, mais je n'y avais jamais participé, sans parler de goûter à cette substance à forte teneur en mescaline. Henry disait qu'il était passé de l'autre côté de la lune à quatre reprises et qu'il avait fait le tour de la lune un nombre incalculable de fois ; il disait aussi que c'était comme conduire sur l'autoroute, ouvrir sa fenêtre et passer sa tête dehors, ce qui ne me paraissait pas être une expérience que j'avais envie de tenter.

L'Ours nous déposa à l'embranchement du chemin et resta assis sur la banquette du Rezdawg.

– Je n'ai pas été invité.

La femme-médecine attendait à côté du pare-buffle du pick-up, la tête baissée et les mains cachées dans les plis de sa jupe.

1. Loi de 1970 définissant quelles substances sont illégales.

J'appuyai un coude sur la portière du véhicule que je détestais plus que tout au monde et fit tourner la bague sur mon petit doigt.

– Ce qui signifie que tu ne peux pas y aller ?

– Non.

– Est-ce que je peux t'inviter ?

– Non.

– Est-ce que je peux obtenir d'elle qu'elle t'invite ?

– Non.

Je hochai la tête et lançai un coup d'œil vers la femme de quarante kilos qui me prenait en otage. Je me tournai vers la Nation Cheyenne et vis l'ombre discrète d'un sourire sur son visage en général impassible, appuyé sur son poing.

– La chef Long ne va pas me dénoncer à la DEA, quand même ?

Il secoua la tête.

– Elle rentre, elle va se coucher. (Il jeta un œil à la montre qui ornait son poignet.) Je n'ai pas été invité là-bas non plus.

– Elle ne t'aime pas.

– Non.

– Tu sais pourquoi ?

– Non.

– Tu as beaucoup de conversation ce soir, tu sais ?

– Oui.

Je soupirai et regardai à nouveau en direction de la vieille femme.

– C'est de la grande médecine.

Il haussa les épaules.

– C'est un grand honneur d'être invité.

– Je ne veux pas avoir de flash-back.

– Tu n'en auras pas.

– Je ne veux pas commencer à aller à des concerts des Grateful Dead.

Son regard acéré se fixa sur moi, l'étincelle que j'y vis était un peu désarmante.

– Tu ne feras pas ça, c'est certain.

J'acquiesçai d'un signe de tête.

– À moins, bien entendu, que ce soit quelque chose que tu aies toujours eu envie de faire. (Il baissa sa main, la laissa tomber sur le rebord de la vitre.) Cela amplifie le cœur. (Il tendit le bras et frappa de son poing fermé le centre de ma poitrine.) Et je le connais, celui-là, il est bon.

Je pris une profonde inspiration pour calmer mes nerfs.

– Merci.

– Il n'est pas certain qu'on t'offre du peyote, il se peut que ton rôle soit seulement celui d'un observateur.

Je baissai la voix pour qu'elle ne soit plus qu'un murmure.

– Je crois qu'il y a plus qu'une simple invitation à rencontrer Jésus.

Les éclats d'obsidienne scintillèrent vers le coin du pick-up, à l'endroit où la femme-médecine s'était décalée de quelques pas et regardait les arbres comme elle l'avait fait précédemment.

– Aucun doute là-dessus.

– Tu seras où ?

Ses yeux revinrent vers moi.

– Pas loin.

– Bien. (Je fis un pas en arrière.) Ne me laisse pas partir dans la forêt pour suivre les petits animaux, OK ?

Il hocha la tête et fit grincer le démarreur du Rezdawg, qui cracha, toussa et se tut ; il ne resta plus que le bruit des cigales.

– Il fait ça seulement quand tu es dans les parages.

L'Ours tapota le tableau de bord et passa ses doigts dans les plumes d'aigle qui étaient accrochées avec le sac médecine au rétroviseur du pick-up. Je reconnus le geste rituel.

– Le Rezdawg sait que tu n'as pas confiance en lui.

– Il a raison.

Il actionna le démarreur à nouveau, mais cette fois le moteur partit, hésita un peu sur le parcours de sa courroie de distribution, puis nettoya son échappement des traces de suie et ronronna relativement tranquillement.

– Il sent ta méfiance et il en souffre. Tu devrais t'excuser.

– Je l'ai dit et je le redirai, il n'est pas question que je présente des excuses à ton débris.

Il enclencha une vitesse et tourna le volant pour ramener le trois quarts de tonne vers la route.

– Bonne chance avec les petits animaux.

Je regardai l'unique feu arrière, dépourvu de feu de stop, tressauter sur la route creusée d'ornières et disparaître derrière un monticule. Je fourrai mes mains dans mes poches de jean et me tournai pour regarder la vieille femme qui m'attendait patiemment au départ du chemin.

– J'imagine qu'il est temps de partir à l'église ?

Elle tendit une main, et je ne sus si c'était pour elle ou pour moi.

Je pris la main tendue et commençai à marcher ; elle progressait derrière moi, en prenant garde de marcher dans mes pas. Le chemin était assez défoncé et elle ne lâchait pas ma main, mais j'étais étonné de l'aisance avec laquelle la petite vieille se dirigeait avec les étoiles dans la nuit. La lune restait cachée, et j'étais en train de regretter de ne pas avoir emporté de lampe-torche lorsque je la sentis tirer sur ma main.

Je m'arrêtai et me penchai.

– Qu'y a-t-il ?

Elle hocha la tête et montra de la main gauche un embranchement que je n'avais pas vu.

– Par là ?

Elle hocha la tête.

La troisième fois qu'elle agit de cette manière, je commençai à regretter de ne pas avoir emporté non seulement une lampe électrique, mais aussi des miettes de pain. Je me dis qu'en mémorisant la séquence, je serais capable de m'orienter avec deux virages à gauche, un à droite, encore un à gauche et avoir une assez bonne chance de découvrir la route, si j'y étais obligé.

Nous parvînmes à un endroit plat dans une petite clairière où régnait une lueur puissante provenant d'un grand tipi dans lequel brûlait un feu. C'était un tipi de type familial, peint sur le pourtour extérieur, où se reflétaient les ombres brunes des individus qui se trouvaient à l'intérieur. Au sommet, qui était trop loin de la source de lumière, il faisait noir.

La main de Mme Small Song serra la mienne, et elle passa devant moi. Comme le voulait la tradition, l'ouverture du tipi était orientée vers l'est pour accueillir le soleil levant, et les rabats étaient attachés de part et d'autre. La vieille femme marqua une pause sur le seuil et parla d'une voix forte aux personnes assemblées à l'intérieur. Au bout d'un moment, un ensemble de voix répondit, et sans lâcher ma main, elle se baissa pour entrer.

Je suivis, me pliant en deux pour franchir le seuil, puis je me relevai, restant un peu voûté à cause de l'inclinaison de la toile, mon chapeau entre mes mains. Je jetai un coup d'œil aux visages, tous souriants sauf trois, et je n'en reconnus aucun. C'était rare – généralement, je connaissais un certain pourcentage des présents dans les réunions cheyennes –, mais je me dis que ces gens étaient très religieux, et il était possible que nos chemins ne se soient jamais croisés. Certains se levèrent et s'approchèrent de moi, mais les trois anciens qui ne souriaient pas restèrent assis.

Je finis par identifier l'un des participants. C'était l'homme qui nous avait accueillis à l'entrée du casino, la chef Long et moi, l'ancien chef de la police tribale. Il me tapota l'épaule.

– Longmire, c'est merveilleux de vous avoir avec nous ce soir. (Sa main se posa sur sa poitrine.) Albert Black Horse.

– Ouaip, je me souviens.

– Je serai votre parrain ce soir. Cela vous convient-il ?

– Hem… oui, bien sûr.

Il fit un contresens sur l'hésitation de ma réponse.

– Vous préféreriez que ce soit quelqu'un d'autre ?

– Non, non. (Comme un idiot, je lui tapotai le bras à mon tour.) Je suis heureux que vous soyez mon parrain, monsieur Black Horse.

– Albert.

Je tapotai à nouveau.

– Albert.

D'autres sourirent lorsque je lançai un coup d'œil vers les trois hommes très vieux, très solennels, tous assis derrière le feu et devant une partie légèrement surélevée en forme de croissant de lune qui occupait la moitié du cercle.

– Apparemment, ma présence ne fait pas plaisir à tout le monde ici…

Black Horse secoua la tête.

– Non, ce n'est pas qu'ils ne sont pas heureux de vous voir, mais ils ont d'importants devoirs sacrés. Le premier est le Road Man, le chef de cérémonie, celui qui montre le chemin. Sa responsabilité est de s'assurer que rien ne vienne troubler la cérémonie et que vous soyez bien pris en charge. Il a des vies entre ses mains, alors, il faut qu'il prenne tout ceci très au sérieux.

Il désigna les hommes assis à côté du Road Man ; l'un d'eux tenait une grosse marmite en fonte de taille numéro six ou sept avec une peau tendue sur le dessus.

– Voici le Drum Carrier, celui qui porte le tambour, c'est le conseiller du Road Man. L'autre est le Cedar Man, l'homme-cèdre, dont la mission est de maintenir l'air purifié pendant la durée de la cérémonie.

Quelqu'un parla dans mon dos, puis il y eut une pause lourde de sens et soudain, le silence. Je me tournai pour voir qui avait parlé et je vis un autre homme assis à côté de l'entrée qui me montrait du doigt et parlait assez rapidement, sur un ton animé. Je me tournai à la recherche de la mère d'Artie Small Song, mais elle s'était déjà installée de l'autre côté du périmètre.

Tout à coup, la discussion s'amplifia, et cette fois, j'étais presque certain que le sujet n'était pas agréable. La pression de la main d'Albert sur mon bras se fit plus forte.

– Portez-vous une arme ?

J'avais oublié mon Colt et je comprenais maintenant la raison de tout ce tapage.

– Oui.

– Vous allez devoir l'enlever. C'est strictement interdit par les règles de l'Église.

– Que dois-je en faire ?

Il fit un geste vers l'entrée.

– Le laisser à l'extérieur.

Je hochai la tête, pas très heureux à l'idée de laisser le Colt là, dehors, sans surveillance, mais je ne voulais pas me montrer insultant en insistant sur le fait qu'il serait dangereux de le laisser sans protection.

M'excusant d'un signe de tête explicite auprès de l'assemblée, je sortis, éjectai le chargeur et la balle engagée, et les rangeai dans ma poche de chemise ; puis je défis mon ceinturon, le sortis des passants, l'enroulai autour du holster et rangeai le tout dans mon chapeau. Je déposai l'ensemble à un pas du seuil, contre la toile, puis je sortis un mouchoir plié de ma poche et le posai sur la Collection Walt Longmire. Je ne sais pas trop pourquoi je ressentis le besoin de recouvrir ainsi les objets sous ce qui ressemblait à un linceul, mais l'idée de laisser le calibre 45 là, au vu et au sus de tous, ne me disait rien.

Lorsque je rentrai dans le tipi, l'atmosphère s'était calmée.

L'homme qui avait lancé la discussion eut un hochement de tête sobre, les lèvres serrées, lorsqu'Albert me prit à nouveau par le bras.

– Il est le Fire Chief, le gardien du feu. Lui et le jeune homme qui est assis à ses côtés s'occuperont du feu pendant toute la nuit, pour qu'il ne cesse de flamber.

Il me désigna une place libre contre la toile et m'invita à m'asseoir près de lui. J'obéis à ses instructions et les conversations se turent progressivement. Au bout de quelques instants, le Road Man parla au Fire Chief, qui ferma les rabats du tipi.

Une fois que je fus assis à ma place, les traits des Anciens devinrent plus familiers.

Je connaissais le Drum Carrier ; c'était un ami de mon père. Il était bien plus jeune, à l'époque, bien sûr, et la raison pour laquelle je me souvenais de lui, c'était que chaque fois qu'il me voyait, quand j'étais enfant, il me donnait un *wheat penny* scintillant. James Woodenlegs.

Le Cedar Man ne m'était pas inconnu non plus, et je finis par le reconnaître : Willis Heist, qui avait déçu ma mère. Elle l'avait vu assister à quatre messes de l'église des Blancs chaque dimanche. Elle qui était une méthodiste confirmée avait fini par lui demander quelle messe il avait préférée. Il avait répondu :

– Celle des pentecôtistes.

Le cœur brisé, ma mère lui avait demandé pourquoi. Il avait haussé les épaules :

– Parce que c'est chez eux qu'on mange le mieux aux repas partagés du dimanche.

Il y avait quatre grands chefs dans la Nation Cheyenne et trois d'entre eux se trouvaient ici. Les Vénérables siégeaient en un genre de Conseil des Aînés, et je savais que Lonnie Little Bird était membre de ce conseil (Lonnie devait avoir volontairement évité d'assister à la cérémonie à cause de la relation assez proche que nous entretenions). Comme Lonnie, lorsqu'on leur posait la question, ils niaient être des chefs ; ils devaient incarner la pudeur, et vous pouviez parier que si un Cheyenne vous disait qu'il était chef, il se payait votre tête.

Il s'agissait de consacrer sa vie à la communauté, et ils n'étaient pas légion, ceux qui se montraient à la hauteur de cette tâche. Nombreux étaient ceux qui démissionnaient. Une ancienne plaisanterie circulait : si vous voulez savoir qui était le véritable chef des Cheyennes du Nord, cherchez le gars au portefeuille dégarni planté au bord de la route à côté d'une voiture au réservoir vide. C'était le chef : ruiné d'avoir distribué son argent et en panne d'essence après avoir livré de la nourriture chez les uns et les autres, parce que sa mission est d'absorber les malheurs de son peuple.

Cela ne signifiait pas pour autant que les Vénérables n'avaient pas de pouvoir – ils avaient le dernier mot sur tous les sujets de discorde parce qu'ils avaient prouvé de manière irréfutable qu'ils avaient à cœur de servir les meilleurs intérêts de leur peuple. De la grande médecine.

Quelques mots encore furent échangés entre les trois hommes, puis le Fire Chief s'approcha du Road Man et reçut un certain nombre de paquets, de la sauge, du tabac, des feuilles de maïs et une substance séchée, poudreuse, dont je ne pus que deviner l'origine.

Le Fire Chief fit d'abord circuler la sauge autour du cercle, et je regardai les participants passer les fagots sur leurs membres, leur poitrine puis leur tête pour le rituel de purification initial.

Je fis comme j'avais vu faire les autres et regardai Albert sourire et marquer son approbation d'un signe de tête, effectuer les mêmes gestes et passer à son voisin. Une fois que la sauge eut circulé, le Fire Chief sortit des papiers et une blague à tabac toute simple qu'il donna ensuite aux autres ; chacun déposa un peu de tabac sur une petite feuille de papier et se roula une sorte de cigarette.

Cela faisait longtemps que je n'avais pas essayé de rouler avec ces accessoires et j'essayai de me rappeler comment Hershel, le vieux cow-boy que j'avais rencontré sur la Powder River roulait les siennes. Je tripotai maladroitement le papier. Les mains patientes d'Albert prirent le matériel, roulèrent rapidement la chose, et il en colla le bord avec une salive qui ressemblait à de la Super Glu.

– Merci.

Il hocha la tête et me rendit la cigarette tandis que le Fire Chief attisait les flammes puis sortait du feu un bâton court, d'environ dix centimètres de diamètre. Il tendit le brandon au participant assis à sa droite, qui alluma sa cigarette puis passa le « briquet » à son voisin.

Je réussis à allumer ma cigarette cérémonielle sans assistance et tendis le morceau de bois rougeoyant à Albert avec la plus grande prudence.

Les autres parlaient maintenant tout doucement, et je sentais au ton de leur voix qu'ils priaient. Le vieux monsieur inclina son épaule vers moi et parla doucement.

– Ce sont les prières de la fumée, elles servent à éclaircir vos intentions pour la cérémonie.

J'approuvai du chef.

– Et si je ne suis pas certain de savoir quelles sont mes intentions ?

Il sourit, les rides autour de ses yeux rejoignant celles qui entouraient sa bouche, pareilles aux rides sur un étang.

– Alors, il faut que vous vous demandiez pourquoi vous êtes ici.

– Je crois que je suis inquiet pour ma famille.

Le regard d'Albert balaya l'ensemble des participants.

– Beaucoup de gens sont ici parce qu'ils ont des inquiétudes au sujet de leur famille, y compris la femme qui vous a amené. (Il m'observa.) Vous n'êtes pas obligé d'exprimer vos prières à haute voix, vous pouvez les garder pour vous si vous trouvez cela plus confortable.

Je hochai la tête et me concentrai sur le feu, essayant de me souvenir quand j'avais prié la dernière fois. Mon esprit retourna au printemps de l'année précédente, à une période où, à Philadelphie, j'avais passé du temps à l'hôpital au chevet de ma fille. À ce moment-là, j'avais prié – comme un vendeur de voitures théologique, j'avais fait des marchés, des contre-offres, et j'avais été jusqu'à menacer les cieux s'ils ne libéraient pas ma fille de l'enfermement forcé, causé par l'œdème survenu à la suite d'un terrible accident.

Pensant à ma fille et à son enfant, je découvris que mes lèvres bougeaient. Les mots n'étaient pas importants, mais les pensées étaient pleines de l'espoir que leurs vies soient épargnées du genre d'épreuves que la mienne avait connu ; que, vu le prix que j'avais payé en perdant ma femme et de nombreux autres êtres chers, ma fille et sa famille seraient, par ricochet, préservés. Préserve-les, demandai-je enfin, préserve-les de toutes les choses, là, dehors, qui pourraient leur faire du mal, et si ce n'est pas possible, au moins, donne-moi une occasion de m'y frotter avant qu'elles y soient confrontées.

Quand je redevins conscient de la présence du tipi, je me rendis compte que dans le cercle j'étais le seul à parler.

Le Road Man leva un sourcil à l'intention du Drum Carrier et ils hochèrent tous les deux la tête.

– *Haho.*

Tout le groupe répéta le mot, y compris moi.

Le Fire Chief récupéra les mégots auprès des participants et les plaça soigneusement côte à côte à une extrémité de l'autel en forme de croissant. Ce fut alors que je remarquai une rigole le long du bord et me rappelai la remarque de Henry sur le fait qu'il s'était « assis derrière la lune » et qu'il avait « fait le tour de la lune ». Je supposai que le liseré était censé représenter la route.

Le Fire Chief attisa les flammes, et je regardai les étincelles monter et sortir par le haut du tipi comme des lucioles essayant de s'enfuir dans les ténèbres fraîches de la nuit.

Lorsque je baissai les yeux, je vis un bol que l'on tenait sous mon nez ; il contenait une substance poudreuse avec des petits grumeaux. J'avais vu la chose en photo, mais jamais en réalité, ni de si près. Je pris le bol et regardai la personne à côté de moi en placer une cuillerée dans sa bouche avant de me tendre la cuillère décorée d'un oiseau sculpté sur le manche.

Je restai immobile ; mon usage des drogues s'était jusqu'à aujourd'hui limité à la consommation de celles qui existaient sous forme de pilules – aspirine, Benadryl et de temps en temps, de la Vicodin.

Les yeux rivés sur la poudre, je pris la cuillère dans ma main.

Ce n'était pas tant le fait d'être intimidé par la perspective de prendre une drogue psychoactive qui me tétanisait ; je connaissais Henry depuis toujours et je savais qu'il ne me permettrait pas de me frotter à quelque chose qui pourrait me causer le moindre mal.

C'était moi.

À ce qu'on dit, le cactus séché met le consommateur sur un chemin réflexif pendant huit à dix heures, et je n'étais pas certain que je voulais aller à la rencontre de moi-même. C'était une question de laisser aller, de m'accorder la liberté de voir ce qui se trouvait de l'autre côté, ou qui. Mes expériences sur la montagne m'avaient préparé, et d'une certaine manière dépassaient largement tout ce que pourrait provoquer le peyote, mais…

Il n'y avait aucune pression venant des visages qui m'entouraient, seulement des sourires et des expressions rassurantes. Même les Vénérables qui étaient assis derrière l'autel étaient précisément là pour me protéger.

Les mots de Henry ne cessaient de résonner au fond de ma tête.

« C'est un grand honneur. »

Je regardai les visages à nouveau. Prenant une petite quantité de poudre avec la cuillère, je la glissai dans ma bouche.

Elle avait un goût affreux, amer et sec, et ma première réaction fut de la cracher, mais je me dis que ce serait pire que de refuser de la prendre. La salive dans ma bouche commença à hydrater la poudre, et le goût empira, si tant est que c'était possible. Quelques instants plus tard, l'homme assis à ma droite me donna une petite tasse et la remplit d'un liquide sombre tandis que de la vapeur s'échappait de la cruche en terre cuite.

J'examinai la petite tasse avec la bande bleue et blanche près du bord et surtout le contenu brassé, me disant qu'il devait forcément avoir meilleur goût que ce que j'avais dans la bouche.

J'avais tort. Il était pire.

En avalant le liquide, je luttai contre l'envie de vomir et m'empressai de rendre la cruche et la tasse à Albert. Si je devais vomir, je préférais que ce que ne soit pas sur les objets sacrés. Je pris quelques profondes inspirations et je me sentis un peu mieux.

Je me surpris à regarder les participants assis en cercle et pensai à l'honneur qui m'avait été fait. Je trouvais une familiarité étrange à la lumière ; la lueur du feu remplissait le tipi comme les rayons dorés du couchant en été sur les Hautes Plaines. Cette heure-là était passée depuis longtemps, mais je savourais sa chaleur tout en regardant les Cheyennes assis en rond, branlant du chef et marmonnant le chant harmonieux des prières.

En dehors d'une légère sensation de nausée, je n'éprouvais pas vraiment grand-chose, mais j'avais entendu dire que ce n'était pas une réaction inhabituelle à la substance que j'avais ingérée. Juste un léger mal d'estomac. Je commençais à penser que ma carrure et peut-être une tolérance naturelle à ce genre de choses allaient faire capoter complètement cette expérience. La nausée monta d'un cran, et je laissai échapper un rot. Lorsque je lançai un coup d'œil à Albert, je vis qu'il m'observait en riant.

J'étais heureux d'avoir eu le dîner de cerf, dans la mesure où il devait atténuer les effets du peyote. Mais d'un autre côté, je devais admettre que j'étais un peu déçu. C'est à ce moment-là que je pris conscience des rugosités des nœuds dans les perches du tipi.

Le tempo du chant s'était accéléré et il était martelé par les battements du Drum Carrier, qui s'était joint au chant. J'écoutai la musique et laissai mon regard suivre le Fire Chief qui remua à nouveau les braises du feu central, le nuage d'étincelles montant pour s'envoler avec l'ambition de rejoindre les étoiles.

La chaleur du feu se propageait au point que je sentis les extrémités de mes doigts et de mes orteils rougeoyer tout seuls. La sensation n'était pas désagréable, et certainement pas le genre de choses à laquelle je me serais attendu à la suite d'une prise de mescaline, mais mes connaissances étaient limitées à ce que j'avais lu, sans l'avoir jamais expérimenté. C'était une bonne sensation, mais certainement pas de quoi fouetter un chat. Une fois de plus, je fus un peu déçu.

À ce moment de la soirée, je crois que j'essayais de faire en sorte qu'il se passe quelque chose, que j'espérais n'importe quoi.

J'observai les motifs dans les perches en forme de flèches qui tenaient le tipi, voulant que des visages apparaissent dans le bois, mais ils restèrent obstinément des nœuds.

Mes pensées se rapprochèrent de ma fille, qui serait là dans moins de quatorze heures, et j'espérai que Henry progressait dans les préparatifs du mariage plus significativement que moi. Il était possible que je sois obligé d'abandonner la chef Long à son sort dans sa tentative de résoudre le mystère entourant la mort d'Audrey. Je n'aimais pas l'idée de laisser une affaire en plan, mais peut-être était-ce en fin de compte la meilleure décision.

C'est à ce moment-là que je baissai la tête pour regarder autour de moi.

Tout le monde était parti.

7

Je clignai des yeux et scrutai l'intérieur du tipi juste pour m'assurer que je voyais bien ce que je voyais – autrement dit, rien.

L'autel de terre séchée qui se trouvait au centre de l'espace sacré était toujours là, de même que la rainure en croissant de lune, les mégots de cigarettes, le tambour. Le bol de peyote, la cuillère et la cruche étaient toujours là, personne n'y avait touché, comme si les participants avaient été soudain appelés à l'extérieur et m'avaient laissé dans le tipi.

Le feu brûlait comme s'il avait été tisonné récemment, mais tout le monde était parti.

Je continuai à respirer profondément et restai là à attendre je ne savais trop quoi. Je clignai des yeux deux ou trois fois et commençai à avoir l'impression d'être l'objet d'une plaisanterie. Je trouvai difficile à croire que les Vénérables soient du genre à se lever et à partir comme ça, mais c'était à l'évidence ce qu'ils avaient fait, laissant l'homme blanc à l'intérieur pour qu'il réfléchisse.

Je commençai à envisager de me lever lorsque je remarquai la présence de quelque chose par terre sur le chemin allant de l'entrée à l'endroit où je me trouvais. Je me penchai en avant, enfonçai un pouce et un index dans la terre et ramassai un morceau de ficelle grossière, semblable à celle que les marchands utilisaient dans le temps pour fermer des sacs en papier kraft. Je me rappelais avoir vu ces cordons sur des bobines dans des quincailleries quand j'étais petit, mais je n'en avais pas revu depuis des années. D'où venait ce morceau de ficelle ?

Je ramassai l'extrémité et regardai le fil s'étirer sur le sol, passer sous le rabat du tipi et disparaître à l'extérieur.

Je me hissai en position debout, avançai à pas lourds vers le centre du cercle et restai là, à côté du feu, avec l'extrémité de la ficelle dans la main. C'était étrange, parce que le feu ne semblait pas émettre la moindre chaleur. Je parcourus un demi-cercle dans les deux sens juste pour m'assurer qu'il n'y avait vraiment rien ni personne, mais j'étais véritablement seul.

Je restai là un moment, puis je remarquai d'autres fils sur le sol, chacun menant à un endroit où une personne était assise ; tous disparaissaient sous la toile.

J'avançai vers la porte, m'accroupis et coinçai la ficelle dans ma bouche, la tenant entre mes dents de manière à disposer de mes deux mains pour ouvrir les rabats – j'aurais juré que je sentais le goût du peyote dans les fibres. La tâche était facilitée par le fait que les extrémités de mes doigts rougeoyaient. J'écartai le rabat.

Il faisait jour, ce qui expliquait tout – j'avais dû m'endormir, et les autres m'avaient laissé là, dans la relative sécurité offerte par le tipi. Je me baissai et, m'aidant d'une main en appui sur le sol, je sortis du tipi.

Je n'étais plus sur les terres des Cheyennes du Nord.

Des dunes de sable, étrangement rouges, s'enroulaient au loin comme les rouleaux dans un océan. Le ciel était bleu pâle et l'air humide comme si le soleil venait de se lever, bien qu'il fût au zénith.

Je sortis la ficelle de ma bouche et regardai vers l'horizon, mais je ne vis rien à l'exception du sable sculpté par le vent. Je me retournai – le tipi était exactement comme il était apparu la veille au soir, mon chapeau avec mon arme à l'intérieur toujours à côté de la porte avec le mouchoir par-dessus.

J'étais sur le point de tendre le bras pour ramasser mes affaires lorsque la ficelle oubliée dans ma main me tira un petit coup. Surpris, je faillis la laisser échapper, mais je vis qu'elle s'étirait en ligne droite jusqu'à la dune la plus proche et disparaissait. Je jetai un coup d'œil alentour et repérai les autres ficelles sortant du tipi – elles partaient dans toutes les directions, mais aucune ne semblait bouger.

Le cordon me tira à nouveau, alors je me mis à le suivre ; le sable creusait des ornières sous mes bottes tandis que j'enroulais le fil autour de ma main. Étonnamment, la marche n'était pas pénible du tout, et je voyais se découper la ligne parfaite des Bighorn Mountains avec la bosse grossière de Cloud Peak et la molaire déchiquetée de Black Tooth au loin ; mais il n'y avait rien d'autre que le désert rouge et le ciel givré.

Une nouvelle traction fut imprimée à la ficelle, assez fort pour me faire lever le bras. Je restai là, à la regarder, et je remarquai que la ligne semblait se diriger vers le repère le plus élevé dans les montagnes.

Je repartis, le rouleau de fil devenant de plus en plus gros autour de ma paume tandis que je montais et descendais les pentes douces des dunes, selon un rythme qui n'était pas très différent de celui des tambours que j'avais entendus la veille au soir. Je me mis même à chantonner la mélodie au fond de ma gorge, tout en poursuivant ma route.

Je ne savais pas vraiment ce qui se passait, mais je me dis que ça devait avoir un rapport avec le peyote. Je devinais que c'était ce qui se produisait quand on en prenait. Ce n'était pas totalement désagréable, mais je me sentais dissocié, comme si j'étais à l'extérieur de mon corps et que j'observais mes actions depuis une position lointaine.

Je cessai de chanter, mais le chant continua. Je tendis l'oreille pour m'assurer que ce n'était pas une espèce d'écho, mais la mélodie persistait sans ma contribution. Debout au sommet d'une des dunes, dont la crête était acérée, sculptée par un vent particulièrement puissant, je tournai la tête et je vis ce que je crus être une rigole en forme de croissant de lune ; au bout, un énorme ours noir était penché sur quelque chose qu'il frappait.

Ce n'est que lorsque ma main fut tirée, écartée de mon flanc par des à-coups violents, que je compris qu'il donnait des coups de patte sur la ficelle attachée à ma main. Je me figeai, puis commençai à battre en retraite, descendant le côté opposé de la dune tout en dévidant à toute vitesse le fil enroulé autour de ma main.

Je sentis à nouveau une traction et accélérai le mouvement pour me défaire du fil, lorsque j'entendis quelqu'un s'adresser à moi avec la formule cheyenne standard que les hommes utilisent entre eux.

– *Ha'ahe !*

– *Ha'ahe !*

Ayant utilisé une bonne partie de ce que je maîtrisais de la langue cheyenne formelle, je repris la parole, en anglais cette fois.

– Hé, je ne sais pas bien où vous êtes, mais il y a un ours là-bas, alors, faites attention.

– Est-ce un ours noir ou un ours blanc ?

Je me souvins que les anciens Cheyennes appelaient aussi les grizzlys « ours blancs », et je criai à mon tour.

– C'est un ours noir, mais il est aussi gros qu'un grizzly.

Le fil que j'avais dévidé dans ma hâte pour m'éloigner commença à se rétracter à une vitesse incroyable, comme s'il était sur un moulinet de canne à pêche, me tirant brutalement vers le sommet de la dune où l'ours géant se dressait sur ses pattes arrière.

– Bien, dit l'ours. L'espace d'un instant, j'ai cru que nous avions des ennuis.

L'ours s'assit au bord de la crête de la dune en croissant, et grogna dans sa barbe tout en enroulant le fil entre ses énormes griffes comme s'il faisait un jeu de ficelle.

– Le fil est relié à toi.

J'essayais encore de m'habituer à l'idée de poursuivre une conversation avec un ours, mais il était assez agréable. Je le regardai fixement et me dis qu'il devait faire partie d'une espèce de rêve. Sa voix me paraissait familière, mais je ne cessais d'être distrait par le fait qu'elle était émise par un ours.

Il grogna à nouveau.

– Bien sûr, c'est ton fil seulement dans la mesure où tu l'as ramassé.

Sa tête énorme se tourna vers moi, et je fus frappé par la petite taille de ses yeux en contraste avec son énorme tête, mais les yeux m'étaient familiers, eux aussi.

– Pourquoi as-tu choisi ce fil ?

Je secouai la tête, hésitant.

– C'était le plus proche de moi. (Je l'examinai quelques instants, pendant qu'il jouait avec l'objet.) Cela t'ennuierait de me dire où je me trouve ?

– Quoi ?

– Cet endroit, tu crois que tu pourrais me dire où il se trouve ? Je vois bien les montagnes, mais je n'ai jamais vu des dunes de sable comme celles-ci dans le pays de Powder River.

Il hocha la tête mais ne dit mot.

– Sommes-nous dans la région de Powder River ?

Il haussa les épaules.

– Parce que d'après l'angle des montagnes…

Il poussa soudain un grognement et secoua sa grosse tête.

– Comment le saurais-je ? Je suis un ours. (Il regarda autour de lui.) Cet endroit n'est pas le mien, c'est ton coin.

Il désigna le fil d'un mouvement du menton, le fit passer entre ses griffes, et je remarquai qu'il ne tenait pas l'extrémité ; l'une d'elles était attachée sur ma main, mais l'autre disparaissait de l'autre côté de la dune suivante.

– Peut-être est-ce le fil qui t'intéressait le plus ?

– Quoi ?

Il soupira.

– Le fil.

Je pris toutes les précautions pour répondre, ne voulant en aucun cas qu'il s'agite.

– Je suppose.

La montagne couverte de fourrure changea de position.

– As-tu réfléchi à ce qui pouvait se trouver à l'autre bout ?

– Pas vraiment.

Il sourit avec quelque chose comme cinquante dents, dont certaines étaient terriblement impressionnantes, et je remarquai que sa fourrure était parsemée de poils gris.

– Ceci est la force de ton caractère, et tu ne sais pas ?

Je baissai les yeux et contemplai le fil toujours enroulé autour de ma paume ; je fermai le poing.

– La force de mon caractère, un fil ?

– La force de ton caractère se trouve dans le fait de suivre ce fil.

Il bougea ses pattes avant et le fil se détendit d'un coup. Puis, prenant son élan en s'appuyant sur ses pattes avant, il se hissa sur ses pattes arrière comme un demi-offensif et se tourna dans la direction où disparaissait le fil. Il renifla l'air.

– Le fil est comme les miettes de pain dans ton esprit, qui sont absorbées jusqu'à ce que le mystère de tout ceci fasse partie de toi. Tu n'as pas d'autre choix que de le suivre jusqu'à ce qu'il te révèle un secret ou qu'il découvre un autre mystère, les deux ayant la même attirance irrésistible. Telle est ta nature.

Je me levai et me mis à marcher, ramassant le fil au fur et à mesure, tout en réfléchissant à ce qu'il disait.

– Et si je n'aime pas ce que je trouve ?

Sa voix se répercuta en échos dans mon corps.

– Il y a toujours ce risque.

Je hochai la tête.

– Cette quête dont tu me parles n'est pas la raison pour laquelle je suis ici, tu sais.

Il m'observa mais ne dit rien.

Je pris une grande inspiration et montai à flanc de dune, tout en tirant sur le fil pour le faire sortir du sable.

– Je n'ai pas le temps de suivre des fils, j'ai des choses à faire. Ma fille va se marier.

– Oui, c'est exact.

Je me tournai pour regarder l'ours qui se trouvait seulement à un ou deux mètres de moi.

– Et je me retrouve dans un désert imaginaire avec un ours qui parle.

Il hocha la tête mais refusa de parler ; j'avais dû le vexer.

– Et si je laissais tout simplement tomber le fil ?

Cela le fit réagir.

– Tu ne le feras pas.

– Mais je pourrais.

– C'est possible, mais que deviendrait la chose vivante qui se trouve à l'autre extrémité ? Est-ce que tu t'es posé cette question ? (Sa grosse tête était penchée dans une mimique interrogatrice.) Le mystère, l'histoire de ce qui se trouve à l'autre bout serait perdue à jamais.

Je virevoltai dans ma tête, aussi bien dans mon conscient que dans mon inconscient, presque sûr que les derniers événements étaient tous des produits de mon imagination, mais ils paraissaient si réels que je commençais à douter. Son regard était toujours posé sur moi lorsque je levai les yeux vers lui.

– As-tu entendu parler d'un type appelé Virgil White Buffalo ?

Son sourire s'élargit.

– Je le connaissais bien.

– J'en suis certain. (Je me mordis l'intérieur de la joue.) Et Henry Standing Bear ?

– Je le connais aussi. (Il sourit, mais je ne sus s'il s'agissait d'un authentique sourire ou s'il montrait ses dents.) Mais pas aussi bien.

Son regard alla se perdre dans le lointain, loin des montagnes.

J'eus l'impression que le temps que nous avions ensemble allait toucher à sa fin et j'en fus navré, parce que je trouvais sa compagnie plaisante, si irascible qu'il fût. Je brandis la main enroulée dans le fil.

– Alors, tu dis que quoi que je fasse, je ne devrais pas lâcher le fil ?

Il haussa les épaules à nouveau.

– Eh bien, à quoi sert un ours qui parle si tu ne poursuis pas la conversation ?

Les lèvres se retroussèrent, et il continua à sourire.

Je levai la main et dégageai le fil de la crête de la dune.

– Tu viens ?

Il secoua son énorme tête et finit par dire :

– Ce n'est pas ma nature.

Avec un mouvement de tête, je répondis.

– Et si ça ne te fait rien que je pose la question, quelle est ta nature ?

Il descendit pour se mettre sur ses quatre pattes et repartis à pas lents et chaloupés dans la direction d'où j'étais arrivé, marquant une pause au sommet de la dune pour lancer un regard par-dessus son épaule.

– Poser des questions.

L'ours accéléra le pas et je restai là avec le fil enroulé autour de la main, essayant de lutter contre l'impression que j'étais une marionnette. Je pouvais le suivre, rester là ou poursuivre ma route. Je ne bougeai pas pendant quelques instants, sachant qu'il n'y avait, dans tout ceci, pas vraiment de choix ; la décision avait été prise lorsque j'avais ramassé l'extrémité du fil dans le tipi. Comme l'avait dit l'Ours, notre nature est ce qu'elle est.

Je m'accroupis et essayai de me faire une idée de la taille de l'oiseau qui avait laissé ces traces ; il n'était pas très petit, pas très grand non plus. Il se déplaçait avec aisance sur le sol, ce qui me laissait penser que la marche ne lui causait aucun inconfort ; or seules quelques espèces ont cette capacité.

Il y avait la trace d'un saut, et cette fois, les serres de l'oiseau s'étaient enfoncées plus profondément dans le sable. Une menace avait dû surgir, et je voyais les endroits où les extrémités des ailes avaient effleuré le sol et où le bord du duvet avait frotté le sable.

Il était plus grand que ce que j'avais imaginé – une envergure importante, presque un mètre.

Les traces s'arrêtaient – il avait dû s'envoler –, alors je me contentai de suivre le fil. Parfois il suffisait d'avancer à l'aveugle. Lorsque j'eus franchi quelques dunes, je vis le contour d'un peuplier de Virginie calciné, sortant du sable comme une main aux doigts repliés.

L'arbre avait une largeur d'une bonne trentaine de mètres et sa hauteur était au moins du double, avec des branches géantes qui montaient vers le soleil.

L'écorce épaisse était d'un noir mat, couverte de suie, et je vis l'endroit où mon fil contournait le tronc avant de disparaître. Je tournai plusieurs fois autour de l'arbre jusqu'à ce que le fil se libère et monte vers le sommet.

Je me penchai en arrière, essayant de repérer où était accrochée la ficelle, et je levai une main pour protéger mes yeux du soleil. Je soupirai et tirai un petit coup, espérant trouver ce qui retenait la ficelle.

Je venais juste de commencer à tirer lorsqu'elle m'interpella de là-haut :

– Vous pourriez pas arrêter, putain ?

Je levai les yeux vers les branches déployées qui découpaient le ciel comme des bris de verre.

– D'accord. (Je cherchai à déceler d'où provenait la voix, mais je ne voyais vraiment rien.) Hé, pourriez-vous m'aider ? Je ne sais pas très bien ce que je fais ici et je me demandais si vous sauriez où nous nous trouvons, ou ce que je suis censé faire ?

Pendant un moment, il ne se passa rien.

– Vous avez l'autre bout du fil ?

– J'ai un fil. Je me disais que vous auriez peut-être l'autre bout.

Un rire sensuel se fit entendre.

– Eh bien… on peut dire ça…

Je levai à nouveau les yeux vers le soleil.

– Si vous descendez, on pourra peut-être comprendre cette histoire tous les deux.

– Je ne peux pas.

Je regardai le fil.

– Peux pas ou veux pas ?

– C'est vous qui devriez monter.

Je contemplai l'écorce couverte de suie de l'arbre brûlé.

– Vous plaisantez, j'espère.

Il n'y eut pas de réponse, et j'en conclus que je n'avais pas d'autre choix. Contournant l'arbre, je découvris une branche qui se trouvait à ma portée et je coinçai le fil dans ma bouche, encore imprégné du goût du peyote, attrapai la grosse branche à deux mains et projetai mes bottes vers le tronc.

Je coinçai une cheville dans le creux et me hissai, la suie et la crasse noircissant mes vêtements.

– Bon… allons-y.

Sortant le fil de ma bouche, je le fis passer sous la branche et regardai dans quelle direction il partait ; il contournait le tronc principal, passait sous une autre branche et montait.

Je posai un pied et essayai d'enserrer le tronc dans mes bras, mais il était trop épais. Je calai ma botte sur une autre branche, et je continuai à monter, suivant le fil qui se faufilait dans les ramures.

De temps en temps, je devais tirer un petit coup sur le fil et chaque fois, un petit cri se faisait entendre au-dessus de ma tête.

– Aïe.

– Pardon.

Je fouillai les branches du regard, et bien qu'il n'y eût pas de feuillage, il était difficile de voir quoi que ce soit. Je calai la pelote de fil sous mon bras et essuyai sur mon jean le noir qui me tachait les mains tout en appuyant mon dos contre une ramification épaisse.

– Vous êtes encore loin ?

– Assez, oui.

– Vous pouvez me voir ?

– Ouais.

Je levai les yeux.

– Comment se fait-il que moi, je ne puisse pas vous voir ?

– Eh bien, je suis plus petite, et vous avez encore un peu de chemin à faire.

Je soupirai et repérai le chemin suivi par le fil qui disparaissait et réapparaissait entre les branches.

– Je grimpe encore ?

– Ouais.

Je coinçai mon pied à la base d'une grosse branche et montai mon autre jambe, poursuivant mon ascension avec le fil à nouveau coincé entre les dents. Le tronc se séparait en deux à un endroit, et je vis les rameaux s'étendre d'un côté vers l'ouest et s'allonger de l'autre en direction des montagnes. Je commençai à être vraiment haut et je sentais l'arbre craquer à chacun de mes mouvements.

Le fil me conduisait vers l'ouest, mais les branches se faisaient de plus en plus rares, et si je continuais sur celle qui me portait, elle risquait de casser. Je pris le risque et jetai un coup d'œil en contrebas, regrettant immédiatement mon geste. Il y avait une bonne trentaine de mètres jusqu'au sol sableux, et entre le sol et moi, un nombre impressionnant de grosses branches prêtes à me fracasser le dos et la tête. Je poussai intérieurement un juron et serrai les jambes un peu plus fort.

– Peut-être que ce n'est qu'un rêve.

C'est à ce moment-là que je levai les yeux et que je la vis – une femelle corbeau de bonne taille.

Les fermiers et les ranchers se fichent pas mal de ces oiseaux, mais j'ai toujours trouvé ces créatures magnifiques. Elles sont par ailleurs capables de produire plus de deux cent cinquante cris différents, ce qui n'expliquait en rien la voix humaine très féminine que celle-ci employait pour me parler.

– Comment ça va ?

– Je crois que ça va.

Je détaillai la situation périlleuse dans laquelle elle se trouvait. De l'endroit où j'étais, je voyais que le fil était enroulé autour d'une de ses pattes, puis son corps, et qu'il avait emprisonné une de ses ailes contre la branche à laquelle je me tenais.

– Je peux vous demander comment vous avez fait pour vous retrouver là ?

Sa tête noire bougea, et un œil rond comme une bille, d'une couleur vieil or, darda son regard perçant sur moi.

– C'est bien typique des hommes, de poser des putains de questions comme ça.

– Désolé. (J'évaluai la distance entre la grosse branche et nous.) Je ne suis pas certain de pouvoir atteindre l'endroit où vous vous trouvez.

Elle bougea à nouveau sa tête noire couverte de plumes.

– Vous n'avez pas de couteau sur vous ?

Je pensai au couteau Case que j'avais toujours sur moi dans le monde réel et me dis qu'il était probablement toujours dans ma poche arrière gauche.

– Je crois que si.

– Eh ben, coupez le fil.

Je réfléchis.

– Je crois que je ne suis pas censé faire ça.

– Pourquoi ?

– Un ours m'a dit que je n'étais pas censé lâcher le fil et je suppose que cela signifie que je ne peux pas le couper non plus.

Le corbeau continua à me regarder.

– Un ours.

– Ouaip.

Elle battit de son aile libre et tapota ses plumes du bout de son bec pointu, avant de les lisser, puis se tourna pour me regarder.

– C'est une putain de plaisanterie.

Je soupirai, réfléchissant au fait que j'étais maintenant en pleine conversation avec un corbeau vulgaire tout en haut d'un peuplier de Virginie calciné.

– C'est mon histoire et je n'en démordrai pas.

– Eh bien, vous allez devoir monter jusqu'ici.

Je baissai à nouveau les yeux vers le sol. J'avais entendu dire que si on tombait pendant son sommeil, ce n'était pas grave, à moins de se cogner, et alors, a priori, on mourait. C'était sûrement des bêtises – j'avais dû l'entendre de la bouche de ma mère, qui accordait du crédit à ce genre de choses.

Je m'extirpai de ma position. Je commençai à être couvert de cette suie qui ressemblait à du graphite, et la poudre fine me compliquait encore un peu plus la tâche. Je saisis la branche et me hissai d'une longueur de bras, avant de percevoir un craquement assorti d'un tremblement quelque part en contrebas, dans le tronc.

Le corbeau et moi échangeâmes un regard et elle fut la première à parler.

– Inquiétant.

– Ouaip, mais vous, vous avez des ailes.

– Et je suis aussi attachée à la branche sur laquelle repose votre gros cul.

Je baissai les yeux.

– Je n'appellerais pas ça reposer.

Essayant d'ignorer le bruit et la fureur du tronc en train de se fendre, je pris le fil dans une main et le passai sous la branche plusieurs fois, le libérant enfin suffisamment pour que le corps du corbeau soit dégagé ; l'oiseau réussit à poser une serre sur la branche.

– Pouvez-vous tirer sur le fil de manière à libérer votre aile ?

Elle essaya mais à l'évidence, elle n'y parvenait pas.

– Pourquoi vous ne lâchez pas ce putain de fil ?

– Je vous l'ai dit, il m'a conseillé de ne pas le faire.

– Ça vous arrive souvent d'écouter l'avis d'ours qui jacassent ?

Je soupirai.

– C'est une habitude chez moi, comme d'essayer de sauver des corbeaux qui jurent.

Elle inclina la tête, et si c'était possible, elle sourit.

– Il me faut un peu de plus de mou.

Plus doucement cette fois, je rampai un peu en avant et fus heureux de ne pas entendre d'autres bruits déconcertants. Je tendis les bras et imprimai un mouvement au fil, qui se posa sur son aile. Elle l'attrapa dans son bec et parvint à le tirer un peu, mais j'allais devoir m'avancer encore un peu, à un mètre et quelques d'elle.

La branche devenait de plus en plus fine, et je me sentais assez instable sur mon perchoir. J'allongeai le bras, assurai ma prise sur la branche et me tirai un peu plus loin. Il n'y eut pas de bruit, mais j'attendis, juste pour être sûr. Une nouvelle fois, j'agitai le fil assez fort pour qu'il s'approche de son aile, avec assez de mou pour lui permettre de se dégager et de monter d'un bond sur une branche adjacente, qui se trouvait face à moi.

– Merci.

– De rien.

Je continuai à la regarder ; je remarquai que le fil était lâche, mais il était toujours noué à ce qui ressemblait à un bracelet autour de sa patte.

– Le fil est attaché au bracelet ?

– Ouais.

Je changeai un peu de position, la pression de la branche contre ma poitrine commençait à devenir insupportable, et j'examinai la chaînette argentée juste au-dessus de sa serre.

– Comment avez-vous fait votre compte pour que le bracelet se prenne autour de votre patte ?

– Il brillait, et je l'ai trouvé joli.

Je le regardai de près et remarquai qu'il était orné d'un symbole médical.

– Je crois que nous allons devoir prendre une décision.

Elle pencha la tête et, d'un mouvement rapide, elle sauta sur mon bras.

– Ouais ?

– Est-ce que vous pouvez le casser pour vous libérer ?

Elle secoua sa tête noire, les plumes d'un noir-bleu miroitaient.

– Nan, j'ai déjà essayé.

– Alors s'il faut le faire, c'est moi qui dois m'en charger ?

Elle haussa une épaule emplumée, gonfla la poitrine d'une manière provocante, étendit ses ailes avant de les replier ; je sentis un léger balancement dans la branche sur laquelle j'étais assis.

– Peut-être que vous êtes censée rester là.

Son regard alla se poser sur les montagnes au loin.

– Et ne plus jamais voler ?

– L'ours a dit que je ne devais pas lâcher le fil tant que je n'avais pas trouvé la chose vivante qui y était attachée, mais il n'a pas vraiment dit ce que j'étais censé faire une fois que je vous avais trouvée.

Je rationalisais peut-être à l'emporte-pièce, mais je me dis que le fait de ne pas permettre à des oiseaux de voler était un crime, dans toutes les réalités.

– Grimpez là, sur la branche, pour que je puisse me servir de mes deux mains.

Elle fit ce que je lui demandai et se posa avec la serre problématique le plus près possible de moi de manière à me faciliter un tout petit peu la tâche.

Je lâchai ma prise et calai mes poignets sur la branche, essayant de garder un semblant d'équilibre. Je saisis les extrémités du nœud et ris, surtout pour moi.

– Quelque chose va se passer lorsque je déferai ce nœud.

– Ouais, je serai libre.

– Non, autre chose en plus. J'en ai l'intuition.

Elle m'observa.

– Alors, ne le faites pas.

– Après tout ce que nous avons enduré ?

Ses mouvements de tête devinrent un peu plus animés et je vis que je commençais à l'agacer.

– Je vous le dis carrément. Si vous pensez que vous ne devez pas ou qu'il va se passer quelque chose de mauvais, ne le faites pas.

Je pensai à ce que l'ours avait dit sur sa nature, sur la mienne ; sur le fait que nous faisions ce que nous faisions parce que nous étions ce que nous étions.

Je tirai sur les deux extrémités du nœud.

Il y eut un craquement retentissant, le tronc de l'arbre se fendit en deux, et je me cognai contre la branche, qui tomba encore plus vite avec mon poids. Le corbeau s'envola dans une explosion de battements d'ailes, me giflant au passage du bout de ses plumes tandis que j'étais projeté sur le côté. Je glissai sur le flanc et essayai d'attraper la branche qui s'était brisée – pour quelle raison, je n'en ai aucune idée.

Mon visage se tourna vers la fraîcheur du ciel, et je la vis, immobile, les ailes complètement déployées, le minuscule bracelet toujours accroché à sa serre. Je la regardai battre l'air de ces ailes noires comme deux immenses couvertures jetées dans le vent, puis elle partit vers les montagnes en fendant l'air comme une lame – à tire d'aile de corbeau.

J'essayai de voir un peu clair, mais c'était comme si je levais la tête du fin fond d'un puits. Je sentis un frisson au centre même de mon corps et découvris que je pouvais bouger. J'avais mal partout, et je me demandai si j'avais heurté le sol et perdu connaissance. Mes muscles étaient douloureux – même mon derrière me faisait souffrir –, mais c'était plutôt le fourmillement sourd de l'inactivité que les conséquences d'un impact.

Je libérai une de mes épaules d'un mouvement brusque, puis un bras, puis je suivis des yeux le mouvement de ma main qui alla se poser sur l'épaule d'Albert Black Horse.

– Pfiou.

Son visage s'illumina d'un large sourire.

– On se faisait du souci.

Je pris une grande inspiration et soufflai l'air rance qui encombrait mes poumons. Regardant à côté de lui, je vis que tout le groupe de participants s'était approché, le visage marqué par l'appréhension.

– Je crois que j'ai besoin de me lever.

Il posa sa main sur mon bras et m'aida doucement à me mettre debout ; le haut de ma tête cogna contre la toile et je me penchai en avant.

– Et de sortir.

Albert hocha la tête et me conduisit vers l'ouverture dont les rabats étaient repliés, les ficelles traînant jusqu'au sol.

Je sortis dans la clairière entourée de bois, celle où j'étais arrivé la veille au soir. Le jour s'était levé, et quelques participants préparaient le petit déjeuner à l'aide d'une marmite en fonte et d'une poêle. Un vieux percolateur en porcelaine était posé sur une bûche à côté d'un autre feu de camp. Albert réapparut à côté de moi et posa une main sur mon dos ; j'oscillais un peu dans la lumière limpide et crue du petit matin.

– Ça va ?

– Je crois, oui.

Je fis quelques pas hésitants sous l'œil attentif d'Albert et posai une main sur les racines du vieil arbre tombé. Je m'éclaircis la voix et m'adressai à l'homme imposant qui, accroupi, levait les yeux vers moi, une tasse à la main.

– Je serais heureux de tuer quelqu'un pour une tasse de ce café.

Il rit, ramassa une autre tasse en fer-blanc, la fit tournoyer autour de son doigt comme un professionnel du tir au pistolet et saisit la cafetière sans avoir besoin d'une manique. Il remplit la tasse et se leva en me la tendant.

– Comment était votre voyage autour de la lune ?

– Il n'est pas question que j'en refasse un. (Je regardai autour de moi, juste pour m'assurer que le désert de mes rêves n'était pas réapparu autour de moi.) Comment je suis revenu dans le tipi ?

Il eut l'air surpris.

– Vous… ne l'avez jamais quitté.

Je levai la tasse vers mes lèvres, mais mon estomac se souleva un peu et j'interrompis mon geste. Jetant un coup d'œil vers l'ouverture, je vis mon chapeau toujours posé là, avec le mouchoir posé dessus.

– Je suis resté ici pendant tout ce temps-là ?

La Nation Cheyenne regarda Albert, toujours debout à côté de moi, et l'homme hocha la tête.

– Vous avez pris le peyote, et il s'est passé la chose la plus étrange que nous ayons jamais vue. Vous avez regardé un peu autour de vous, et ensuite, vous vous êtes immobilisé et vous êtes resté comme ça pendant… (Il s'interrompit pour regarder sa montre, et pour une raison obscure, elle me rappela le bracelet qui enserrait la patte du corbeau dans mon rêve.) Presque dix heures d'affilée.

– Mon cul me donne l'impression d'avoir supporté mon poids pendant dix ans.

Je me forçai à boire un peu de café et il commença à avoir bon goût. Je jetai un coup d'œil vers l'Ours, qui avait l'air assez fatigué.

– Tu es resté là toute la nuit ?

– Oui.

Je pris une nouvelle gorgée et commençai lentement à redevenir humain.

– Il faut que tu fasses une sieste.

– Oui, mais nous avons des obligations.

Je regardai avec envie le bacon en train de crépiter et sautiller dans la poêle et j'imaginai les petits pains en train de gonfler dans la marmite. Je soupirai.

– Pas de petit déjeuner ?

– Non, à moins que tu ne négocies avec Mme Small Song et Albert ici présents qu'ils te préparent un sandwich à emporter.

Je mâchai le pain tandis que nous prenions le dernier virage sur le chemin pour retrouver le bas de la colline où Lola, le cabriolet Thunderbird de 59 de Henry, était garée comme un vaisseau spatial orné de chromes. Il y avait quelqu'un que je connaissais sur la banquette arrière ; il agita la queue et posa ses pattes avant sur le tableau de bord pour m'accueillir museau contre visage.

Je lui ébouriffai les oreilles.

– Tu es content de me voir, ou tu es juste content de voir mon morceau de pain ?

Il ne répondit pas, et je fus assez heureux de fréquenter un animal qui ne parlait pas. Je me tournai vers la Nation Cheyenne qui s'installa au volant et glissa la clé dans le contact. Je donnai au chien ce qui restait de mon petit déjeuner.

– Nous voyageons avec classe aujourd'hui.

Il sourit et referma la portière de son côté.

– Nous allons chercher Cady et Lena à Billings.

Un organe majeur à l'intérieur de ma poitrine fit un salto tandis que je sortais ma montre-gousset ornée d'un chef indien, juste pour m'assurer que nous avions le temps de faire ce que j'avais prévu.

– Bon sang.

– Oh oui.

Je rangeai ma montre, redressai mon chapeau et posai mes mains sur la portière côté passager, m'y appuyant de tout mon poids.

– J'ai lamentablement échoué.

Il aboya un rire qui s'atténua.

– Nous progressons.

– Elles risquent de ne pas voir les choses de cette manière.

Je restai dans cette position, et il me regarda ajuster le holster plat dans mon dos et remettre le bouton-pression du rabat sur mon .45, son visage prenant une expression terriblement sérieuse lorsque ses yeux se plissèrent comme le diaphragme d'un télescope.

Il se tourna en posant son bras sur le volant.

– Y a-t-il autre chose ?

Je passai une main sur la surface bleu azur impeccable de l'automobile de collection que l'Ours avait héritée de son père, la peinture astiquée à la main renvoyant les éclats vibrants de la lumière du soleil.

– C'est une très très belle voiture, dis-je dans un soupir. Et je suis sur le point de formuler une demande que je n'aurais jamais imaginée dans mes rêves les plus fous : pouvons-nous échanger Lola contre le Rezdawg pendant une toute petite heure ?

Je tapotai les ornements chromés de la Thunderbird et laissai mon regard se porter dans la direction de Painted Warrior, où Audrey Plain Feather avait trouvé une mort prématurée.

– Il va nous falloir quatre roues motrices.

8

J'observai le paysage lavé par la pluie – pendant la nuit il avait dû à nouveau pleuvoir des cordes –, et les arêtes semblaient plus poignantes, comme si la région s'était redéfinie, comme si elle avait imposé une image plus affûtée aux falaises et aux branches des pins lodgepoles qui entouraient la vallée.

La corniche était comme Lolo Long et moi l'avions laissée, à l'exception du ruban marqué SCÈNE DE CRIME – NE PAS FRANCHIR que le FBI avait passé entre les arbres et que nous abaissâmes doucement avant de passer.

L'Ours s'arrêta.

– C'est illégal.

Je le regardai tandis que le chien passait dessous.

– Je suis désolé, c'est la première fois pour toi ?

– J'ai toujours essayé de mener une vie parfaitement en accord avec la loi.

Je m'éclaircis la voix et caressai le chien.

– Dieu merci. J'aurais détesté assister à ce que ta vie aurait été si tu n'avais pas fait preuve d'un minimum de retenue.

Il regarda attentivement où il mettait ses mocassins.

– La vertu est dans ma nature.

Je repensai à l'ours parlant.

– Je croyais que ta nature, c'était de poser des questions.

– Quoi ?

– Rien.

Je commençai à balayer du regard les alentours sous son œil attentif.

– Que cherchons-nous, exactement ?

– Quelque chose qui brille.

Il leva les yeux vers le ciel bleu turquoise et prit une profonde inspiration.

– Pourrais-tu être un peu plus précis ?

– Tu vas rire.

– Non, je te le promets.

Je hochai la tête tout en commençant à scruter le sol avec le chien sur mes talons.

– Tu vas rire.

Il leva la main dans un geste solennel.

– Honneur d'éclaireur indien.

– Il se trouve que je sais parfaitement bien que tu n'as jamais été éclaireur.

– Peut-être, mais j'ai été indien toute ma vie, avec la possible exception d'une brève période en 1969.

– Et tu étais quoi, à ce moment-là ?

Il pencha la tête ; il ressemblait beaucoup à l'ours de mon imagination.

– Je ne le sais toujours pas, en fait.

Je continuai à examiner le sol au bord de la falaise.

– C'est quelque chose que le corbeau a dit dans mon rêve.

– Dans ta vision.

– Et quelque chose qu'elle portait.

Il me regarda.

– Portait ?

– Ouaip.

Il regarda autour de lui.

– Je ne suis pas sûr d'avoir envie d'entendre ce qui va suivre.

– C'était un bracelet. Un de ces trucs médicaux.

Il marqua une pause.

– Sur un corbeau.

– Tu as dit que tu ne rirais pas.

Il sourit.

– Peut-être que le corbeau était malade.

Je lui lançai un regard furieux, tout en sachant que c'était en pure perte, tandis qu'il levait les yeux vers les branches des arbres.

– Une laryngite, que lui a refilé un ami rouge-gorge.

– Si tu te souviens bien, j'ai vu quelque chose briller là-haut quand nous étions au pied de la falaise, et pour une raison que j'ignore, j'ai décidé que c'était un bracelet. (Je regardai fixement sa pomme d'Adam.) Pourrais-tu me dire ce que tu es en train de regarder, là-haut, dans les arbres ?

Il prit un ton savant.

– C'est là que vivent les corbeaux. Ils sont attirés par les objets qui brillent. S'il y avait quelque chose ici, un objet porté ou perdu par quelqu'un, la première chose que ferait un corbeau après l'avoir trouvé, c'est l'emporter dans son nid. (Il baissa la tête.) Maintenant, si tu avais eu une vision de chiens de prairie qui parlent…

Je me mis moi aussi à scruter les branches des arbres, et même le chien leva la tête.

– D'accord.

Il pointa un doigt vers le ciel comme le fantôme des Noëls à venir, et sa main tannée et puissante se tendit au bout de la manche de sa chemise en batiste dont il avait replié la manchette. Je suivis la direction qu'il indiquait et posai le regard sur un enchevêtrement de branches et d'épaisses tiges d'herbes folles enfoui profondément dans l'un des conifères.

– Là.

Je me tournai pour regarder au pied de la falaise et vérifier que l'angle était possible.

– C'est fort possible.

Je regardai l'arbre, qui se trouvait un peu sur notre droite et presque au bord. Je désignai la branche la plus basse.

– J'imagine que tu ne serais pas prêt à…

Il jeta un coup d'œil au précipice.

– Pas vraiment.

Je levai les yeux et soupirai.

– Je suis déjà monté dans un arbre aujourd'hui et ça ne s'est pas bien terminé. Par ailleurs, il faut que je garde un œil sur le chien.

Je glissai un pouce sous le collier du chien, juste pour donner plus de poids à mon affirmation.

Il m'observa quelques instants puis s'approcha d'un pas nonchalant du tronc, et ce fut comme s'il lévitait pour monter sur l'arbre. Je le regardai grimper sans le moindre effort, son poids faisant trembler le pin qui n'émit pas le moindre craquement.

Il était presque arrivé au nid lorsqu'un grand et très furieux corbeau vira sur l'aile, porté par les courants ascendants devant la falaise et s'arrêta un moment avant de se poser trois mètres au-dessus de sa tête.

– Tu n'es plus seul.

Il se pencha un peu et regarda le corbeau, qui avait commencé à l'invectiver.

Je regardai vers le précipice.

– Je crois qu'elle a peut-être des petits dans ce nid.

– Tu veux bien lui parler ? À l'évidence, tu as un certain talent pour ça.

– Très drôle. (Je maintins le chien d'une main ferme.) Fais attention qu'elle ne te fasse pas tomber.

– Merci du conseil.

Il reprit son ascension, et le corbeau battit des ailes, s'envola, passa au-dessus de ma tête pour décrire des cercles autour du pin adjacent. Elle se planta sur l'arbre voisin et commença à coasser à l'intention de Henry avec une férocité redoublée.

Il était juste sous le nid lorsque trois petites têtes apparurent et, pensant que la cloche du dîner devait avoir sonné, se mirent à interpeller leur mère.

– Il commence à y avoir foule, par ici.

– Tu devrais fouiller le côté du nid qui donne sur la falaise.

Il changea un peu de position et progressa dans les branches qui étaient de plus en plus proches, ce qui lui rendait la tâche un peu plus difficile.

– Ton inquiétude concernant mon bien-être est très touchante.

Il examina le fond du nid et je le vis reculer. Il sourit, secoua la tête et sortit quelque chose de la pelote de matériaux entrecroisés. Il se pencha en équilibre, se tenant d'une main au tronc principal, et jeta quelque chose.

L'objet brilla, capta les rayons du soleil tandis que je tendais une main ouverte ; je l'attrapai de justesse avant qu'il heurte le bord rocheux du précipice. Je laissai échapper un soupir de soulagement, avançai d'un pas et lâchai le chien.

– Tu n'aurais pas dû faire ça.

Il descendit avec précaution, sans prêter attention à la cacophonie des cris des corbeaux, mais en prenant garde de ne pas déranger le nid plus que nécessaire.

– Tu attrapes toujours tout.

Je retournai l'objet dans mes mains – il ressemblait beaucoup au bracelet de mon rêve.

– Les visions ne mentent jamais.

Il était debout à côté de moi, examinant le mince bandeau en acier inoxydable posé au creux de ma paume.

Les noms gravés sur la partie la plus large du bracelet étaient des médicaments : diazepam, tizanidine, baclofene, amitriptyline, oxybutynine, dantrolène et prégabaline.

– Tu as déjà entendu parler de ces substances ?

– Seulement le diazepam, pas des autres.

– Moi non plus.

Je retournai l'objet et nous regardâmes tous les deux le symbole du caducée rouge ; deux serpents entremêlés. Il était différent de celui de l'American Medical Association, qui ne comportait qu'un seul serpent.

Je le montrai à Henry, qui lut dans mes pensées.

– Un caducée, deux serpents ailés.

– C'est vieux.

– Oui, très vieux.

Je réfléchis.

– Quand ont-ils cessé d'utiliser deux serpents ?

– Je ne sais pas trop.

– Eh bien, je sais où nous pourrons obtenir des réponses à ces questions.

Je jetai un coup d'œil à l'arbre où la mère corbeau avait rejoint sa progéniture croassante pour s'en occuper, et je rangeai le bracelet dans ma poche de chemise.

– J'ai dû l'apercevoir lorsque nous étions ici, et ensuite, j'ai oublié.

La Nation Cheyenne sourit en se baissant pour passer sous le ruban du FBI que je tenais pour lui.

– Oui, c'est probablement ce qui s'est passé.

Le Rezdawg cala trois fois avant que nous arrivions sur l'allée devant chez l'Ours pour nous garer à côté de Lola et échanger le plus vilain pick-up des Hautes Plaines contre la Thunderbird, un carrosse beaucoup plus fiable et approprié au voyage jusqu'à Billings.

Le centre de santé était sur le trajet et il n'était pas loin, alors, nous y fîmes un premier arrêt. La voiture de patrouille de Lolo Long était garée devant.

Lorsque nous entrâmes, Henry s'arrêta pour regarder Lolo qui, les coudes calés sur le comptoir, offrait une silhouette remarquable éclairée à contre-jour par la lumière diffuse provenant de la grande fenêtre située au fond du hall. La pointe de son pied botté reposait sur le carrelage et son dos était cambré ; je remarquai une fois de plus la beauté à couper le souffle de cette grande jeune femme.

Elle parlait à sa mère lorsque nous arrivâmes, mais elle se retourna pour nous regarder, Henry et moi, avec ce qui aurait presque pu passer pour un sourire.

– Alors, pendant que je travaillais, vous étiez en train de vous faire un petit trip sacré ?

Je fis un signe à Hazel et revins à sa fille.

– Ce n'était pas vraiment mon choix. Quelles sont les nouvelles ?

– Artie Small Song ne s'est pas rendu dans un accès de remords, si c'est ce que vous voulez dire. (Elle repoussa une mèche de cheveux en arrière, jeta un coup d'œil dédaigneux à la Nation Cheyenne puis revint à moi.) Votre pote, l'agent auquel l'adjectif « special » va si bien, Cliff Cly, a laissé un message. Il veut qu'on se rencontre à midi.

Je fis la grimace.

– Je ne peux pas. Il faut que je sois à Billings d'ici à peu près une heure. Ma fille et sa future belle-mère arrivent de Philadelphie, et je ferais bien d'être là-bas pour les mettre au courant de l'avancement des préparatifs, ou plutôt de l'absence dudit avancement. (Je repoussai mon chapeau en arrière et pensai à Cly.) Il veut probablement qu'on le mette au courant des derniers développements. Il a des gens à qui il doit rendre des comptes et des rapports à écrire, comme nous autres.

Elle ne parut pas convaincue.

– Hmm.

Je pris le bracelet au fond de ma poche et me tournai vers sa mère pour échapper un peu au regard de jaspe.

– Madame Long, savez-vous quand l'American Medical Association a cessé d'utiliser le caducée à deux serpents comme symbole ?

Lolo répondit :

– En 1910. Ils ont trouvé que ce n'était pas approprié, un symbole de sorcellerie. Et quand ils ont découvert la double hélice en 1953, tout le monde s'est mis à voir de l'ADN dans le caducée, plutôt que des serpents.

Je souris lorsque je compris.

– Vous étiez dans le service de santé de l'armée.

Et elle me rendit mon sourire.

– Ouais.

Je lui tendis le bracelet.

– Alors, ce bracelet date de 1910 ou avant ?

Elle l'examina.

– Mais ce n'est pas un bracelet de l'American Medical Association.

– Ah bon ?

– Army Medical Service Corps, ou l'un de ses ancêtres. Peut-être le Sanitary Corps de la Première Guerre mondiale.

Je subis une nouvelle attaque de jaspe.

– Où avez-vous trouvé ça ?

– À Painted Warrior.

Henry s'immisça dans la conversation.

– C'est un petit oiseau qui lui a dit.

Nous l'ignorâmes.

– J'avais vu quelque chose briller de loin dans les arbres, et nous l'avons découvert dans le nid d'un corbeau.

Elle le retourna entre ses doigts.

– C'est possible qu'il ait été là-haut depuis la Première Guerre mondiale. (Elle marqua une pause.) Non, impossible.

Elle tendit le bracelet à sa mère, qui ajusta ses lunettes et regarda attentivement les lettres gravées dans le métal.

– Ce sont des médicaments modernes. (La femme leva les yeux vers moi et je commençai à repérer quelque ressemblance entre la mère et la fille.) Des médicaments puissants.

– Ce qui veut dire ?

Elle secoua la tête.

– Le diazepam est utilisé pour traiter les spasmes musculaires, les épilepsies et autres effets secondaires de l'addiction à l'alcool. Le baclofen a les mêmes indications, mais plus précisément pour contrôler les spasmes. La tizanidine est un relaxant musculaire, comme le dantrolène. L'oxybutynine est un anticholinergique qu'on utilise pour soulager les difficultés du système urinaire et de la vessie, et la pregabaline est un antidouleur et un anticonvulsif. (Elle me rendit le bracelet.) La personne qui prend ces médicaments de manière suffisamment régulière pour que ce soit gravé dans un bracelet médical est dans un état tel qu'elle peut à peine se tenir debout, encore moins pousser quelqu'un du haut d'une falaise. (Elle tendit la main derrière elle et remplit deux tasses de café ; elle m'en donna une et offrit l'autre à l'Ours.) Mais elle pourrait envisager de sauter.

– Bon, impasse sur les deux fronts ?

Je rangeai l'objet dans ma poche et bus mon café. D'un mouvement de la tasse, je complétai.

– Merci pour le café.

Elle sourit, sans la moindre retenue.

– Vous donnez l'impression d'en avoir besoin tous les deux.

Je jetai un coup d'œil à Henry, qui semblait trouver un second souffle, et grognai une réponse positive.

– Nous avons veillé tard. (Je tapotai ma poche.) Pourquoi quelqu'un se servirait-il d'un vieux bracelet comme celui-ci comme identifiant médical ?

Elle haussa les épaules.

– Il nous arrive d'en voir, de temps en temps. Les gens utilisent ce qu'ils trouvent sur la réserve. La première chose qu'on fait quand quelqu'un arrive ici, c'est examiner tous les bijoux qu'ils portent sur eux. Une fois, on a eu un type dont les allergies étaient gravées sur un bracelet Howdy Doody.

Bon sang.

– J'aurais un service à vous demander. Pourriez-vous chercher dans les archives du service à qui on a prescrit tous ces médicaments ?

– Je vais avoir besoin d'un mandat.

Je fis appel aux autorités supérieures et regardai sa fille.

– Chef ?

Long regarda l'infirmière-chef.

– Mamaaaan…

C'était la version à trois syllabes que j'avais entendue de la bouche de ma fille pendant des années, et une variante du « Papaaaa » que je ne manquerais pas d'entendre sous peu.

Mme Long tendit la main pour récupérer le bracelet. Je le déposai dans sa paume et la regardai transcrire la liste sur un bloc-notes.

Je me tournai vers Lolo.

– Comment va Adrian ?

– Il irait mieux si vous lui rameniez le chien. Comment s'appelle-t-il, d'ailleurs ?

J'étais capable d'assez belle performance dans le manque d'imagination, et je lui avouai mon péché.

– Je le ramènerai. Il adore ma fille, mais il prend pas mal de place. (Je lançai un coup d'œil du côté de Henry et me tournai vers la voiture.) Lolo, des nouvelles de Clarence ?

– Rien. Pourquoi ?

– Vous ne trouvez pas étrange qu'il ne vienne pas voir comment va son fils ?

Elle secoua la tête, sa chevelure épaisse suivant ses mouvements.

– Vous voulez dire, si Adrian est bien de lui ?

Je m'arrêtai et me retournai.

– Qu'entendez-vous par là ?

– J'ai fouiné un peu, et apparemment Clarence a effectivement des problèmes dans cette fonction De toute façon, il est probablement ivre mort dans un coin. Mais vous disiez que vous ne le croyiez pas coupable.

J'enfilai ma toge de professeur tout en me tournant.

– Rappelez-vous, c'est votre boulot de soupçonner tout le monde jusqu'au moment où vous découvrirez qui est le coupable. (Puis j'ajoutai :) Moi, mon boulot, c'est de préparer un mariage, tant que ma fille ne m'a pas tué, ce qui devrait se produire dans un peu plus d'une heure.

– Je vais te tuer.

Je bougeai un peu pour regarder les deux belles femmes assises sur la banquette arrière de la Thunderbird, une de ma famille, l'autre qui allait bientôt en faire partie.

– Je suis désolé, Cady.

Lena Moretti se garda d'intervenir, mais elle posa une main sur le genou de ma fille dans l'espoir de la calmer.

– Il y a une enquête sur la réserve qui m'est en quelque sorte tombée dans les bras.

– Une enquête. (Je voyais les larmes commencer à monter dans ses yeux gris.) À moins que je ne me trompe, le Montana ne fait pas partie de ta juridiction.

– C'est un homicide.

Elle tourna la tête, regarda par la fenêtre et essuya d'un geste rapide l'œil le plus proche de moi.

– Une femme est tombée d'une falaise avec son enfant dans les bras.

– Je ne veux pas savoir, vraiment pas. (Les deux mains montèrent jusqu'au visage cette fois pour chasser les larmes.) Je ne veux pas donner l'impression d'être une connasse bouffie d'égoïsme, mais je pensais que pendant quelques jours… Enfin…

Elle ouvrit la bouche pour respirer puis tourna la tête vers Lena, et les mots suivants se déversèrent.

– Je vous ai déjà raconté ma remise de diplôme universitaire ? Mon père n'a pas pu venir parce qu'il y avait une enquête en cours. Mon diplôme de droit ? Une autre enquête en cours. (Elle soupira, et sourit, les yeux baissés.) Chaque grande étape de ma vie, chaque moment important, est marqué par une enquête. (Elle leva les yeux vers moi.) Il y a toujours une enquête en cours, Papa.

Un silence très long et très inconfortable s'installa dans la voiture, tandis que nous écoutions le bruit des pneus sur l'asphalte de l'autoroute qui nous emmenait dans le pays de Little Big Horn. Elle laissa échapper un rire triste, et il était bien plus cruel que les larmes. Je tendis une main.

– Tu as raison.

Son regard refusa de croiser le mien et fouilla les tapis de sol à ses pieds, sous ses sandales.

– Je suis désolée.

– Non, tu as raison. (Je m'éclaircis la voix histoire de tenter d'y remettre un peu de fermeté.) Si ta mère était là, elle me secouerait. (Là, au moins, j'eus droit à un rire.) Je vais juste me retirer avec élégance de l'enquête en cours.

Elle leva les yeux vers moi tout en secouant la tête.

– Papa, tu ne t'es jamais retiré de rien dans ta vie, avec ou sans élégance.

La Nation Cheyenne grogna, et je lui lançai un bref coup d'œil.

– Eh bien, il est peut-être temps que je commence. (J'enlevai mon chapeau et le posai sur mon genou remonté.) Ils ont pratiquement trouvé le coupable, alors, au point où nous en sommes, c'est essentiellement une chasse à l'homme. Ils n'ont pas besoin de moi pour ça.

Cady prit la main de Lena Moretti et la tint dans la sienne, tapotant doucement son genou avec leurs deux poings liés.

– Ça ira.

Je jetai un coup d'œil par la vitre et remarquai que nous arrivions près de Hardin ; nous avions emprunté la sortie menant au Blue Cow Restaurant and Casino. Henry prit à gauche sur la bretelle vers la station essence Texaco et son vénérable café.

– Il faut que je fasse le plein. Quelqu'un d'autre a faim ?

Je souris à Ray Bartlett, qui se tenait derrière le comptoir, et il nous installa à côté de la fenêtre pour que l'Ours puisse garder un œil sur Lola et que nous profitions de la lumière. Wanda Pretty on Top s'approcha et prit nos commandes, et une minute plus tard, Cady nous pria de l'excuser une minute.

Lena Moretti posa la main sur moi cette fois, et je dus admettre que c'était une main agréable qui me rappelait mes aventures à Philadelphie à peine un an plus tôt.

– Ça va aller.

Je hochai la tête.

– Elle est tendue, c'est tout.

Je hochai la tête encore.

– Bon sang, elle va épouser mon fils, cela suffirait à terroriser n'importe quelle femme.

Je ris.

– Comment va la famille ?

Ses lèvres peintes s'incurvèrent un peu au coin, dans une expression espiègle et dangereuse qui me rappela sa fille.

– Méchants comme des teignes, et ils seront tous là dans moins de dix jours. (Elle croisa les jambes et remercia Wanda pour l'ensemble de thés glacés qu'elle nous avait apportés.) Comment va la Terreur ?

Je pensai à Vic.

– Elle suit un séminaire de relations publiques à Omaha.

– Relations publiques ? Vous plaisantez ! (Elle rit.) Ah, elle s'est sauvée ?

– Il y a un peu de ça, oui.

Lena lança un coup d'œil à Henry.

– Cette enquête sur la réserve, c'est une affaire importante ?

– Ce n'est peut-être pas le crime du siècle, mais cela ressemble bien à un homicide.

– Il n'y a pas de police sur la réserve ?

Henry finit par sourire.

– Il y en a plein, une police fédérale, une police du bureau des Affaires indiennes et la police tribale.

Ses yeux noisette revinrent croiser les miens.

– Et ils ne peuvent pas s'en occuper ?

– C'est compliqué.

Ce fut à son tour de sourire.

– C'est toujours compliqué, n'est-ce pas ?

J'expliquai la situation harmonieuse de Lolo Long au milieu des trois forces et me surpris à observer Lena Moretti de plus en plus assidûment à mesure que je parlais.

– Mais il y a un suspect ?

J'acquiesçai et essayai de ne pas me laisser distraire par la forme de son cou.

– Il y en a deux ou trois, mais l'un d'eux a des tendances antisociales avérées.

– Comme par exemple ?

– Un placard plein d'armes et l'habitude de menacer toute personne qui entre en contact avec lui de la descendre.

– On dirait Westmoreland Street, haut lieu de la violence, à Philadelphie.

Henry et moi éclatâmes de rire, et mes yeux se portèrent dans la direction des toilettes.

– Voulez-vous que j'aille voir si elle va bien ?

Je reculai ma chaise et me levai.

– Je crois que c'est à moi de le faire. Je vais juste taper à la porte et m'en assurer.

Je bus un peu de thé pour me préparer à la conversation qui allait suivre et lançai un coup d'œil à la Nation Cheyenne.

– Mais je vous laisse entre des mains expertes, chère madame.

Je me dirigeai vers les toilettes, mais Ray surprit mon regard et, d'un mouvement de tête, désigna la partie casino de l'établissement. Je le remerciai d'un geste et entrai dans la pièce sans fenêtre où les bruits électroniques des nombreuses machines manchotes dominaient tout le reste.

Cady était devant l'une d'elles, glissait des *quarters* dans la fente et tirait sur le levier comme si elle travaillait sur une chaîne de montage. Je la regardai engloutir plus de deux dollars et vingt-cinq cents avant de traverser la pièce et de m'asseoir sur le tabouret voisin du sien.

Elle marqua une pause, puis recommença à jouer, si on pouvait appeler ça jouer.

– Je me rappelle quand ta mère et moi, nous nous sommes mariés. (Je soupirai.) Ses parents ne m'aimaient pas beaucoup. Elle était leur petite princesse, et j'imagine que je ne correspondais pas à l'idée qu'ils se faisaient du prince charmant. Et puis on m'a refusé mon sursis. Après la guerre, je suis rentré et je suis allé la voir, et on est reparti de plus belle. Elle voulait un grand mariage à l'église, mais son père lui a dit qu'il n'allait pas investir un paquet d'argent dans un projet voué à l'échec et que nous aurions divorcé moins d'un an plus tard. Je faisais des petits boulots pour payer le loyer d'un appartement exigu au sud de la ville et avoir de quoi mettre un peu d'essence dans la voiture. On m'avait dit que Miles City était agréable, alors j'ai fait monter ta mère dans une Plymouth Belvedere de 66 et je l'ai emmenée là-bas passer un long week-end. Nous avons été mariés par le juge de paix et sa femme a joué la marche nuptiale à l'accordéon. Il est tombé une neige de folie pendant toute la cérémonie. (Je m'éclaircis la voix et je ris en revoyant la scène.) Au bout d'un jour, nous avons commencé à manquer de nourriture, alors ta mère est allée à l'épicerie à côté avec cinq dollars – tout l'argent que nous avions. Elle est revenue avec deux bouteilles de coca, un paquet de mortadelle, une miche de pain et un petit pot de moutarde… ainsi que la monnaie sur vingt dollars.

La main de Cady s'immobilisa sur le levier.

– Le gars de l'épicerie avait confondu le billet de cinq avec un billet de vingt, et lorsqu'il lui a rendu la monnaie, j'imagine qu'elle a juste hoché la tête, fourré l'argent dans sa poche aussi vite qu'elle l'a pu, ramassé les courses et qu'elle est sortie à toute vitesse.

Je la regardai déglutir et sa main lâcha le levier.

– Tout le reste du week-end, elle a refusé de marcher du côté de la rue où se trouvait l'épicerie. J'y allais, et je l'appelais : « Hé, Martha, madame Longmire ? Comment se fait-il que tu ne veuilles pas venir marcher à côté de moi ? »

Elle laissa échapper un petit rire plein de larmes.

– Quand j'ai touché mon premier salaire du bureau du shérif, elle m'a obligée à l'emmener jusqu'à Miles City pour pouvoir rembourser l'homme de l'épicerie.

Son visage se tourna vers moi, et les larmes coulaient librement ; je suppose que les miennes aussi.

– À ma connaissance, ce fut le seul acte illégal que ta mère ait jamais commis de toute sa vie.

Nous éclatâmes de rire tous les deux, et la plus grande avocate de tous les temps descendit de son tabouret pour venir se serrer contre ma poitrine.

Je la tins là, dans mes bras, et je sentis mon chapeau glisser et tomber par terre. Je posai mon menton sur le sommet de sa tête rousse.

– Je lui ai promis qu'un jour nous ferions une grande fête pour notre mariage, mais nous n'avons jamais réussi à nous décider. Il y avait toujours autre chose à régler. Environ six mois plus tard, la boîte de vitesses de la Plymouth a lâché, la plomberie de l'appartement a gelé et le propriétaire refusait de la réparer, alors il a fallu qu'on déménage. Ensuite, elle s'est débrouillée pour être enceinte.

Cady s'écarta de moi et leva les yeux vers moi.

– Ah oui ?

– Ouaip, et elle a fait une fille, exprès pour qu'elles puissent se liguer contre moi. (Je l'amenai à nouveau contre moi et posai à nouveau mon menton sur sa tête.) Cette fille, elle pleurait beaucoup au début, ensuite elle s'est calmée et elle n'a pas dit un mot avant l'âge de deux ans, pas de mots d'enfant, rien. Et puis tout à coup, elle s'est mise à parler : des phrases complètes, des paragraphes, des pages entières. Elle ne s'est pas encore arrêtée. (Elle essaya de s'écarter de moi, mais je la tins fermement.) J'ai fini par m'attacher à elle, et maintenant, elle est ce que j'ai de plus important au monde, et je vais m'assurer que le mariage qui va avoir lieu d'ici un peu plus d'une semaine soit le plus beau qu'elle ait jamais vu.

Elle renifla à nouveau et attrapa ma chemise.

– Ça va aller.

– Chut.

Elle s'écarta de moi et cette fois je la laissai faire. Elle serra ses mains sur ses genoux et j'eus tout à coup l'impression qu'elle avait dix ans, mais peut-être était-ce de cette manière que je la verrais toujours. J'étais chaque fois surpris lorsqu'elle descendait d'un avion et entrait à nouveau dans ma vie. Je m'attendais toujours à la retrouver comme elle était lorsqu'à la fin de l'été elle rentrait du HF-Bar ranch, quand elle disparaissait toute la journée, pour revenir dans notre petite maison exiguë avec la fougue d'un ouragan adolescent, généralement suivie d'un cortège de jeunes cœurs masculins.

Je plongeai mon regard dans ses yeux gris et vis mon reflet, celui d'un homme qui avait manqué certains des moments les plus précieux de la vie de sa fille. J'eus honte de moi.

Sortant un mouchoir de ma poche, je le lui tendis.

– On va régler tout ça. Ce n'est pas comme si nous n'avions rien fait du tout, et nous allons résoudre tous les points de détail.

Elle hocha la tête et se tamponna les yeux.

– J'ai Lena avec moi, et elle est formidable.

– Ouaip, je sais.

Sa main se porta timidement à sa tête et effleura la cicatrice qui courait le long de ses cheveux, là où les chirurgiens à Philadelphie avaient ouvert son crâne pour donner à son cerveau assez de place pour enfler, et elle me rappela un instant la cicatrice de Lolo Long, qui était pratiquement au même endroit. Le regard de Cady s'éloigna de moi, se porta dans mon dos ; je me retournai et découvris Lena Moretti qui se tenait à une distance respectable de nous.

Elle avait les mains fourrées dans les poches de son pantalon en toile noir et elle pivota sur le talon d'une de ses chaussures plates.

– Je suis désolée, mais votre plat est en train de refroidir.

Le temps que nous arrivions au sommet de la colline qui dominait Lame Deer, la conversation avait repris un cours normal.

– Oh Papa, je n'arrive pas à croire que tu aies fait une chose pareille.

Je fusillai Henry du regard, mais il resta silencieux.

– Je ne l'ai pas choisi.

– Tu n'as pas choisi de participer à une cérémonie du peyote ?

– Eh bien…

Au-delà du profil de la Nation Cheyenne, j'aperçus un nombre incroyable de voitures banalisées et pas banalisées, ainsi qu'un camion des forces d'intervention mobiles portant l'insigne du FBI, qui étaient massés sur le petit parking du bureau de la police tribale.

Henry finit par parler.

– Oh oh…

Nous ralentîmes au panneau STOP, et l'Ours et moi échangeâmes un regard. Cady se pencha entre nous et jeta un coup d'œil en direction du vacarme provenant de notre gauche, ses instincts d'avocat de Philadelphie s'imposant malgré elle.

– Qu'est-ce qui s'est passé ici ?

– Je ne sais pas trop.

Elle regarda l'Ours puis revint à moi.

– Eh bien, on devrait aller voir.

Je pris une grande inspiration et fit signe à la Nation Cheyenne d'avancer.

– Pas mon boulot.

Henry ne bougea pas, et quelqu'un derrière nous donna un coup de klaxon.

Cady approcha son visage tout près du mien et désigna la pendule insérée dans le joli tableau de bord chromé. Il était presque 3 heures.

– Tu peux être flic pendant encore dix-huit minutes.

– Ça va aller.

Le klaxon derrière nous retentit une nouvelle fois, et la Nation Cheyenne glissa doucement le levier de Lola en position PARK, enleva sa ceinture de sécurité, ouvrit la portière et sortit.

Je tournai la tête pour voir ce qui se passait derrière, mais Cady s'arrangea pour me bloquer la vue.

– Henry et moi pouvons aller jusqu'à Ashland et vous déposer à votre motel.

Il y avait des bruits venant de derrière la voiture, une portière qu'on ouvrait et qu'on claquait, des voix qui parlaient fort. Je reportai mon attention vers Lena, qui regardait à travers le pare-brise arrière.

– Et vous installer là-bas.

Cady tendit la main et attrapa mon menton, m'obligeant à reporter mon attention sur elle – un geste qu'elle avait repris à sa mère.

– Je préférerais que tu y ailles et que tu résolves cette affaire plutôt qu'elle ne te mine, OK ?

Tout à coup, il n'y eut plus le moindre bruit provenant de l'extérieur.

– Je ne vais pas me laisser miner.

Ses sourcils se levèrent si haut que je crus qu'ils allaient passer derrière sa tête au moment où l'Ours rentra dans la Thunderbird, s'assit et remit sa ceinture.

Je le regardai.

– Désolé pour le dérangement.

Il haussa les épaules.

– Quel dérangement ? (Il serra le volant.) J'imagine qu'on va faire un arrêt à la prison pour voir ce qui se passe ?

Je lançai un coup d'œil à ma fille, qui l'envoya en ricochet à la Nation Cheyenne, qui tourna le volant à gauche et traversa l'intersection en trombe pour rejoindre la rue qui longeait le parking bondé. J'aperçus un homme de grande taille qui, appuyé contre l'aile de son semi-remorque, se tenait le nez pour tenter de stopper le saignement. Aucun problème – bien sûr.

Henry s'avança derrière le camion des forces d'intervention et se gara ; nous ouvrîmes nos portières et je fis basculer le siège en avant de manière que le contingent de Philadelphie puisse se joindre à nous pour assister au spectacle.

Des agents fédéraux portant des gilets pare-balles et tout l'équipement de combat sortaient en trombe des bâtiments environnants, sautaient dans les voitures, pick-up et 4 x 4 qui les attendaient et fonçaient pour rejoindre la 212 et d'autres lieux. Lolo Long et Cliff Cly étaient absorbés dans une conversation animée sur la rampe menant au bureau de la police tribale. Cady et Lena semblaient trouver le spectacle réjouissant. Henry et moi échangeâmes un regard.

– Avec un peu de chance, nous n'en aurons pas pour longtemps.

Cady agita la main et désigna le cadran de sa montre.

– Quatorze minutes.

Je donnai un coup dans l'épaule de l'Ours.

– Évite de tabasser quelqu'un d'autre, OK ?

Nous avançâmes sur la rampe tandis que l'agent Cly quittait Long et se tournait vers nous ; il s'arrêta quand il me vit, et il leva la main, paume en avant, pour m'avertir.

– Ne commencez pas.

– On a raté quelque chose ?

– On dirait bien, ouais. (Il regarda derrière nous.) Belle voiture. Hé, c'est votre fille ?

– Cliff, que se passe-t-il ?

Il eut l'air exaspéré.

– Écoutez, j'étais prêt à laisser votre petite copine faire son enquête, mais là, ça pète de partout et on a des fugitifs.

– Mais de quoi parlez-vous ?

– Cet abruti de Clarence Last Bull, il dealait depuis chez lui et sa ligne était sur écoute.

– Quoi ?

– Ouais, je sais. Personne n'était au courant, surtout pas moi. Pourquoi en informer le putain d'agent responsable de l'enquête ?

Il sortit un paquet de cigarettes de la poche intérieure de sa veste de costume et en glissa une entre ses dents. Je notai que la barbe de trois jours était exactement de la même longueur que celle que j'avais vue quelques jours auparavant ; il devait avoir une tondeuse électrique réglée sur cette longueur.

– Je le jure, mon titre devrait être l'Agent-qui-n'a-pas-la-moindre-idée-de-ce-qui-se-passe-bordel.

Je vis approcher la chef Long tandis qu'il allumait sa Marlboro et tirait une longue bouffée.

– Pour vous la faire courte, on a reçu de la part d'un informateur anonyme un enregistrement sur lequel ce connard de Clarence discute avec Artie Small Song et lui explique qu'il ne va pas lui donner l'argent qu'il lui doit pour avoir poussé sa femme et son gosse du haut de la falaise.

– Oh non.

– Oh oui. Une conversation très violente qui se termine avec un Artie Small Song excessivement furieux, qui promet de transformer Clarence Last Bull en l'équivalent indien d'une saucisse fumée Jimmy Dean. (Il se tourna.) Vous étiez au courant de ça ?!

La chef Long nous avait rejoints.

– Non. (Elle avait l'air hésitante.) Non.

La voix de Henry s'imposa au milieu de l'émotion qui régnait.

– Où se trouve Clarence Last Bull ?

L'agent sortit la cigarette de sa bouche.

– C'est une bonne question, et on serait heureux d'avoir la réponse. (Il se tourna vers la jeune Cheyenne.) Chef Long ?

– Sa jeep est partie, mais quelqu'un l'a repérée à Birney. (Elle ajouta, avant que j'aie le temps de poser la question.) Red Birney.

J'expirai.

– Est-ce que quelqu'un aurait vu Artie ou aurait entendu quelque chose ?

La chef et l'agent répondirent de concert.

– Non.

– Et le pick-up marron ?

Lolo secoua la tête.

– Il est devant le studio de KRZZ avec le petit neveu, Nate.

L'agent haussa les épaules.

– Bon, cela signifie que le dernier des Mohicans est peut-être à pied, et donc, peut-être plus facile à capturer.

La Nation Cheyenne fit la moue.

– Ou pas.

Cly lança un coup d'œil à Henry et il était évident que même lui ne pouvait pas sous-estimer l'Ours.

– Faut que j'y aille, mais vous êtes tous les bienvenus si vous voulez participer à la grande chasse à l'homme du Montana.

Je regardai par-dessus mon épaule, dans la direction où le regard de Cly ne cessait de s'égarer.

– Non, nous avons un mariage à préparer.

– C'est votre épouse, shérif ?

Je soupirai.

– Non, c'est la mère du futur marié et de mon ajointe, l'épouse du directeur de la police du secteur nord, à Philadelphie, et si vous lui faites des avances, je parie qu'il tentera de vous transformer en l'équivalent FBI d'une saucisse fumée Jimmy Dean.

Tout en s'éloignant de nous pour regagner une Ford Crown Victoria où l'attendait un chauffeur prêt à partir, il déclara :

– Philly est une ville violente. (Il salua Lena et Cady de la main, et elles lui rendirent son salut.) Tant qu'on n'a pas demandé, on sait pas.

Je me tournai pour regarder Lolo Long, qui conversait avec quelqu'un au moyen de la radio accrochée à sa clavicule.

– Vous n'avez pas l'air contente.

Elle mit fin à la communication et leva les yeux vers moi.

– Quelqu'un vient de cogner sur un chauffeur de poids lourd, sur la grande route. (Elle prit ses clés dans sa poche, dirigea la télécommande vers le 4 x 4 noir, et le véhicule émit un bip et cligna des phares.) D'ailleurs, pour quelle raison devrais-je être contente ?

– La partie enquête de cette affaire est terminée. Maintenant, tout ce qui vous reste à faire, c'est capturer les suspects, dont l'un est apparemment à pied.

Je jetai un coup d'œil aux deux femmes debout à côté de la voiture de collection ; Cady tapotait son poignet.

– De toute manière, si je dois parier sur la personne qui connaît le mieux le terrain, je mise sur vous, chef.

Je commençai à m'éloigner, Henry sur mes talons, lorsqu'elle fit un pas pour nous rejoindre.

– Alors, c'est tout ?

Je m'arrêtai.

– Pardon ?

Elle croisa les bras et la dureté de son regard rivalisait avec celle du béton sur lequel elle se tenait debout.

– C'est tout ?

Je retournai vers elle, la main de Henry posée sur mon bras.

– Il n'y a rien d'autre à faire, chef. Ils ont été pris la main dans le sac.

Henry lança un coup d'œil en direction de ma fille.

– Allez, il faut qu'on y aille, pour plusieurs raisons.

Long fit un pas de plus.

– Vous étiez là, vous avez vu comment il a réagi. Ni l'un ni l'autre nous ne pensions que Clarence Last Bull était coupable. (Sa tête se mit à bouger lentement en signe d'incrédulité.) Vous le savez bien.

Je fis un geste implorant avec mes mains, tandis que l'Ours continuait à me tenir.

– C'est dans la nature de notre boulot, Lolo. Parfois, on se trompe.

– Ouais, bien sûr.

Sa tête se tourna un tout petit peu, les cheveux se décalèrent, découvrant la cicatrice en forme de faucille. Je m'attardai là encore une seconde, puis je regardai Lolo Long tourner les talons, rejoindre sa voiture de patrouille et claquer la portière derrière elle.

Elle enclencha une vitesse et laissa sur le bas-côté une bande de caoutchouc qui aurait fait la fierté de Mickey Thompson.

9

Debout sur le parking en terre battue du motel Western 8 à Ashland, Henry et moi nous appuyions contre l'aile arrière de Lola, près de deux cent vingt-cinq kilos de masculinité tremblant devant cinquante-huit kilos de féminité. Nous évitions de nous regarder tandis que Cady contemplait la douzaine de bungalows et décrétait leur insuffisance.

– C'est naze.

Je repoussai mon chapeau, enlevai mes Ray-Ban et jetai un œil sur l'épicerie vétuste, les garages abandonnés de l'autre côté de la rue et l'état de délabrement général de tout ce qui nous entourait.

– On pourrait peut-être trouver des paniers à suspendre avec des fleurs.

– Papa.

Je fis ce que je faisais toujours dans ce genre de situation, et je me tournai vers mon Indien qui n'était pas vraiment éclaireur.

– Au secours.

Il réfléchit intensément.

– Il y a le Whitetail Cabin dans la Custer Forest, près du terrain de camping de Red Shale.

Elle croisa les bras et se tourna pour nous regarder.

– Quel genre de services ils ont, là-bas ?

Il réfléchit encore.

– Des toilettes mobiles.

Cady ne dit rien et s'appliqua à desceller un caillou du parking du bout de sa tong turquoise.

– Il y a d'autres motels ?

Je lançai un coup d'œil à l'Ours qui réagit rapidement, comprenant dans quelle situation critique nous nous trouvions.

– Colstrip.

Je me tournai et répétai le mot à l'intention de ma fille, comme si elle ne pouvait pas entendre la Nation Cheyenne qui se trouvait à moins de trois mètres d'elle.

– Colstrip.

– Ça se trouve à quelle distance ?

Ne voulant pas être le messager de mauvais augure, je regardai Henry.

Il haussa les épaules.

– Environ une heure d'ici.

Sans nous quitter des yeux, elle reprit.

– C'est quel genre de motel ?

– Je ne sais pas trop.

Une voix s'éleva derrière nous tandis que Lena Moretti approchait, revenant de l'épicerie avec un carton à bières recyclé contenant des jus de fruit, des sodas et deux bouteilles de Rainier. Quelle femme. Elle nous tendit le carton tout en lisant l'écran de son téléphone qu'elle tenait dans son autre main.

– Le Super 8 de Colstrip est parfaitement situé, au centre de Colstrip, Montana. Il est noté AAA. Quarante chambres, petit déjeuner Super Start, internet haut débit en wifi, coursives intérieures, grand parking, animaux de compagnie bienvenus, machines à laver à disposition, lac pour la pêche à proximité et restaurant Subway tout à côté.

Elle sortit les deux bouteilles de bière et nous les tendit.

– Buvez, les garçons, je crois que vous allez en avoir besoin.

Henry hocha la tête d'un air solennel en ouvrant une bouteille pour moi de manière que je ne puisse pas discuter, puis il ouvrit la sienne et cogna les deux goulots l'un contre l'autre.

– Il n'y a pas d'heure pour les braves.

Le portable de Lena se mit à sonner ; je reconnus *La Donna è Mobile*, l'air de *Rigoletto*, et je souris. Elle regarda le téléphone au creux de sa main.

– Hmm… je ne reconnais pas le numéro. (Elle appuya sur un bouton et colla l'appareil contre son oreille.) Allô ?

Quelques instants s'écoulèrent, puis elle sourit, tendant le téléphone.

– C'est pour vous.

Je la regardai, assez surpris, et pris le combiné.

– Allô ?

– T'es encore sur cette putain de réserve ?

– Hem… ouaip.

J'écoutai pendant que mon adjointe se mettait à son aise, quelque part à Omaha.

– Est-ce que tu sais combien de personnes cherchent à te joindre ?

Je lançai un coup d'œil à Lena, et un peu plus loin, à Cady.

– Eh bien, il y en a deux qui m'ont trouvé.

– Bien, alors t'es leur problème, maintenant.

La communication fut coupée. Je souris et rendis l'appareil à Lena tandis que Henry me dévisageait.

– Les affaires.

Après une pause embarrassante, Lena passa une main dans ses cheveux presque noirs et poursuivit.

– Il y a aussi le Fort Union Inn avec vingt chambres, et situé à une courte distance du centre de Colstrip à pied, ce qui, j'en suis sûre, sera réconfortant pour les jeunes gens de Philadelphie, et le Lakeview Bed and Breakfast qui a neuf chambres, dont plus de la moitié donnent sur le lac, ce qui sera parfait pour les Brahmans.

Cady prit un jus de fruit et déboucha la bouteille tout en parlant à Lena.

– Vous avez la liste ?

– Je l'ai en tête. Nous avons besoin de soixante-treize chambres en tout.

Elle composa un numéro sur-le-champ.

J'entrevis le risque que toutes les chambres ne soient pas disponibles au beau milieu de la haute saison, mais je gardai cette réflexion pour moi.

– Bonjour, je suis bien au Super 8 à Colstrip ?

Elle s'éloigna de quelques pas tandis que Cady s'approchait de nous.

– Ensuite, le lieu. C'est quoi, le contretemps sur ce sujet-là ?

– Arbutis Little Bird, la bibliothécaire de l'université.

Henry poursuivit.

– Apparemment, l'université organise un atelier linguistique en immersion à Crazy Head Springs le jour de ton mariage. Lonnie, ton père et moi avons essayé d'en parler à Arbutis, mais c'est une vraie mégère et elle ne cède pas d'un pouce. Nous avons expliqué que nous avions réservé pour cette date il y a des mois et que tu tiens absolument à ce que cela se passe là-bas, mais rien à faire.

Le regard de Cady se durcit et elle commença à marcher de long en large, on aurait presque pu croire qu'elle délibérait devant un jury, ses tongs soulevaient de minuscules nuages de poussière sous ses pas.

– Et cette Arbutis travaille à la bibliothèque ?

– Oui.

– Est-ce qu'elle s'y trouve aujourd'hui ?

– Nous sommes dimanche, je n'en suis pas certain. Cady…

– Je m'en occupe, Papa.

Elle sirota son jus de fruit et je pris le temps de la contempler ; je remarquai pour la première fois la quasi-perfection de son bronzage – qui ne cachait pas le tatouage en forme de tortue cheyenne encore visible sur son épaule –, de ses ongles, et même des mèches dorées dans ses cheveux auburn. Dieu merci, elle avait repris du poids après l'accident, et la rééducation dans la salle de sport s'était transformée en activité sportive deux fois par jour. J'étais sûr que ma fille était plus en forme qu'elle ne l'avait jamais été de toute sa vie.

– Tu es belle.

Cady se retourna pour me lancer un petit coup d'œil.

– Merci Papa. (Elle eut l'air gêné et s'empressa de changer de sujet.) Où est la liste ?

– Quoi ?

– La liste dont tu as parlé dans la voiture. Il n'y a pas une liste de questions auxquelles il faut des réponses ?

Je me décomposai.

– Oh bon sang.

– Quoi ?

– Je l'ai laissée auprès de la mère de Lolo Long aux services de santé.

Elle soupira.

– C'est où ?
– À Lame Deer, l'endroit d'où on vient.
– Alors, il faut y retourner.

Lena revint, regarda le plateau de boissons et prit un coca light.

– Trente-sept chambres au Super 8, les vingt chambres du Fort Union et huit chambres disponibles, y compris les suites, au Lakeview B & B.

En se tournant, elle regarda les dix bungalows du Motel Western 8 et ouvrit les deux bras comme Moïse découvrant la Terre promise.

– Et des chambres supplémentaires.

Elle but d'un seul trait son soda et remit la bouteille dans le porte-gobelets.

Cady regarda Lena.

– Je crois qu'on va aller jeter un coup d'œil à ces chambres à Colstrip et je veux parler à cette bibliothécaire. (Elle se tourna vers Henry.) Nous avons besoin d'une voiture.

Il tendit ses deux bras.

– À votre disposition.
– Tu as toujours ta poubelle roulante ?

Il réagit comme s'il venait de recevoir une gifle.

– Oui.
– Bien, emmène-nous à Lame Deer, dépose-nous, puis va chercher le Rezdawg. (Elle caressa le flanc brillant des ailerons de la Thunderbird et sourit.) Nous, on prend Lola.

Nous déposâmes les filles au centre-ville de Lame Deer ; elles commenceraient par tenter de convaincre Arbutis Little Bird. Ensuite, elles nous rejoindraient aux services de santé d'où elles s'envoleraient au volant de la prunelle des yeux de Henry pour filer à Colstrip inspecter les chambres.

Je leur souhaitai bonne chance, surtout pour la conversation avec la sœur de Lonnie, et j'accompagnai Henry de manière à pouvoir ramener ensuite la Thunderbird à Lame Deer. J'avais allumé la radio de Lola et je m'efforçais de sortir de ma tête les complications de l'organisation du mariage en essayant d'écouter Nate Small Song qui lançait l'émission de l'après-midi avec, je vous le donne en mille, *Sioux City Sue* de Gene Autry.

– C'est ça qu'ils passent, généralement sur KRZZ ?

– Ce sont les vieux qui sont à la maison l'après-midi, alors, ils passent des classiques. Les tambours et le traditionnel le matin, avec un peu de rock de temps en temps, vers midi des émissions sur la langue cheyenne, puis de la vieille musique country et des big bands pour ceux qui ne peuvent pas sortir de chez eux.

Il attendit avant de parler à nouveau, pilotant tranquillement le gros oiseau carré sur la Route 4.

– Tu ne penses pas que c'est Clarence le coupable ?

– Eh bien, à l'évidence, il a payé Artie pour le faire.

La Nation Cheyenne fit la grimace.

– Quoi ?

Il réfléchit aux mots qu'il allait prononcer et remonta ses lunettes sur son nez.

– Il faut être quelqu'un de particulier pour accepter ce genre de marché. Se faire payer pour tuer une femme et un enfant.

– Tu penses qu'Artie n'en est pas capable ?

Il ajusta le pare-soleil.

– Capable, oui. Volontaire pour le faire, non.

– Tu l'as déjà rencontré ?

– Oui. (Il s'installa confortablement sur son siège. Il sourit et je me préparai à entendre toute l'histoire.) Je l'ai rencontré quand j'avais quinze ans. C'était pendant la Crow Fair, et je faisais un peu d'exploration secrète de tipis. Je m'étais toqué d'une fille, elle avait des frères. Nous nous sommes attardés et quand nous sommes revenus, les frères nous attendaient. Je me suis battu contre les trois, l'un après l'autre. Tradition crow. Les Crows sont fair-play dans ce domaine, les Lakotas attendraient avec une demi-douzaine de gars pour sauter tous en même temps sur leur victime.

– Que s'est-il passé ?

Il haussa les épaules.

– Ils sont allés chercher un ami, c'était Artie. J'étais déjà assez amoché, et je me souviens que lorsque je l'ai vu, je me suis dit que ça allait être une bonne bagarre. (Il détendit les muscles de ses mâchoires en y repensant.) Tu te souviens quand on jouait au foot ?

Apparemment, nous avions changé de conversation, mais je répondis.

– Ouaip.

– Tu étais défenseur de première ligne, alors, tu sais mieux que moi, mais tu te souviens avoir pris position devant des gars qui n'avaient aucune imagination, rien qui puisse les distraire de la tâche à accomplir ?

Je ris et pensai à l'a priori de Lolo contre l'imagination.

– Mon père appelait cela de la stupidité constructive. On me l'a souvent reproché, quand j'étais adolescent.

Il hocha la tête.

– Artie était comme ça. Aucune imagination, totalement concentré sur son objectif. Je crois qu'il ne s'est probablement pas débarrassé de ce trait avec le temps.

– Qui a gagné ?

Ses traits se durcirent.

– On a fini à égalité.

Nous passâmes devant la bifurcation vers le chemin de terre conduisant, à travers les collines ondoyantes, au visage multicolore de Painted Warrior, et mon esprit se mit à dérouler les scénarios dans ma tête. Si Clarence était là-bas, pourquoi avait-il embauché Artie pour agir ? Pourquoi ne se trouvait-il pas aussi loin que possible de la scène du meurtre ? Peut-être étaient-ils tous sur place, Clarence pour les amener à la falaise, Artie pour les pousser.

– Alors, tu penses que ni l'un ni l'autre n'est coupable ?

Il sourit.

– Non, je ne pense pas qu'Artie les ait poussés, et tu ne crois pas que ce soit Clarence.

– Alors, qui est-ce ?

– Quelqu'un de très déterminé. (Il bougea sur son siège et me regarda.) Pour le bien de ta vie de famille, je te conseille de lâcher cette affaire.

Nous continuâmes à rouler, mais mon esprit tournait à plein régime.

– On l'a vue mourir.

– Oui.

Je hochai la tête et tournai mon visage vers la vitre.

– Ce n'est pas mon affaire.

– Non.

– On a un mariage à organiser.

– Oui.

Je montai le son de la radio et nous roulâmes en silence, jusqu'à ce que les mots dégringolent de ma bouche.

– Mais j'aimerais bien entendre ces enregistrements. Est-ce que tu aimerais les entendre ?

– Oui.

– Je crois qu'on peut arranger ça, non ? (Je hochai la tête vigoureusement.) Je veux dire, ça ne peut pas faire de mal de les écouter. N'est-ce pas ?

– Oui.

Je marquai une pause puis je le regardai.

– Oui ça ne peut pas faire de mal ou oui, ça peut faire du mal ?

Il parut peser l'alternative un long moment et c'est seulement lorsque je m'apprêtai à lui reposer la question qu'il se tourna vers moi.

– Oui.

Je refusai de conduire le Rezdawg, mais je fus heureux de me balader derrière le véhicule rafistolé au volant de Lola. Nous nous garâmes sur le parking des services de santé et je remarquai que Henry calait le pneu du trois quarts de tonne contre le bord du trottoir de manière que nous ne provoquions pas un nouveau derby de démolition.

Nous entrâmes et trouvâmes Hazel Long une fois de plus à son poste. La chef n'était pas visible, mais son jeune frère, Barrett, était là, et étant donné le peu d'estime que sa sœur avait pour la Nation Cheyenne, je fus surpris de voir le sourire avec lequel il accueillit Henry.

– L'Ours !

Sa mère le fit taire, mais il s'approcha de Henry, saisit sa main et l'agita comme s'il actionnait une pompe.

– Mon ami. (Il me sourit.) C'est votre acolyte, le cow-boy ?

J'enlevai mes lunettes, ne voyant pas de raison de rester incognito.

– C'est moi.

Il posa la main sur l'épaule de la Nation Cheyenne.

– Vous avez jamais entendu parler du tournoi de basket-ball organisé par les recruteurs de l'US Army à Billings ? C'était un trois contre trois, et il nous manquait un joueur, alors l'Ours ici présent s'avance, en chaussures de ville, et il marque neuf paniers à trois points, et on gagne le tournoi. (Il secoua sa main droite comme si elle était en feu.) La tôôôle.

– Ta sœur est dans le coin ?

– Non, elle ratisse la campagne pour débusquer Artie Small Song. (Il jeta un coup d'œil en direction de Henry.) Hé, vous avez vraiment mis un pain à un chauffeur routier ?

Je remarquai que l'Ours avait gardé ses Wayfarers – à l'évidence, il essayait encore de garder l'anonymat.

Je me penchai par-dessus le comptoir.

– Madame Long.

– Hazel.

Je la remerciai d'un signe de tête.

– Qu'en est-il de la liste des médicaments du bracelet ?

– Ça va prendre un moment. Le dossier patient est probablement dans les archives papier et je n'ai pas encore eu l'occasion d'y aller.

– Quand vous mettrez la main sur ces informations, donnez-les à votre fille. (Je me penchai plus près.) Hazel, est-ce que par hasard vous auriez gardé la liste que je vous ai demandé de recopier concernant le mariage de ma fille ?

Elle eut l'air surprise.

– Je lui ai donnée.

– Cady est passée par ici ?

– Elles sont encore là. Elle a dit qu'elle voulait voir le chien, et je les ai conduites dans la chambre d'Adrian.

Je regardai Henry et lui dis :

– Je reviens tout de suite.

Je poussai doucement la porte et je vis Lena Moretti debout d'un côté du berceau et ma fille assise sur une chaise avec la tête du chien sur les genoux ; dans son sommeil le bébé serrait son index.

Une fois de plus, elle avait les larmes aux yeux, et je regardai sa poitrine qui frémissait avec sa respiration. Elle leva les yeux vers moi.

– Il est si petit.

Je les rejoignis et me plaçai au pied du berceau.

– Ils commencent comme ça.

Son regard retourna se poser sur l'enfant endormi.

– Il va bien ?

– C'est ce que disent les médecins. Quelques bosses et égratignures, mais apparemment, elle a pu le protéger du plus gros de l'impact.

Je me penchai et regardai le petit survivant.

– Elle est morte.

– Ouaip.

– Mais il a un père ?

– Oui, mais il est impliqué. Le FBI dit qu'ils ont des enregistrements selon lesquels il négocie avec un autre homme le projet de tuer la mère et l'enfant.

La voix de Lena Moretti se fit entendre au milieu d'un soupir.

– Mon Dieu.

– Toute cette affaire est assez sordide. (Je baissai la voix quand je vis Adrian tourner la tête sur le côté.) On devrait sortir d'ici.

Cady se leva puis chuchota.

– Et le chien ?

– Il ne veut pas s'en aller. C'est lui qui l'a trouvé. (Les deux femmes me rejoignirent au pied du berceau.) Nous les avons vus tomber et nous sommes allés auprès de la mère, Audrey, aussi vite que possible, mais Adrian avait dégringolé la colline, emmailloté dans une couverture, et c'est le chien qui l'a trouvé.

Je les poussai vers la porte, mais Cady refusa d'avancer.

– Attends une minute. Tu viens de dire que tu les as vus tomber, c'est ça ? Tu étais là-bas ?

J'entrouvris la porte, mais elle ne bougeait toujours pas.

– Nous cherchions un autre lieu pour le mariage et il se trouve que nous nous trouvions en bas lorsqu'ils sont tombés. J'avais même l'appareil photo de Henry, ce qui me rappelle…

Lena leva les yeux.

– Quoi ?

– Rien. (Je les poussai toutes les deux gentiment dehors.) Comment s'est passée votre entrevue avec Arbutis Little Bird ?

– Hmm, répondit Cady, préoccupée. Elle sera là demain matin, et nous la verrons à ce moment-là.

– Lonnie dit qu'il faut se présenter armé.

Henry nous retrouva à l'accueil et nous avançâmes en groupe vers le parking, où il agita les clés au-dessus de la main tendue de Cady. Il les lâcha, elle les attrapa, et nous nous dirigeâmes vers nos véhicules respectifs.

– Papa ?

– Ouaip.

Elle me prit à part, glissa son bras sous le mien et m'éloigna un peu de Henry et Lena.

– Et si j'avais quelque chose qui permettrait de résoudre le meurtre de cette femme et que je ne l'utilisais pas, ce ne serait pas bien, n'est-ce pas ?

– Je suppose que oui.

Ne voulant pas me regarder dans les yeux, elle baissa la tête et je restai à contempler les mèches dorées, auburn et blond vénitien, un dégradé qui devenait plus marqué en été. Sa voix rebondit contre ma poitrine.

– Et si je connaissais un moyen sûr pour que la personne qui a tué Audrey Last Bull soit traduite devant la justice ?

– Je dirais qu'un moyen sûr, ça n'existe pas.

Elle leva les yeux et son regard était résolu.

– Si.

Elle monta sur la pointe des pieds et déposa un baiser sur la barbe naissante de mon menton, fit une pirouette avec les clés au bout des doigts.

– Lena et moi allons passer la nuit à Colstrip, mais nous te retrouverons pour le déjeuner, ici, demain à midi.

Je la regardai aller d'un pas léger vers la Thunderbird, et les deux femmes montèrent en voiture, démarrèrent Lola et partirent en rugissant comme une paire de Thelma et Louise des Hautes Plaines.

Je les regardai tourner à gauche et prendre la direction du nord ; la Nation Cheyenne me rejoignit.

– Alors, qu'est-ce qui vient de se passer ?

Je laissai échapper un petit rire.

– À moins que je ne me trompe, on vient de nous remettre sur l'affaire.

Henry nous emmena au bureau de la police, mais l'endroit était désert et la porte, fermée à clé. Le numéro de portable de Lolo Long apparaissait sur la liste affichée sur la porte parmi les numéros à contacter en cas d'urgence, mais je me dis qu'on allait fouiner un peu tout seuls.

– Qu'est-ce qui te fait penser qu'il est avec Inez Two Two ?

– La mère d'Inez m'a dit que Clarence avait eu une liaison avec sa fille il y a un certain temps, et si Clarence est mêlé à tout ça, alors elle serait peut-être un bon point de départ pour le trouver. Si elle ne sait pas où il se trouve, elle aura peut-être des idées d'endroits où nous pourrions le chercher.

L'Ours descendit Main Street et prit à droite vers le gymnase du lycée, qui restait ouvert le samedi et le dimanche pour accueillir les activités du Boys and Girls Club. Nous rangeâmes le plus vilain pick-up des Hautes Plaines à côté des terrains de basket avec leurs paniers en acier et leur asphalte trouée de cratères, et nous entrâmes. Nous traversâmes le hall en direction des portes ouvertes du gymnase. Je compris pourquoi l'Ours n'avait aucun doute sur l'endroit où nous risquions de trouver Inez – la salle était pleine de jeunes.

– Alors, c'est ici qu'il faut être pour voir et être vu ?

La Nation Cheyenne attrapa un ballon usé sur l'étagère au moment où un homme obèse armé d'un sifflet s'apprêtait à lui hurler à la tête.

– *Ha-ho*, Monty. Ça va ?

– Hé, tu cherches de la compagnie, le rebelle ?

Ils échangèrent une poignée de main et une accolade. Heureusement, Henry avait autrefois joué au basket avec Monty Farris, le coach, alors il n'y eut pas le moindre problème lorsque l'Ours lui demanda si nous pouvions utiliser un des gymnases plus petit et plus isolé pour discuter avec la jeune fille.

– Tu te rends compte, bien sûr, que nous sommes en dehors de notre juridiction et qu'elle peut juste nous envoyer nous faire cuire un œuf.

Henry dribbla et fit tournoyer le ballon entre ses mains, il haussa les épaules puis repartit en dribblant jusqu'aux limites extérieures de la zone des trois points.

Au bout d'environ cinq minutes, une jeune femme trapue ouvrit la porte et nous regarda ; elle portait un blouson teddy beaucoup trop grand malgré la saison et un chapeau de cow-boy en paille noir décoré d'un concho doré dont les cordons pendaient dans son dos.

– Salut.

Elle avait l'air d'un cerf qui venait de découvrir deux cougars à côté du point d'eau.

J'enlevai mon chapeau et tendis la main.

– Je suis le shérif Longmire et voici mon ami, Henry Standing Bear.

Elle prit ma main avec beaucoup d'appréhension et laissa la porte se refermer derrière elle. Le bruit soudain résonna dans le gymnase désert et la fit sursauter. Je désignai les gradins en bois.

– Assieds-toi donc.

Elle obéit et je pris place à côté d'elle.

J'attendis un peu, mais elle se contenta de regarder l'Ours qui dribblait en suivant nonchalamment la ligne de la zone à trois points.

– Je ne sais pas où il est.

J'attendis plus longuement et posai mon chapeau sur les gradins, retourné ; j'avais besoin de toute la chance que je pouvais espérer.

– Et qui donc ?

Ma question me valut un coup d'œil.

– Clarence.

Henry fit pivoter le ballon entre ses mains.

– D'après ce qu'on sait, tu le connaissais assez bien.

Elle le regarda brièvement et sa voix prit une intonation coquette.

– Je vous connais aussi.

– Oui, mais pas dans le même sens.

Le visage de l'Ours resta immobile tandis qu'il se tournait et mettait sans le moindre effort un panier à dix mètres. Elle le regarda et sourit lorsqu'il récupéra le ballon pour le ramener en dribblant au centre du terrain.

Je hochai la tête devant l'exploit.

– Je peux te poser quelques questions, Inez ?

Elle enleva son chapeau, qu'elle posa à plat ; à l'évidence, elle n'avait pas besoin de chance.

– Quand as-tu vu M. Last Bull pour la dernière fois ?

Elle renifla et sortit un paquet de cigarettes de la poche de sa veste.

– Je peux fumer ?

Je pris le temps de jeter un regard circulaire au gymnase scolaire, histoire d'insister sur l'importance de ma réponse.

– Je ne crois pas, non.

Elle rangea son paquet dans sa veste.

– Il y a environ une semaine.

Je marquai une pause.

– Avant l'accident.

– Ouais.

– Et c'était où ?

Le haussement d'épaules était identique à celui que ma fille avait mis au point au même âge, je m'en souvenais.

– Là où on se voit toujours, au Buffalo.

– Au magasin de White Buffalo ?

Elle regarda Henry longuement avant de confirmer.

– Ouais.

– Vous aviez convenu de vous retrouver là, ou vous vous êtes rencontrés par hasard ?

– On s'est rencontrés… comme vous avez dit.

Je hochai la tête et me demandai quelle chance Inez Two Two avait en ce monde ; je ne fus pas submergé par l'optimisme. Les écoles de la réserve étaient systématiquement classées comme les pires de l'État. Le salaire offert aux professeurs n'était pas ridicule, mais le taux de renouvellement du personnel était épouvantable et l'absentéisme, endémique. La déscolarisation atteignait son pic autour de la sixième et la situation n'allait pas en s'améliorant.

– Je ne savais pas qu'il avait un gamin. (Elle continua à observer l'Ours.) Il m'a dit qu'il ne pouvait pas avoir d'enfant. (Elle s'écria.) Je parie que vous êtes pas capable de le refaire.

La Nation Cheyenne haussa les épaules, s'écarta du bout de la raquette et tira un autre panier à presque neuf mètres.

Même moi j'étais impressionné. Je la regardai à nouveau.

– Inez, à mon avis, personne ne t'imputera la responsabilité de cette liaison. Clarence est un homme adulte, et je crois qu'il était plutôt de *sa* responsabilité à lui de savoir quel âge tu avais.

– J'aimais bien sa Jeep.

Henry fit rebondir le ballon contre le mur et s'approcha de nous en dribblant à petite allure.

– Sa voiture, elle était cool. (Il y eut une vague trace de mépris dans la suite.) Alors, on a fait un tour. C'est comme ça que ça a commencé.

Je réfléchis.

– Est-ce qu'il lui est arrivé de t'emmener aux falaises de Painted Warrior ?

– Ouais, c'était un de ses endroits préférés. (Elle fit la grimace.) Enfin, avant.

Henry arriva et resta là, serrant le ballon du bout des doigts.

– Il en avait d'autres, des endroits préférés ?

Elle réfléchit.

– Pendant un moment, il a travaillé pour un Amish, un gars qui s'était brouillé avec les autres et qui vivait à côté de Birney. Le type faisait des bottes sur mesure et il avait une cabane sur la Tongue River, près de chez lui. (Un nouveau haussement d'épaules.) Clarence m'a promis une paire de bottes, mais je les ai jamais eues.

– Est-ce que par hasard tu te souviens du nom du bottier ?

Elle rit et je sentis qu'elle commençait à se fermer.

– Stoltzfus, impossible d'oublier un nom comme ça. Mais ils se sont disputés, et je crois que Clarence n'était plus le bienvenu, là-bas.

– D'autres lieux où tu penses qu'il pourrait aller s'il y avait des gens qui le cherchaient ? (Je perdais espoir.) N'importe quel lieu…

Croyez-le ou non, elle sourit.

– Non.

L'Ours intervint.

– Hé, Inez ? (Elle prit son temps pour se tourner et le regarder.) Tu sais qui est l'homme le plus malin que je connaisse ? (Ses doigts se déployèrent autour du ballon et il le brandit en le tenant au creux de sa paume, dans ma direction.) Lui. (La Nation Cheyenne fit quelques pas pour retourner sur le terrain.) Il arrive, l'air de rien, avec son côté cow-boy cool, mais quand il fait ça, cela veut dire que les chariots se mettent en cercle et que bientôt, il n'y aura plus d'endroit où aller. (Il lui lança le ballon avec un rebond, et elle l'attrapa.) Toi et moi, on va jouer à un jeu. Tu gagnes, tu es libre de t'en aller, je gagne, tu nous dis où Clarence se cache. Voilà les règles : Le but est d'épeler le mot DIRE. Tu tires et tu rates, c'est une lettre pour moi. Il faut que je fasse au moins aussi bien pour garder la lettre. Tu tires et tu fais mieux, je soustrais une lettre. Deux si je rate. Ça te paraît juste ?

Elle sourit et enleva son blouson, qu'elle laissa choir sur le sol.

– Je te prends au mot, Vieil Ours.

– Deux trois passes pour t'échauffer.

Je m'installai confortablement pour assister au spectacle, étirai mes bras, et appuyai mes épaules sur le gradin derrière moi.

Inez rendit le ballon à l'Ours.

– Pas besoin.

À l'évidence Kareem Abdul-Jabbar et son bras roulé avaient fait des émules, et après la courbe gracieuse que décrivit le ballon splendide de Henry, Inez balança une brique.

La Nation Cheyenne exécuta un tir en course avec retournement et déposa le ballon dans le panier. À nouveau. Il récupéra le ballon et le lui lança.

– D. Tir en course, de la main gauche.

Inez commit une erreur de jugement et le ballon rebondit sur le bord inférieur du cercle, manquant de peu la tête de la jeune fille.

Henry alla se positionner sur la ligne des trois points, cette fois presque sur la ligne de fond et mit un autre panier.

– I.

Inez prit une grande inspiration et enchaîna, et le ballon rebondit contre le cercle.

Il poursuivit son « tour du monde » et marqua une pause au sommet de la raquette, leva les bras, et d'un petit coup de son poignet puissant, fit un lancer qui remporta le point dans un bruissement.

– R.

– Bon sang.

Cela m'échappa avant même que je m'en rende compte.

Elle alla se placer au même endroit, mais on voyait bien que son enthousiasme en avait pris un coup. Elle tira à nouveau, et cette fois, elle réussit.

– Prends ça, Vieil Ours.

Henry reprit le ballon et dribbla quelques instants ; peut-être avait-il pitié de la gamine, mais ce n'était pas son genre, et il se déplaça de trente degrés supplémentaires sur le périmètre, fit un pas pour entrer dans la zone à deux points et mit un nouveau panier.

– Retour à I.

Inez le rejoignit et tira, mais cette fois le ballon rebondit sur la planche et atterrit vers moi. Je le ramassai et me levai ; je l'envoyai à l'Ours d'une passe à deux mains, au niveau de la poitrine.

Henry repartit vers la raquette et mit le panier.

– R.

Elle eut un mouvement de découragement ; elle alla d'un pas lent jusqu'à lui pour tenter d'égaliser.

– Un pas ?

– Je t'en donne deux, dit-il sans sourire.

C'était l'idée que se faisait la Nation Cheyenne de la charité.

La jeune femme lança le ballon ; il rebondit deux fois sur le cercle puis repartit après avoir heurté la planche. Il récupéra le ballon et sans effort apparent, marqua le point grâce à un magnifique bras roulé.

– E.

Il alla la rejoindre, prit la jeune fille par les épaules et la ramena vers les gradins, allant jusqu'à déposer un baiser sur le sommet de sa tête.

– Je crois qu'on ne peut plus t'appeler Inez Two Two.

Elle rit malgré elle et se baissa pour ramasser son blouson. Au bout d'un moment, elle se tourna pour me regarder et je lui souris.

– Il y avait une tour d'observation pour les feux de forêt où il m'emmenait, vers Black's Pond. Elle était fermée à clé, mais il a cassé le verrou et on a passé la nuit là, une fois. La tour de Diamond Butte, je crois.

Henry coinça le ballon sous son bras.

– D'autres idées ?

– Pas vraiment. Il cherchait toujours un endroit où on serait tranquilles pour… vous voyez… (Elle se tourna vers moi, puis à nouveau vers Henry.) Quand il pouvait.

Henry demanda.

– Ce qui veut dire ?

Elle baissa les yeux et haussa les épaules.

– Il avait des problèmes, ça marchait pas trop, là, vers l'entrejambe.

Je lui tendis une perche.

– Inez, est-ce que tu connais un homme qui s'appelle Artie Small Song ?

Ses yeux s'écarquillèrent un peu.

– Je ne veux rien à voir à faire avec ce type. Il est fou.

– Est-ce que Clarence et lui se connaissent ?

– Je suppose que oui. Ils se sont engueulés une fois.

– En toute honnêteté, on cherche autant Clarence que Artie. Aurais-tu une idée de l'endroit où Artie pourrait se trouver ?

La réponse fut fulgurante et brutale.

– Non.

– Est-ce qu'il serait possible qu'ils soient au même endroit ?

– Non.

– À t'entendre, ils ne s'aiment pas beaucoup.

Elle me regarda, incrédule.

– C'est le cas. Quand je les ai vus ensemble, ils s'insultaient et menaçaient de faire des trucs, de se tuer, tout ça.

– Et quand était-ce ?

– Il y a environ un mois. (Elle garda le silence quelques instants, puis prit une profonde inspiration.) Je peux y aller, maintenant ?

– Oui, bien sûr.

Elle ramassa son chapeau et s'en alla vers la porte.

– Hé, Inez ? (Elle s'arrêta en entendant la voix de Henry, mais elle ne se retourna pas.) Fais attention, je te surveille.

Elle hocha la tête lentement, sans répondre ; elle ouvrit la porte et s'enfuit.

Henry la suivit des yeux.

– On voit rarement la promesse de l'homme chez un garçon, mais on voit presque toujours la menace de la femme chez la fille. Et parfois, la menace n'est pas anodine.

– Elle est jeune.

– Pas tant que ça.

Je repoussai mon chapeau sur ma nuque.

– En tout cas, c'était une version intéressante du tandem bon flic / méchant flic, le bon cow-boy et le méchant Indien.

Il soupira.

– Dans sa famille, les jeux de ballon sont une tradition. Je savais que je pouvais compter sur son esprit sportif, à défaut de son honneur.

Il m'échappa sans difficulté tandis que j'essayai d'attraper le ballon coincé sous son bras.

– Tu n'as jamais eu le cran de jouer dans la raquette, Henry.

Il rit.

Lorsque nous sortîmes, l'agent responsable se trouvait à côté du Rezdawg, en compagnie de deux autres agents ; l'un était encore assis dans la Crown Victoria et l'autre examinait le pick-up de Henry, se demandant certainement s'il était en état de rouler.

– Alors, il faut que j'aille parler à Inez Two Two ou vous avez fait le boulot à ma place ?

Je les rejoignis et posai mon bras sur le hayon du pick-up.

– Je ne savais pas que vous travailliez le dimanche, les gars.

Il enleva ses lunettes de soleil et nous contemplâmes tous deux le jour splendide.

– Ni la pluie ni la neige…

– Ça, ce sont les services postaux. (Je réfléchis quelques instants et citai :) « Ni la neige, ni la pluie, ni la chaleur, ni la nuit n'empêchent jamais que chacun d'eux ne fasse, et le plus vite possible, la course qui lui est assignée. »

– Ouah, je crois que je n'avais jamais entendu la phrase entière.

Je hochai la tête.

– Ils l'ont volée à Hérodote, qui parlait des courriers persans à cheval du temps de la guerre entre les Grecs et les Perses, aux environs de 500 avant J.-C.

Il secoua la tête, incrédule.

– Vous êtes sûr que vous êtes shérif ?

J'ignorai la remarque et m'approchai, repoussant mon chapeau sur ma nuque pour tendre mon visage à la chaleur du soleil.

– Hé, vous n'auriez pas une copie de ces enregistrements entre Artie et Clarence sur vous, par hasard ?

Il laissa échapper un petit rire.

– Ces enregistrements sont la propriété du FBI.

– Vous n'en avez pas de copie ?

– Je n'ai pas dit ça.

– Et si on vous échangeait les informations que nous a fournies Inez contre une copie desdits enregistrements ?

Il se détendit, appuyé contre la surface craquelée du pick-up de Henry.

– Pas assez bon, comme deal. Je peux toujours entrer et interroger la fille moi-même.

– Vous risquez de ne rien en tirer, elle est coriace. (Je désignai l'Ours d'un geste.) Et vous n'avez pas d'éclaireur indien.

Henry fit tournoyer le ballon de basket entre ses mains et leva les yeux vers le panier extérieur, à une dizaine de mètres de là.

– Si je mets plus de paniers, vous nous donnez l'enregistrement.

La tête de l'agent responsable se baissa, et il sourit à la Nation Cheyenne.

– Cela aurait été avec plaisir, mais je n'ai pas le temps.

– Trois lettres.

Cliff Cly observa mon ami pendant quelques instants, puis un large sourire s'épanouit sur son visage. D'un mouvement pompeux, il s'écarta du pick-up, puis enleva sa veste avec moult précautions, la plia, la posa sur le flanc du plateau et commença à desserrer sa cravate.

– Je devrais probablement vous informer que j'ai joué dans l'équipe titulaire à Rutgers.

Henry parut impressionné.

– Ouah.

Roulant les manches de sa chemise habillée, l'agent du FBI marqua une pause.

– C'est moi qui choisis les trois lettres ?

L'Ours dribbla une fois, puis garda le ballon entre ses mains, ses yeux noirs rivés sur l'agent fédéral.

– C'est drôle, je pensais à B-U-T.

10

– Rutgers a dû être vraiment nul, cette année-là.

Il sourit tout seul tandis que nous avancions en cahotant dans le Rezdawg, dont la vitesse maximale aujourd'hui était, visiblement, de quatre-vingt-trois kilomètres/heure.

J'avais le CD dans la main et j'examinai la radio AM cassée, avec son verre fendu et ses boutons absents, l'indicateur orange bloqué pour l'éternité au bas du compteur.

– Est-ce que je t'ai dit récemment à quel point je détestais ce pick-up ? (Je soupirai et rangeai le CD dans son enveloppe en papier.) Que sais-tu de ce bottier Amish ?

– Il fait des bottes de très bonne qualité.

– À part ça ?

– On dit qu'il s'est attiré des ennuis à cause de ses goûts pour les femmes.

– Il a épousé une Indienne ?

– Effectivement. À bien des égards, Levi Stoltzfus participe activement à l'intégration des différentes races des Hautes Plaines.

Il manœuvra le pick-up pour quitter les bandes rugueuses et revenir au centre de la voie avec un coup de volant qui aurait expédié n'importe quel autre véhicule dans le fossé du côté opposé. Le Rezdawg considérait les mouvements du volant entre les mains de Henry comme des suggestions sans valeur coercitive.

– À son crédit, il vient de déménager son atelier et de s'installer plus bas sur la Tongue River, à Birney.

– White Birney ?

– Non. Red Birney. Une fois que t'es passé au rouge, tu ne peux plus envisager autre chose.

Nous prîmes un virage appuyé pour accéder à un chemin de terre juste avant la Tongue River et nous suivîmes la piste pendant un kilomètre à peine, avant que Henry n'arrête brusquement le Rezdawg. Il passa la marche arrière et recula de cinquante mètres ; la boîte de vitesse donnait l'impression qu'elle allait choir sur la route d'un instant à l'autre.

Le pick-up s'arrêta dans un hoquet, et l'Ours désigna un portail de ranch complètement de guingois avec ces mots gravés dans la poutre horizontale : STOLTZFUS WORLD FAMOUS BOOTS.

Je pivotai pour contempler la route et les coteaux déserts, puis je me tournai vers mon ami.

– C'est dur d'être connu dans le monde entier, par ici.

– Donnez aux gens de la qualité, et ils ouvriront un chemin jusque chez vous.

Je devinai.

– F.W. Wordsworth.

Il secoua la tête.

– S.S. Kresge ?

Il secoua la tête en entendant ma liste d'enseignes défuntes de la grande distribution et tourna le volant plusieurs fois pour que les roues avant veuillent bien obtempérer.

– En fait, c'étaient les Kinks.

Le chemin était creusé de profondes ornières et contournait un gros monticule rocheux à notre droite, puis il se transforma en une route raboteuse droite qui devint plus lisse à l'approche d'une construction basse. Elle devait dater de la même époque que la maison d'origine des Small Song, vers les années 1940. Il y avait une habitation plus haut sur la colline, et un grand jardin où une Indienne ramassait des légumes en compagnie de deux jeunes enfants.

Henry se gara à côté de l'atelier. Il tourna à nouveau les roues de manière que si l'envie prenait au Rezdawg de partir à l'aventure, il ne puisse pas aller très loin.

D'un trou de la taille d'une tête d'épingle dans le radiateur jaillissait un jet en arc de cercle, que je ne remarquai qu'au moment où, contournant le véhicule par l'avant, je reçus une giclée d'antigel. Je m'écartai d'un bond et essuyai le liquide sur mon jean, avant de serrer le poing comme si j'allais défoncer le pare-buffle.

– Je déteste ce pick-up au plus haut point.

– Oui, tu me l'as déjà dit.

Je baissai mon bras et suivis Henry qui se dirigeait vers le porche, lorsque plus haut sur la colline la femme postée à côté d'une clôture faite d'un assemblage de filet à moutons s'écria.

– Vous êtes là pour vos bottes ?

Les deux enfants la rejoignirent et me regardèrent comme s'ils n'avaient jamais vu un homme adulte qui s'était pissé dessus.

J'effleurai mon chapeau.

– Non madame.

– Parce que si c'est le cas, elles ne sont pas prêtes.

– Eh bien, nous ne sommes pas vraiment là pour des bottes.

Elle poursuivit comme si elle ne m'avait pas entendu.

– Il envoie toujours une carte postale lorsque les bottes sont prêtes. Avez-vous reçu une carte ?

– Non madame. Nous n'avons pas commandé de bottes.

Elle lança un coup d'œil à Henry puis revint à moi ; ce n'était pas comme si nous étions arrivés dans un véhicule respectable, alors, je pouvais comprendre son inquiétude.

– Alors, que voulez-vous ?

Je désignai l'Ours.

– Nous voudrions parler à votre mari, si c'était possible. Êtes-vous madame Stoltzfus ?

Elle enleva le bandana qui retenait ses cheveux noirs et s'essuya le cou.

– Oui, Dieu me vienne en aide.

– Est-ce que Levi est dans le coin ?

Elle donna rapidement quelques instructions aux enfants ; ils eurent l'air déçu mais ils se remirent au travail tandis que leur mère remontait sa jupe, grimpait sur un petit escabeau en bois et passait une jambe par-dessus la clôture.

– Est-ce qu'on vous doit de l'argent ?

– Non.

Elle descendit avec précaution le coteau, monta les quelques marches du porche, et vint nous rejoindre, ses bottines à lacets claquant sur les planches grossières comme sur un xylophone. Elle avait été une beauté à une époque, mais les années et le dur labeur l'avaient éreintée ; Lucian aurait dit, on ne peut pas les faire labourer le vendredi et danser le samedi.

– C'est pareil, de toute façon, il n'est pas là. (Elle jeta un coup d'œil à la Nation Cheyenne.) Je vous connais ?

Henry leva un sourcil.

– Je ne sais pas. Vous me connaissez ?

– Vous êtes Henry Standing Bear.

Elle avança une jambe dans un geste plein d'assurance ; je vis en elle quelque chose de la Terre-mère, et je l'appréciai immédiatement.

– Je suis Erma Spotted Elk. Vous êtes sorti avec ma sœur.

L'Ours hocha la tête.

– Erma, comment va Dottie ?

– Elle vit à Seattle. Elle a épousé un médecin et on n'a jamais de nouvelles.

Il croisa les bras et s'appuya contre un des poteaux du porche.

– C'est regrettable. (Il regarda derrière elle, dans la direction où se trouvaient les enfants qui travaillaient, non sans épier tous nos faits et gestes.) Ils sont à vous ?

– *Yah*. Ils n'aiment pas travailler au jardin, mais ils aiment manger.

Elle se tourna pour me regarder, nos visages étaient à peu près au même niveau que le sien alors qu'une marche nous séparait.

– Vous êtes flic ?

Je souris mais elle ne me rendit pas mon sourire.

– Ça se voit ?

– *Yah*, surtout avec ce six-coups planqué au creux de vos reins.

Henry énonça, non sans malice.

– Erma a eu un passé hétéroclite.

Elle rit.

– Hétéroclite. J'aime bien. (Elle tamponna la sueur qui lui coulait dans les yeux.) J'ai vécu à Denver pendant un moment, j'étais danseuse. J'ai eu des ennuis.

J'ai développé un certain talent pour beaucoup de choses, y compris repérer les flics.

Je jetai un coup d'œil vers le sommet de la colline.

– Et maintenant, vous êtes amish ?

Sa tête se pencha un peu, pour appuyer l'affirmation suivante.

– *Yah*, j'ai vu le monde et je vous le laisse. Tout part à vau-l'eau.

– Peut-être bien.

Elle rit et m'observa.

– Vous allez le rendre meilleur ?

Je haussai les épaules.

– Je fais ma part.

– Quelle part a un rapport avec mon mari ?

Henry ne parla pas fort, mais sa voix portait.

– Clarence Last Bull.

Elle se figea une infime fraction de seconde, et si on n'avait pas guetté la réaction on aurait pu la manquer, mais j'avais quelques talents moi aussi. Elle convertit cette immobilité en un lent mouvement vers l'Ours puis me regarda.

– Vous voulez acheter une paire de bottes ?

Je lançai un coup d'œil vers les miennes – elles étaient de fait un peu usées.

– Pas particulièrement, mais je voudrais vraiment parler de Clarence Last Bull.

– C'est dommage, parce que je veux vraiment vendre une paire de bottes.

Elle tourna les talons, et sa grande jupe en coton tournoya lorsqu'elle passa tranquillement la porte pour entrer dans l'atelier.

– On dirait que c'est le jour pour faire du troc.

Je lançai un coup d'œil à la Nation Cheyenne, et il me fit un signe de tête pour m'encourager à continuer.

Elle était installée dans un fauteuil en bois et avait posé ses pieds sur un autre, en face. Elle m'observa. Je m'approchai, et elle descendit ses pieds pour que je puisse m'asseoir ; je posai mon chapeau sur l'embarrassante tache située à côté de mon entrejambe. Elle désigna mon pied, alors j'ôtai la moitié de ma paire de bottes et la lui tendis. Erma prit ma botte et l'examina comme un chirurgien aurait ausculté une tumeur.

– Je voudrais des informations sur Clarence Last Bull.

Elle examina la botte plus en détail.

– Il travaillait pour mon mari, mais c'était il y a un moment déjà. (Elle passa sa main sur le cuir gratté.) Vous aimez le cuir velours ? Parce qu'on ne fait que du cuir classique.

Me prenant par surprise, elle saisit mon pied et le cala sur le bord de son fauteuil, entre ses jambes.

– Clarence était vraiment bon. Un vrai artisan. Il avait des capacités et du style, mais ce qu'il n'avait pas, c'était la persévérance. Il se pointait, travaillait quelques jours puis il disparaissait. Levi a fini par se lasser et lui a dit d'aller voir ailleurs. On m'a dit qu'il était entré dans l'armée comme cuisinier, ou un truc comme ça. (Elle referma ses mains puissantes sur mon pied.) Grands pieds.

Je hochai la tête.

– Quand l'avez-vous vu pour la dernière fois ?

Il y eut une courte pause et le bref mouvement de l'œil qui signifiait que la vérité venait d'entrer par la porte, d'inspecter les lieux et de s'envoler.

– Y a un an. (Elle contempla mon pied prisonnier et se courba en avant, ses seins de part et d'autre de mes orteils.) 48.

– 47.

Je la regardai se pencher en arrière et arracher une feuille de papier d'une liasse posée sur le secrétaire à cylindre. Elle posa la feuille sur le sol.

– Mettez votre pied là.

J'obéis et posai ma chaussette sur la feuille de papier ; elle sortit un crayon de menuisier de la boîte de conserve de tomate posée sur le bureau et traça le contour de mon pied, d'abord à un angle aigu, puis verticalement.

– On m'a dit que vous aviez une petite maison près de la rivière, où il résidait ?

– Ouais. Quand il travaillait pour nous, il habitait là-bas.

Elle tapota ma jambe et je descendis du papier.

– J'ai besoin de votre autre pied.

J'enlevai ma botte gauche et posai le pied sur une autre feuille de papier.

– Ça vous ennuierait qu'on jette un coup d'œil à la petite maison ?

Elle ne me quitta pas des yeux.

– Oui, ça m'ennuierait. (Elle examina mon pied à nouveau.) Si vous voulez attendre, vous pourrez demander son avis à mon mari, mais il se peut que vous attendiez longtemps.

J'examinai les outils et je vis la couche de poussière qui les recouvrait.

– Où est-il ?

– En train d'acheter du cuir à Rapid City.

Je jetai un coup d'œil au calendrier et remarquai qu'il n'avait pas changé de page depuis le mois de juin.

– Vous connaissiez bien Clarence ?

– Assez bien.

– Saviez-vous qu'il vivait avec Audrey Plain Feather ?

Elle marqua une pause puis continua à dessiner le contour de mon talon.

– Je l'ai entendu dire.

– Avez-vous entendu dire qu'il y avait eu un accident ?

Elle dessina deux traits autour de mon pied, tout comme elle l'avait fait précédemment, et finit par me regarder.

– Quel genre d'accident ?

– Sa femme a été poussée et elle est tombée d'une falaise. À Painted Warrior, à quelques kilomètres d'ici.

Elle tapota ma jambe à nouveau, et j'enlevai mon pied du papier avant de me rasseoir, ce qui rapprocha grandement nos visages l'un de l'autre. Elle mit les deux feuilles ensemble et jeta le crayon sur le bureau très encombré.

– Poussé, ça ne fait pas vraiment accident.

– Non, effectivement. (Je remis mes bottes.) La tragédie supplémentaire, c'est que leur petit garçon, Adrian, était dans ses bras quand elle est tombée.

Erma ne put cacher l'effet que produisit ce détail chez elle. Elle refusait de me regarder, choisissant de laisser son regard errer du côté de l'une des minuscules vitres de la fenêtre à battants au-dessus du bureau. La lueur de l'après-midi traversait le prisme de la fenêtre et jouait sur ses traits. Je vis une jeune fille qui s'était tirée de la réserve et avait pris la route pour la grande ville, vers un endroit où elle ne connaîtrait personne, surtout pas elle-même.

Si elle jouait un numéro, il était absolument excellent.

Elle regarda du côté de ses enfants, vers le jardin, puis finit par se tourner vers moi.

– C'est horrible.

– On est bien d'accord. (J'attendis quelques instants puis je remis mon chapeau d'aplomb.) Vous êtes sûre de ne pas l'avoir vu depuis un an ?

– Juste des ropers, comme celles que vous avez aux pieds ?

– Ouaip.

Elle hocha la tête et recopia mes coordonnées, y compris mon adresse professionnelle.

– Vous êtes un peu éloigné de votre territoire, non ?

Je ne dis rien, ce qui est ce qu'on puisse dire de plus troublant.

Elle se leva et posa la main sur le bord usé du vieux bureau.

– Et vous ne pensez pas que le monde part à vau-l'eau ?

Je souris.

– Comme je vous l'ai dit, j'essaie juste de ralentir un petit peu le mouvement.

Elle se tut jusqu'à ce que je ne voie plus de raison de rester et que je fasse un pas en direction de la porte ouverte.

– Nous avons une liste d'attente qui fait huit pages. Vous ne les aurez pas avant un an et demi.

Je lançai un coup d'œil vers la rangée de bottes.

– Je sais attendre.

L'Ours prit quelques pois mange-tout du sac soutiré aux jeunes fermiers à qui il avait donné un coup de main pendant que je commandais une paire de bottes à leur mère, et il m'en tendit une cosse tout en conduisant ; nous traversions l'agglomération de Birney Day.

– Alors, comment ça s'est passé avec Erma ?

Je grignotai la cosse de pois, croquante, délicieuse.

– J'ai commandé une paire de bottes.

Il hocha la tête tout en manœuvrant l'antique pick-up sur la route.

– C'est une bonne chose que tu soutiennes l'économie locale.

– Elle sait quelque chose, mais elle n'était pas au courant pour Audrey. (Je jetai un coup d'œil par la fenêtre et regardai le paysage défiler.) Je pense qu'elle a vu Clarence beaucoup plus récemment qu'il y a un an.

– Elle l'a vu hier.

Je me tournai pour regarder la Nation Cheyenne.

– Les enfants ?

– Oui, ils étaient très bavards. (Il sortit une autre poignée de pois et m'en tendit quelques-uns.) J'ai trouvé que c'était très gentil de leur part de nous offrir ce déjeuner.

J'en grignotai un autre.

– Et ?

Il me lança un regard rapide.

– Seulement les pois.

– Concernant Clarence.

Son regard se reporta sur la route tandis que nous retraversions les bandes rugueuses.

– Il était ici hier après-midi, et elle lui a donné des provisions.

– Je suppose que nous sommes en route vers la tour de Diamond Butte ?

– Oui.

Je hochai la tête et tendis la main pour quémander d'autres pois, mais il me mit une tape avant de se resservir.

– Rationnement obligatoire.

Je l'écoutai croquer pendant que nous avancions sur la route. Nous approchâmes d'un gamin maigrichon qui marchait sur le gravier au bord de l'asphalte ; il ne portait qu'une chaussure. Henry ralentit, au point d'aligner sa vitesse sur celle de l'enfant, et comme j'étais du côté passager, je pris la parole et m'adressai au jeune garçon.

– T'as perdu une chaussure ?

Il tourna la tête en entendant ma voix, et me regarda.

– Non. (Son sourire était immense, béat.) J'en ai trouvé une.

Son visage s'éclaira encore plus lorsqu'il remarqua le pick-up, et plus important, lorsqu'il identifia le chauffeur. Henry écrasa le frein pour essayer d'arrêter le Rezdawg avant qu'il ne renverse le gamin, qui s'était précipité devant le capot et s'était hissé sur le pare-buffle. Il nous regarda à travers le pare-brise.

– Tu fais quoi, l'Ours ?

La Nation Cheyenne enroula ses doigts sur le volant et posa son menton.

– Je cherche quelqu'un.

Le gamin sourit.

– Tu es toujours en train de chercher quelqu'un. Suis content que ce soit pas moi !

Henry lui rendit son sourire puis, d'un geste, désigna son voisin, son complice justicier.

– Voici mon ami, Walt Longmire. (Il retourna le geste.) Walt, je te présente Wiggins Red Thunder, chef des Irréguliers de Birney Road.

Le gamin interrompit.

– L'Ours dit que vous lui avez sauvé la vie, là-haut, sur la montagne.

Je ris, jetai un coup d'œil à Henry, puis j'effleurai mon chapeau.

– Je suis ravi de faire votre connaissance, Maître Red Thunder.

Il pencha la tête sur le côté et ferma un œil pour me regarder.

– Comment vous venez de m'appeler ?

– Maître. C'est la manière formelle de s'adresser à des jeunes hommes d'un âge indéterminé en dessous de treize ans.

Il continua à m'observer.

– J'ai douze ans.

– C'est moins que treize.

Le sourire grandit encore.

– *Heeeeeeeehe'e !*

L'Ours éclata de rire.

– *Evoohta ?*

Wiggins me lança un regard franc.

– *Emasets'estahe.*

Henry hocha la tête, mais le jeune continua à me regarder sans avoir de certitude sur mes intentions.

– Vous voulez qu'on vous emmène, Maître Red Thunder ?

Le sourire revint.

– Ouais, mais ici.

Il se tourna et glissa son arrière-train entre le haut du pare-buffle et le capot cabossé, face à la route, et claqua une paume sur la surface verte rouillée.

La Nation Cheyenne cria :

– *Tosa'e ?*

Notre ornement de capot improvisé montra un chemin de terre sur la droite conduisant à un groupe de petites maisons miteuses et quelques mobile-homes. Henry fit faire quelques tours au volant, et nous quittâmes la route pavée et descendîmes dans la vallée de terre d'ombre brûlée.

– La route rouge ?

Il me regarda d'un œil rond.

– Il faut que j'aille voir mes potes.

À l'aide de quelques indications, nous nous glissâmes entre deux maisons et découvrîmes deux jeunes enfants, un garçon et une fille, qui avaient calé une barque à fond plat avec des pierres et l'avaient remplie avec le tuyau d'arrosage pour en faire une piscine. Je les regardai batailler joyeusement dans l'eau et s'interrompre pour agiter frénétiquement la main dans notre direction en voyant le Rezdawg se garer.

– Je regrette parfois de ne plus avoir cet âge.

– C'était le bon temps, mais aujourd'hui aussi, c'est le bon temps.

Je souris et commençai à entrouvrir la portière.

– J'ai bien essayé d'en convaincre Erma, mais je ne crois pas qu'elle ait été convaincue.

Il parut plonger dans ses réflexions pendant quelques instants.

– Peut-être que son aujourd'hui est différent du nôtre.

– Là-dessus, je n'ai aucun doute.

Nous rejoignîmes Wiggins à l'avant du pick-up et je remarquai que la poubelle ambulante n'avait pas pissé sur les Indiens. À l'évidence le Rezdawg était raciste.

Henry désigna la paire plongée dans le bateau plein d'eau.

– Jacuzzi indien.

La fille s'écria :

– On va en Alaska !

Nous accompagnâmes Wiggins et approchâmes de la barque. Henry y plongea une main.

– C'est chaud. Vous avez pissé dedans ?

Ils hurlèrent de rire jusqu'à ce qu'une voix masculine émerge de l'un des mobile-homes.

– Satanés gamins, vous feriez mieux de la fermer !

Henry se tourna vers la gauche et mon regard suivit le sien vers l'endroit où un Dodge Power Wagon de 69 d'un bleu passé dont une portière avait été remplacée par une blanche avec l'inscription COLSTRIP CONCRETE était garé à côté d'un minable mobile-home vert olive.

– C'est qui ?

Wiggins fronça les sourcils.

– Kelly Joe Burns.

Je me rappelai la conversation aux services sociaux.

– Herbert His Good Horse a cité ce nom parmi ceux des gens qui avaient peut-être quelque chose contre Audrey Plain Feather.

Les yeux de la Nation Cheyenne revinrent lentement vers nous et il me présenta aux deux autres enfants.

– Walt, voici Leslie S. Little Hawk et son acolyte, Charlie Shoulderblade.

J'effleurai mon chapeau à nouveau.

– Troupiers.

La Nation Cheyenne posa une main fermée sur sa poitrine.

– Quelle est notre devise ?

Wiggins et les deux autres l'imitèrent avec leur petit poing et répondirent d'une voix forte :

– On va partout, on voit tout et on surprend toutes les conversations !

– *Epeva'e.*

Il prit une inspiration, mais à l'instant où il s'apprêtait à parler, un homme pâle, chauve, torse nu, ouvrit brusquement la porte du mobile home et descendit du porche pour se diriger vers nous, la tête baissée sortant la ceinture des passants de son pantalon.

– OK, putain de merde, je vous ai prévenus, petits connards, si vous continuez à faire du chahut, je vais vous botter le cul.

Henry se prépara, se mit en position de combat, les bras à peine pliés, et attendit.

Le Kelly Joe Burns en question était à trois mètres environ lorsqu'il leva la tête et vit à quoi il allait être opposé. Burns était mince, avec l'inévitable tatouage de flammes montant le long de son cou, et il balançait la ceinture en la tenant par la boucle, mais son enthousiasme diminuait à vue d'œil.

– Vous… vous, dites donc à ces putains de gamins de la fermer.

– Non, je ne crois pas. (Henry montra du doigt l'arme improvisée que l'homme tenait à la main.) Et vous feriez mieux de remettre votre ceinture avant de perdre votre pantalon.

Kelly Joe fit un pas en arrière.

– J'vous emmerde !

L'Ours s'avança de quelques pas tranquilles vers lui.

J'observai le gars maigrichon et nos regards se croisèrent ; je ne vis aucune raison de ne pas ficher la trouille au dealer, qui était un cliché sur pattes.

– Hé, c'est votre Dodge, là-bas ?

Il prépara son coup de ceinture, et je me demandai quel goût elle aurait quand Henry la lui enfoncerait dans la gorge.

– Qui est-ce qui pose la question ?

– Le shérif Walt Longmire.

Il parut troublé un instant, essayant probablement de se rappeler qui était le shérif du comté voisin.

– Ici, c'est la réserve. Ce n'est pas votre juridiction.

Je m'avançai jusqu'à l'épaule de l'Ours.

– Je travaille avec la chef Long de la police tribale sur une affaire.

Il fit un nouveau pas en arrière puis tourna rapidement les talons pour monter les marches de son mobile-home.

– Ouais, ben, je ne sais rien sur rien.

– Là-dessus, je n'ai aucun doute.

Henry continua à le suivre jusqu'à ce que l'homme se barricade derrière la porte en aluminium.

– Vous feriez mieux de quitter ma propriété.

La voix de l'Ours gronda.

– Vous feriez mieux de ne pas approcher de ces enfants avec quoi que ce soit d'autre qu'un sourire. Vous m'avez compris ?

Kelly Joe claqua la porte intérieure entre eux, et j'attendis le long moment qu'il fallut à Henry pour me faire face et revenir.

– Tu crois qu'il m'a pris au sérieux ?

– Oui.

La Nation Cheyenne retourna voir les enfants ; il s'appuya des deux mains sur le bord de la barque, puis plongea un doigt dans l'eau et la goûta.

– Pas de pipi.

Ils se mirent immédiatement à rugir de rire à nouveau, Kelly Joe Burns totalement oublié.

Henry retrouva son sérieux.

– Je cherche un homme, un homme qui conduit une Jeep jaune.

Les trois enfants parlèrent entre eux en cheyenne, puis Wiggins me regarda avant de s'adresser à Henry.

– Les dit qu'elle en a vu une passer hier soir.

L'Ours fit la moue.

– À quelle heure ?

Il y eut encore quelques échanges en cheyenne, et je dus admettre que j'étais impressionné de constater que les gamins parlaient couramment leur langue maternelle ; c'était si rare, de nos jours. Wiggins, le porte-parole officiel, parla à Henry.

– Vers 9 heures et demi, deux hommes.

La Nation Cheyenne et moi échangeâmes des regards avant que Henry ne reprenne.

– Deux hommes ?

Wiggins les interrogea à nouveau en se concentrant sur la fille.

– Elle dit qu'ils avaient les cheveux longs, mais elle pense que c'était des hommes. Ils avaient la capote baissée, mais ils étaient loin

– Dans quelle direction allaient-ils ?

Le gamin balança un pouce par-dessus son épaule, vers le sud-est.

– Ils quittaient la réserve.

Henry hocha la tête, cogna sa poitrine de son poing et le tendit pour le cogner aux autres, plus petits.

– *Nestaevahosevoomatse.* (Son regard s'égara vers le mobile-home et Kelly Joe.) Si vous avez encore des ennuis avec lui, vous m'en parlez.

Il tourna les talons et je le suivis vers le Rezdawg ; soudain nous entendîmes la voix de Wiggins.

– Hé, quand est-ce que tu me donnes ton pick-up ?

Henry renvoya le gamin d'un geste de la main.

– Quand j'en aurai fini avec lui !

Nous claquâmes les portières, et j'écoutai le bruit du demarreur qui grinçait. À la cinquième tentative, il accrocha et expectora un nuage de fumée bleutée que nous dûmes traverser en marche arrière.

– En ce qui me concerne, il pourrait bien l'avoir dès maintenant.

Nous prîmes la direction du sud sur la 566, puis tournâmes à droite sur Hanging Woman Drive ; la route raboteuse couverte de graviers essayait de faire sauter les plombages de toutes mes dents.

– Deux hommes.

L'Ours approuva d'un signe de tête.

– Deux hommes.

– Ça ne sent pas bon.

Henry haussa les épaules.

– Pour l'un d'eux, du moins.

Je me cramponnai d'une main au tableau de bord dans une tentative désespérée pour compenser l'absence de suspension du trois quarts de tonne.

– Tu penses que c'est Artie ?

– Qui d'autre cela pourrait-il être ?

– C'est la question à soixante-quatre mille dollars, on dirait. (Je secouai la tête.) Alors, ils sont passés par ici hièr soir, ils se sont arrêtés chez le bottier et ils ont continué vers le sud, ce qui signifie qu'il est possible qu'Erma sache qui était avec Clarence ?

– Les enfants de Stoltzfus n'ont pas parlé d'un autre homme.

– Ils te l'auraient dit ?

– Oui.

Je souris.

– Ne me dis pas qu'ils font partie des Irréguliers de Birney Road…

Il y eut un silence.

– Maintenant, si.

– Ce qui veut dire que Clarence a pris l'homme mystère dans sa voiture quelque part par ici. Je jetai un coup d'œil par la fenêtre à Hanging Woman Creek, qui n'était guère plus qu'une auge asséchée.

– À quelle distance sommes-nous de Painted Warrior ?

– À vol d'oiseau ?

Je regardai par la fenêtre, triste pour la jeune femme qui n'avait pas réussi à voler.

– Quoi ?

– Rien.

Il me regarda bizarrement.

– De Birney, ça fait environ six kilomètres.

– C'est peu.

– Oui.

Je descendis mon chapeau sur mes yeux.

– Réveille-moi quand nous serons arrivés à la tour de guet.

Henry avait arrêté le Rezdawg à côté des toilettes sèches sur le parking de terre battue. J'attrapai mon chapeau avant qu'il ne tombe sur le plancher et me frottai les yeux d'une main, pour qu'ils retrouvent leurs capacités.

La tour de Diamond Butte est située précisément au milieu de nulle part. Juste à côté de la réserve et à un kilomètre et demi de Sonnette Road, à une courte distance – ça tombe bien – de Diamond Butte, une tour de guet maçonnée de deux étages, une dizaine de mètres de haut, plantée sur ce qui était une colline plutôt qu'une butte. Diamond est le point le plus élevé des environs et il resplendissait dans les lueurs dorées du soleil couchant.

L'endroit avait été utilisé comme poste de guet d'incendie pour la première fois après la Seconde Guerre mondiale, et la structure improvisée qui avait été érigée en 1956 fut reconstruite en 1968 avec une véritable tour. Elle avait été abandonnée presque dix ans auparavant, lorsque le service des Forêts avait découvert qu'il était moins coûteux, plus facile et plus efficace de guetter les départs de feu depuis un avion que depuis des postes de guet disséminés partout dans les Hautes Plaines. Pour autant que je sache, Poker Jim Butte était le seul poste encore en activité dans la région. Cela signifiait que la tour de Diamond Butte pouvait maintenant être louée au prix remarquablement raisonnable de vingt-cinq dollars la nuit, bois de chauffage inclus.

– Cela doit être là.

Il inspecta le parking.

– Pas d'autres véhicules.

– Tu vois des traces d'une Jeep ?

Il désigna quelque chose sur la gauche – les larges pneus de la CJ-5 avaient laissé des traces tout à fait visibles à l'endroit où il était entré sur le parking, avait fait marche arrière, puis était ressorti.

– Là.

– Alors, l'un d'eux est descendu ?

La Nation Cheyenne hocha la tête et en montra d'autres.

– Oui, il est sorti du véhicule là.

– Assez isolé comme endroit.

Je jetai un coup d'œil alentour, réaffirmant l'évidence tandis qu'il se penchait pour regarder en l'air à travers la bande teintée bleu en haut du pare-brise.

– Quoi ?

Il pointa le doigt vers la tour.

– Il y a encore quelqu'un là-haut.

Je me penchai et suivis la direction qu'il indiquait ; effectivement, un individu semblait se découper dans la fenêtre en coin.

– Tu penses qu'il ne nous a pas entendus arriver ?

Je trouvai la chose difficile à croire, vu que l'échappement du Rezdawg était troué comme un gruyère, mais nous étions garés à un angle tel que l'essentiel de la carrosserie était caché derrière les équipements du service des forêts – peut-être qu'il était dur de la feuille.

– Peut-être.

Je le regardai tendre le bras derrière son siège et sortir une vieille paire de jumelles Bell & Howell M19 de leur étui pour les diriger vers la tour.

– Il est armé.

Je pris les jumelles et regardai moi aussi. C'était Clarence, et apparemment il avait tiré une chaise jusqu'au coin sud-ouest de la tour et avait le canon d'un fusil à côté de son visage ; la crosse devait être posée par terre entre ses jambes. L'arme était courte, peut-être était-ce une carabine .30-30. Je posai les jumelles kaki et jetai un coup d'œil à l'Ours.

– Si tu étais poursuivi par quelqu'un et que tu voulais avoir toutes tes chances, que ferais-tu ?

– Cela pose un problème intéressant. Il peut certainement voir toute personne qui arrive, et de loin, mais il constitue aussi une véritable cible là-haut.

Je regardai dans les jumelles et soupirai.

– Il a dû nous voir, il est face à la route par laquelle nous sommes arrivés.

– Peut-être que ce n'est pas nous qu'il cherche.

Je lui rendis les antiques jumelles.

– Tu crois qu'on devrait donner un coup de klaxon ?

– Le klaxon ne marche pas.

– Forcément, il ne marche pas. (Je secouai la tête.) Et si on y mettait le feu ?

Il m'ignora et rangea les Bell & Howell dans leur étui, derrière le siège.

– Nous devrions sortir du pick-up avant qu'il fasse totalement noir.

Je lançai un coup d'œil à la minuscule ampoule jaune à l'intérieur de l'habitacle, qui n'avait plus de cache.

– La lumière intérieure fonctionne ?

– Oui.

J'attrapai l'arête de mon nez entre mon pouce et mon index.

– Forcément, elle fonctionne : elle présente un inconvénient, ce qui est très certainement le mot d'ordre pour cette poubelle roulante.

– Tu te montres très blessant envers mon pick-up.

Je tirai doucement sur la poignée et sortis avec précaution tout en observant l'ampoule du plafonnier qui éclairait faiblement ; elle ne devait pas être visible à plus de deux mètres. Je retrouvai la Nation Cheyenne derrière le pick-up, histoire d'éviter de me faire à nouveau canarder par une giclée d'anti-gel.

– Peut-être qu'il est ivre. (Je sortis mon 1911 du holster, l'inspectai – armé et verrouillé – et fis sauter la sécurité.) Tu as une arme ?

Il sortit en silence de son dos le couteau Bowie avec sa lame de trente centimètres et son manche en bois de cerf hérité de son père, le tenant bien haut de manière à ce que je puisse admirer la patte d'ours gravée et piquetée de turquoises sur le manche.

– Cela devrait convenir, à moins qu'il ne te repère à une distance d'une centaine de mètres.

Il ne dit rien et disparut de l'autre côté de la butte, du côté vers lequel Clarence était tourné, me laissant prendre le chemin le plus facile, hors de sa vue.

Une clôture bordait le parking, et je regardai les dernières lueurs du jour s'attarder sur les Bighorn

Mountains comme si le jaune du soleil s'était retrouvé accroché sur Black Tooth.

J'ouvris doucement le portail et examinai l'étroit chemin qui partait sur ma gauche avant de monter le long de la crête jusqu'à l'arrière de la petite maison. Près du sommet, je vis une remorque qui avait dû servir à livrer des provisions à la tour isolée.

Je me rappelai un des proverbes que Henry répétait souvent : on pouvait échapper à peu près à tout sur les Hautes Plaines, à tout sauf à soi-même. On pouvait grimper jusqu'au sommet d'une montagne ou se terrer dans le coin d'un mur de briques, mais on pouvait être certain qu'on serait toujours débusqué par soi-même.

Mon regard parcourut le relief du coteau, mais l'Ours avait disparu, comme toujours. Gardant un œil sur la surface réfléchissante des fenêtres qui étaient disposées tout autour de la structure, je montai avec précaution le chemin de graviers. Il y avait un auvent sur la tour, et j'étais en train de l'examiner lorsque je vis quelque chose bouger en dessous.

Je m'immobilisai et attendis ; la lourde porte métallique qui constituait l'unique accès s'ouvrit de quelques centimètres. J'attendis, mais elle s'immobilisa, ouverte aux deux tiers, et je m'attendais presque à recevoir une balle de Winchester dans la poitrine.

Au bout d'un moment, je remarquai que soufflait une légère brise, quelque chose qui n'était pas rare en été dans les Hautes Plaines lorsque la lumière changeait, et je regardai la porte se refermer lentement. Des fantômes.

Gardant mon Colt braqué dans la direction de la porte, je franchis avec précaution la barrière de sécurité bordant le parapet à gauche du chemin qui conduisait à la base de la tour de guet. J'entendis un craquement à peine perceptible provenant de la pièce au-dessus. Je me retournai, ralentis ma respiration et tendis l'oreille. Rien.

Je déglutis, je franchis le seuil de la porte sur ma gauche et balayai la pièce vide du canon de mon .45 ; elle n'était que très vaguement éclairée par la fenêtre carrée de l'autre côté. Je vérifiai qu'il n'y avait rien derrière la porte et examinai le crampon et le verrou qui pendaient après avoir été forcés avec la barre à mine qu'on voyait là sur le gravier.

À l'intérieur se trouvaient des outils et un mur entier de bois de chauffage, mais rien d'autre à l'exception de l'escalier en bois qui conduisait à un palier, dans un coin, puis continuait, collé au mur, avant de s'arrêter devant une trappe menant à la pièce où se trouvait Clarence.

Je traversai le sol pavé de pierres, m'arrêtai au pied de l'escalier et levai les yeux vers la trappe, légèrement entrouverte.

On n'entendait plus rien, alors je montai en faisant doucement porter mon poids sur la première marche et je me demandai où pouvait bien se trouver mon éclaireur indien. Il y eut un très léger bruit, mais j'étais pratiquement sûr qu'on ne pouvait l'avoir entendu que si on se trouvait dans la même pièce que moi. Je continuai à monter, arrivai au palier et serrai le bastaing de la balustrade de ma main libre.

J'aperçus, le long d'un bord de la trappe, une bande de lumière jaunâtre qui n'était pas là auparavant ; je posai doucement mes doigts sur le vantail et poussai lentement vers le haut.

La trappe ouvrait sur presque toute la pièce, et je m'étais tourné pour me trouver face au coin où Clarence était assis. Il y avait une table et deux ou trois chaises, une cuisinière à propane et quelques couchettes. Je sortis ma tête encore un peu plus, mais une couverture jetée sur la table m'empêchait de voir.

Sans un bruit, je poussai la trappe pour la caler contre le mur. Je montai les dernières marches et je vis que l'une des lampes au propane avait été allumée et produisait un sifflement incessant. J'avançai, le Colt en avant, et lançai un coup d'œil vers la table sur laquelle gisaient une bouteille vide d'Old Crow et deux bocaux en verre, sur le flanc.

Je voyais maintenant qu'il y avait deux hommes dans le coin, Last Bull assis sur la chaise face au coucher de soleil et un autre homme appuyé contre l'étroit panneau entre les fenêtres, il tenait quelque chose dans sa main et suivait le regard de Clarence.

– Ces escaliers sont bruyants.

Je terminai mon ascension et je vis clairement qu'il s'agissait de Henry, tenant la formidable lame qui étincelait dans la lumière au propane.

– Comment es-tu arrivé ici ?

– Je me suis hissé sur la passerelle du côté est.

Sans ranger mon .45, je contournai la table.

– Il doit être ivre mort.

La Nation Cheyenne se tourna vers l'homme assis sur la chaise au moment où j'arrivai. Au milieu de son dos, son T-shirt était couvert de sang et le tissu avait été brûlé par l'arme qui l'avait abattu à bout portant.

La voix de l'Ours était résignée.

– Non, seulement mort.

11

– Bien sûr que je peux faire faire des tests ADN sur les verres. Cela prendra environ neuf semaines.

J'étais assis sur le bord de l'ouverture de la trappe et je regardai fixement la canette de bière que l'agent responsable m'avait donnée en arrivant sur la scène de crime ; Cliff Cly n'avait rien à voir avec les agents de terrain habituels du département de la Justice. C'était même une Rainier, ma marque fétiche.

– Ce n'est pas comme à la télévision.

Il hocha la tête et ouvrit sa canette, les autres boissons accrochées à ses doigts par les ronds en plastique. Il sirota sa bière tandis que son équipe accomplissait les tâches d'usage, et les gars de la médecine légale déplacèrent le corps de Clarence.

– Est-ce que je vous ai déjà dit à quel point ça me saoule, tous ces trucs à la télé ? (Il réfléchit un instant.) En dehors du fait que j'aimerais bien choper Kyra Sedgwick…

– Vous trouvez que c'est vraiment une bonne idée, de boire de la bière pendant une enquête pour homicide ?

Il m'ignora et but quelques autres gorgées.

– Bon sang, un mec siphonne de l'essence sur une voiture et ces connards veulent que vous cherchiez des empreintes sur tout le tuyau d'arrosage. (Cly regarda les gars tirer la fermeture Éclair du sac mortuaire.) L'autre chose qu'on me ressort souvent, c'est les impôts. Mes impôts paient votre salaire, il faut que vous trouviez qui a volé mon chat. (Il rit.) Voilà comment j'ai perdu ma première affectation, mon pucelage aussi. Georgetown, D.C. (Il secoua la tête.) Qu'est-ce qu'il y a comme criminalité, à Georgetown, hein ? (Il réfléchit quelques instants.) Comme criminalité passible de sanctions, je veux dire. Il y a eu cette épidémie de disparitions de chats – c'est pas des craques –, et la femme du sénateur voulait que le département de la Justice s'en occupe. Alors ils m'envoient dans cette grande demeure pour parler à cette femme qui avait perdu Fluffy. J'arrive là-bas et je commets l'erreur de plaisanter avec elle sur la possibilité que ce soit le restaurant chinois au bout de la rue. Eh bien, elle me croit et commence à poser des questions du genre : « J'imagine qu'ils n'attrapent que les chats errants ou les chats des rues, pas les chats domestiques appartenant aux habitants du quartier ? » Alors, je ris et je lui dis : « Non, ce sont les chats domestiques qu'ils volent parce qu'ils sont gros et stupides. » (Il secoua la tête.) Coupe sèche, et on retrouve le jeune agent de terrain prometteur à Absalom, Wyoming.

Je souris et posai ma canette encore fermée sur le plancher à côté de moi.

– Il n'en fallait pas plus.

Jetant un coup d'œil par-dessus mon épaule, je regardai Henry qui était de plus en plus silencieux depuis que les Fédéraux étaient arrivés. La Nation Cheyenne était assis sur un rebord de fenêtre, dans la pénombre, à côté du mur est.

– Quel est ton avis ?

Sa voix basse gronda.

– J'imagine qu'on peut rayer Clarence de la liste.

Cly se tourna vers lui.

– Vous pensez ?

Il y eut une pause, puis Henry reprit.

– A priori, la logique voudrait que celui qui a tué Audrey et tenté de tuer Adrian ait probablement tué Clarence.

L'agent posa sa canette.

– À moins que ce ne soit une vengeance.

– C'est possible, mais le seul qui aurait pu ressentir une émotion aussi puissante est en train d'être emballé dans un sac mortuaire à l'instant même. Quelqu'un a tué la mère et essayé de tuer l'enfant, puis il a tué l'homme.

Cliff fit une grimace.

– Pourquoi êtes-vous si sûr que c'est la même personne ?

Henry se leva et s'approcha, apparaissant dans la lumière émise par toutes les lanternes au propane que nous avions allumées ; l'endroit ressemblait à une véritable fosse aux serpents.

– Parler de tuer, c'est parler. Tuer, c'est autre chose.

L'agent décrocha une canette des anneaux en plastique et la tendit à l'Ours, mais celui-ci l'ignora.

Je me dis que je devais intervenir.

– Ce qu'il est en train de dire, c'est qu'il n'y a pas tellement de véritables tueurs sur la réserve.

L'agent continua à boire sa bière.

– Vous avez réussi à tirer quelque chose du cordonnier ?

– Bottier.

– Si vous y tenez.

Je me hissai sur le plancher et dégageai le passage pour le corps et l'équipe de la médecine légale.

– Il n'était pas là, mais j'ai eu une conversation intéressante avec sa femme, qui a dit que Clarence n'était pas venu depuis environ un an. Pourtant, nous avons découvert qu'il était là-bas hier soir, sans le moindre doute.

– Alors il faut que j'aille là-bas pour lui faire cracher le morceau ?

Je souris.

– Je vous souhaite bonne chance.

– Coriace ?

– Comme un steak du Flying J.

Nous les regardâmes incliner le corps avec précaution pour descendre l'escalier et disparaître dans les ténèbres. Si l'on faisait abstraction des lumières bleues clignotantes du parking que l'on voyait par l'ouverture en bas, c'était comme s'ils descendaient Clarence dans sa tombe.

Je soupirai.

– Du .38 ?

Cly hocha la tête.

– C'est bien ce qu'il me semble.

– De près. Quelqu'un qu'il connaissait.

– Ouais. (L'homme du FBI tendit une nouvelle fois la canette de bière à Henry.) Vous êtes sûr que vous n'en voulez pas ?

Toute personne qui connaissait Henry Standing Bear aurait été capable de repérer les nuages d'orage à l'horizon, mais Cliff Cly ne l'avait pas beaucoup fréquenté. Personnellement, j'espérais seulement que je pourrais empêcher la Nation Cheyenne de défenestrer l'agent fédéral.

Sa voix était lisse, comme la surface de l'océan dans lequel nagent des requins.

– Agent Cly, j'ai du mal à croire que vous prenez cette enquête au sérieux. (Il se pencha en avant.) Quelqu'un a décimé presque toute une famille indienne.

Le regard de Cly examina le visage de mon meilleur ami et s'y arrêta ; un moment de tension immense s'écoula.

– Vous voulez que je fasse venir les hélicoptères noirs ? Je peux. (Il me lança un coup d'œil.) Je peux passer un coup de fil et faire venir une centaine de brillants jeunes diplômés qui arpenteront la réserve avec la tête plantée bien au-dessus du cul, et tout ce qu'ils feront, c'est compliquer la vie des gars qui vont probablement résoudre cette affaire. (Il déplia un index au-dessus de sa bière et donna d'abord un coup dans la poitrine de l'Ours, puis dans la mienne.) Les Batman et Robin des Badlands. Vous connaissez tout le monde, vous savez tout, et par ailleurs, shérif, c'est vous qui vouliez que je passe le relais à la Princesse indienne. J'attends juste de pouvoir partager la gloire, pour pouvoir me consacrer à une autre mission plus intéressante.

Il but une gorgée de bière, et je me dis qu'il avait un sacré cran de le faire, au vu de l'imminence du désastre indien qui n'allait pas manquer de suivre.

Tout en tapotant la canette du bout du même index, il sourit.

– Et ça ? Il se trouve que je pense mieux quand j'ai bu une bière, une seule. (Il tendit à nouveau le paquet à Henry.) Pas vous ?

La Nation Cheyenne ne bougea pas, puis tout à coup, il arracha une canette de son anneau en plastique. Du bout de la canette, il tapa Cly sur la poitrine.

– Je veux juste qu'on soit clairs.

L'agent le gratifia d'un sourire de tombeur de cinéma.

– Nous le sommes. (Il ouvrit les deux mains et me lança un bref regard.) OK, les gars, où est-ce que le prochain corps va tomber ?

Henry et moi échangeâmes un regard, nous n'avions ni l'un ni l'autre la réponse à cette question.

– Vous avez écouté le CD ?

Je secouai la tête.

– Nous sommes technologiquement défavorisés, ici dans le grand ouest.

Il écrasa sa canette et la fourra dans la poche de son coupe-vent.

– Dites-moi si vous voulez que je vous la réenregistre sur un huit-pistes, mais d'ici là, on va continuer à chercher l'ennemi public numéro Un.

– Artie Small Song ?

Il pointa un doigt comme un canon de revolver vers moi, mais ne tira pas.

– Alors, lequel de nous deux est Batman ?

– Toi. J'ai les jambes qu'il faut pour être Robin.

En vain, je cherchai du regard une montre sur le tableau de bord du Rezdawg tandis que nous roulions dans la nuit.

– Je suis lessivé. Quelle heure est-il ?

Il jeta un coup d'œil à son poignet en bifurquant dans l'allée où se trouvait la maison de Lonnie et manœuvra le Rezdawg pour qu'il soit prêt à reprendre la rue principale, sans monter la colline.

– Presque 3 heures. Je vais te déposer ici pour qu'on ne réveille pas le Vénérable.

– À ton avis, pourquoi Lonnie veut-il que je passe toutes les nuits chez lui ?

– Il aime avoir de la compagnie. Je pense qu'il doit se sentir seul, maintenant que sa fille est partie.

Je pensai à ma fille tandis qu'il sortait la canette de bière de Cly qui se trouvait à côté de lui, avant de me la tendre.

– Tiens. Comme nous le savons tous les deux, Lonnie n'a chez lui que la bière de la tentation.

Je sortis tout doucement du pick-up, refermai la portière aussi silencieusement qu'elle me le permettait et lui parlai de l'extérieur.

– Deux bières. Je vais pouvoir faire la fête. (Il ne dit rien et pendant quelques instants, nous écoutâmes les stridulations des cigales dans la nuit soyeuse.) Ça va ?

– Fatigué, c'est tout.

Je hochai la tête.

– J'ai cru qu'il serait le second à prendre une raclée de ta part aujourd'hui.

L'Ours passa la première, probablement pressé de retrouver son lit.

– N'oublie pas que nous avons rendez-vous pour déjeuner dans neuf heures.

– Exact.

Je partis vers le porche derrière la maison.

– Repose-toi un peu.

Il ne dit rien, et je regardai le Rezdawg partir en grondant sur l'allée de graviers, prendre à gauche sur la 212 et disparaître lentement.

J'étais à peu près à mi-parcours lorsque je vis un autre véhicule venant de la direction par laquelle nous étions arrivés sur la 212 ; le Yukon mit son clignotant et ralentit en approchant de l'endroit où je me trouvais.

La vitre côté conducteur descendit dans un bourdonnement, et Lolo Long me regarda. J'appuyai un coude sur le rebord.

– Après le service de jour, vous enchaînez sur la garde de nuit ?

– Mon unique subordonné, Charles, surveille Nate Small Song.

Je brandis mes deux canettes.

– Vous voulez une bière ?

– Non merci.

Je hochai la tête et expirai lentement en me détendant la mâchoire.

– Clarence est mort.

Elle désigna la radio.

– Je sais. (Elle tendit la main et coupa le moteur.) Je crois que le bureau des Affaires indiennes a appelé la famille.

– Il avait quelqu'un d'autre, à part Charles ?

Elle haussa une épaule.

– Quelques cousins, mais pas de proche.

Elle m'observa tandis que je réfléchissais.

– Ne le prenez pas mal, mais vous ne pensez pas qu'on devrait envisager d'ajouter Charles à notre liste toujours plus réduite de suspects ?

Elle rit.

– Je vous l'ai dit, il n'a même pas assez d'imagination pour tenir une conversation. Et de toute façon, pourquoi tuerait-il son demi-frère, sa belle-sœur et son neveu ?

– Je me disais que vous auriez peut-être une idée sur la question.

Elle secoua la tête.

– Non, pas la moindre.

Suivit une pause, et je sentis l'épuisement envahir ma moelle épinière. Je restai là quelques instants encore puis demandai la permission, puisque apparemment elle voulait discuter.

– Vous m'autorisez à monter et à m'asseoir ? Je ne suis pas sûr de pouvoir tenir debout plus longtemps.

D'un geste assez élégant, elle poussa son sac à munitions et son sous-main en aluminium jusqu'au sol. Je contournai le véhicule, ouvris la portière et m'assis. Elle leva les yeux vers le plafonnier.

– Il va s'éteindre d'ici une minute.

Un autre silence s'installa dans l'habitacle et l'espace d'une seconde, je crus que j'allais m'endormir.

– Vous avez décidé de poursuivre l'enquête, finalement, mais il ne vous est pas venu à l'idée de m'en informer ?

– Ça s'est fait un peu comme ça, dans le feu de l'action. Nous avons parlé à Inez Two Two, qui nous a donné une piste, deux endroits où Clarence pouvait se trouver. Au premier, il n'y était pas, et au second, il y restera à jamais…

– C'est un endroit très isolé.

– Oui.

Je pris le temps de l'observer plus en détail ; surtout les muscles de son cou. Elle était grande, et elle avait une carrure massive, mais elle avait une manière sexy de se mouvoir, tout en séduction retenue. Elle prit une grande inspiration, ce qui me donna amplement le temps d'observer sa cicatrice en forme de faucille, comme si son visage avait été marqué par le croissant de l'islam.

Elle me regarda.

– Je ne dors pas.

– Jamais ? (Je regardai par la fenêtre.) Je n'ai pas dormi non plus jusqu'à l'année 1972.

– Que s'est-il passé en 1972 ?

– Ça m'a fatigué.

Elle laissa échapper un rire guttural, grave.

– Ensuite, je me suis marié, j'ai eu un enfant. J'imagine que ça m'a distrait.

– Je suis passée par là.

Elle défit sa ceinture de sécurité et se tourna un peu vers moi pour me regarder ; j'avais les yeux fixés sur elle.

– Vous devriez voir la tête que vous faites, là, à l'instant.

– Vous avez un enfant ?

Elle passa une main sur la gaine en cuir du volant.

– Il est avec mon mari à Billings.

– Comment s'appelle-t-il ?

– Cale Garber, un petit rancher du coin de Judith Gap. On s'est rencontrés à l'école. J'étais déjà à l'école des officiers de réserve, alors il savait qu'il épousait un soldat…

La phrase resta en suspens.

– Je parlais de votre fils.

– Danny.

– Quel âge a-t-il ?

– Cinq ans.

Elle sourit, mais son sourire était totalement dénué de joie. Nous demeurâmes longtemps sans mot dire avant qu'elle ressente le besoin de briser le silence.

– Avant ma première mission, je suis allé dans un Radio Shack. J'y ai acheté un de ces cadres photos qui parlent et j'ai mis une photo de moi dedans. Je souriais. (Elle s'éclaircit la voix et effleura la cicatrice sur le côté de son visage.) C'était avant que j'aie ça. (Elle baissa la main et ramassa des poussières imaginaires sur son pantalon d'uniforme.) J'ai enregistré un message idiot, vous voyez le genre. Je t'aime, je t'aime tellement, s'il te plaît, ne m'oublie pas ! Le cadre était équipé d'un détecteur de mouvement et chaque fois qu'on entrait dans le salon, l'engin se mettait en marche. Je t'aime, je t'aime tellement, s'il te plaît, ne m'oublie pas ! C'est devenu une plaisanterie dans la maison. Vous voyez, une phrase codée.

Je continuai à regarder la cicatrice arrondie et ne dis rien.

Sa main remonta et se posa sur sa tempe.

– Nous étions à Madinat al-Sadr quand ce truc a explosé, un engin concave, comme un plat de service avec quelque chose comme trente kilos d'explosifs en dessous. Conçu pour traverser un Hummer comme si c'était du lard. (Elle tourna la tête pour me regarder, et sa cicatrice disparut.) Le chauffeur, Garston, a été tué sur le coup. Il n'a même pas su ce qui lui arrivait. Van Holt a été coupé en deux et Kestner a eu les jambes cisaillées. Stevenson se l'est pris dans la poitrine et il s'est vidé de son sang. On avait déjà été touchés avec des charges génératrices de noyau, même certaines à détonateurs multiples, en série, mais ce truc-là, celui-là… (Elle remit sa main sur le volant, sans me quitter des yeux.) On aurait dit que l'air était en tissu, qu'il était déchiré.

Elle répéta les phrases, avec la même voix chantante.

– Je t'aime, je t'aime tellement, s'il te plaît, ne m'oublie pas !

Je continuai à l'observer.

– Garston était mort, mais il avait toujours le pied sur l'accélérateur. Le volant a tourné et tout à coup, on est parti dans une magnifique courbe pour aller droit dans le désert. J'étais là, Lolo Long, du service de santé des armées, un œil plein de sang, mais l'autre qui voyait bien le bleu intense du ciel et la couleur paille du sable. (Elle respira et je regardai les muscles de sa gorge qui se gonflèrent lorsqu'elle déglutit.) J'ai eu l'impression que ça durait une éternité, rouler dans le désert en suivant la même courbe que la cicatrice sur mon visage.

Je vis se former une larme dans l'œil le plus proche de moi.

Elle se remit à chantonner, et je sus que j'entendais la phrase secrète qui avait maintenu en vie l'agent spécial Lolo Long dans ce Hummer boiteux, encore en mouvement.

– Je t'aime ; je t'aime tellement – s'il te plaît, ne m'oublie pas ! (Elle rit.) Un jour, pendant ma seconde mission, la pile de ce satané cadre photo est morte et Cale a dit qu'ils ne l'avaient pas remplacée parce que c'était devenu agaçant, ce rappel quotidien de mon absence. (Elle prit une grande inspiration et expira entre ses lèvres, chassant l'émotion.) Quand je suis rentrée à la maison, je l'ai jeté à la poubelle.

Nous restâmes ainsi un long moment, et tandis qu'elle essuyait son œil, je fis semblant de contempler le tableau de bord. Respectueusement, j'attendis un certain temps avant de demander.

– Vous le voyez souvent ?

– Je l'ai vu deux fois depuis mon retour. (Elle refusait de me regarder.) Ma mère va le voir, Barrett aussi…

Je patientai le temps qu'il lui fallut pour retrouver sa contenance.

– C'est juste que… je me dis que, peut-être, je ne suis pas faite pour être mère.

Pensant qu'il valait mieux que je réoriente un peu la conversation, j'enlevai mon chapeau et le posai sur mes genoux ; je me frottai le visage à deux mains, puis passai mes doigts dans mes cheveux.

– J'étais dans mon bureau un jour, quand ma femme est arrivée, s'est assise dans le fauteuil en face de moi et m'a dit qu'elle était enceinte. (Son regard revint se poser sur moi.) Je crois que je n'oublierai jamais ce qu'elle a dit ensuite : « Cela fait des milliers d'années que les gens foirent cette partie-là. Apparemment, c'est notre tour, maintenant. »

Elle rit à nouveau, mais cette fois elle y mit un peu plus de cœur.

– Merci.

– Je vous en prie.

Les cigales chantaient et j'entendais même quelques grenouilles dans le fossé. Nous regardâmes tous deux des chauves-souris qui se régalaient des phalènes dessinant des arabesques dans la lumière des lampadaires, sur le petit chemin de Lonnie.

– Je me suis renseignée sur vous.

Je souris, heureux d'être en terrain plus connu, et je remis mon chapeau.

– J'ai un casier, vous me l'avez dit.

– J'ai aussi recherché vos états de service. Vous étiez le Sam Spade des enquêteurs du corps des marines, hein ?

Je hochai la tête.

– En fait d'hommage mérité, il y a une illustre enveloppe en papier kraft dans une armoire au sous-sol des archives du corps des marines des États-Unis, à Quantico, en Virginie, avec mon nom à l'intérieur, oui.

– Un marine chez les Viets.

– Un soldat chez les flics.

J'imaginai que nous en avions terminé, et qu'il allait falloir que je monte le coteau jusqu'à la maison de Lonnie tant que j'en avais l'énergie. Je tirai la poignée du Yukon et sortis, refermai la portière et me penchai à la fenêtre, sachant parfaitement bien que je m'aventurais sur un terrain instable.

– Quand tout ceci sera terminé, quelle qu'en soit la fin, vous devriez aller voir votre fils. Il vous aime. Il vous aime énormément, et vous feriez mieux de ne pas l'oublier.

Je repris ma route avec les deux canettes de bière dans la main. J'étais presque arrivé lorsque je l'entendis démarrer le moteur ; je vis le GMC redescendre le chemin de graviers et remonter sur la 212, dans le sillage de ses phares, pour une nuit entière de patrouille sur la réserve, avec au volant, une femme qui ne pouvait pas dormir.

Le porche de Lonnie était envahi de cartons, au milieu de ce qui ressemblait à un ossuaire – des crânes, des cornes et autres objets que le véritable chef de la tribu fournissait aux nombreux artisans de la réserve qu'il connaissait. Je sortis de ma poche de jean la clé qu'il m'avait donnée, et je l'avais à peine glissée dans la serrure que je sentis la lame d'un grand couteau sur ma gorge ; dans mon dos le holster fut ouvert et le Colt, enlevé d'un geste expert.

La lame disparut, et je levai les mains pour télégraphier mes intentions, qui étaient inexistantes, avant de me tourner lentement. L'individu qui m'avait désarmé était désormais assis dans la pénombre de la balancelle avec nos armes posées sur les genoux.

J'entendis sauter le cran de sécurité sur mon Colt, mais sa voix était douce.

– Asseyez-vous.

– Avec plaisir. (Je jetai un coup d'œil alentour.) Où ?

– Juste là.

Je m'assis sur le perron en béton et, levant les yeux vers mon agresseur, j'appuyai mon dos contre le mur extérieur de la maison de Lonnie. Je repoussai mon chapeau pour pouvoir le distinguer, mais il s'était installé dans l'ombre, et la veilleuse que Lonnie avait laissée pour moi éclairait seulement les quelques phalènes qui tournaient autour d'elle et de moi, mais pas lui.

– Vous savez qui je suis ?

– Tu es Gorge profonde.

– Quoi ?

– Rien. (J'attendis un moment.) J'ai une petite idée sur ton identité.

L'ombre de sa tête bougea tandis qu'il m'observait.

– Je veux que vous laissiez ma mère tranquille.

Je regardai autour de moi pour lui montrer que je n'étais pas vraiment en position de discuter.

– OK.

– Et il faut que vous arrêtiez de me courir après.

– Ça, ça va être un peu plus difficile.

Il commença à parler, mais je l'interrompis.

– Tu veux une bière ?

Je brandis les deux canettes dans ma main. J'eus l'impression que de toute la soirée, je n'avais fait qu'offrir des bières à des Indiens qui refusaient ma proposition.

Il tenait fermement mon .45, et je commençais à m'inquiéter un peu, quand il parla.

– Ouvrez-la-moi.

Je tirai sur la languette et lui tendis la canette avec précaution.

– Artie, pourquoi ne me rendrais-tu pas mon arme ? À moins que tu ne sois là exprès pour me tuer, je vais partir de l'hypothèse que tu es venu me dire que tu es innocent.

J'ouvris ma canette, prétendis boire ma bière et attendis.

– Je suis innocent.

– Eh bien, je serais encore plus disposé à te croire si tu ne tenais pas mon pistolet chargé braqué sur moi avec le cran de sécurité défait.

Il but une gorgée de bière, mais garda le Colt pointé sur ma poitrine. Au bout d'un moment, j'entendis le bruit métallique de la sécurité.

– C'est mieux comme ça ?

Je haussai les épaules.

– Nous pouvons procéder par étapes.

Je le regardai prendre une profonde inspiration et sa veste en cuir craqua. J'estimai qu'il était assez grand, mais filiforme.

– Bon, alors, où étais-tu fourré, tout ce temps ?

– J'ai des endroits où aller.

– J'en suis sûr. Est-ce que la tour de Diamond Butte est l'un d'eux ?

Il y eut un silence, et il eut l'air sincèrement troublé.

– Non.

Je le scrutai, mais mes yeux avaient du mal à accommoder parce que j'étais dans la lumière.

– Alors, laisse-moi deviner, tu es venu me dire que tu n'as pas tué Audrey Plain Feather ?

Il resta immobile, puis coinça la canette entre ses jambes et farfouilla bruyamment dans sa poche de chemise. Dans la pénombre, je parvins tout juste à voir qu'il sortait une cigarette de son paquet, la mettait dans sa bouche avant de l'allumer à une main avec un briquet Bic. Il y eut un bref éclair puis il le referma avec un claquement, et je pus voir assez bien son visage ; maigre comme un coyote, bandana sur la tête et bouc.

Il tira un bon coup sur sa cigarette.

– Je ne ferais jamais un truc pareil. Pousser une femme du haut d'une falaise alors qu'elle tient son enfant dans ses bras ? Je ne ferais jamais ça.

– Tu en as pourtant fait, des choses.

Il sortit la cigarette de sa bouche et la laissa pendre entre ses doigts.

– Pas des comme ça. (Il y eut un silence, puis il prit la canette de bière entre ses jambes et but.) Pas des comme ça.

– Apparemment, tu t'es disputé assez fort avec elle la semaine dernière.

Il hocha la tête.

– Aux services sociaux ?

– Ouaip.

Il pouffa au milieu de la fumée de cigarette, et deux volutes grises fusèrent dans ma direction.

– Tout le monde se dispute aux services sociaux. C'est ce qu'on y fait.

– À l'évidence, ta prise de bec avec elle a fait impression.

Il grogna.

– Ils essayaient de couper les chèques d'alloc de ma mère.

Chèques d'alloc – il avait dû reprendre ce terme à sa mère.

– Ils ont dit que c'était toi qui les encaissais.

Sa voix se tendit un peu et il prit une nouvelle bouffée.

– Pour elle, pas pour moi.

J'agitai la main pour indiquer que peu m'importait, à moi.

– Pourquoi as-tu essayé de m'écraser avec ton pick-up l'autre soir ?

À nouveau, il parut sincèrement surpris.

– Quoi ?

– Quelqu'un au volant de ton GMC a essayé de me renverser ici, sur Red Road, il y a deux soirs.

– C'était pas moi.

Je fis semblant de boire une gorgée de bière.

– Ton neveu a essayé de prendre la responsabilité de la chose, mais je ne le crois pas. (Le silence s'installa à nouveau.) Je suppose que quelqu'un a pris ton pick-up après que tu l'avais prêté à Nate, à Jimtown. Une idée de qui cela pourrait bien être ?

– Je ne sais pas.

– Pour un homme innocent, tu ne sembles pas avoir beaucoup de réponses à me donner, Artie.

– C'était pas moi.

Je posai ma canette encore pleine à côté de moi et étendis mes jambes ; mes bottes le touchaient presque.

– Je vais être honnête avec toi. Je ne pensais pas vraiment que c'était toi qui avais essayé de m'écraser, pour la simple raison que je n'arrive pas à imaginer ce que tu espérais y gagner.

Il avança une explication.

– Vous faire peur ?

– Je ne te crois pas aussi stupide. (Sa cigarette s'embrasa.) Mais, maintenant, il y a l'enregistrement.

Un autre silence, et lorsqu'il se remit à parler, sa voix avait encore moins d'assurance que précédemment. Il tira une nouvelle bouffée.

– Quel enregistrement ?

– Celui sur lequel Clarence Last Bull essaie de t'arnaquer de l'argent qu'il t'a promis pour le meurtre d'Audrey et Adrian.

Il se leva.

– Quoi ?

– Et on dirait que tu es sur cet enregistrement, toi aussi.

– Impossible. Allez chercher Clarence et qu'il redise ça en me regardant droit dans les yeux.

– Je crains que ce ne soit pas possible. Il ne parlera à personne.

Je décidai de garder au moins une carte fermée cachée, au cas où il ne serait pas coupable du meurtre de Clarence.

– Est-ce que tu as été en contact avec Clarence ces derniers jours ?

Il se rassit lentement sur la balancelle.

– Non, je le connais à peine.

– Connaissais. (Je lançai un coup d'œil dans les ténèbres.) Est-ce que tu connais une femme du nom d'Erma Stoltzfus ?

Il lâcha sa cigarette et en prit une autre dans le paquet.

– Non.

Assez bizarrement, je le croyais.

– Eh bien, Artie, je n'ai pas écouté l'enregistrement, mais si tu dis la vérité, alors, il y a quelqu'un qui se donne un mal fou pour te faire passer pour le meurtrier.

– Alors, allons chercher Clarence et qu'il crache la vérité. (Il grogna.) Donnez-moi cinq minutes avec lui et il parlera.

– J'en doute.

Il ne dit rien de plus, alors je décidai de me montrer réglo avec lui.

– Clarence est mort, Artie. Quelqu'un lui a mis une balle, à la tour de Diamond Butte.

Il alluma sa cigarette et j'attendis.

– C'était pas moi.

– Y a-t-il quelqu'un qui puisse confirmer tous les endroits où tu es allé ces quarante-huit dernières heures ?

– Non.

– Est-ce que tu possèdes un pistolet de calibre 38 ?

Question stupide ; je savais d'expérience qu'Artie possédait toutes les armes du *Jane's Small Arms Catalog*, alors, la réponse était prévisible.

– Oui.

– Ça t'ennuierait qu'on y jette un œil ?

Il ne dit rien.

– Artie, tu dois admettre que ça ne sent pas bon. (Je frottai mes yeux fatigués avec mon pouce et mon index.) En dehors de ce mobile flagrant, je ne vois pas du tout ce que tu gagnerais à tuer ces gens.

– Exact.

Je pris une inspiration.

– Il y a la dispute.

Il rit à nouveau.

– Vous êtes en train de dire que j'ai tué cette femme et son enfant à cause d'un chèque d'allocation tout pourri ?

– Ça ne paraît pas tellement convaincant, n'est-ce pas ? (Je haussai les épaules.) Mais il y a l'enregistrement. Comme je te l'ai dit, je ne l'ai pas encore écouté, mais apparemment, Clarence allait te donner un paquet d'argent pour tuer sa femme et son fils.

Il secoua la tête et je vis le bout de sa cigarette bouger comme une balle traçante tandis qu'il marmonnait du coin de la bouche.

– N'importe quoi. Je ne le connais pas et je ne lui ai jamais parlé au téléphone. Jamais. (Le bout rougeoya quand il aspira.) Ça doit être quelqu'un d'autre, quelqu'un qui avait quelque chose à y gagner.

Je laissai l'effervescence retomber avant d'avancer l'affirmation suivante.

– Je crois que tu devrais te présenter, Artie. Te rendre aux autorités.

– Pas question. J'ai déjà vu comment ça tourne. Une fois qu'ils mettent la main sur un Indien, c'est forcément le bon Indien et un aller simple pour Deer Lodge.

– Je peux imaginer que cette perspective soit très moyennement réjouissante, mais comment vois-tu la fin ? C'est une chasse à l'homme, Artie, c'est toi que nous allons devoir attraper et plus tu cours, plus tu parais coupable.

– Nous ?

– Lolo Long, les Fédéraux, Henry, moi, tous ceux qui portent un insigne. On va tous être à ta recherche.

– Et vous ne m'attraperez jamais, ni les uns ni les autres. (Il secoua la tête.) J'ai entendu parler de ce que vous avez fait à mon neveu. Vous direz à Standing Bear que je lui revaudrai ça.

– Je le ferai.

– Et il me semble que j'ai une dette envers vous aussi.

Le regard tourné vers la droite, la direction par laquelle il comptait s'échapper, il sirota sa bière et posa mon Colt sur sa cuisse.

– Buvez votre bière.

– Artie, tu n'es pas assez idiot pour me faire quoi que ce soit. Rends-toi.

Il secoua la tête et je tendis l'oreille lorsqu'il fit à nouveau sauter la sécurité sur mon Colt.

– Je peux pas. Je suis déjà allé en taule et je peux pas recommencer. Même pour pas longtemps, je veux pas y retourner. Surtout pour rien. Il est pas question que je fabrique des porte-clés en crin de cheval tressé à Deer Lodge pendant les quarante prochaines années.

Artie commença à se lever, et c'est là qu'il se rendit compte de la présence d'un autre grand couteau pourvu d'une lame de trente centimètres qui avait été placée d'un geste professionnel et silencieux contre sa gorge. Dans la lueur rougeoyante qui s'alluma soudain au bout de la cigarette d'Artie, je reconnus la patte d'ours en turquoises sur le manche.

– Ne t'inquiète pas de ça, peut-être qu'ils te feront aussi faire des rubans de chapeau.

12

– Il t'en a fallu du temps.

Après avoir attaché les mains d'Artie dans son dos à l'aide de scotch d'emballage qu'il avait trouvé sur le porche, l'Ours assit son prisonnier sur l'une des chaises de la cuisine.

– J'ai décidé que je voulais récupérer ma bière.

J'allai chercher le poste dans le salon de Lonnie, celui qu'il utilisait pour écouter KRZZ et les matchs de base-ball, et le posai sur la table de la cuisine.

– Tu étais là depuis combien de temps ?

– Presque depuis le début. J'ai vu quelque chose sur le porche et je me suis dit que vu l'heure, cela ne pouvait pas être Lonnie, alors je me suis garé au casino et je suis revenu à pied. Apparemment, tu étais au milieu d'une jolie petite conversation avec la chef Long, et je n'ai pas voulu vous interrompre.

Je le fusillai du regard.

– Ensuite, je n'ai pas voulu interrompre la conversation passionnante que tu avais avec Artie.

Je pris le CD et le sortis de son emballage en papier sur lequel on lisait les mots : PREUVE OFFICIELLE – FBI.

– Il dit qu'il n'est pas coupable.

L'Ours nous regarda tandis qu'Artie gardait les yeux rivés sur la surface de la table.

– C’est ce que disent la plupart des hommes de Deer Lodge.

J’appuyai sur le bouton EJECT, plaçai le CD et jetai un coup d’œil au silencieux Small Song.

– Bon, puisque Artie ne parle pas, écoutons la version enregistrée de sa voix.

J’appuyai sur le bouton ; nous entendîmes des bruits autour d’un combiné qu’on saisit, puis la conversation commença. On avait l’impression que l’enregistrement démarrait au milieu et avait été effectué à travers un tonneau de bourbon. Quelqu’un s’éclaircit la voix, puis Clarence Last Bull marmonna quelque chose qui se terminait par : « Alors, tu crois que tu peux m’aider à me sortir de ce truc ? »

La voix d’Artie résonna dans la ligne téléphonique – il avait l’air furieux, mais il était malgré tout difficile de l’entendre à cause de la musique très forte qui était diffusée en arrière-fond.

– Je vais la tuer, la salope !

Clarence baissa la voix, comme s’il essayait d’obtenir d’Artie qu’il baisse la sienne.

– Ouais, ouais, ce truc dont on a parlé. Je me demandais juste combien.

La voix d’Artie continua à monter en puissance.

– Douze cents putain de dollars !

Clarence se fit suppliant :

– Hé, parle pas si fort.

– Je t’emmerde. Douze cents dollars, voilà ce dont je parle !

Je levai les yeux vers Artie, qui gardait la tête baissée vers la table. Henry le regardait, le visage impassible, et j’étais une des rares personnes à savoir que c’était lorsque la Nation Cheyenne paraissait éprouver le moins d’émotions qu’il en ressentait le plus.

Artie :

– Je vais tuer toute la famille !

Clarence :

– OK, OK. Écoute, Artie, on va aller faire un pique-nique sur les falaises à Painted Warrior et je me disais que ce serait un bon moment pour passer à l'action. Tu vois ce que je veux dire ?

Il y eut à nouveau un fracas retentissant lorsque Artie changea de position.

– J'en ai rien à foutre !

Clarence :

– Je sais, je sais. Bon, Artie, faut que ça ait l'air d'être un accident, ou alors, on annule tout.

Il y eut un grand bruit, comme si Artie avait cogné quelque chose de son côté.

– J't'emmerde, mec !

On entendit une voix féminine à l'arrière-plan mais je ne parvins pas à identifier la personne, ni ce qu'elle disait ; apparemment, elle était dans le même état de surexcitation qu'Artie.

La voix de Clarence se fit un peu plus forte.

– Artie, il faut que tu la joues discret jusqu'à ce qu'on puisse tout bien planifier.

– T'as raison, putain.

Les deux hommes raccrochèrent et je tendis la main pour enfoncer le bouton STOP. Je regardai le coupable.

– C'est toi, Artie ?

Il ne dit rien.

Je jetai un coup d'œil à Henry.

– Ça ressemblait bien à Artie.

L'Ours se leva, prenant le jeune homme par le bras.

– On devrait y aller.

Artie ne bougea pas.

La Nation Cheyenne mit un peu plus de force dans son mouvement et Small Song se leva à demi, avant d'enrouler ses jambes autour des pieds de la chaise en signe de protestation, et de se rasseoir.

– Je n'irai pas en prison.

Je m'étais bien dit qu'on serait confronté à une opposition, mais je ne savais pas trop ce que nous pouvions faire pour amener Artie au bureau de la police contre son gré sans passer par une lutte épique. Je lançai un coup d'œil à Henry, et l'Ours regarda Artie, puis il porta la main au creux de ses reins et sortit lentement le couteau à manche d'os, le laissant collé contre sa cuisse, de manière à ce que Small Song puisse le voir.

Artie haussa les épaules, et on aurait pu taillader l'air dans la pièce avec, eh bien, n'importe quelle lame.

– Tuez-moi. Je n'irai pas en prison.

Je me demandai comment Henry allait la jouer lorsqu'il brandit soudain le manche en os d'élan et asséna un coup sur l'arrière de la tête d'Artie avec une précision d'expert.

Je regardai le front de l'homme rebondir sur la table et il s'effondra sur le sol, inconscient.

Je levai les yeux vers l'Ours qui retourna le couteau et agita la lame vers moi, le regard dur.

– Ne dis pas un mot.

Je levai les deux mains, mais ma bouche qui s'ouvrit de sa propre initiative.

– Tu…

– Ne dis rien.

Je jetai un coup d'œil au prisonnier, un tas assez volumineux sur le sol.

– Tu n'aurais pas pu l'assommer un peu plus près du pick-up ?

La seule personne présente au bureau de la police tribale était l'agent taciturne qui n'avait pas été payé depuis des semaines, Charles Last Bull.

– Comment ça va, Chuck ?

Il nous regarda fixement et jeta un coup d'œil au poids mort d'Artie suspendu entre la Nation Cheyenne et moi.

– Ça vous ennuie si on entre ?

Nous eûmes du mal à franchir la porte ; je passai à reculons devant le comptoir central, la vitre pare-balles, et je continuai en direction de la porte fermée qui donnait sur le couloir. Charles nous rattrapa et sortit un jeu de clés qu'il utilisa pour nous donner accès aux cellules.

– Je pensais que tu avais quartier libre pour la nuit, Charles.

Il ne dit rien, et ouvrant la porte en grand, il déverrouilla la cellule dans laquelle son frère avait été détenu ; nous y déposâmes Artie Small Song sur la couchette d'acier scellée au mur en béton.

– Merci.

Nous marquâmes une courte pause et Henry sortit à nouveau son couteau pour libérer les mains du prisonnier des menottes en scotch improvisées, prenant même le temps nécessaire pour déplier la couverture à ses pieds et le couvrir.

Je jetai un coup d'œil à Charles, qui referma la porte et raccrocha les clés à son ceinturon.

Henry alla jusqu'au petit réfrigérateur dans la cafétéria, s'accroupit et sortit du compartiment congélateur un bac plein de glaçons.

Je tapotai Charles sur l'épaule, avec l'impression que je tapais sur un bidon de deux cents litres rempli de béton.

– Où est la chef ?

Il me regarda pendant dix bonnes secondes, mais ne trouva pas le moyen de ne pas répondre à une question aussi directe.

– Dort.

Henry posa le bac sur le comptoir et prit un sac en plastique sur l'étagère, le remplit de glaçons et revint près des barreaux, où nous étions restés. L'Ours désigna la porte.

– Ouvre.

Charles le regarda sous ses paupières mi-closes.

– C'est l'homme qui a tué mon demi-frère ?

L'Ours ne répondit pas et resta immobile, le sac de glace à la main.

Le regard de Charles se reporta sur le tas qui respirait sur la couchette et il plaça sa main sur son arme de service.

– Qu'il aille au diable.

Le visage de la Nation Cheyenne ne changea absolument pas d'expression, mais il se pencha très légèrement en avant pour croiser le regard de Charles.

Je recommençai à parler, uniquement pour empêcher Henry de décapiter le seul membre du personnel de Lolo Long.

– Tu sais, Chuck, il a déjà mis un type K.-O. ce soir.

J'attrapai les clés accrochées au ceinturon de l'agent et ouvris la porte d'un mouvement rapide, puis lui lançai le trousseau avant qu'il ait le temps de s'énerver. L'Ours entra et disposa le sac de glace sous la tête d'Artie. Charles s'était avancé et il se trouvait maintenant dans l'embrasure de la porte, lorsque Henry voulut sortir. Ils restèrent là pendant un moment, poitrine contre poitrine, et ils me rappelèrent les taureaux qui parfois entrechoquaient leurs cornes dans les prés sur le ranch de mon père.

Lentement, la Nation Cheyenne leva une main et posa ses doigts sur la poitrine de Charles, le poussant jusqu'à ce qu'il soit obligé de faire quelques pas en arrière pour ne pas perdre l'équilibre.

Je refermai la porte de la cellule et indiquai d'un geste à Charles de la verrouiller aussitôt.

Il obéit, tandis que Henry et moi avancions dans le couloir.

– Je ne suis pas sûr que ce soit une bonne idée de laisser Artie Small Song inconscient ici avec Charles Last Bull.

Il hocha la tête.

– Je vais rester.

– Non, je peux dormir n'importe où. Toi, tu rentres à la maison, et moi je vais camper ici.

Charles nous rejoignit dans le couloir, et je déclarai :

– Je vais attendre ici jusqu'à ce que la chef Long vienne.

L'agent haussa les épaules et pivota pour être face à Henry ; il le regarda droit dans les yeux. Henry lui emboîta le pas pour s'en aller, mais me lança au passage un regard avec un sourcil levé dans une mimique exagérée.

– À demain matin.

– J'espère bien.

Je fabriquai un lit improvisé en alignant des chaises et en allant emprunter quelques couvertures dans le placard du couloir. J'étais en pleine installation lorsque

Charles entra et commença à m'observer tandis que je tentais de trouver une position confortable.

– Vous n'auriez pas des oreillers supplémentaires, par hasard ?

Il continua à me fixer.

– En duvet, ce serait bien. Je ne suis pas allergique.

Il resta un bon moment, puis partit.

Réprimant un bâillement, je marmonnai, surtout pour moi :

– Pourriez-vous éteindre les lumières ?

L'agent mécontent obtempéra, mais en laissa une allumée tandis que je m'écroulais sur ma couchette improvisée. J'avais plié une autre couverture pour m'en faire un oreiller, je la froissai un peu et installai mon chapeau dans une position me permettant de garder un œil sur Artie, qui s'était mis à ronfler comme un buffle d'eau. Henry avait dû l'abîmer un peu, sachant que pour assommer quelqu'un, il fallait porter un coup à la limite du mortel. Quand je pensais à ces choses-là, je me rappelais toujours la bosse sur la tête de Lucian, là où ses beaux-frères avaient essayé de lui faire entendre raison par la force ; pour ce que je pouvais en dire, cela n'avait pas fonctionné, et à mon avis, ça ne fonctionnerait pas non plus dans le cas présent.

Je pensai à mes besoins en transport et me dis que je pourrais trouver quelqu'un qui ramènerait mon pick-up de l'aéroport de Billings pour ne pas être obligé de dépendre du Rezdawg, ce qui équivalait à être dépendant du vent. Lolo Long n'apprécierait probablement pas l'idée qu'un véhicule appartenant au shérif du comté d'Absaroka se balade sur la réserve, mais comme je l'avais aidée pour l'enquête, elle serait peut-être un peu plus indulgente.

Je bâillai si fort que je crus que ma mâchoire allait se décrocher, puis je remontai la couverture grise jusqu'à mon menton. Peut-être étais-je exténué, pourtant j'avais du mal à m'endormir ; je décidai d'abord que c'était à cause du rythme des ronflements inélégants d'Artie, puis que c'était la faute du peyote, tout en sachant très bien que ce n'était ni l'un ni l'autre qui me tracassait.

Je n'arrêtais pas de me repasser en tête les événements des derniers jours, et de me dire que finalement, tout s'était bien goupillé ; peut-être trop bien. Je repensai à la conversation avec Artie, et à la manière dont il était apparu sincèrement surpris en apprenant la nouvelle du meurtre de Clarence Last Bull. Était-il possible qu'Artie ait tué Audrey mais pas Clarence ? Mais ses dénégations véhémentes sur le contrat de meurtre avaient été convaincantes, surtout à un prix d'à peine plus de mille dollars. Alors, tout compte fait, j'étais allongé là pour de bonnes raisons – pour protéger un homme qui d'après moi n'avait commis aucun des deux crimes.

Voilà où j'en étais.

Peut-être Clarence avait-il tué sa femme, mais il ne s'était certainement pas donné la mort.

Ensuite, il y avait l'enregistrement. Pourquoi l'homme tenterait-il de recruter Artie, pour changer d'avis ensuite et faire le boulot lui-même ? Vu le ton bravache d'Artie lors de la conversation téléphonique, il paraissait plausible qu'il ait été prêt à exécuter le contrat. Peut-être, mais en même temps, c'était une chose que d'accepter de commettre un tel acte, mais une autre de regarder dans les yeux une jeune femme tenant son enfant dans ses bras puis de la pousser pour la faire tomber d'une falaise.

Je pensai à Clarence, et à la réaction qu'il avait eue lorsqu'il avait appris la mort d'Audrey et la tentative de meurtre sur son fils, et au fait que je ne le croyais pas coupable non plus.

Donc, tout le monde était innocent ?

Sacré enquêteur.

La preuve décisive était la conversation enregistrée entre Clarence et Artie, qui était étrange. La voix de Clarence semblait relativement normale, mais les réponses survoltées d'Artie me paraissaient bizarres. Peut-être était-il ivre ; peut-être était-il contrarié par les douze cents dollars.

Et la femme à l'arrière-plan ; qui était-elle ? Que disait-elle ? J'avais entendu un ou deux mots que je croyais comprendre – loque ? cloque ? Peut-être y avait-il entre Clarence et Artie des choses que nous ignorions.

Je somnolai pendant un moment puis changeai la position de ma tête – je crus entendre un bruit provenant du bout du couloir, mais l'impression était confuse, étant donné les ronflements d'Artie. Je venais de me réinstaller sur ma couverture pliée lorsque j'entendis la porte s'ouvrir au bout du couloir et le tintement de carillon éolien provoqué par le trousseau de clés de Charles.

Je vis son ombre et lui parlai tout en dégageant le chapeau de mon visage.

– Vous m'avez trouvé un oreiller en plume ?

Quelqu'un appuya sur l'interrupteur de la lumière, et je dus admettre que je ne fus pas surpris de découvrir Charles en train de me regarder, mais je fus étonné de voir le neveu d'Artie, Nate, tenant un petit revolver enfoncé dans le cou du policier. Il poussa l'agent pour le faire avancer.

– Ouvre la porte.

Je commençai à me redresser, gardant une main sous la couverture pour l'amener dans mon dos.

– Nate, que fais-tu ?

– Boucle-la, mec.

Il poussa Last Bull vers la cellule.

Je défis la lanière qui tenait mon Colt en place et le sortis de son holster tout en finissant de m'asseoir, sans montrer mon arme. J'avais beau être dans le cirage, je pris le temps de l'observer pour m'assurer qu'il n'était pas ivre ou sous l'influence d'une autre substance. Il ne l'était pas, mais il avait l'air excité et en même temps assez effrayé. J'essayai de donner à ma voix une tonalité aussi neutre et lasse que possible, ce qui ne me demanda pas beaucoup d'efforts.

– Nate, tu as perdu la tête ?

– Bouclez-la ! (Il poussa Charles par l'épaule.) Ouvre.

Charles me regarda.

Je clignai des yeux.

– Tu sais quelle heure il est ?

Nate poussa le policier encore une fois.

– J'ai dit, ouvre.

Je n'ajoutai rien et regardai Charles choisir la bonne clé et la tourner dans la serrure, avant d'ouvrir grand la porte de la cellule. Nate força l'homme à entrer sans cesser de le tenir en joue. Charles recula jusqu'aux barreaux, les mains en l'air, le trousseau de clés toujours entre ses doigts.

– Nate, qu'est-ce que tu vas faire ? Embarquer ton oncle et prendre le large ? Toutes les polices des Hautes Plaines seront à tes trousses.

– Fermez-la !

Je bâillai et me demandai si j'allais jamais pouvoir dormir un tout petit peu.

– Est-ce que ta grand-mère sait que tu es ici ?

Il tourna le pistolet dans ma direction ; le chien n'était pas tiré.

– Je vous ai dit de la boucler !

Son attention se reporta sur son oncle allongé sur la couchette, et je remarquai qu'il avait fourré l'arme de Charles dans la ceinture de son jean, dans son dos.

– Allez, Artie, on se casse de là.

Le plus âgé des Small Song ne bougea pas, mais continua à ronfler suffisamment fort pour faire trembler la seule fenêtre, dans le mur le plus éloigné.

– Allez, Artie !

Il attendit quelques instants, puis tendit une main pour secouer l'épaule du grand gaillard ; toujours pas de réaction. Il regarda le coussin de glace que Henry avait placé sous la nuque d'Artie.

– Qu'est-ce que vous lui avez fait ?

Je me levai ; je tenais mon .45 derrière mon chapeau.

– Il est endormi, comme tout le monde sauf toi.

Il gesticula avec le pistolet.

– Venez là, vous allez m'aider à le porter pour le sortir.

Je haussai les épaules et secouai la tête, presque certain qu'aucun d'entre nous ne courait un danger imminent. Je posai tranquillement mon chapeau sur ma tête et d'un geste délibéré, rangeai mon arme dans son holster. Rapidement, je fis un pas en avant, arrachai les clés de la main levée de Charles, claquai la porte et la verrouillai. Je jetai le trousseau dans le couloir et il tomba dans un cliquetis sonore et alla glisser jusqu'à l'autre bout du sol carrelé.

Nate me regarda et leva le pistolet plus haut.

– Qu'est-ce que vous venez de faire ?

– Je viens de t'enfermer dans la cellule.

Je m'assis sur l'une des chaises et le regardai, tandis qu'Artie continuait à ronfler.

Il parut douter un peu de la manière de poursuivre à partir de là.

– Merde !

Au bout d'un moment, son bras tremblota puis se dirigea vers Charles, qui avait toujours le dos contre les barreaux, les bras en l'air.

– Je vais le descendre !

– Vas-y, je me fiche pas mal de lui, en fait.

Charles tourna la tête et me regarda, les yeux un peu écarquillés.

Nate ramena le revolver vers moi et le pointa sur mon visage.

– Je vais vous descendre !

Je saisis tranquillement le Colt dans mon holster et le posai sur mon genou.

– Si tu fais ça, je te descends à mon tour.

Il tapa du pied avec sa chaussure de sport.

– Merde !

J'ajustai mon ceinturon, bâillai à nouveau et m'étirai sans me presser.

– Voilà le deal : tu me donnes les deux armes, je te libère, tu rentres chez toi, et on a tous droit à une bonne nuit de sommeil. (Je rangeai mon Colt et me levai.) Qu'est-ce que tu en dis ?

– Merde !

– Il me faut une autre réponse que ça.

Il lança un coup d'œil en direction de son oncle en pleins ronflements, à Charles, puis à nouveau vers moi.

– Comment je sais que je peux vous faire confiance ?

Je détendis mes joues en expirant copieusement.

– Tu plaisantes, hein ?

Je tendis la main entre les barreaux et lui fis signe de me donner le revolver.

Il ne bougea pas immédiatement, mais sa main se desserra sur la crosse et l'arme bascula, suspendue à son index.

Je la regardai de près, dans l'espoir que ce ne soit pas le même calibre que celui qui avait tué Clarence. C'était effectivement le même, mais je voyais bien qu'il n'avait pas été utilisé depuis longtemps. Je désignai le semi-automatique rangé dans la ceinture de son jean.

– Celui-là aussi.

Il me les tendit, et j'eus l'impression de revenir de courses chez Bed, Bath and Pistols.

– Je vais aller récupérer les clés, ensuite je vais te libérer et tu pourras t'en aller. Si j'étais toi, je ferais vite, parce que j'ai comme l'impression que Charles ici présent va avoir très envie de te mettre une sacrée raclée. (Je jetai un coup d'œil au grand policier.) J'ai pas raison, Chuck ?

Il confirma d'un signe de tête et grogna.

Je récupérai les clés, revins et déverrouillai la porte avant de rendre à Charles le trousseau et son arme tandis qu'un Nate bien plus contrit se tenait à côté des barreaux. Lorsque le jeune homme tenta de suivre le policier, je posai une main sur sa poitrine.

– Hé, vous avez dit que…

– Une fois que je t'aurai posé quelques questions.

L'expression maussade revint en un clin d'œil.

– Et si je ne veux pas répondre ?

Je désignai le grand agent de police, qui était en train de ranger son arme dans son étui.

– Alors, je remets Charles là-dedans, je ferme à nouveau la porte à clé et je vais me promener pendant cinq bonnes minutes. (Je jetai un coup d'œil au visage grêlé du personnage.) Ça ne prendra pas plus de cinq minutes, n'est-ce pas, Chuckles ?

– Deux.

Le colosse était soudain devenu beaucoup plus bavard.

Je brandis le revolver.

– Où est-ce que tu as eu ça ?

Il fit la grimace.

– Dans le placard d'Artie, chez Grand-mère.

– J'imagine que tu ne sais pas où se trouvait Artie depuis avant-hier soir ?

Il hocha la tête.

– Il mangeait du cerf à la maison.

Je rangeai le revolver dans mon jean.

– Il est revenu après notre départ ?

– Ouais.

– Et il est resté là tout le temps ?

– Ouais.

– Et tu étais là tout le temps ?

– Non, j'ai eu du boulot à KRZZ.

Je réfléchis.

– Comment y es-tu allé ?

Il jeta un coup d'œil à son oncle endormi.

– Avec le pick-up d'Artie.

– Celui avec lequel tu as essayé de m'écraser ?

– Hem, ouais.

– Nate, est-ce que tu sais que tu fais *Hem* chaque fois que tu mens ?

– Hem…

Je secouai la tête et pensai au sommeil que j'étais en train de perdre.

– Ce n'est pas toi qui as essayé de m'écraser. Je crois que tu essaies de couvrir ton oncle, mais en toute honnêteté, je ne crois pas non plus que c'était lui qui était au volant. (Je me sentis soudain submergé par l'épuisement ; j'appuyai ma tête contre les barreaux et fermai les yeux.) Je pense que la personne qui a volé le pick-up d'Artie au bar est celle qui a essayé de me renverser, et que cette personne a peut-être un lien avec la mort d'Audrey et de Clarence.

Mon hypothèse me valut un regain d'attention.

– Vous pensez ?

– Je le pense, oui. (J'ouvris les yeux et le regardai.) Qui d'autre était au Jimtown Bar ce soir-là ?

Il fit la grimace.

– Tout le monde. (Il tendit le bras.) Lui aussi.

Je jetai un coup d'œil au policier.

– Charles ?

– Ouais.

– Charles, qui se trouvait là-bas ?

Il ricana.

– Tout le monde.

Je pinçai mon nez entre deux doigts.

– Vous savez, je vais vous enfermer tous les deux là-dedans dans moins d'une minute.

Nate fut le premier à se lancer.

– Un de mes potes et moi, on était juste assis sur le hayon du pick-up, mais il y a un ami à nous qui est venu et qui nous a dit qu'il allait nous payer une bière.

– Qui ?

– Kelly Joe Burns.

Encore ce loser.

– Qui d'autre ?

– Herbert His Good Horse est arrivé et il a pris un pack de six canettes à emporter. On a essayé de lui en piquer une ou deux, mais il a refusé de nous en donner. (Il réfléchit.) Louise Griffin était là avec Inez Two Two.

Je fronçai le sourcil.

– Elle n'a pas l'âge légal.

– Et alors ? (Il marqua une pause, puis reprit :) Et de toute manière, sa mère, vous savez, Loraine, qui bosse au casino, elle est arrivée et elle l'a emmenée de force. Inez était vraiment pas contente.

Je désignai d'un geste l'homme endormi.

– Et ton oncle, il y était ?

– Non.

– Quelqu'un t'a emprunté tes clés ?

Il eut un petit sourire narquois.

– C'est un Rez-Ride, mec. On n'a pas besoin de clés. Il y a deux petits fils qui sortent sous le tableau de bord, mais faut d'abord allumer les phares.

– Combien de personnes savent ça ?

– Sur la réserve ? Tout le monde. La moitié des voitures par ici n'ont pas de clé et l'autre moitié n'a pas de marche avant.

Il sourit.

– J'ai eu une Chevrolet Corsica que j'ai conduite pendant sept mois en marche arrière. Fallait aussi connecter les fils.

– À propos de connexion, j'ai une autre question : est-ce qu'Artie a une petite amie ?

– Quoi ?

Je soupirai et tapotai la poche de ma chemise où était rangé le CD.

– J'ai un enregistrement de ton oncle en train de parler à Clarence Last Bull au téléphone, et on entend une femme à l'arrière-plan, avec lui. Si j'arrive à découvrir qui est cette femme, peut-être qu'elle pourra aider ton oncle.

Le jeune homme me regarda fixement, et pour la première fois, il se détendit.

– Vous pensez vraiment qu'Artie n'est pas coupable, on dirait.

– Effectivement.

Il réfléchit.

– Il voyait une nana à la réserve de Rocky Boy, mais je crois qu'elle s'est fiancée, ou un truc comme ça.

– Et l'assistante dentaire de Billings ?

– De la vieille histoire.

Je reculai d'un pas, pour lui permettre de sortir de la cellule.

– Enfin, c'était juste une idée comme ça.

Il me regarda.

– Et si j'écoutais le CD ?

– Je n'ai pas de lecteur.

– On peut aller à KRZZ, ou j'en ai un dans le pick-up d'Artie.

Je secouai la tête, incrédule.

– Tu n'as pas de contact, mais tu as un lecteur CD ?

– Je travaille dans une station de radio. (Prenant sa voix d'animateur, il entonna :) J'mets le son dans vot' p'tite maison.

Il sourit, partit vers la sortie et essaya de passer devant Charles, qui se planta en travers de son chemin.

Le grand policier s'interposait entre Nate et le vaste monde. Il se pencha.

– La prochaine fois que tu pointes une arme sur moi, tu ferais bien de t'en servir.

– OK.

La réponse du gamin fut trop rapide au goût de Charles.

Charles l'attrapa et le balança contre le mur si vite que je n'eus pas le temps de réagir. Il saisit le T-shirt du jeune homme à pleines mains puis le jeta violemment contre le mur en parpaing.

Il me fallut mes deux mains, mais je réussis à décramponner un pouce, immobilisai le policier avec le bras retourné dans le dos et l'amenai au bout du couloir. Je le plaquai contre la porte sans le moindre ménagement. Je le tins là jusqu'à ce qu'il cesse de lutter.

– Ça suffit.

Je n'eus pas de réponse verbale – rien de surprenant à cela –, mais il essaya de se projeter de tout son poids contre moi.

J'appliquai une pression telle que je craignis de lui déboîter le pouce. Je répétai la même phrase et je sentis son corps se détendre un peu. Je le lâchai et reculai d'un pas.

Il se retourna rapidement et se mit en garde face à moi, le visage cramoisi à force de s'être agité.

– Ne me touchez pas.

Je tournai vers lui mes deux mains, paumes levées, juste pour lui signifier que j'en avais fini pour le moment.

– Et si on gardait nos mains pour nous ?

Charles leva son index et désigna Nate.

– Sortez-le de ma prison.

Nate et moi étions assis dans le pick-up d'Artie sur le parking de la police tribale, dans la lueur jaunâtre des lampadaires ; le jeune homme alluma les phares puis mit en contact les deux fils. Le petit V-8 toussa, cracha, se mit à gronder puis se stabilisa dans un ralenti irrégulier.

– Faut mettre le moteur en route pour que le lecteur CD fonctionne.

Je lui tendis le disque ; il le prit et le glissa dans la fente. Nous écoutâmes la totalité de l'enregistrement trois fois.

– Je suis désolé, mais il n'est pas divisé en pistes, alors il faut qu'on l'écoute intégralement.

– Ce n'est pas grave.

Il se pencha au moment où la femme parlait à l'arrière-plan et se concentra sur ce qui semblait être le seul mot identifiable. Il déglutit puis appuya sur le bouton EJECT et me rendit le CD.

– Tu reconnais la voix de la femme ?

– Non.

– Moi non plus, mais ce n'est guère surprenant.

Je repoussai mon chapeau sur ma nuque et laissai mon regard se perdre dans la nuit, suivant les lampadaires de Lame Deer qui s'éloignaient de la 212 pour s'enfoncer au cœur de la nuit.

– Ça valait le coup d'essayer.

– Le mot qu'elle dit…

– Ouaip. Je n'arrive pas encore bien à l'identifier ; quelque chose comme « loque » ou « cloque » ?

– Alloc, voilà ce qu'elle dit. C'est un mot que ma grand-mère utilise.

J'attendis quelques instants.

– Tu penses que c'est ta grand-mère ?

– Non, mais c'est bien le mot que dit cette femme, alloc.

Les limites de mon audition étaient atteintes.

– Et la musique, derrière ?

– À Jimtown, le juke-box est tout le temps en marche.

Il haussa les épaules et passa la marche arrière.

– Je peux nous emmener dans un endroit où on entendra tout ce qui se passe sur cette bande.

Je saisis la poignée de la portière passager et la tint.

– Je ne peux aller nulle part.

Il parut incrédule.

– Quoi, vous êtes toujours en état d'arrestation ?

Je regardai à travers le pare-brise, vers les fenêtres éclairées du quartier général de la police tribale.

– Est-ce qu'il faut que je te rappelle qui est le demi-frère de Charles ?

Il s'éclaircit la voix et se frotta le cou à l'endroit où les doigts du policier avaient laissé une marque rouge.

– Oh merde.

Il pencha la tête et regarda vers le haut de la colline, où la lumière de la tour de la radio clignotait.

– À KRZZ, on a des studios de prod où on peut tout faire, ralentir la bande, monter le son de certaines fréquences. (Il jeta un coup d'œil à la montre qui était accrochée au mousqueton qu'il portait à la ceinture.) Faut que je sois là-haut dans deux heures, de toute manière. Et si vous me retrouviez là-bas ?

– Je croyais que Herbert His Good Horse prenait l'émission du matin.

– C'est le cas, mais il a aussi la gueule de bois parfois, et je me retrouve à bosser double. (Il haussa les épaules.) C'était méchant. En fait, il s'occupe de son neveu, celui qu'a pas de jambes.

– J'ai vu un poster de lui qui remporte un marathon au Japon.

– Il est incroyable.

Je hochai la tête.

– Si tu es là-bas toute la matinée, je te rejoindrai à la radio dès que la chef Long arrivera pour remplacer Charles.

– Cool.

– Bon, je ferais bien d'y retourner avant que Charles n'essaie de noyer ton oncle dans les toilettes.

Je refermai la portière.

Nate lança un coup d'œil inquiet vers la prison tandis que je contournais le pick-up.

– Hé, Nate ?

Je sortis le petit revolver de mon ceinturon et le lançai sur ses genoux depuis l'extérieur.

– Et les trucs de Peaux-Rouges hors la loi, tu arrêtes, OK ?

Il eut l'air véritablement gêné.

– OK.

Lorsque j'entrai, je trouvai Charles en train de lire le journal, les pieds posés sur le comptoir, les écrans noir et blanc montrant la cellule, la salle commune et le parking, où Nate effectuait un demi-tour avant de s'en aller.

Je bâillai et posai mes coudes sur le comptoir.

– À mon avis, vous devriez consacrer quelques heures à des séminaires de gestion des émotions.

Il lisait la *Billings Gazette*, mais il leva les yeux pour me regarder ; comme j'aurais pu le prévoir, il ne dit rien.

– Juste pour que vous le sachiez. Je ne pense pas que ce soit Artie qui ait tué votre frère, ce qui signifie que la personne qui l'a fait court toujours et qu'il faut la livrer à la justice. Avez-vous une idée de qui aurait pu avoir des griefs contre Clarence et sa famille ?

Il plia son journal, le posa sur ses genoux et me regarda.

– Tout le monde a des ennemis.

– Vous aussi ?

Il pencha la tête.

– Moi aussi. C'est normal, dans mon boulot.

– Y a-t-il quelqu'un qui vous détesterait assez pour s'en prendre à votre demi-frère ? (Il haussa les épaules.) Et à Audrey et Adrian ?

J'étouffai le bâillement que je sentais monter dans ma gorge.

– Ça fait beaucoup de détestation.

Il déplia son journal et l'agita pour tendre les pages.

– Vous savez, généralement, ce n'est pas la peine de chercher bien loin pour trouver les gens qui commettent ce genre de choses. D'habitude, ce sont des amis, soi-disant, ou des membres de la famille.

Il continua à fixer son journal.

– J'ai comme l'impression que quelqu'un a pour projet d'exterminer toute votre famille, Charles. Et ça n'a pas l'air de vous faire grand-chose.

La voix du policier indien gronda et s'éleva de la *Billings Gazette*.

– Vous vous trompez, et si vous vous absentez encore cinq minutes, j'entrerai dans cette cellule et je rendrai service à la société.

J'attendis quelques instants puis continuai sur ma lancée comme une boule de démolition.

– Vous êtes un tueur, Charles ?

Au bout d'un moment, il lâcha le journal d'une main, la baissa et appuya sur le bouton sous le comptoir pour que la porte derrière moi émette un bourdonnement persistant. Il me regarda longuement avec son visage totalement inexpressif.

Je me redressai, fis les deux pas qui me séparaient de la porte, et l'ouvris d'un coup ; son regard me suivit dans le couloir.

– C'est bon à savoir, puisqu'on est en train d'en chercher un.

13

J'étais au milieu d'un rêve où les animaux qui parlaient étaient de nouveau présents – même le chien s'y mettait. C'est seulement lorsqu'il me demanda pour la deuxième fois si je voulais du café que je commençai à trouver la situation étrange.

Je clignai des paupières plusieurs fois pour sortir de ma torpeur et essayer d'y voir un peu plus clair. Lolo Long avait approché une autre chaise pliante qu'elle avait prise dans le stock inépuisable du centre de détention et elle tenait deux gobelets venant du White Buffalo ; elle avait à nouveau un dossier en papier kraft sous le bras.

– Si je comprends bien, on a eu une tentative d'évasion hier soir ?

Je repoussai un peu les couvertures.

– Dans le genre, ce n'était pas grand-chose.

Je me redressai et regardai, par la petite fenêtre rectangulaire, le ciel, déjà passé à une nuance de bleu plus claire.

– On est déjà en milieu de matinée ?

– Eh ben, dites-moi, vous êtes un sacré détective.

Je m'écrasai à nouveau sur mon oreiller-couverture.

– Descendez-moi, voulez-vous ?

– Il y a bien un membre de mon personnel restreint qui serait ravi d'honorer cette demande, mais en consolation, je vous apporte du café et des photos.

Je luttai pour me redresser et crus que mon dos allait se briser comme de la porcelaine pas si fine que ça. En gémissant, je tendis la main et pris le gobelet en polystyrène. Sur le gobelet, je lus les mots CAFÉ FRAIS, en caractères d'une gaieté ridicule. Je défis le couvercle et regardai le contenu complexe, mousseux, décoré de ce qui ressemblait à des crottes de souris sur le dessus.

– Qu'est-ce que c'est ?

Elle se pencha, plongea son regard dans mon gobelet, puis défit le couvercle sur le sien et l'échangea avec le mien.

– Pardon. Mocha Chip Frappuccino.

– Vous plaisantez.

Elle but une gorgée de ce qu'elle appelait du café et leva un de ses sourcils en forme de sabre de samouraï.

– Je trouve mon réconfort là où je peux. (Elle me tendit l'enveloppe.) Voici les photos que vous avez prises avec l'appareil de Henry. Il n'y a pas grand-chose, sauf un élément qui m'a frappé.

Je sortis les clichés et les regardai, l'un après l'autre, avant de lever la tête.

– Elle n'était pas tournée face au précipice quand elle a basculé.

– Non. (Elle soupira.) Et pour autant que je sache, personne ne se suicide en tenant son enfant dans ses bras et en tentant un saut périlleux arrière.

Elle laissa passer quelques instants.

– Je n'ai rien d'autre à dire.

– Moi non plus. Je rangeai les photos dans l'enveloppe, en prenant soin de refermer les attaches métalliques.

Long jeta un coup d'œil à l'homme toujours endormi dans la cellule.

– Vous avez pris Artie.

– Henry a pris Artie.

Je bus mon café noir normal tandis qu'elle me répondait par la grimace qu'elle faisait toujours dès qu'il était question de la Nation Cheyenne.

– Comment se fait-il que la cavalerie n'ait pas encore débarqué ?

– Les Fédéraux ?

– Ouaip.

– Je ne crois pas qu'ils soient au courant, pas d'accès au télégraphe rouge.

Je réfléchis.

– Arrangeons-nous pour que ce soit le cas encore quelque temps, OK ?

Après que je lui eus fait le compte rendu des événements de la nuit passée, elle se leva et s'approcha de la cellule.

– Étrange comportement, pour un homme coupable.

– Je pensais la même chose. S'il était coupable, pourquoi se préoccuperait-il de ce que je pense ? (J'étirai ce qui restait de mon dos.) Nous avons passé l'enregistrement devant lui.

– Qu'est-ce qu'il a dit ?

– Qu'il n'est pas coupable.

Elle se tourna vers moi.

– Votre avis ?

– Il n'est pas coupable.

Elle hocha la tête d'un air défait.

– Et notre seul autre suspect est mort.

– C'est ballot, n'est-ce pas ? (Je fis passer un peu de café entre mes dents.) Avez-vous écouté l'enregistrement ?

– Votre copain Cliff Cly me l'a passé hier, mais le son n'est pas très bon.

– Vous n'auriez pas entendu une femme, dans le fond, par hasard ?

Elle m'accorda toute son attention, plaçant son large dos contre les barreaux de la cellule.

– Non. En fait, on écoutait Clarence et Artie. Je crois que personne n'a fait tellement attention à autre chose.

– Vous avez entendu de la musique ?

– Je crois, oui.

– Heureusement, j'ai un expert dans le domaine qui dit qu'il peut nous aider.

– Qui ?

– Le complice de l'évasion ratée.

Elle eut l'air dubitative.

– Nate ?

Je désignai l'homme qui ronflait toujours.

– Il a un intérêt personnel dans cette affaire.

– Je peux appeler ma mère et lui demander d'apporter à manger et de jouer les Artie-sitters. (Elle continua à mâcher son café.) Comme vous le savez, nous avons une douche ici ; vous voulez l'utiliser ?

Je passai ma main dans mes cheveux aplatis, ce qui dut avoir pour conséquence de créer des épis anarchiques.

– Serait-ce une allusion à peine déguisée ?

Elle fit de son mieux pour retenir le sourire causé par mon apparence mais échoua lamentablement.

– Possible.

Je n'avais pas de vêtements propres pour me changer, mais la chef Long eut la gentillesse de me prêter une chemise de la police tribale avec un joli petit écusson comme le sien, sauf que le nom imprimé sur la poche était PRETTY WEASEL.

– C'est mon nom de couverture ?

Elle roulait vers le sud sur le chemin de graviers qui allait jusqu'à la station de radio, l'arrière du Yukon se balançant derrière nous comme la roue arrière d'une moto de cross.

– Quoi ?

Je me cramponnai d'une main au tableau de bord.

– Rien.

Le bâtiment de KRZZ n'était pas des plus fascinants, mais dans le domaine de la radio, rien ne l'est, souvent. Quand j'étais en première année à l'université de Californie du Sud, j'avais travaillé à KUSC pendant un semestre – j'étais le pire DJ qu'ils aient jamais entendu. La programmation au début des années 1960 était presque exclusivement classique et n'exigeait pas qu'on parle beaucoup entre les morceaux qui duraient vingt minutes, mais même moi, je devais admettre que j'étais épouvantable.

C'était apparemment un bâtiment utilitaire des années 1960 avec une dalle de toit et un mur couvert de fenêtres à petits vitrages donnant sur une partie du centre-ville de Lame Deer. La peinture blanche s'écaillait sur les parpaings et la porte à moustiquaire de devant était calée en position ouverte avec un carton plein de CD sur le flanc duquel était inscrit : PRENEZ-MOI, JE SUIS GRATUIT ! Une Honda Civic en ruine était garée dans le parking, ainsi que le pick-up d'Artie.

Lolo rangea sa voiture et nous descendîmes. J'entendais de la musique par la porte ouverte, *Bone Days* de

John Trudell, un album de blues introspectif que je reconnaissais à force d'avoir fréquenté Henry.

Dessinés dans les caractères tubulaires typiques des années 1970, les mots KRZZ LOW POWER – HIGH REZ pelaient aussi comme un coup de soleil au deuxième jour.

– On dirait que la radio indienne a eu des jours meilleurs.

À l'intérieur, la moquette verte était usée jusqu'à la corde. Assise à un bureau métallique récupéré dans une quelconque administration se tenait une jeune femme assez jolie, une amie de Melissa Little Bird, occupée avec un livre rempli de sudokus. Elle leva la tête au moment où nous entrâmes.

– Puis-je vous aider ?

Lolo regarda la grande affiche derrière la tête de la jeune fille – une reproduction de médiocre qualité qui représentait quatre hommes vêtus de costumes westerns anciens avec la phrase REGGAE COW-BOYS, I SHOT THE SHERIFF en rouge. Elle me lança un coup d'œil.

– Ne le prenez pas mal.

– Ne vous inquiétez pas. (Je montrai du pouce mon insigne de la police tribale.) De toute manière, mon nom est Personne.

La jeune femme parut hésiter, nous regarda tous les deux et décida que la seule option était de répéter sa question.

– Puis-je vous aider ?

Je souris.

– Je vous demande pardon. Nate est-il là ?

D'un mouvement des yeux, elle désigna le saint des saints derrière elle et retourna aussitôt à ses casse-tête, tandis que nous prenions la direction indiquée et entrions dans une autre pièce contenant quelques autres bureaux et une cloison en verre qui permettait de voir le « studio à l'antenne », essentiellement identifié par la grande lumière rouge avec les mots ON AIR en lettres blanches. Nate était debout au milieu de la pièce, oscillant au rythme des paroles du poète indien et de la guitare virtuose qui l'accompagnait.

Je fis un pas en avant et toquai sur la paroi de verre. Le jeune homme ne pouvait pas entendre, avec le casque sur les oreilles, alors je frappai un peu plus fort ; mais je craignais que le verre sorte du cadre et aille s'écraser par terre si je lui appliquais une pression beaucoup plus forte.

Nate finit par se tourner de manière à se trouver face à nous, et immédiatement, il nous fit signe de le rejoindre en passant par la porte qu'il nous montra sur la gauche.

Le studio de KRZZ n'avait rien à voir avec le bureau extérieur minable où était installée la réceptionniste – il y avait de multiples écrans d'ordinateurs, des tables de mixage avec environ cent curseurs, des rangées de CD et des pièces d'ordinateur. L'intérieur du studio était tapissé de mousse acoustique et au centre trônait un fauteuil élégant aux coussins plein d'air. Une autre fenêtre donnait sur l'extérieur, mais elle était tellement constellée d'autocollants marqués INDIAN POWER, AIM, THUNDERCHILD, et NEW DAY FOUR DANCES DRUM GROUP qu'à mon avis, il était difficile de savoir quel temps il faisait dehors.

– Bienvenue au centre névralgique. Les financements fédéraux ne peuvent servir qu'à acheter du matériel de transmission. On peut penser ce qu'on veut de Herbert His Good Horse, en tout cas, il sait monter un dossier de demande de financement.

C'était une installation impressionnante.

– On dirait bien.

– Attendez juste une seconde.

Il tendit le bras et exactement au moment où le morceau se termina, il amena le micro accroché au plafond devant son visage.

– John Trudell, mes sœurs, mes frères, rien qu'un être humain qui essaie de s'en sortir dans un monde où, rapidement, on est en train de perdre le sens de ce qu'est l'être humain. Il est 10 heures du matin, le jour s'est levé pour vous, les Indiens, et vous écoutez KRZZ 94.7, Low Power – High Rez, la voix de la réserve des Cheyennes du Nord. *Nestaevahosevoomatse !*

Il toucha un autre bouton sur l'ordinateur, et un puissant battement de tambours remplit le studio avec des voix en arrière-fond qui chantaient quelque chose que je reconnaissais vaguement.

– C'est une chanson sur Mighty Mouse ?

Nate sourit.

– Ouais, c'est un groupe qui s'appelle Black Lodge. C'est une des chansons préférées des gamins de l'école primaire.

Je sortis le CD de ma poche, l'ôtai de son enveloppe en papier et le lui tendit.

– Celui-ci ne risque pas de grimper jusqu'aux premières places de ton classement.

Lolo ajouta :

– Encore moins d'être plébiscité par les auditeurs.

Nate glissa le CD dans un des appareils, appuya sur quelques boutons, et nous écoutâmes le début de l'enregistrement avant même de nous rendre compte qu'il sortait des mêmes enceintes que le chant de pow-wow de Mighty Mouse.

– Est-ce que t'es en train de diffuser ça ?

Il s'empressa d'appuyer sur quelques autres boutons et fit la grimace.

– Juste un peu.

– Je ne sais pas si dans cet État, la loi exige le consentement de la personne mise sur écoute, mais je suis presque sûr que nous pourrions être poursuivis pour ce qui vient de se passer.

Il haussa les épaules.

– Nous le garderons pour nous, voilà tout.

– Nous et deux ou trois mille auditeurs ?

Il ajusta le volume sur une autre piste hors antenne.

– Je crois que vous surestimez notre audience.

Je jetai un coup d'œil au téléphone du studio quand les lumières se mirent à clignoter, comparables à celles de l'appareil dans mon bureau qui m'empoisonnaient régulièrement la vie.

– Oh-oh…

Nous les ignorâmes pour écouter attentivement l'enregistrement à nouveau, mais je ne parvins pas à décrypter davantage que les fois précédentes. Les doigts de Nate dansaient sur le clavier de l'ordinateur, puis il appuya sur un bouton du lecteur CD.

– Je l'ai enregistré sur l'ordinateur, alors, maintenant, on peut le manipuler comme on veut.

La femme aux sudokus ouvrit brusquement la porte du studio.

– Nate, est-ce que tu viens de balancer un truc à la con ? Les gens appellent, ils veulent entendre la chanson sur Mighty Mouse à nouveau.

– Hem, dis-leur que c'était une démo.

Il agita la main et elle disparut. Il toucha encore d'autres boutons, baissa le volume de ce qui était diffusé et une fois de plus, nous nous retrouvâmes à écouter l'entretien d'embauche du tueur.

Nous arrivâmes à la partie où je pensais entendre de la musique. Les doigts de Nate tapotèrent sur le clavier et isolèrent la piste, augmentant le volume de l'arrière-plan et baissant celui de la voix principale ; nous réussîmes à entendre une espèce de mélodie.

– Tu reconnais le morceau ?

Il écouta avec intensité la progression d'accords simple, mais secoua la tête.

– Non.

Lolo se pencha et posa son coude sur le comptoir.

– Passe-le à nouveau.

Nate obéit, et nous écoutâmes la musique tandis qu'il montait le volume – une puissante voix de baryton-basse et un rythme boom-chicka boom nous parvint par les enceintes.

Jail was often his home
They'd let him raise the flag and lower it...

Le reste se perdit dans le brouhaha environnant et des éclats de voix furieux.

– Johnny Cash, *The Ballad of Ira Hayes*.

Nate me regarda.

– Qui ?

Lolo Long lui donna une petite tape derrière la tête.

– L'Indien Pima qui a aidé à planter le drapeau à Iwo Jima. (Elle me lança un coup d'œil et désigna Nate d'un geste.) Voilà pour qui on s'est battus – tu le sais, n'est-ce pas ?

– Quand était-ce ?

Elle le regarda.

– Iwo Jima ?

– Non, le morceau. Quand est-il sorti ?

Je réfléchis.

– Avant que je parte pour le Vietnam, je dirais en 64.

Il fit la grimace.

– Les années 1960 ? Pas étonnant que je connaisse pas. (Il regarda le lecteur CD comme s'il contenait les Manuscrits de la mer Morte.) Ouah…

Je jetai un coup d'œil à la chef.

– Bon, il faut qu'on aille au Jimtown Bar de toute manière. Je doute que quiconque se souvienne de quoi que ce soit, mais il faut qu'on se dépêche. J'ai deux ou trois heures avant que Cady et Lena reviennent de Colstrip. (Je désignai à nouveau l'ordinateur.) Est-ce que tu pourrais nous repasser la partie où on entend la voix de la femme ?

Il s'exécuta, mais le seul mot que je pus distinguer à nouveau fut loque/cloque/alloc.

Lolo Long faisait une drôle de tête.

– Repasse-le.

Nate obéit, puis recommença, plusieurs fois.

Je me penchai un peu pour capter son attention tandis qu'elle gardait les yeux rivés sur l'écran noir.

– Quelque chose ?

Elle ne m'entendit pas, ou alors, elle était très concentrée.

– Vous savez de qui il s'agit ?

Même Nate se tourna pour la regarder, mais elle secoua la tête.

– Non, l'espace d'une seconde j'ai cru, mais…

– Quoi ?

– Rien.

Je l'examinai.

– Vous êtes sûre ?

Elle se redressa et s'éloigna du comptoir.

– Ouais.

Je soupirai et regardai Nate.
– Et toi ?
Il secoua la tête.
– Désolé, j'aurais bien aimé. Croyez-moi.
– Je te crois. (Je lui tapotai l'épaule.) On va monter au Jimtown et fouiner un peu. Tu crois que tu peux continuer à manipuler l'enregistrement pour en tirer d'autres informations ? (Je marquai une pause.) Sans le diffuser ?
Il sourit et regarda les lumières qui clignotaient toujours sur le téléphone.
– Hé, mec, peut-être que je viens de créer un hit.

La chef Long était restée silencieuse pendant les huit kilomètres qui nous séparaient du célèbre établissement ; ils avaient été couverts en un temps relativement court, mais c'était quand même huit kilomètres.
Elle arrêta le Yukon dans un grand dérapage devant les poteaux rouge brique plantés devant la porte du Jimtown Bar – leur présence visait probablement à empêcher les clients de créer un drive-in improvisé – et resta assise, les yeux rivés sur le tableau de bord, le soleil de midi dardant ses rayons sur l'eau des rigoles d'irrigation dans les champs de foin environnants. Elle s'évaporait en rubans de brume.
– Il y a quelque chose qui ne va pas ?
– Je réfléchis.
– À quoi ?
Elle me regarda comme une poule qui venait de trouver un couteau.
– Je me demande juste à quel point cette affaire est complexe, vous voyez ?
Je hochai la tête.

– C'est généralement complexe lorsqu'il s'agit d'affaires de cœur. Les situations tendent à devenir vénales et terriblement matérialistes.

Elle serra les lèvres.

– Alors, vous pensez qu'il n'y a ni mine d'or cachée, ni armes nucléaires ?

Je souris.

– Effectivement. Pour moi, le mobile est petit, personnel et probablement, stupide.

J'attendis quelques instants avant de reprendre.

– Auriez-vous envie de me dire quelque chose, Chef ?

Elle me regarda encore quelques secondes avant de tirer sur la poignée et d'ouvrir sa portière.

– Pas vraiment.

Le Jimtown Bar n'a rien de très impressionnant en soi, mais le tas de canettes de bière qui s'élève derrière l'est certainement. Répertorié par le *National Geographic* et le *Guinness* des records comme la plus haute montagne de canettes de bière du monde, elle faisait paraître le bar tout petit. Les deux mots d'ordre du lieu, qui étaient brodés à l'arrière de casquettes vendues en souvenir, avaient toujours été TOURNÉES ET DÉROUILLÉES TOUS LES SOIRS, et SOIRÉE SPÉCIALE LE VENDREDI, CANARDÉ, POIGNARDÉ OU VIOLÉ, AU CHOIX. Je ressentis la même lassitude que celle que j'éprouvais toujours en approchant de ce genre de lieux, et j'espérai voir Luanne, la propriétaire grâce à qui le bar était miraculeusement calme ces dernières années.

Je m'apprêtai à suivre Long vers la porte, mais je marquai une pause en voyant un vieux Dodge d'un bleu clair très défraîchi avec une portière remplacée par une blanche, sur laquelle on lisait COLSTRIP CONCRETE et un numéro de téléphone qui trahissait son âge – il n'avait que quatre chiffres.

Je m'arrêtai.

Je dus m'immobiliser plus longtemps que je ne l'aurais cru ; Lolo s'interrompit avec la main sur la poignée de la porte et me regarda.

– Quelque chose ne va pas ?

Je pensai répéter la conversation à l'envers, mais décidai que son humeur n'était pas favorable.

– J'ai déjà vu ce pick-up.

– Il n'y a que deux ou trois mille véhicules sur la réserve, alors, c'est fort probable. (Elle ouvrit la porte mais au lieu d'entrer, elle se retourna pour me regarder.) Où ?

– Birney.

– Red ou White ?

– Je vous le dirai après.

Je jetai un dernier coup d'œil au pick-up, puis je saisis la lourde porte en verre et la suivis dans la pénombre, éclairée seulement par le néon rouge des lettres BAR dans la petite fenêtre. On était encore loin de l'heure de l'ouverture, mais un personnage familier était assis sur les tabourets massifs en rondins vissés dans le sol en béton.

Thom Paine était le maire non-officiel de Jimtown depuis aussi longtemps que je me souvienne ; moitié cheyenne et moitié crow, il jouait parfaitement le rôle de pacificateur dans ce bar planté à la frontière de la réserve. Comme il n'était pas grand, sa technique la plus efficace pour désamorcer les bagarres consistait à faire rire les clients en utilisant un flot continu d'humour indien politiquement incorrect qu'il empruntait à Herbert His Good Horse. Il bondit de son tabouret à la seconde où il nous vit.

– *Haho !*

Lolo tendit une paume pour interrompre la tirade qui démarrait tandis que j'approchai du juke-box à l'autre bout du bar.

– Thom, est-ce que Luanne est dans le coin ?

– Non, elle est allée à Billings pour un rendez-vous chez le coiffeur.

Sa voix devenait de plus en plus fébrile à mesure qu'il cherchait une plaisanterie à raconter.

– J'ai piqué celle-ci à l'émission du matin, l'autre jour. C'est l'histoire de deux cow-boys qui sortent à cheval et ils tombent sur un Indien couché par terre, l'oreille collée au sol.

Je fis défiler les languettes vieillottes de la machine tandis que la voix de Long se faisait entendre, dubitative :

– Elle t'a laissé la responsabilité du bar ?

– Non, Nattie Tyminski est là, mais elle est aux toilettes. (Il poursuivit avec sa plaisanterie comme s'il n'avait pas été interrompu.) Un des cow-boys se tourne vers son copain et dit : « Tu vois cet Indien, il peut coller son oreille sur le sol et entendre des choses qui se passent à une distance de plusieurs kilomètres. »

J'arrivai à la fin de la liste des morceaux et je repartis dans l'autre sens, juste pour m'assurer que je ne l'avais pas manqué.

– À ce moment-là, l'Indien lève la tête, les regarde et dit : « Chariot couvert tiré par deux bœufs, l'un blanc, l'autre tacheté, un homme, une femme, trois enfants et un chien noir – chariot plein de matériel pour toute la famille. » Le cow-boy regarde son copain et dit « C'est fascinant. » L'Indien continue : « Oui, y m'est passé dessus il y a une demi-heure. »

Lolo rit malgré elle et jeta un coup d'œil vers les deux portes des toilettes, l'une marquée SQUAWS, l'autre BRAVES, au-delà desquelles se trouvait le juke-box où je me tenais, et plus loin, la table de billard.

– Thom, parfois…

Et elle finit par rire de bon cœur.

Les yeux de l'homme disparurent presque dans les plis qui entouraient ses orbites.

– Je suis content de te voir rire comme autrefois, Little-Lo. Tu ne ris plus assez.

Elle posa gentiment une main sur son épaule.

– C'est à cause du boulot, Thom. (Elle prit une grande inspiration et me lança un coup d'œil.) Mais ces derniers temps, je suis bien aidée, dans ce domaine.

Je me penchai contre le juke-box et repoussai mon chapeau d'un geste candide.

– Pas de *Ballad of Ira Hayes*.

Elle retira sa main de l'épaule du maire et vint me rejoindre.

– Ah bon ?

– Non. (Je jetai un coup d'œil à Thom.) Quand ont-ils changé la musique de cette machine pour la dernière fois ?

Il secoua la tête, baissa les yeux, puis les releva.

– Jamais, à ma connaissance.

– Cela veut dire qu'Artie n'a pas appelé d'ici.

Elle m'observa.

– D'où, alors ?

– La musique pourrait venir de n'importe où. D'un portable dans le pick-up d'Artie, d'une chaîne stéréo, ou d'une station de radio.

Thom nous regarda comme si nous étions en train de disputer un match de tennis, mais je l'interrompis avant qu'il puisse se lancer dans une nouvelle histoire drôle.

– La clé, c'est la femme. Si nous identifions la femme, nous saurons très probablement à quel endroit il se trouvait.

– Et pourquoi vous me dites ça ?

– Parce que je crois que vous savez de qui il s'agit.

C'est à ce moment-là que la porte des toilettes des Squaws s'ouvrit et deux individus de sexe différent sortirent. L'un était une femme obèse avec des cheveux ultra-crêpés ramenés en un chignon d'un volume impressionnant et un maquillage outrancier ; l'autre était un homme blanc maigrichon au crâne rasé, avec un tatouage en forme de flamme montant en spirales dans son cou, et des lunettes de soleil sur le nez malgré la pénombre qui régnait à l'intérieur. L'homme tenait un sac de courses en plastique marron et il parut très surpris de nous voir.

Je souris.

– Monsieur Kelly Joe Burns. Je constate que vous avez votre ceinture autour de la taille.

Il marqua une brève pause, poussa Nattie Tyminski vers nous, puis plongea derrière le bar pour se jeter vers la porte qui donnait derrière. Il fallut nous y mettre à deux pour attraper la femme qui hurlait ; elle trébucha, faillit s'étaler sur le plancher, passa un bras autour de moi, l'autre autour de la jambe de la chef Long et s'y cramponna comme si sa vie en dépendait.

La chef fut la première à se libérer ; elle bondit avec agilité par-dessus le bar et fila par la porte de derrière.

– Arrêtez-la !

Après avoir remis la femme sur ses pieds, je la menottai au réfrigérateur et sortis pour jeter un œil sur le Dodge bleu. Je m'affairai un moment, puis me dirigeai vers la droite, dans la direction du tas de canettes de bière haut-comme-une-très-grande-maison, mais je ne pus voir où Lolo et Burns étaient partis.

Je m'arrêtai à côté d'une benne à ordures fabriquée à partir de deux barils de deux cents litres posés sur une dalle en béton qui s'effritait à côté du tas gigantesque et je tendis l'oreille ; on aurait dit que les canettes étaient piétinées et dégringolaient vers le sol.

Je m'approchai de la pile gigantesque et commençai à en faire le tour – Lolo Long avec son arme dégainée se trouvait à dix mètres au dessus de ma tête et balayait la zone du bout de son calibre 44. Elle dut m'apercevoir du coin de l'œil et braqua instantanément le gros Smith vers ma poitrine.

– Ho-la, chef !

Elle leva le canon de son arme vers le ciel.

– Où est-il ?

– Vous ne le savez pas ?

Elle glissa sur la montagne d'aluminium écrasé et faillit tomber.

– Non, il a disparu.

Je contournai la base de l'empilement, qui était contenu par les vestiges d'une ancienne fondation, et je me dis que c'était probablement ainsi que « le plus grand tas de canettes de bière du monde » avait dû commencer. Quelqu'un avait amené une brouette pleine derrière et l'avait vidée à l'endroit où avait dû se trouver un bâtiment dans les années 1920, puis la tradition s'était poursuivie jusqu'au vingt et unième siècle. L'odeur de bière rance, même dans la chaleur modérée de cette matinée, était de nature à vous ramoner les sinus.

– Où l'avez-vous perdu ?

Elle poussa un cri de frustration et finit par articuler.

– Je l'ai suivi jusqu'au sommet de ce tas d'ordures, et quand je suis arrivée de ce côté, il avait disparu !

Elle fit un pas, puis glissa et tomba, accompagnée d'une avalanche d'aluminium.

– Merde !

Je regardai fixement la cascade de canettes.

– Eh bien, j'imagine qu'il ne reste plus qu'une chose à faire.

Elle se releva et me regarda tandis que je sortais mon Colt et annonçait d'une voix plus forte :

– Balancer quelques balles dans ce tas et voir ce qui arrivera. S'il est dedans, je finirai bien par l'avoir.

Une brouettée qui n'avait pas été amenée jusqu'au tas proprement dit gisait là, trop petite et trop éparpillée pour qu'un homme s'y dissimule. Je levai mon .45, défis la sécurité, et tirai le chien – quelques canettes volèrent dans les airs.

Ainsi que Kelly Joe Burns.

Comme je m'en doutais, il avait glissé et il était tombé, mais il avait été assez malin pour comprendre que la montagne de canettes pouvait lui fournir une bonne cachette, au moins, avant que je menace de tirer dedans.

Si nous avions pensé, avant, que Kelly Joe était rapide, nous n'avions encore rien vu. L'homme lévita pratiquement au-dessus de la pente de canettes sur laquelle la chef Long était assise et parcourut presque un tiers de la circonférence en s'éloignant de moi avant de se souvenir de jeter le sac qu'il tenait vers le sommet du tas.

Nous lui criâmes tous deux de s'arrêter, mais nous aurions aussi bien pu parler au vent, qui lui était comparable tant en densité qu'en vélocité. Tandis que je contournai la base, je désignai l'endroit où il avait jeté ses affaires.

– Récupérez le sac !

Elle trébucha et glissa tandis que je courais après le non-Indien le plus rapide du monde.

À l'USC, quand j'étais bloqueur, j'étais capable de battre à la course n'importe quel autre homme de cent dix kilos de Californie du Sud sur une distance de quarante mètres ; plus de vingt ans après, je commençai à approcher de ma ligne des quarante mètres, et Kelly Joe Burns était loin de peser cent dix kilos.

Il était parti vers la route mais avait décrit une courbe pour revenir devant le bar, et j'entendis le bruit du moteur du Dodge, qui peinait à démarrer.

Je m'arrêtai au bord de l'asphalte et tentai de retrouver mon souffle en me pliant en deux, une main sur un genou pour me soutenir ; en même temps, je sortis la bobine d'allumage de la poche de ma chemise et l'agitai comme un rat crevé pour qu'il la voie bien.

Il me regarda, ouvrit la portière et traversa en courant la 39 au moment précis où un semi-remorque arrivait en trombe de Colstrip. Le camion à bestiaux blanc écrasa ses freins et klaxonna, et je regardai Kelly Joe glisser en dessous et réapparaître de l'autre côté.

– J'y crois pas…

Je passai derrière le Freightliner plein de vaches très mécontentes lorsqu'un autre klaxon retentit et fit bondir mon cœur comme un disque gondolé sur une platine. J'étais pourtant certain d'avoir vérifié qu'il n'arrivait pas de voiture. Quelle ne fut pas ma surprise de découvrir que mes deux mains, dont l'une tenait encore le .45, étaient posées sur le capot d'un cabriolet Thunderbird de 1959 de couleur bleu baltique.

La voiture s'était arrêtée et ma fille et sa future belle-mère me regardaient avec une mine complètement ahurie. Je toussai et levai un doigt en prenant mon élan et en m'appuyant sur la voiture arrêtée pour sauter dans le fossé à la poursuite de Kelly Joe.

Il me semblait convenable de rengainer mon arme devant Cady et Lena, en plus, je me disais que je n'allais pas vraiment avoir besoin de descendre Burns. Un chemin à peine tracé au ras du fossé longeait une clôture en fil de fer barbelé. Je regardai vers le nord, puis partis vers le sud – ma fille se maintenait à ma hauteur au volant de la Thunderbird et Lena, les bras croisés sur le rebord de la fenêtre, se mit à genoux sur son siège comme si elle défilait dans une parade.

– Que faites-vous ?

Je toussai à nouveau et m'efforçai d'inspirer assez d'air pour pouvoir parler.

– Je cours après un dealer.

– Je croyais que vous pourchassiez un meurtrier.

Je jetai un coup d'œil autour de moi et continuai au pas de course.

– Il s'agit d'un pari annexe.

Elles accélérèrent et continuèrent, Cady à conduire, Lena à parler.

– Deux délits d'un seul coup ?

– C'est à peu près ça.

Elle se tourna pour s'adresser à Cady.

– La conductrice me dit de vous rappeler que vous avez un déjeuner dans trente minutes.

– J'y serai.

Il y eut une autre brève conversation.

– La conductrice me dit de vous dire que nous supposons, puisque vous avez rangé votre arme, que votre vie n'est pas en danger ?

Je commençais à retrouver un peu de souffle et je répondis :

– Il me fera peut-être courir jusqu'à ce que j'en meure, mais il n'est pas armé, si c'est ce que vous voulez dire.

– Vous êtes sûr que vous ne voulez pas de notre aide ? Nous sommes au maximum de notre efficacité lorsque nous sommes dans des automobiles de collection.

Je les renvoyai d'un signe de la main

– J'en suis sûr.

Elles partirent et je les regardai ; la conductrice ne ménageait pas sa monture.

Bien, ma fille.

La vue était assez dégagée le long de Rosebud Creek, alors, en dehors de quelques bouquets d'herbes un peu hauts, je voyais presque à une centaine de mètres vers le sud et vers la gauche en direction de Lame Deer. Je jetai un œil du côté des champs moissonnés sur ma droite ; j'avais une vue dégagée de ce côté-là aussi. Personne.

Je m'arrêtai, me rappelant quelque chose que Henry m'avait dit un jour sur une conduite surnommée le « time tunnel », qui se trouverait quelque part dans le coin. On racontait qu'elle était garnie de matelas pour que ceux qui étaient imbibés et ne voulaient pas courir le risque de devenir les morts oubliés sur la Route 39 puissent piquer un roupillon. Désespérant, mais cela valait mieux que de finir écrasés au bord de la route.

Je me tournai et regardai en direction du nord. J'avais machinalement suivi le sens de la circulation de mon côté et j'étais parti vers le sud, mais si le « time tunnel » se trouvait vers le nord ? C'était un coup de dés.

Je restai là encore quelques instants, pris ma décision, tournai les talons et repartis au petit trot dans l'autre sens. Au bout d'environ trois cents mètres, j'arrivai à une conduite et je m'arrêtai. L'herbe était haute et il ne s'écoulait qu'un mince filet d'eau de la conduite rouillée, dont le diamètre équivalait presque la taille d'un homme debout.

Je pensai à la dernière fois que j'étais entré dans un truc analogue et que j'avais presque été tué par un grand Crow appelé Virgil White Buffalo. Je tâtai le bas de mon dos à la recherche de ma vénérable Maglite, mais je me souvins tout à coup que je ne portais pas mon ceinturon.

De là où je me trouvais, je voyais qu'il y avait une lumière vacillante au bout du tunnel, à l'endroit où il débouchait de l'autre côté. L'odeur qui y régnait n'était guère ragoûtante, mais j'entrai en me voûtant un peu, et dégainai mon Colt à nouveau.

– Kelly Joe, si vous êtes là-dedans, je veux vous informer que j'entre !

Rien.

Je restai aux aguets et marchai sur le premier matelas, qui émit une odeur encore plus dégoûtante lorsque je le piétinai. Je déglutis et essayai de ne pas respirer trop profondément, dans l'espoir que la puanteur ne me ferait pas tourner de l'œil avant que je ne ressorte.

Faisant un pas de côté, je regardai une espèce de serpent sortir de sous le matelas et partir dans la direction d'où je venais. Je me remis à parler aux animaux.

– Tu n'es pas de l'espèce que je recherche.

Je me tournai et arrivai à mi-chemin, où l'un des matelas formait un pli, calé contre un autre. Je décidai que c'était probablement le seul endroit où quelqu'un pouvait se cacher dans cet espace confiné, et instruit par quelques flash-back supplémentaires concernant l'autre canalisation de Lone Bear Road, je posai un pied sur le matelas et poussai. Une fois de plus, Burns sortit de sa cachette et partit en ricochet dans la conduite comme une boule de flipper. Je me jetai à ses trousses, mais trébuchai sur le coin d'un sac de couchage détrempé et tombai en avant. Je fis de mon mieux pour me remettre vite sur mes pieds, malheureusement le sol était glissant et je savais, au plus profond de moi, que j'allais le perdre.

Dieu déteste ceux qui abandonnent, alors péniblement, j'avançai et le regardai atteindre l'autre extrémité de la conduite ; la lumière vive du soleil l'éclaira comme une bougie qu'on allume.

C'est là que l'étouffoir s'abattit, vengeur.

Lolo Long avait dû attendre au-dessus du tunnel de l'autre côté, et c'est avec une satisfaction considérable que je la vis atterrir sur Kelly Joe avec son mètre quatre-vingt-deux de muscle et d'énergie. Elle l'envoya tête la première dans la boue et le bloqua avec son genou enfoncé au milieu du dos tout en saisissant deux poignées de son marcel.

Il essaya de se défendre, mais c'était comme une réédition des événements à la maison de Clarence, lorsqu'elle lui avait fait une démonstration de catch.

Je sortis d'un pas hésitant à la lumière du jour au moment où elle refermait ses menottes sur Burns et le remettait debout ; il était couvert d'une boue noire des pieds à la tête.

– Je veux un avocat.

Elle lui flanqua une claque sur le côté de la tête.

– Tu vas en voir pas mal, des avocats, crois-moi.

Je pris deux ou trois inspirations et sentis la puissante odeur de bière rance qu'elle dégageait.

– Vous avez trouvé le sac ?

Elle sourit en prenant le bras du dealer.

– Oui, et à l'intérieur, il y avait à peu près cinq cents grammes de méthamphétamines en minuscules sachets individuels.

Je pris l'autre bras de Burns et nous le fîmes remonter du fossé pour le ramener vers le parking du Jimtown Bar.

– Cela fait presque une livre de substance du tableau II, et tu sais ce que ça signifie, n'est-ce pas, Kelly Joe ?

Elle était contente comme je ne l'avais jamais vue lorsqu'elle l'informa de ses droits. Quand elle eut fini, Kelly Joe continua à se taire, alors elle se tourna vers moi.

– Je suis désolée d'avoir mis autant de temps, et de puer comme une vieille brasserie, mais les canettes ont dégringolé sur le sac quand il a atterri de l'autre côté du mont Rainier et il m'a fallu un peu de temps pour le retrouver.

– Ce n'est pas grave.

– Vous savez depuis combien de temps je cherche à avoir ce rat ? (Elle rit et je fus heureux de ne pas avoir gâché son moment de grâce.) Deux mois, et c'est de loin la plus grosse prise de ma carrière.

J'étais content pour elle ; il y a un élan de camaraderie, une euphorie qui accompagne ces situations, quand on attrape le méchant avec tellement de preuves qu'il est exclu qu'un jury informé ou un juge sobre le laisse libre. Le moment est d'autant plus savoureux lorsque personne n'a été blessé et que tout le monde, à l'exception du criminel, s’en sort proprement, enfin, presque proprement.

Mais mon esprit ne cessait de revenir sur l’affaire en cours. Je repensai au père mort, à l’enfant blessé et à la femme que nous avions vu tomber. Je ne dis rien tandis qu’elle faisait monter le dealer à l’arrière du Yukon et elle se retourna pour me regarder, les poings sur les hanches.

Le sourire, d’une puissance d’un million de watts, n’était que légèrement terni.

– Audrey.

Je me concentrai sur le visage de la chef de la police tribale.

– Pardon ?

– Sur l’enregistrement, la voix féminine.

J’attendis.

– C’est Audrey.

14

Nous avions déposé Nattie Tyminski à la prison du bureau des Affaires indiennes, où se trouvait une bénévole. Elle s'en tirerait probablement sans peine puisque nous ne l'avions pas prise en possession de quoi que ce soit, mais un petit moment derrière les barreaux ne lui ferait pas de mal.

Nous nous assîmes sur les chaises pliantes du quartier général de la police tribale et regardâmes Kelly Joe – il était installé sur la couchette dans le coin de sa cellule, avec les genoux remontés, pour se protéger. Jusque-là, Artie Small Song n'avait pas esquissé le moindre mouvement agressif à son encontre, mais le dealer jouait la sécurité ; je le comprenais bien – c'était comme être pris au piège dans une cage avec un blaireau furieux.

Les doigts d'Artie étaient serrés autour des barreaux comme cette espèce de vigne vierge qui étouffait les arbres jusqu'à la mort.

– J'en ai pas la moindre idée.

– Tu as dû avoir une interaction quelconque avec elle.

– Non. (Il s'écarta brusquement des barreaux et se mit à faire les cent pas, les yeux de Kelly Joe le suivant comme un radar.) La seule fois où j'ai posé les yeux sur cette femme, c'était là-bas, aux services sociaux, quand j'ai essayé de récupérer le chèque d'allocation de ma mère.

– Aucune autre fois ?

Il tourna le coin au fond de la cellule et revint vers moi.

– Aucune.

– Pas même au téléphone ?

Il s'arrêta au passage suivant.

– Jamais. (Il attrapa les barreaux à nouveau et Kelly Joe bondit.) Et je n'étais pas au bar, ce soir-là ! Interrogez les gens et vous verrez bien si quelqu'un se souvient m'avoir vu là-bas.

– Ton pick-up était là-bas.

– Mon neveu s'en servait.

– Avec ton cerf attaché au capot ?

Je me levai et m'appuyai d'un coude entre les barreaux ; je lançai un coup d'œil à Burns. J'aurais menti si j'avais dit que je ne me réjouissais pas de l'inconfort du dealer.

– Alors, où étais-tu ?

– Je chassais ! (La bave s'échappait de sa bouche, et son visage s'avança tout près du mien.) Vous en avez mangé un morceau de ce cerf, vous l'avez goûté, il vous a paru frais, non ?

Je hochai la tête.

– Oui.

– Je suis allé en chercher un autre. Maintenant, laissez-moi sortir.

– Ce n'est pas si facile, Artie. Les Fédéraux sont convaincus que tu es coupable à cause de l'enregistrement, et nous n'avons pas découvert le moindre indice qui contredirait cette preuve vraiment convaincante.

– Cette conversation n'a jamais eu lieu. (Il s'écarta des barreaux.) Je n'ai jamais parlé à son mari, comment s'appelle-t-il, déjà ?

– Il s'appelle Clarence.

La voix de Burns s'éleva du fond de la cellule, et il suffisait de le regarder pour se rendre compte qu'il regrettait d'avoir ouvert la bouche, mais il était Kelly Joe, après tout, et le silence n'était pas un de ses points forts.

– Clarence ?

Je hochai la tête.

– Je me suis engueulé avec un type appelé Clarence un jour sur le parking du White Buffalo.

– Pourquoi ?

– Il avait laissé sa Jeep pourrie devant la pompe à essence pendant qu'il chantait la sérénade à une adolescente. Je lui ai dit de la bouger, sinon j'allais voir carrément rouge.

Je regardai derrière Artie et parlai plus fort de manière que Kelly Joe sache que c'était à lui que je m'adressais.

– Est-ce que tu as eu à faire avec Clarence Last Bull ?

Il tira sur l'encolure de son T-shirt, sentant la chaleur que je dégageais et celle des flammes de son tatouage, puis essaya de le cacher en posant son menton sur ses genoux.

– Je ne vous parlerai pas.

– OK.

Je m'éloignai des barreaux, laissant quelques doigts posés sur l'acier comme si j'étais réticent à m'en aller.

– Je comprends bien que tu ne veuilles pas te fatiguer à aider Artie à régler ses problèmes. De toute manière, la chef Long et moi allons sortir d'ici dans environ deux minutes, alors vous aurez plein de temps pour discuter tous les deux et résoudre toute cette affaire.

Artie Small Song se tourna pour regarder Kelly Joe Burns.

Le dealer se redressa lentement et se mit debout sur sa couchette, le dos collé aux parpaings.

– Hé, hé, attendez une minute. Je veux ma cellule à moi.

Je gardai les yeux rivés sur Burns mais lançai par-dessus mon épaule.

– On en a une vide, chef ?

Elle haussa les épaules.

– Pas dans l'immédiat. Le personnel d'entretien aura peut-être quelque chose plus tard.

Je me tournai à nouveau vers lui.

– On dirait que tu vas avoir un compagnon de cellule pendant un petit moment.

Ses bras se tendirent, essayant de bloquer l'air entre Artie et lui.

– Écoutez, entre nous, c'était purement business. Clarence dealait un peu, c'était tout. Parfois il se retrouvait à court et je lui avançais de la came. C'est tout.

– Ça n'a pas le moindre sens, Kelly. Pourquoi les Fédéraux seraient-ils intéressés ? Vos petites magouilles ne sont pas vraiment une priorité sur leur tableau des substances illicites.

Le dealer gardait les yeux rivés sur Small Song.

– Comment je saurais, moi ? Allez leur demander. Putain de merde, vous croyez que c'est des potes à moi ?

La voix de Lolo se fit entendre depuis le couloir où elle s'était installée.

– T'inquiète pas, petit blanc, ils vont bientôt l'être.

J'allai la rejoindre et nous nous dirigeâmes vers la porte.

– Hé, attendez une minute !

Je me retournai pour le regarder. Artie s'était rapproché de Kelly Joe et se trouvait maintenant dans le coin devant la couchette ; on entendit ses poings se serrer, produisant le même bruit que de l'écorce qui se rétracte.

– Quoi ?

– Je pourrais vous faire une liste de consommateurs.

La chef Long croisa les bras.

– Oh, toi et les *Federales* allez vous entendre.

Small Song s'approcha encore plus près.

– Espèce d'ordure.

– Artie ?

Il tourna la tête et me regarda. Je réprimai le sourire qui me montait aux lèvres et fit signe à Small Song de bouger.

– Laisse-lui un peu de place, Artie. (J'attendis qu'il s'éloigne.) Comment ça va nous aider, Kelly Joe ?

Il parut soulagé d'avoir ne serait-ce qu'un tout petit espace pour respirer.

– Il s'agirait de tous les gens à qui Clarence a eu affaire, d'une façon ou d'une autre.

Je me tournai vers Lolo.

– Vous croyez qu'on peut faire confiance à M. Burns et le laisser dans vos bureaux, si on lui donne un crayon et une feuille de papier pour établir une liste ?

Elle le regarda.

– Si nous le menottons au radiateur.

Je me tournai vers le dealer.

– Tu es droitier ou gaucher ?

Je rejoignis ma famille sur le parking du centre de détention, qui prenait le soleil dans la décapotable de Henry. La Nation Cheyenne était appuyé contre l'aile avant et avait le doigt posé sur une marque sur le capot de la Thunderbird de 59, une marque qui faisait moins d'un centimètre de long.

– Tu as éraflé ma voiture.

– Je t'achèterai de la pâte à polir ou un de ces ornements à fixer sur ton capot, un bouledogue avec les yeux qui sortent et qui s'allument.

Il ferma les yeux, levant son visage vers les rayons du soleil comme un tournesol algonquin ; c'était un geste qu'il faisait toujours.

– Si j'ai bien compris, tu as arrêté Kelly Joe Burns ?

– La chef l'a arrêté.

L'Ours applaudit en silence.

– Bravo.

Je regardai Cady, qui passait de la crème solaire sur ses pieds.

– Comment s'est passée ta discussion avec Arbutis Little Bird ?

– J'ai conclu un accord avec elle. Ils refusent de déplacer la date de leur événement, mais je les ai convaincus qu'on pouvait combiner le mariage avec la retraite en immersion linguistique.

Lena ajusta ses lunettes de soleil.

– Je commence à me dire que votre fille pourrait obtenir d'un Esquimau qu'il cède sa glace.

Je finis de contourner Lola et admirait les deux femmes splendides, avec leur haut de maillot et leur huile solaire, les serviettes étendues sur les sièges inclinés de la Thunderbird.

– Un séminaire en immersion de langue cheyenne et ton mariage. Comment est-ce possible ?

– Ce sera traditionnel, entièrement en cheyenne. (Cady remonta ses lunettes Prada et me regarda avec ses grands yeux gris.) Nous l'avons convaincue que c'était une occasion magnifique pour les étudiants de voir la langue cheyenne mise en œuvre dans un contexte unique.

Je lançai un coup d'œil à Lena, qui n'avait pas encore bougé.

– Comment le contingent Moretti trouve-t-il cette proposition ?

La future belle-mère se tourna vers moi.

– *He'ehe'e, na-tsehese-nestse.*

Je secouai la tête et regardai passer les voitures sur la 212.

– Vous ne voudriez pas travailler sur cette affaire de meurtre, vous deux, par hasard ?

Cady enleva ses lunettes mais protégea ses yeux avec sa main en visière.

– Je croyais que vous aviez arrêté quelqu'un ?

– C'est vrai, mais ce n'est pas le bon.

Un sourire étira le coin de sa bouche.

– Et le dealer ?

– Il est dans le bureau en train d'écrire une liste d'associés connus du défunt, mais je ne crois pas qu'il soit le coupable, lui non plus.

– On dirait que tu as encore vraiment du travail.

– Ouaip.

– On n'a pas besoin de toi.

Je fus un peu peiné.

– Pas du tout ?

Elle perçut le ton de ma voix et se redressa, se tournant sur le siège et se hissant sur le rebord de la fenêtre ; elle s'accrocha à ma chemise d'un air espiègle.

– J'ai toujours besoin de toi, mais pas cet après-midi si tu as des choses à faire. (Elle regarda la chemise qu'elle serrait entre ses doigts, en particulier l'insigne marqué PRETTY WEASEL.) Tu t'es fait embaucher ?

– J'avais juste besoin d'une chemise propre.

– Elle n'est pas si propre que ça. (Elle me détailla, avec, aux lèvres, le sourire qu'elle me réservait.) Répète après moi. *Na-he-stonahanotse*.

– Qu'est-ce que ça veut dire ?

Elle y mit plus d'emphase, la deuxième fois.

– Répète : *Na-he-stonahanotse.*

– *Na-he-stonahanotse.*

Elle approuva ma prononciation d'un signe de tête.

– Bien, maintenant, essaie celle-ci : *E-hestana.*

– *E-hestana.*

– Maintenant, à la suite.

Je réfléchis.

– *Na-he-stonahanotse. E-hestana.* Et qu'est-ce que je viens de dire ?

– Voici ma fille. Je lui donne la permission de la prendre.

C'était peut-être le soleil, ou le manque de sommeil, mais je sentis mes genoux se ramollir un tout petit peu. Je déglutis et mes yeux commencèrent à se mouiller ; j'espérai qu'elle ne remarquerait rien, mais bien sûr, elle vit ce qui se passait.

Son regard s'adoucit, et elle appuya sa tête contre ma poitrine.

– Je me marie, Papa.

Je ris, mais mon rire fut bref et resta coincé dans ma gorge.

– Ouaip, je crois que je viens de m'en rendre compte.

Elle retira sa tête et je dégageai une mèche de ses cheveux blond vénitien, un tout petit peu humide après le bain de soleil.

– Tu ne devrais pas te faire autant de soucis pour moi.

– OK.

Elle continua à sourire.

– Je me range et je vais avoir un bébé. La vie devient facile à partir de là, non ?

Je hochai la tête.

– Oh oui.

– Nous t'enlevons l'Ours et nous allons faire des courses à Billings, mais nous serons de retour ce soir avec un autre Moretti.

– Le futur marié ?

Elle sourit.

– *He'ehe'e.* Je lui ai demandé s'il pouvait venir en avance et m'aider. Pour tout dire, il me manque. Les autres membres de la famille resteront à Denver jusqu'à la dernière minute, alors on n'a pas vraiment besoin de se préoccuper des chambres d'hôtel, qui sont bien, d'ailleurs. Michael, Lena, Henry et toi, on dînera tous ensemble.

Je jetai un coup d'œil à la Nation Cheyenne comme si je ne savais rien.

– Chez l'Ours ?

Cady rattrapa ses lunettes de soleil.

– En fait, au Charging Horse Casino, si on ne se met pas en route tout de suite. Tu veux bien réserver pour nous, juste au cas où, Papa ? (Elle jeta un œil à l'horloge sur le tableau de bord de la Thunderbird.) Tu as six heures pour attraper un meurtrier.

Lena Moretti me regardait à nouveau.

– Sans pression aucune.

Cady posa un baiser sur mon visage mal rasé et se rassit, remit son T-shirt et boucla sa ceinture de sécurité.

Une partie de moi voulait partir, mais je savais que je serais plus utile auprès de la chef Long.

– Je n'ai pas de véhicule.

La Nation Cheyenne, appuyé sur l'aile de la décapotable, se tourna pour faire face à la portière passager, le regard se posant d'abord sur Lena Moretti, puis sur son pick-up garé derrière la voiture.

– Je vais te laisser le Rezdawg.

Il plongea la main dans sa poche et me jeta les clés, avec l'assortiment d'amulettes, les plumes et tout.

Je n'arrivais pas à croire qu'il se donnait la peine d'enlever les clés de son épave.

J'examinai l'imposant porte-clés qui se trouvait dans ma main, puis je levai les yeux vers le mastodonte couvert de rouille. Le petit groupe sortit du parking, tourna à droite et partit vers la grande ville.

– C'est bien ce que je disais, je n'ai pas de véhicule.

Quand j'arrivai dans le bureau de la police tribale, je trouvai Lolo Long en chemin, prête à partir.

– Que faites-vous là ?

Je haussai les épaules.

– J'ai été abandonné.

– Bien, vous allez pouvoir venir avec moi à KRZZ. Nate a appelé et il a dit qu'il avait des informations pour nous.

– Et que faisons-nous de Charles, Artie, Kelly Joe, et l'imminente euthanasie ?

– Maman a apporté de quoi déjeuner et elle restera jusqu'à notre retour.

Elle sortit un morceau de papier de sa poche de chemise et me le tendit.

– Qu'est-ce que c'est ?

– La liste des gens prenant les traitements inscrits sur le vieux bracelet que vous avez trouvé. La base de données ne remonte qu'à environ douze mois, mais elle a dit qu'elle allait vérifier si avant ça quelqu'un a été dans une situation suffisamment critique pour se retrouver avec cette quantité de médicaments. (Elle désigna le GMC.) En route pour la radio ?

Je levai mon poing.

– Restez calmes, soyez courageux et guettez les signes.

Avec la chef au volant, nous arrivâmes à destination en trois minutes. Les mêmes véhicules étaient garés, avec en plus le Cherokee de Herbert.

– Apparemment, l'animateur du matin a fini par arriver pour l'émission de l'après-midi.

Lolo entra la première, et la joueuse de sudoku pointa son crayon vers les studios de production au fond. Le morceau *Ghost Dance* de Bill Miller planait au-dessus de nos têtes et je voyais Herbert His Good Horse coiffé de son inénarrable chapeau haut de forme gris chiné avec le ruban en cuir clouté dans lequel était coincée la grande plume d'aigle. Il était dans le studio d'émission ; il se tourna et nous salua de la main, nous montrant une zone, derrière les bureaux, où nous n'étions jamais allés.

Nous tournâmes au coin. Nate était installé dans un studio minimaliste pas plus grand qu'un dressing. Il se tenait la tête à deux mains pendant qu'il écoutait intensément, un casque hi-tech sur les oreilles. La chef Long s'avança derrière lui et, sans prévenir, posa ses mains sur ses épaules, ce qui fit bondir le jeune homme. Il se retourna.

Lolo leva les bras, et nous le regardâmes enlever son casque.

– Bon sang, les gars, vous m'avez fichu une de ces trouilles.

– Pardon. (Elle sourit.) Alors, qu'est-ce qui se passe ?

Il passa à côté de nous et sortit de la pièce.

– Attendez, il faut que j'aille chercher Herbert.

Nous nous mîmes à regarder les affiches rock-and-roll d'artistes que je ne connaissais pas du tout, et au bout d'un moment, Nate réapparut avec Herbert sur ses talons. Le jeune homme se glissa devant nous, et Herbert s'ajouta au groupe avant de refermer la porte du minuscule studio.

Nate s'éclaircit la voix.

– C'est plutôt important.

Il fourra ses mains dans ses poches et parut soucieux.

Herbert encouragea le jeune homme d'un geste.

– Dis-leur.

– Cet enregistrement… (Nate marqua une pause.) Il a été fabriqué.

Je jetai un coup d'œil à Lolo, mais elle avait l'air aussi perdue que moi.

– Qu'est-ce que tu entends par fabriqué ?

Son regard balayait nerveusement la pièce.

– Les Fédéraux ont monté cet enregistrement de toutes pièces. Ces deux gars ne se parlent pas.

La chef Long se pencha plus près de lui.

– Quoi ?

– J'écoutais la version amplifiée et je n'arrêtais pas d'entendre des petits à-coups, vous voyez, des sons entre les voix des gens. C'est très bien fait, mais c'est un montage. (Il montra l'équipement qui se trouvait derrière lui.) Cette conversation est un collage. Les Fédéraux ont fabriqué ça de toutes pièces, mec.

Il se tourna à demi et tapota sur son clavier – les voix d'Artie Small Song et de Clarence Last Bull explosèrent dans les enceintes. Il s'empressa de baisser le volume.

– Je l'ai manipulée pour que vous entendiez bien les points de transition entre leurs répliques.

J'écoutai attentivement la version amplifiée. Il avait raison.

Les yeux de Lolo Long étaient écarquillés lorsqu'elle se tourna vers moi.

– J'arrive à les entendre.

– Ouaip, moi aussi.

Nate appuya sur d'autres touches, et la musique de fond bondit au premier plan.

– Il y a autre chose.

Je tendis l'oreille.

– *Ira Hayes*, oui, je sais. Nous avons été vérifier dans le juke-box du Jimtown, mais le morceau n'y est pas.

Nate secoua la tête.

– Non, pas ça. Écoutez.

Nous nous concentrâmes, mais ce fut Lolo qui posa la question.

– Et qu'est-ce que nous cherchons à entendre ?

– Les paroles.

La chef et moi échangeâmes un regard, puis nous nous tournâmes vers Nate. Il nous regarda d'un air exaspéré.

– Elles sont répétées.

Nous écoutâmes la partie sur le drapeau et le fait de jeter un os au chien et l'écoutâmes une seconde fois.

Lolo rit.

– Mais c'est le refrain.

Nate fronça le sourcil.

– Non, ce n'est pas ça, et même si ça l'était, il ne serait pas répété aussi rapidement. Quelqu'un a ajouté la musique sur la bande pour cacher les bornes, mais il ne s'est pas rendu compte qu'il répétait les mêmes paroles.

Je jetai un coup d'œil à Herbert, qui avait l'expérience de toute une vie dans ce domaine.

– Qu'en pensez-vous ?

Il hocha la tête et parut triste.

– Le gamin est venu me chercher et je l'ai écouté un paquet de fois. Il a raison, quelqu'un a fabriqué cet enregistrement.

– Mais pourquoi ferait-on une chose pareille ?

Nate vibrait presque, tant il était excité.

– C'est le gouvernement fédéral, mec, c'est le genre de merde qu'ils font.

Étant l'une des deux personnes présentes porteuse d'un insigne, je ne voulais pas vraiment être la voix de la raison, mais il me semblait qu'il fallait que quelqu'un le dise.

– Nate, c'est un peu fou, cette histoire.

– Que voulez-vous dire ?

– Je veux dire que si Cliff Cly pensait qu'il y avait quelque chose de bizarre à propos de cet enregistrement…

Je marquai une pause pour réfléchir à la manière peu rigoureuse avec laquelle l'agent responsable considérait les règles, ce qui l'avait d'ailleurs mené ici, à la réserve.

Lolo ne me quittait pas des yeux.

– Quoi ?

Je pris une grande inspiration et essayai de chasser cette idée complètement dingue de mon esprit.

– Cela n'a aucun sens. Pourquoi le FBI en aurait-il après Artie ?

– Cela fait des années qu'ils sont après mon oncle, mec. C'est un guerrier, et ils essaient de le serrer. (Il sortit le CD du lecteur.) On devrait aller voir les journaux et leur demander de balancer cette histoire.

Je tendis la main et récupérai le CD.

– Non, on va aller en parler à Cliff Cly et voir ce qu'il a à en dire.

Nate ne put se retenir.

– Vous êtes malade ? Ce sont eux qui ont fait ça !

– Peut-être, ou peut-être pas. De toute façon, si Cliff y est mêlé, le fait qu'on le confonde va discréditer l'enregistrement complètement, il n'aura plus de valeur. S'il n'est pas au courant, alors, peut-être qu'il pourra nous aider à découvrir qui l'a fait.

– Ils vont détruire la station, hein, Herb ?

Herbert haussa les épaules.

– Ça se peut. Des trucs comme ça arrivent tout le temps.

Je me tournai vers Lolo pour qu'elle me soutienne un peu, sans trop savoir ce que je ferais si elle se ralliait à la théorie conspirationniste.

– Chef Long ?

Elle s'adressa à Nate et Herbert.

– Vous regardez beaucoup Fox News, n'est-ce pas ?

Nate repoussa sa remarque d'un geste.

– Je suis sérieux. Les hélicoptères noirs vont venir vous embarquer, et Herb et moi on va se retrouver plantés ici, sur un champ de ruines.

S'il avait eu la place, il aurait fait les cent pas.

– Audrey savait quelque chose, alors ils l'ont tuée. Ensuite ils ont tué Clarence pour le faire taire, et maintenant, ils veulent faire porter le chapeau à Artie.

J'interrompis sa diatribe.

– Qu'est-ce qu'Audrey aurait bien pu savoir ?

– Je ne sais pas, quelque chose.

Je soupirai.

– Tout ça me paraît complètement insensé, Nate.

– Très bien, allez parler à vos copains du FBI et voyez ce qu'ils disent. (Il agita une main sous mon nez.) C'était sympa de vous rencontrer.

Je regardai Herbert, mais il semblait concentré sur le sol. Je passai devant lui et ouvris la porte.

– Venez, Chef, on y va.

Long m'emboîta le pas et nous partîmes vers la sortie. Nous arrivions dans le hall d'accueil au moment où Nate m'attrapa par le bras.

– Hé, dites, s'il vous arrive quelque chose, à vous deux, qu'est-ce que je dois faire ?

– Te tenir à distance des fenêtres.

C'était une plaisanterie, mais je ne suis pas sûr qu'il la comprît.

– Vous le connaissez bien, ce Cliff Cly ?

Elle dévalait la route en graviers à toute allure ; le gros V-8 hurlait en guise de protestation.

– Comme je vous l'ai dit, j'ai eu affaire à lui sur la Powder River. Sur le plan déontologique, il n'est pas l'agent le plus irréprochable que j'aie rencontré, mais il obtient des résultats.

– Vous croyez qu'Artie figure au nombre de ses résultats ?

Je m'accrochai d'une main au tableau de bord capitonné, et je remarquai que mes doigts laissaient une empreinte dans le cuir.

– Eh bien, cet enregistrement est vraiment tombé au bon moment pour mettre un point final à l'affaire, juste quand nous en avions besoin, mais quand même, ça me semble étrange.

Elle fit rugir le GMC en remontant sur l'asphalte et laissa sur le bitume une bande de caoutchouc de plus de trois mètres de long. Les piétons qui se trouvaient sur les trottoirs de Lame Deer ignorèrent le Yukon comme si cette descente de Main Street à cent kilomètres/heure était un événement quotidien ; à bien y réfléchir, cela devait probablement être le cas.

– Vous pensez que nous devrions en référer au bureau principal, à Salt Lake ?

Je secouai la tête.

– À Mike McGroder ? Non. Nous allons donner à Cliff l'occasion d'écouter la bande et nous verrons ce qu'il a à dire. Vous auriez une idée de l'endroit où il se trouve ?

Elle décrocha le micro du tableau de bord et appuya sur le bouton.

– Allô la Base, ici unité Un. Il y a quelqu'un ?

Parasites.

– Unité Un, ici la Base. Terminé.

– Charles, tu as une idée de l'endroit où l'agent du FBI pourrait se trouver ?

Parasites.

– Ouais, il était là il y a deux minutes. Il a embarqué Kelly Joe et Artie Small Song. Il a dit qu'il les emmenait à Hardin pour les mettre en détention par mesure de protection.

Elle me lança un regard.

– Il y a combien de temps ?

Parasites.

– Peut-être cinq minutes.

Je tendis la main et mis en marche les lumières et les sirènes tandis que la guerrière traversait en trombe sur ses quatre roues le carrefour principal de Lame Deer, évitant de justesse une camionnette de livraison et un Ford Explorer. Le temps que nous arrivions à la grande corniche qui marque la limite entre les territoires distincts des Cheyennes et des Crows, nous avions atteint la vitesse de cent quatre-vingt-dix kilomètres/heure.

Les muscles de sa mâchoire se contractèrent.

– Au moins, c'est clair maintenant.

– Pas forcément.

– N'importe quoi ! Il a fabriqué l'enregistrement, et maintenant il essaie de valider la chose en prenant Artie.

Elle prit un virage sec avec le Yukon et je suis pratiquement sûr que les roues intérieures n'étaient plus en contact avec le sol. Je levai les yeux vers les arceaux de sécurité et fus un peu rassuré.

– C'est forcément ça.

Lorsque nous parvînmes à la ligne droite au-dessus de Busby – à ne pas confondre avec Birney, ni le blanc ni le rouge –, la caravane de véhicules fédéraux apparut ; elle approchait du gigantesque tipi Moncure qui était autrefois un magasin de souvenirs et un piège à touristes, juste à côté du magasin général de la ville.

Le pied de Lolo s'enfonça plus profondément dans la gorge du 4 x 4, et je regardai l'aiguille orange monter encore plus haut. Lorsque nous arrivâmes en vue du cortège composé d'un Yukon, d'un Suburban et d'un Expedition, je suis pratiquement sûr que nos pneus ne faisaient qu'effleurer le relief de la Route 212.

La chef dépassa le dernier véhicule et je vis une expression de surprise sur le visage des Fédéraux au moment où nous doublâmes le second véhicule. Une fois passé le premier, elle écrasa ses freins antiblocage qui, à mon avis, étaient totalement bloqués.

Nous étions toujours en partie sur la voie d'en face, environnés de fumée bleue, lorsque le véhicule s'arrêta enfin. Je fus soulagé de constater que les airbags ne s'étaient pas déclenchés. Je défis ma ceinture, ouvris ma portière et posai le pied sur l'asphalte couleur de scorie.

Cly fut le premier à apparaître. Il s'avança vers nous avec une main posée sur le Sig-Sauer accroché à son ceinturon, faisant signe à l'agent qui conduisait de baisser son arme avant de sortir à son tour. Il sourit en voyant ma tenue.

– Hé, jolie chemise. Vous avez décidé de vous convertir ?

Il ouvrit les bras pour embrasser les plaines de Little Big Horn.

– C'est l'endroit parfait, Kemosabe.

Lolo Long apparut derrière sa voiture de patrouille et pointa un index sous le nez de Cly.

– Où sont mes prisonniers ?

L'agent donna l'impression d'avoir reçu une gifle.

– Quoi ?

Je gardai un œil sur le chauffeur qui baissa son arme mais ne la rengaina pas, pendant que trois autres agents sortaient des deux autres véhicules. On aurait dit un quatuor barbershop bien léché.

Long se trouvait au niveau du capot du Suburban et elle flanqua un coup de pied dans le pare-choc avant.

– J'ai dit, où sont mes prisonniers ? Vous pouvez donner Kelly Joe et Nattie à la DEA ou qui vous voulez, mais vous n'avez aucun droit d'embarquer Artie Small Song.

Elle jeta un coup d'œil aux autres agents, qui avaient la sagesse de garder leurs distances – l'autoprotection était l'un des enseignements fondamentaux de leur formation à l'Académie.

Cliff me regarda avec une expression bizarre, puis remonta ses lunettes de soleil sur ses cheveux ondulés.

– Vous fonctionnez avec un personnel réduit à peau de chagrin dans un cube en béton, je pensais que je vous rendais service.

– Je me passe de vos services.

Il me regarda à nouveau, parla lentement, et avec l'accent du mid-west qu'avait Wade Barsad autrefois, il dit :

– O-key.

Elle fit le tour pour se planter devant lui, et à mon avis, il était content que la portière de la voiture se trouve entre eux.

– Je suis en train d'enquêter sur un meurtre et vous essayez de vous barrer avec mon principal témoin.

L'agent me regarda à nouveau.

– Je croyais qu'il était votre principal suspect.

– Il l'était, jusqu'à ce qu'on écoute plus attentivement votre connerie d'enregistrement.

Je l'observai avec la plus grande attention ; il était difficile de savoir de quel côté de la barrière jouait

Cliff Cly du FBI dans cette affaire, mais il parut sincèrement très troublé.

– Mais de quoi parlez-vous ?

– La bande enregistrée est bidon, et vous le savez.

Un semi-remorque ralentit en approchant de la phalange de véhicules officiels, les freins à air comprimé sifflèrent comme un taureau mécanique furieux. Le chauffeur se pencha par la portière pour assister au spectacle qui se déroulait sous son nez. Lolo Long se laissa un instant distraire et cria à l'intention du routier :

– Qu'est-ce que vous regardez ? Vous voulez peut-être que je contrôle votre chargement de bois ?!

Le camion accéléra, et j'avançai un peu plus près de l'épicentre du conflit, avec l'espoir que la chef se rappellerait que j'étais de son côté.

– Vous ne voulez pas qu'on gare ces véhicules de l'autre côté et qu'on s'explique sur tout ça ?

Long me regarda quelques instants puis passa devant moi pour aller garer le GMC sur le parking de gravier, près de l'attraction touristique en ruines.

Les Fédéraux l'imitèrent, et Cly demanda à deux de ses gars d'aller chercher quelques boissons pour les agents au magasin qui se trouvait à cent mètres de là. Ils disparurent, mais ceux qui étaient restés dans les voitures ne nous quittèrent pas des yeux, comme si nous allions essayer de les bouffer tout crus.

Ce que l'un d'entre nous était bien en train de faire.

– Encore une fois.

Lolo appuya sur le bouton et nous écoutâmes une seconde fois l'enregistrement remasterisé.

Son visage demeura impassible, mais il sortit du véhicule et s'immobilisa, essuyant une de ses chaussures sur l'arrière de sa jambe de pantalon. Au bout d'un moment, il traversa la vieille dalle en béton disloquée et jeta un coup d'œil dans le tipi Moncure, leva une main, poussa la porte à moustiquaire pour l'ouvrir ; elle tenait à l'ossature par un demi-gond seulement.

– Alors, vous pensez que l'enregistrement a été bidouillé ?

La chef et moi nous tenions à côté de la portière de sa voiture et nous l'observions.

– Vous l'avez entendu. Qu'en pensez-vous ?

Il ne dit rien, mais fit un pas en avant et disparut dans la structure à bardeaux ; sa voix résonna dans l'espace vide.

– J'ai entendu dire que ce truc a été construit par la Works Progress Administration de Roosevelt mais à mon avis, c'est des conneries.

Nous entendîmes le bruit de ses pas qui faisaient le tour à l'intérieur, sous le regard des agents du FBI. Je m'éloignai du 4 x 4, suivis le même chemin que Cliff et le trouvai planté au milieu, les yeux levés vers le ciel bleu, où le soleil serait bientôt au zénith.

Lolo fit de même, et nous regardâmes Cly enlever son blazer bleu marine – il continuait à regarder par les ouvertures aux endroits où les bardeaux et la charpente avaient disparu.

– Pourquoi la WPA construirait-elle un truc pareil ? Bon, un barrage, un chemin de randonnée, un mur de soutènement, je peux comprendre, mais un tipi géant en bois ? Cela n'a vraiment aucun sens.

Je repoussai mon chapeau en arrière et essuyai la sueur qui perlait sur mon front.

– Qu'est-ce qui se passe, Cliff ?

Il alla jusqu'à la paroi et posa une main sur un pilier aussi épais qu'un poteau téléphonique ; celui qu'il avait choisi était fendu, et un jour, il céderait, emportant avec lui toute la partie sud de l'édifice.

– Pour être honnête…

Long l'interrompit.

– Ce serait sympa, oui.

Il nous adressa un de ses sourires de bellâtre de cinéma auxquels il avait probablement recours depuis le lycée.

– Je ne sais pas.

– C'est des conneries.

Lolo fit un pas vers lui, son visage soudain illuminé par les rayons du soleil qui se déversaient par les ouvertures comme des faisceaux de projecteurs.

– C'est des conneries.

Il soupira.

– Parole de scout indien. (Il me regarda, puis se passa la langue sur les lèvres comme s'il cherchait ses mots.) Écoutez, la bande m'a été transmise par une source du bureau des Affaires indiennes.

Il tendit le bras vers le CD qui se trouvait toujours dans le lecteur de la voiture de Lolo.

– Ils avaient l'air vraiment enthousiastes. Je ne sais pas du tout comment ils l'ont eue, ou par qui ils ont réussi à l'obtenir…

– C'est des conneries. (La chef Long ne se laissait pas convaincre.) C'est trop facile, agent Cly, beaucoup trop facile.

Il secoua la tête.

– Je me suis dit la même chose, mais les gars du bureau des Affaires indiennes sont tout à fait compétents, respectables et tout, vraiment.

Elle croisa les bras.

– Eh bien, ça laisse une possibilité : vous.

– Chef ?

Ils se tournèrent tous les deux pour regarder l'agent apparu sur le seuil, à ma droite.

– Je m'excuse de vous interrompre, chef Cly. Je vous ai pris un Coca.

L'agent responsable alla chercher la canette puis renvoya son subordonné d'un signe de tête. Il se tourna ensuite vers nous, le soda à la main.

– Attendez, je voudrais que les choses soient claires, chef Long. Vous êtes en train de m'accuser de tout ceci ?

– Qui accuseriez-vous ?

Il me lança un regard, puis revint à elle.

– Écoutez, je sais que j'ai un parcours un peu en dents de scie, mais vous pensez vraiment que je ferais un truc comme ça ?

Elle ne dit rien, et je m'apprêtais à parler quand il ouvrit la bouche.

– Aïe.

Il glissa un doigt sous la languette, puis changea d'avis ; il garda les yeux baissés sur la canette.

– C'est blessant, Chef.

Il franchit le seuil de la porte branlante, la ferma avec précaution, pour produire un effet comique. Puis il fourra un index et un auriculaire dans sa bouche et émit un sifflement qui dut décoller quelques bardeaux supplémentaires.

Toute une série de portières s'ouvrirent, dans les véhicules des Fédéraux.

– OK, tout le monde, écoutez-moi bien. Comme c'est souvent le cas, le destin de l'homme blanc en territoire indien est funeste, nos chariots sont cernés et nous allons devoir rendre nos prisonniers.

Lolo me lança un regard, puis revint à lui.

– Qu'est-ce que… ?

– Vous en voulez un ? Vous les prenez tous.

Les agents sourirent en ouvrant les portières arrière et commencèrent à défaire les liens des prisonniers. Tout le monde s'amusait bien.

Je secouai la tête en le regardant.

– Allez, Cly.

Il m'ignora, coinça la canette de Coca sous son bras et applaudit des deux mains.

– Allez, allez, on va déjeuner au Walkers Grill à Billings – c'est l'Administration fédérale qui régale.

Il y eut quelques cris de joie, et ils amenèrent Kelly Joe et Nattie, entravés par des chaînes, jusqu'au Yukon de la chef. Il leur fut un peu plus difficile de sortir Artie Small Song de l'Expedition, parce qu'il on lui avait administré une forte dose de calmant.

– Chlorpromazine.

Kelly Joe fut le premier à sortir la tête par la portière pour demander :

– Hé, qu'est-ce qui se passe ?

Cly haussa les épaules.

– Vous n'êtes plus sous notre responsabilité, monsieur Burns. Je suppose qu'ils vont vous ramener à Lame Deer. (Il se tourna pour regarder Lolo.) Vous les remmenez à Lame Deer ?

Elle le fixa, gardant son air de défi jusqu'à la fin.

– Oui.

Il se frappa le front d'un geste ostentatoire.

– Oh, attendez, j'avais oublié. Étant donné la quantité de substances illicites que ces deux-là avaient sur eux, les accusations sont plus lourdes et ils devront être conduits à une prison fédérale. La plus proche, c'est Hardin.

J'approchai et toisai Cly tandis que les agents essayaient de faire entrer un Artie Small Song amorphe et couvert de bave sur le siège passager du Yukon, puisque Nattie occupait plus du tiers légitime de la banquette arrière. Finalement, et non sans y trouver un certain plaisir, les agents décidèrent de balancer Artie dans le coffre de la voiture de patrouille.

La voix de Kelly Joe s'éleva de l'intérieur.

– Hé, je peux avoir de ce que vous lui avez filé ?

– Cliff…

Il évita soigneusement mon regard et regarda ses hommes refermer le coffre sur un Artie complètement dans les vapes.

– Ce n'est pas juste. On a joué franc jeu avec vous.

Il pointa un index vers moi.

– Vous savez, shérif, je croyais que nous nous comprenions. Je sais que vous êtes un type qui fait les choses dans les règles, et pas moi, mais nous sommes tous les deux du même côté et nous obtenons des résultats.

Il s'apprêta à poursuivre, puis se ravisa et fit un premier pas. Son pied glissa sur les graviers, et sa voix cogna contre le sol dur, cuit par le soleil.

– Je vous dois la vie, mais je ne vous dois pas ma réputation. (Il tendit en passant la canette à Lolo Long.) Tiens, chérie, je t'offre un coca et un sourire.

15

Assise au volant de sa voiture de patrouille, Lolo Long avala son Coca cul sec et me regarda ; j'étais à nouveau planté sur le parking du bureau de la police, un lieu où je prenais décidément l'habitude de faire mes adieux à de jolies femmes.

Elle ôta la canette de ses lèvres.

– J'imagine que je devrais savourer le moment, ce coca risque d'être la dernière chose que le gouvernement fédéral me donnera. (Elle baissa les yeux.) Ainsi que toutes les maladies transmissibles que Cly pouvait avoir.

Kelly Joe et Nattie étaient toujours à l'arrière, somnolant confortablement dans l'atmosphère climatisée du Yukon.

– Deux heures aller-retour ?

– Je peux y arriver en moins que ça.

– Je vous en prie, ne vous pressez pas.

Elle rit, et je calai mes avant-bras sur le rebord de la fenêtre ; je tripotai la bague que je portais toujours au petit doigt.

– Vous serez revenue d'ici ce soir, venez donc dîner avec nous.

Elle secoua la tête.

– Je ne peux pas. J'ai trop de choses dans la tête. Et en plus, il faut que je retrouve un meurtrier.

Je m'apprêtai à ouvrir la bouche, mais elle me coupa la parole.

– Je sais que, dès le départ, vous ne vouliez pas être embarqué dans cette affaire, mais vous m'avez aidée. Ensuite, j'ai cru que vous alliez me sacrifier aux Fédéraux quand ils se sont amenés avec cet enregistrement, mais vous ne l'avez pas fait. Je vous en suis vraiment reconnaissante, et que vous le croyiez ou non, j'ai beaucoup appris grâce à vous, cette dernière semaine.

Elle serra plus fort sa main sur mon bras, là où j'avais roulé ma manche.

– Je n'ai pas été d'un grand secours. En fait, je crois que je n'ai fait qu'aggraver la situation.

Elle secoua la tête.

– Non, ce n'est pas vrai.

Elle détourna les yeux vers le pare-brise et la lumière aveuglante du soleil de l'après-midi, ses paroles prenant une tonalité sentencieuse.

– Vous avez probablement raison sur le fait que je ne suis pas bonne, et je ne pourrai probablement pas garder ce boulot, mais c'était chouette d'entrevoir ce qu'il pourrait être. (Sa voix se brisa un peu.) Je veux vous remercier pour ça.

Je me dis que ce n'était pas censé finir comme ça : elle qui jouait les taxis pour les Fédéraux et moi qui l'abandonnait. Dans le monde parfait du cinéma, nous aurions capturé les méchants d'une manière spectaculaire, avec des explosions, des courses-poursuites et un baiser d'adieu. Son rôle aurait été joué par Ava Gardner et le mien, par Robert Taylor.

Je la regardai.

– J'avais tort.

Elle m'observa, et je sentis son regard sur le côté de mon visage.

– Vous ferez un très bon flic si vous persévérez.

Je me tournai pour être à nouveau face à elle et essayai de faire en sorte que la cicatrice en forme de faucille n'attire pas mon attention et me fasse perdre le fil.

– Ne les laissez pas vous déloger. Vous pouvez faire beaucoup de bien ici.

Elle ne baissa pas les yeux, et sa réponse ne comportait aucune ironie.

– Merci. (Elle me tapota le bras.) À bientôt, shérif. (Elle actionna le levier de vitesse.) Qui sait, j'aurai peut-être besoin d'un boulot.

Je regardai le GMC sortir en trombe du parking et prendre la direction des territoires de l'Ouest. Beaucoup de pensées me tourmentaient et j'avais une impression étrange – comme si une intuition me démangeait, une idée sur laquelle je n'arrivais pas à mettre le doigt – mais la dernière chose qui me préoccupa lorsque j'engageai la lutte avec le démarreur du messager de la vengeance divine était que j'avais faim. Ensuite, je me rendis compte que je n'avais personne avec qui partager un déjeuner tardif, jusqu'à ce qu'il m'apparaisse que si, j'avais quelqu'un.

Il était toujours posté à côté du lit d'hôpital lorsque je vins le chercher, mais son protégé était profondément endormi dans son berceau. Sa queue battit contre le sol et sa bouche s'ouvrit dans un sourire affectueux.

La mère de Lolo était à côté de moi, un dossier coincé sous le bras, lorsque nous vîmes Adrian faire un mouvement, mettre une petite main à côté de sa tête et se détendre à nouveau.

Je parlai à voix basse, comme si j'étais dans une église.

– C'est un enfant paisible. La seule fois où je l'ai entendu crier, c'est quand quelqu'un l'a jeté du haut d'une falaise.

Elle me regarda quelques minutes, peut-être peu habituée à l'humour de flic, puis elle hocha la tête.

– Je crois qu'il a pleuré trois fois depuis qu'il est arrivé ici. Quand on entre, pour le nourrir ou lui changer sa couche, il est là, il regarde autour de lui, comme s'il observait les lieux. Audrey l'amenait souvent avec elle au travail et personne ne s'en plaignait, c'était un gamin tellement mignon. (Elle s'approcha du berceau et arrangea la couverture, sa main s'attardant sur l'enfant.) Je suis sortie mettre des choses dans ma voiture et j'ai vu Lolo partir en trombe… enfin, pas plus vite que d'habitude.

– Elle va à Hardin, mais elle a dit qu'elle serait rentrée ce soir. Je crois que les agences fédérales vont nous obliger à interrompre notre enquête pour meurtre.

Hazel parut triste et répondit à voix basse ; notre conversation commençait à avoir des allures de conspiration.

– Lo ne sera pas contente. Elle a pris beaucoup de plaisir à travailler avec vous, et je ne crois pas qu'elle ait pris du plaisir à grand-chose depuis son retour.

– C'est quoi, l'histoire avec son mari. Cale, c'est ça ? Et son fils ?

– Danny. Oh, je vais les voir à Billings un week-end sur deux.

Je l'observai.

– Et pas Lolo ?

– Non. Je ne sais pas trop quoi en penser, mais j'espère qu'avec le temps, elle résoudra ce qui provoque le blocage. (Le bébé serra le doigt de Hazel.) Je suis arrivée à l'âge où j'essaie de laisser les gens résoudre leurs propres problèmes.

– C'est quel âge, dites-moi ?

Mon regard alla à nouveau se poser sur l'orphelin, et je fus soudain abattu à la pensée de l'avenir qui attendait le petit bonhomme.

– Avez-vous une idée de l'endroit où Adrian va aller ?

Elle soupira.

– Non, pas vraiment. Il y a la sœur d'Audrey, mais… Herbert His Good Horse est son parrain, et il se montre tellement gentil, il vient le voir, mais je ne l'imagine pas bien dans le rôle du père adoptif. Je ne sais pas. Je vais peut-être voir si je peux le prendre en charge.

Je regardai son visage.

Elle surprit mon regard.

– Au cas où vous n'auriez pas remarqué, je sais assez bien élever les enfants, même avec les problèmes de Lo en ce moment.

– J'ai remarqué.

– Bon, vous feriez bien de vous en aller. Vous n'avez pas un mariage à organiser ?

– Oh, l'artillerie lourde du mariage semble avancer par la force de sa propre inertie, et elle est présentement en route vers Billings pour ramener le futur marié, et des courses. Ma fille est arrivée et a pris tout en charge. J'ai été mis en liberté sur parole. (Je ris sans bruit.) Ces derniers temps, je me suis souvent retrouvé dans cette position.

Elle reprit doucement son doigt à Adrian et vint me rejoindre au pied du berceau.

– Cela doit être difficile, avec votre femme qui n'est plus là.

– Ouaip, c'est dur. Tout ce que je me dis, c'est que Cady ressemble tellement à sa mère, et sa mère aurait voulu lui dire tant de choses. Bon sang, je n'arrive même pas à me rappeler tout ce que j'ai à lui dire. Chaque fois que je la regarde et que je réalise ce qui se passe, j'ai la gorge serrée.

Hazel me serra le bras et prit un ton qui ne manquait pas de panache.

– Reprenez-vous, mon cher. Ce n'est qu'un mariage. (Elle détacha un morceau de papier de la liasse qu'elle avait sous le bras.) J'avais donné à Lo une liste des individus à qui on a prescrit les médicaments, tous ou une bonne partie, qui étaient inscrits sur le bracelet que vous avez trouvé, mais j'en ai trouvé quelques autres.

Je regardai le morceau de papier et je vis plus de quarante noms sur la liste.

– Bon sang.

Je parcourus les lignes, mon œil s'arrêtant sur Lonnie Little Bird.

– Lonnie ?

– Il a traversé une mauvaise passe quand il a perdu ses jambes.

Je continuai à lire – Running Wolf, Lone Bear, American Horse, Bear Comes Out, Big Hawk, Bobtail Horse, Buffalo Horn, Red Fox, Crazy Mule, Eagle Feathers, Elk Shoulder, Fire Crow, Little Coyote, Magpie, Old Mouse… mais rien, dans cette ménagerie, ne me sauta aux yeux. Je repliai la feuille et la rangeai dans la poche poitrine de ma chemise.

– Enfin, ça valait le coup d'essayer.

Elle m'entraîna vers la porte. Souriant, je désignai le molosse.

– Ça vous ennuie si j'emmène mon chien déjeuner ?

Elle retourna au chevet de l'enfant.

– Pas du tout, mais ramenez-le d'ici ce soir. Je dors mieux quand je sais qu'il est là, auprès du petit.

Je tapotai ma cuisse et le monstre se leva, l'arrière-train en premier, s'étirant et baillant, dévoilant une dentition terrifiante.

– Allez viens, je t'offre un cheeseburger.

Il agita la queue, ce que je pris pour un oui.

Lorsque nous arrivâmes dehors, à côté du Rezdawg, le chien s'assit sur le sol en béton et me regarda.

– Je sais, mais c'est tout ce qu'on a. (J'ouvris la portière, mais il continuait de me fixer.) Allez.

L'air résigné, il sauta sur la banquette recouverte d'un rideau de douche – l'image même de la dignité offensée. Je refermai la portière, fis le tour et montai à la place du conducteur.

– Ne t'inquiète pas, je vais récupérer notre pick-up, je te le promets.

Je tournai la clé, et comme je pouvais m'y attendre, il ne se passa rien.

Seuls les voyants GEN et OIL s'allumèrent faiblement et je regardai le chien, contrit.

– Tu détestes ce pick-up, je sais, mais je le déteste encore plus que toi.

Je sortis, défis les accroches en caoutchouc derrière le pare-buffle, me fis un pinçon dans ma bagarre avec le mécanisme d'ouverture du capot, et je finis par réussir ; il resta ouvert suffisamment longtemps pour me retomber sur la tête. Je le poussai à nouveau vers le ciel, avec plus d'efforts et un peu de colère cette fois, remis mon chapeau d'aplomb et me tins hors de portée de ses mâchoires le temps qu'il fallait pour m'assurer qu'il ne retomberait pas.

Presque certain, cette fois, que je ne me ferais plus coincer, je tripotai la borne positive oxydée sur ce qui devait être la batterie AUTOLITE STA-FUL d'origine, et me dis que je serais content si l'affreux véhicule voulait bien charger sa batterie. La moisissure d'un vert laiteux qui s'était amassée sur la cosse tomba et découvrit le câble nu qui se tordit, alla frotter contre l'intérieur de l'aile et projeta des étincelles dans le compartiment moteur ; ma main se trouva paralysée par une décharge électrique quasi-mortelle.

Je m'éloignai d'un bond et restai là à me frotter les doigts, essayant de me retenir de flanquer un coup dans le pare-buffle, convaincu que si je faisais une chose pareille, je déferais le frein de stationnement et le trois quarts de tonne me roulerait dessus. C'est alors que je me souvins que ce pick-up n'avait pas de frein de stationnement ; je me laissai aller et lâchai mon coup de pied.

Lorsque nous nous rangeâmes devant le Charging Horse Casino, dont j'avais décidé qu'il convenait aussi bien qu'un autre lieu pour un déjeuner tardif, il n'y avait pas d'ombre sur le parking, alors, même si j'avais voulu laisser le chien, ce qui n'était pas le cas, je n'aurais pas pu. Il me suivit sur la rampe en béton jusqu'à la porte, où un Cheyenne d'un certain âge portant une impressionnante queue-de-cheval et une veste en satin noir ornée d'un badge de sécurité nous arrêta de sa main tendue.

Il me regarda un moment, puis baissa son bras.

– Bonjour Walt.

– Monsieur Black Horse.

L'homme, qui avait été mon parrain à la cérémonie du peyote il y avait, me semblait-il, des années, mit sa main au niveau du chien de manière que l'animal puisse la renifler, puis y passer un coup de langue qui engloutit tous les doigts d'Albert.

– Je crains que les chiens ne soient pas admis dans le casino.

– Et les chiens guides ?

Albert jeta un œil sur le molosse.

– Il est devenu trop gros pour son harnais ?

Albert sourit et gratta mon compagnon derrière son oreille rousse, brune et noire.

– Et si je vous laissais l'emmener dans la salle de bingo ? Il n'y a personne, et je pourrais demander à Loraine de vous servir par la fenêtre passe-plat.

– Cela me paraît très bien.

Il nous fit traverser la pièce où résonnait la musique dissonante des bandits manchots et nous laissa devant le comptoir de la salle déserte au fond. Elle était aussi grande qu'un gymnase, équipée d'un tableau d'affichage de la taille de ceux qu'on voit dans les stades et de pas loin d'une centaine de tables entourées de chaises pliantes.

Au bout d'un moment, le rideau se releva et Loraine Two Two m'adressa un sourire, et un autre au chien.

– Je vois que vous avez pris la précaution de venir manger seul, ou presque, cette fois-ci ?

Je ris et je baissai les yeux vers le visage hirsute de mon compagnon.

– Oh, il aura sa part. En fait, j'envisage de lui commander un repas, à lui. Cela fait quelques jours qu'il mange des croquettes au centre de santé et je me suis dit qu'il méritait bien un hamburger.

Elle parut inquiète.

– Il s'est blessé ?

– Non, il veillait au chevet d'Adrian Last Bull.

Son regard s'adoucit.

– Je vais m'assurer qu'il ait une portion double.

Albert Black Horse apparut et prit un tabouret en laissant le chien entre nous, puis il tendit la main et frotta la tête du molosse.

– Le vigile de l'après-midi est arrivé, alors je me suis dit que j'allais revenir, me détendre un peu et manger un morceau avec vous, si ça ne vous ennuie pas ?

– En notre nom à tous les deux, je vous assure que nous sommes ravis que vous nous teniez compagnie.

Me tournant vers Mme Two Two, je commandai un double cheeseburger pour moi, deux steaks hachés pour le chien et le plat que choisirait Albert, ainsi que des thés glacés.

– Je vais prendre une salade mexicaine. Je fais attention à mon cœur.

Loraine sourit et disparut dans la cuisine. Je le regardai.

– C'était vous, le précédent chef de la police tribale ?

– Oui, dans les années 1960 et 1970, puis j'ai été intérimaire pendant une courte période, jusqu'à il y a quelques mois.

Je hochai la tête.

– Vous étiez assez copain avec mon ancien chef, Lucian ?

– Oui. Comment va-t-il ?

– Aussi occupé qu'un unijambiste à une convention de danse de salon.

Il me tendit la main dans un geste plus formel, cette fois, et je la serrai.

– Je vous connais depuis des années, shérif. Vous avez fait grande impression sur mon peuple avec les efforts que vous avez déployés dans l'affaire Little Bird.

– Merci. (Je réfléchis quelques instants.) Corrigez-moi si je me trompe, mais n'était-ce pas Eddie Bailor qui était chef de la police depuis dix-huit ans ?

– Oui, ensuite, j'ai été chef par intérim pendant quelques mois, le temps qu'ils me trouvent un remplaçant adéquat. (Il ébouriffa la fourrure du chien.) Le précédent Vénérable a dû décider que j'étais trop vieux pour occuper à nouveau le poste de manière permanente.

– C'est lui qui a donné le poste à Lolo Long ?

– Oui.

– Celui qui a été mis en accusation en même temps que Bailor ?

Il approuva d'un signe de tête et eut un sourire triste.

– Oui.

– Comment se fait-il que vous ne soyez pas resté comme adjoint ?

– Ils avaient une équipe complète, et il n'y avait pas d'opportunité.

Loraine nous apporta nos thés glacés ; je la remerciai et fourrai la paille dans ma bouche.

– Ce n'est certainement plus le cas aujourd'hui.

Il continua à sourire, mais cette fois, son expression était un peu plus malicieuse, la ruse d'un renard.

– J'ai entendu dire qu'elle avait viré tout le personnel.

– Effectivement.

Il haussa les épaules, et souriant toujours, il secoua la tête.

– C'est probablement une bonne chose. Ce n'était qu'une bande de feignasses.

– Vous devriez y retourner.

Il but un peu de thé.

– Où donc ?

Je désignai ma chemise, en particulier l'insigne qui y était accroché.

– Au poste.

Il m'observa de plus près.

– Vous avez été embauché ?

– Non, je suis détaché, tout à fait temporairement.

Je le regardai et je vis l'idée se promener dans sa tête et caresser les parois de son esprit comme une abeille bienveillante.

– Non, je suis trop vieux pour me bagarrer avec des ivrognes et me prendre des coups de bouteille derrière la tête au milieu d'un conflit conjugal. Et puis, j'ai pris une balle, dans le temps. Ils m'ont rafistolé, mais… Je crois que j'ai perdu toute motivation.

– Elle a besoin d'aide.

Il se figea dans une immobilité dont seuls les Indiens sont capables – comme un effluve de fumée de cèdre, elle traverse leur corps et devient un souffle impalpable, comme s'ils devenaient presque complètement invisibles.

– Elle sera un bon flic, mais dans une semaine, je ne serai plus là, et elle aurait bien besoin d'être un peu supervisée.

Il rompit le charme en parlant.

– Je ne sais pas si je ferais un bon policier de terrain, j'ai été chef pendant si longtemps. (Il leva les yeux vers Loraine, puis vers moi.) Et je sais que j'ai tort, mais je n'ai jamais travaillé pour une femme.

Loraine étouffa un rire.

Pour ma part, je me retins de pouffer.

– Êtes-vous marié, Albert ?

– Depuis trente-deux ans.

– Eh bien, vous n'avez aucun souci à vous faire.

Il sourit encore plus franchement.

– Personne ne veut d'un vieux flic indien déglingué.

– Je ne sais pas si vous avez remarqué, mais on dirait bien qu'on ne se bouscule pas au portillon, au bureau de la police. (Je bus une gorgée de thé.) Si vous voulez, je vous ferai une lettre de recommandation.

Il hocha la tête.

– Elle a une sacrée réputation.

– Effectivement, et je suis sûr que nous aussi.

Il changea le cours de la discussion, sans abandonner le sujet.

– Comment avance l'enquête sur les deux décès ?

J'étais réticent à parler, mais s'il était prêt à soulever la question devant Loraine, je ne pouvais pas avoir d'objection.

– Vous êtes déjà au courant pour Clarence ?

– Le téléphone rouge.

– Les Fédéraux nous ont donné un argument décisif, avec l'enregistrement d'une conversation dans laquelle Clarence Last Bull essaie de recruter Artie Small Song pour tuer sa femme et son fils, mais il semblerait qu'il y ait des doutes sur la validité de cette bande.

– Des doutes exprimés par qui ?

– Nate Small Song et Herbert His Good Horse.

– Des connaisseurs.

Une voix se fit entendre dans la cuisine, et Loraine s'absenta quelques instants ; elle revint, portant trois assiettes et les couverts.

– Le tas de bœuf haché à moitié cuit, c'est pour qui ?

Je baissai les yeux.

– Oh, tu en as de la chance, toi. (Je pris l'assiette et regardai le chien, qui s'immobilisait.) Tu m'arraches la main et je ne t'emmène plus jamais au casino.

Percevant le ton de ma voix, il se dépêcha de s'asseoir. Je déposai l'assiette sur le sol comme si je plongeais la main dans des eaux infestées de crocodiles ; il attendit un instant, puis se jeta sur la nourriture.

Albert et moi commençâmes à manger au moment où Loraine disparaissait dans la cuisine pour revenir avec un pichet de thé glacé. J'aurais préféré avoir l'ancien chef de la police en tête à tête pour parler des récents développements de l'affaire, mais je ne pouvais pas demander à Loraine de nous laisser. J'avais eu mon quart d'heure pour recruter l'homme, et je changeai de sujet.

– Qu'avez-vous fait entre-temps, Albert, entre vos deux périodes de service ?

Il mâcha sa salade.

– J'étais dans le bâtiment, je m'improvisais électricien, plombier, tout ce que vous voulez. J'ai construit la plupart des bureaux dans les bâtiments de l'administration tribale.

– C'est un édifice impressionnant.

– À la pointe de la modernité, ou en tout cas, il y a dix ans. (Il but un peu de thé.) À l'âge d'or de l'économie, après le 11 Septembre, nous avons eu plein d'argent du Patriot Act et nous avons installé tout un système de surveillance audio et vidéo.

Je réfléchis à ce que je venais d'entendre.

– Fonctionne-t-il toujours ?

Il secoua la tête au-dessus de son assiette.

– Non. On n'a pas assuré la maintenance sur la plupart des appareils, et le coût supplémentaire pour avoir quelqu'un dans le nid-de-pie n'était pas tenable. Maintenant, ils ont mis un bureau au milieu du couloir.

– Barrett Long ?

Albert hocha la tête.

– C'est un bon garçon, mais bon sang, qu'est-ce qu'il fait tourner sa sœur en bourrique.

Je souris.

– C'est un sacré numéro.

La voix de Loraine vint apporter sa contribution à nos médisances.

– C'est aussi un sacré noceur. (Elle eut l'air gêné.) Et un très beau jeune homme.

– Qui collectionne les conquêtes, on dirait ?

Elle haussa les épaules.

– Il a tourné autour de ma fille pendant quelque temps, mais j'ai arrêté ça.

Je pensai à Clarence, mais je me dis que la meilleure chose à faire était de laisser les morts mentir.

– Il flirtait même avec Audrey Plain Feather, quand ça n'allait pas bien entre elle et Clarence.

Albert leva les yeux mais ne dit rien.

Elle remarqua le regard qu'il lui avait lancé et s'empressa de s'excuser.

– Je ne veux pas être méchante. Il est là, dans le bâtiment, et il flirte avec tout ce qui porte une jupe. (Elle eut un sourire nerveux.) Il est beau, en T-shirt noir. (Elle s'attarda quelques instants, puis nous remplit nos verres.) Je ferais bien de retourner en cuisine voir ce qui se passe.

Albert la regarda partir, secoua la tête sans rien dire, puis vint croiser mon regard.

– Et vous voulez que je me retrouve à nouveau mêlé à tout ça ?

Je pensai à ce qui restait des six heures que j'avais encore pour résoudre cette affaire et à ce que je pouvais faire entre maintenant et l'heure du dîner.

– Vous y serez peut-être plus tôt que vous ne l'imaginez.

Je bus un peu de thé et posai le verre exactement sur le rond de condensation dessiné sur le comptoir, puis je pris mon burger à deux mains.

– Albert, vous n'auriez pas gardé un jeu de clés du bâtiment de l'administration, par hasard ?

Il ne fut pas aisé d'entrer en cachette dans le bâtiment de l'administration de la tribu des Cheyennes du Nord, parce qu'il était entouré de toutes parts de routes, de parkings et de lampadaires. Nous avions garé le Rezdawg vers l'arrière du bâtiment, avec un chien très contrarié sur la banquette arrière ; il allait être suffisamment difficile d'entrer par effraction dans les lieux, ce n'était pas la peine d'être accompagné par un grizzly des plaines.

Albert Black Horse passa en revue l'assortiment de clés qu'il tenait dans sa main et qui ressemblait à une couronne de Noël.

– C'est une clé à tête carrée, ce modèle qu'on ne peut pas reproduire. J'en garde toujours une.

Je me tenais dos à lui pour le cacher et faire le guet.

– Sage décision.

Au bout de quelques instants, je lui posai la question.

– Vous avez trouvé ?

– Peut-être que Long a changé les serrures. (Un bruit métallique et tout à coup :) Non, je l'ai.

L'épaisse porte de sécurité s'ouvrit en grand, au moment où une antique Plymouth passait avec une centaine de passagers à l'intérieur. Ils me regardèrent fixement et je les saluai de la main, me disant qu'un escroc audacieux est un escroc qui réussit. Une fois qu'ils eurent disparu dans un virage, je me retournai et suivis Albert.

– Il se passe quelque chose ?

Je secouai la tête et refermai la porte métallique avec précaution.

– Un gang de guerriers dans une camionnette, mais je crois que nous ne risquons rien. Qu'est-ce qu'ils feraient, appeler la police ?

Il hocha la tête.

– Ils pourraient appeler le FBI.

– Ils sont occupés, ils déjeunent à Billings.

– Le bureau des Affaires indiennes ?

– Possible. Vous avez des amis là-bas ?

Il sourit du coin de la bouche.

– Quelques-uns, mais ils sont peu nombreux. Ils sont tous originaires d'autres tribus.

C'était vrai, le personnel du bureau des Affaires indiennes était essentiellement composé d'Indiens appartenant à d'autres tribus. Je le suivis le long d'un couloir dont j'ignorais l'existence, et nous arrivâmes à un escalier.

– Le nid-de-pie se trouve au sous-sol ?

– Ouais, ce serait plutôt un trou de pie, me lança Albert par-dessus son épaule en descendant les marches jusqu'à une seconde porte.

Nous prîmes à droite dans un deuxième couloir qui courait sous le bâtiment en suivant l'axe de la longueur, avec des débarras et des buanderies. Albert tendit le bras et alluma les lumières, des ampoules nues accrochées à des conduites fixées à la structure métallique du plafond.

– Pas la peine de s'inquiéter, ici, nous ne risquons pas d'être vus.

Il progressa dans le couloir, les épaules voûtées, et s'arrêta devant une porte tout à fait quelconque qui comportait une petite fenêtre grillagée. Autrefois, une plaque avait dû y être collée, mais il ne restait plus que des traces d'adhésif.

Albert fouilla dans ses clés pendant que je restais appuyé contre le mur en béton.

– On dirait que Loraine Two Two n'aime pas beaucoup Barrett Long.

– Loraine Two Two n'aime pas les gens qui manifestent un intérêt pour Inez, ce qui doit représenter la moitié de la tribu.

– La moitié masculine ?

– En gros, oui, mais cette gamine… (Il secoua la tête tout en tournant la clé dans la serrure.) Elle est sacrément dure.

Il poussa la porte qui s'ouvrit en grinçant au niveau des gonds ; elle n'avait pas dû être actionnée depuis longtemps.

– Et voilà.

Il tâtonna d'une main sur le mur et j'entendis le bruit d'un interrupteur, mais aucune lumière ne s'alluma.

– Zut. (Je l'entendis s'approcher de moi.) Tenez la porte ouverte, je vais piquer une ampoule dans le couloir.

Je le regardai sortir, se lécher les doigts et tendre le bras pour dévisser une des ampoules ; elle lui échappa et éclata sur le sol en béton avec un bruit étonnamment violent. Je jetai un coup d'œil à la rangée d'ampoules alignées au plafond.

– On dirait qu'il y a l'embarras du choix.

Il hocha la tête, se plaça en dessous de la suivante, et prit cette fois plus de précautions. Tenant l'ampoule au creux de sa main, il revint dans la pièce, retira l'ancienne, me la tendit et vissa celle qu'il avait apportée. L'espace fut tout à coup éclairé, ainsi que la poussière et les toiles d'araignée du poste de sécurité abandonné. Il contenait une seule chaise, un comptoir, des petits écrans alignés sur des étagères et une rangée d'appareils d'enregistrement qui donnaient l'impression de ne jamais avoir été utilisés.

– Apparemment, vous aviez raison, personne n'est venu ici depuis des années.

– Ça vous ennuie de me dire ce que vous cherchez, exactement ?

Je fis quelques pas vers la chaise à roulettes, posai l'ampoule grillée sur le comptoir et examinai les moniteurs qui me dévisageaient à leur tour comme de gigantesques yeux myopes.

– Rien de précis, je réfléchissais.

Sur un enregistreur il y avait un endroit où la poussière avait été enlevée, comme par accident. Je passai la main derrière et le poussai vers l'avant ; quelque chose m'effleura le dos de la main. J'empoignai une paire de câbles.

– Est-ce qu'ils devraient être débranchés ?

Il haussa les épaules.

– Ce sont des connecteurs RCA classiques, stéréo, un rouge et un blanc. Cette installation n'a pas servi depuis des années.

Il marqua une pause, puis se mit à tripoter l'extrémité où un autre câble en Y était connecté aux deux autres, et le tout était rassemblé dans une petite boîte toute fine.

– Hmm.

– Qu'y a-t-il ?

Il m'ignora et se pencha sur le côté pour examiner l'arrière des appareils, puis se tourna vers moi, l'air perplexe.

– Il est déconnecté de la boîte de raccordement, mais il n'y a pas que ça. Le boîtier, là, sert à connecter l'appareil à un ordinateur moderne.

Je tripotai le bout du câble.

– Vous n'aviez rien qui ressemble à ça quand vous avez mis en place cette installation ?

– Non, il s'agit d'un connecteur USB. (Il leva les yeux vers moi.) Vous ne vous y connaissez guère en ordinateurs, on dirait.

– Je n'y connais presque rien. (Je regardai les écrans.) Albert, est-ce que les systèmes de surveillance audio et vidéo sont connectés ou séparés ?

– Séparés. Nous avions beaucoup d'argent, en ce temps-là, mais pas autant que ça.

– Est-ce que tous les bureaux du bâtiment étaient sous surveillance audio ?

Il secoua la tête.

– Non, seulement les parties communes.

– Comme la réception ?

– Oui.

Je brandis les câbles.

– Est-ce que ce sont les fils reliés aux services sociaux ?

– Je ne sais pas.

– Y a-t-il moyen de le savoir ?

Il haussa les épaules.

– Bien sûr, il doit y avoir un code sur la boîte de raccordement, et ensuite, il faut juste qu'on récupère le code sur le micro situé à la réception.

Il se pencha derrière et fit courir sa main sur le mur jusqu'à atteindre une grande boîte de dérivation ouverte, dans le plafond. Il parcourut du regard les petites étiquettes noires et blanches.

– R-7.

J'étais sur le point de parler lorsqu'on entendit un bruit ; on aurait dit que quelqu'un avait ouvert une des lourdes portes métalliques donnant sur les escaliers et l'avait refermée quelques secondes après. Albert et moi nous immobilisâmes, nous échangeâmes un regard puis nous nous tournâmes vers la porte de la salle de surveillance que nous avions calée en position ouverte.

Albert paraissait plus inquiet que moi.

– On devrait peut-être fermer la porte et éteindre la lumière ?

– Nous, on est les gentils. (Je tendis l'oreille, mais plus rien.) Mais peut-être qu'on peut attraper un méchant.

Il acquiesça, alla jusqu'à la porte, et jeta un coup d'œil dans le couloir avant de me faire une proposition.

– Je devrais prendre le couloir dans l'autre sens et monter l'escalier, puis faire demi-tour et les cueillir, non ?

Je sortis mon .45.

– Avez-vous une arme ?

Il alla fouiller dans sa veste en satin noir et sortit un vieux modèle de Taser, du genre télécommande pour ouvrir une porte de garage.

– J'ai ça.

Je regardai l'objet, perplexe.

– Eh bien, espérons qu'il n'y aura pas de fusillade.

Il hocha la tête d'un air grave, partit dans le couloir dans l'autre sens, tourna rapidement à droite et disparut. Je l'entendis monter l'escalier. Tandis qu'il s'éloignait, j'éteignis la lumière dans la salle de surveillance.

Albert était absent depuis environ une minute lorsque toutes les autres lumières s'éteignirent.

Je m'approchai de la porte et m'accroupis, calant mon épaule contre le chambranle. J'avais l'impression que quelqu'un se déplaçait sur la gauche, des semelles en cuir faisaient crisser les grains de sable sur le sol en béton.

Je fermai les yeux, parce qu'il n'y avait rien à voir dans la partie souterraine de ce bâtiment plein de coins et de recoins, mais aussi parce que je voulais accorder toute mon attention à mon ouïe. La personne qui se trouvait là était dans le noir autant que moi, et peut-être n'aimait-elle pas vraiment l'idée que des balles ricochent dans cet espace confiné, comme moi.

J'entendis à nouveau un bruit de pas, mais cette fois plus loin, et j'eus l'impression que l'inconnu était arrivé à un certain point et maintenant, repartait.

Je m'avançai un peu plus dans le couloir et tendis l'oreille. Il savait forcément qu'il y avait quelqu'un, et il savait forcément que je savais qu'il était là. La grande question était : était-il armé ?

Je défis le cran de sécurité sur le gros Colt, et le cliquetis se répercuta en échos dans les ténèbres. Il n'y eut pas de réponse analogue, j'en conclus que soit il était désarmé, soit déjà en position de tir.

Je me penchai un peu plus en avant et entendis quelqu'un s'éloigner avec précaution. Je fus un instant distrait par une odeur désagréable, mais je me relevai lentement, me mis debout et tendis l'oreille pour m'assurer que mes oreilles ne me trompaient pas. Satisfait, je fis un pas et j'avançai doucement dans le noir sur la pointe de mes bottes de cow-boy. Lorsque j'arrivai à mi-chemin dans le couloir, j'écrasai les bris de verre de l'ampoule dont j'avais oublié la présence.

Chaque muscle de mon corps se tendit dans l'attente de la balle qui ne manquerait pas d'arriver.

Au bout d'une quarantaine de secondes, j'entendis un léger bruit et brandis le Colt, dans la direction de la faible lueur qui me parvenait par la petite fenêtre aménagée dans la porte conduisant à l'escalier par lequel nous étions descendus.

Soudain, dans un mouvement brusque, la porte fut ouverte et quelqu'un se jeta par l'ouverture, laissant la porte se refermer derrière lui.

Je pris mon élan et me mis à courir dans le couloir aussi vite que me le permettait ma visibilité réduite. Je rebondis sur le mur, retrouvai mon équilibre, et tournai à droite pour attraper la poignée de ma main libre ; je finis par arriver à la saisir entre quelques doigts et à l'ouvrir.

Des bottes montaient à grand bruit l'escalier en béton et je suivis à toute allure, arrivant au palier en deux pas. Je levai mon Colt et visai l'individu qui avait le dos collé à la porte, les mains vides tendues vers moi.

– Ne tirez pas !

Je regardai Barrett Long.

– Mais qu'est-ce que tu fiches ici ?

On aurait dit que son cœur allait exploser dans sa poitrine ; il le tenait d'une main, et de l'autre, il se tenait le front.

– Mais qu'est-ce que *vous* fichez ici ?

Je baissai mon arme et tournai ma paume vers lui pour me faire pardonner.

– J'enquête.

Il avait la voix rauque, elle sifflait dans sa gorge tant il était exaspéré et à bout de souffle.

– Dans le noir ?

– Désolé.

Il regarda autour de lui, cherchant peut-être à retrouver son souffle.

– Bon sang.

Je rengainai mon Colt, plutôt soulagé que la partie de la soirée consacrée à la fusillade soit probablement derrière nous.

– Je suis ici avec Albert Black Horse. J'ai eu une idée, je voulais qu'il me montre l'ancien poste de surveillance.

Il respira quelques instants.

– Pourquoi vous ne m'avez pas posé la question, tout simplement ?

– Je ne me doutais pas que tu étais dans le coin.

– Je ne l'étais pas, mais j'ai eu un appel de Karl Red Fox et d'autres amis qui m'ont dit qu'ils avaient vu quelqu'un qui était peut-être bien en train d'entrer dans le bâtiment par effraction.

– C'était nous.

Bon sang. Il prit encore quelques profondes inspirations.

– Est-ce que ma sœur est avec vous ?

– Non, elle a dû partir à Hardin.

– Alors, qui est avec vous, avez-vous dit ?

– Albert Black Horse.

– Le gars du casino ?

– Oui, et chef de la police à la retraite.

– Bon sang.

– Partons à sa recherche et retrouvons-le avant qu'il ne flanque un coup de Taser à quelqu'un.

Le jeune homme se retourna et appuya sur la barre transversale de la lourde porte, mais elle ne bougea pas. Il marqua une pause puis appuya à nouveau, cette fois avec beaucoup plus de force, la porte resta en place.

– Merde.

– Quoi ?

Il claqua sa paume contre le panneau, et l'écho remplit l'escalier.

– Cette saleté a dû se verrouiller quand je suis passé.

Je m'avançai à côté de lui et essayai de pousser à mon tour, mais elle ne bougeait toujours pas.

– C'est étrange, c'est une porte coupe-feu. Elles sont censées pouvoir toujours s'ouvrir vers l'extérieur.

– Le bâtiment est fermé.

Je secouai la tête.

– Peu importe.

– On s'en fiche, il y a trois autres sorties dans le sous-sol. Il faut juste qu'on descende et qu'on remonte par un autre escalier.

Je commençai à descendre.

– D'accord, mais dépêchons-nous. Je ne veux pas qu'Albert croie qu'il s'est passé quelque chose. Son cœur risquerait de ne pas le supporter.

Barrett marchait derrière moi d'un pas lourd. J'ouvris la porte du sous-sol et avançai. Tout à coup, la main encore posée sur la poignée, je m'arrêtai et fis barrage de mon corps.

Le jeune homme percuta mon dos.

– Bon sang. (Il s'immobilisa quelques instants, puis se mit à tousser.) Pourquoi vous vous êtes arrêté ?

Je ne bougeai pas.
– Tu sens cette odeur ?
– Ouais… on dirait une odeur de pet.
Je l'ignorai et il se remit à tousser avant de s'avancer d'un pas vers le couloir.
– Qu'est-ce que c'est ?
Je m'accroupis, reniflant l'air plus près du sol.
– Du propane… beaucoup de propane.

16

Si l'odeur très présente du gaz comprimé, un alcane à trois atomes de carbone une fois et demi plus dense que l'air, arrivait maintenant jusqu'au niveau de notre taille, il y avait assez de propane dans le vaste sous-sol pour nous asphyxier, ou nous projeter jusqu'à la lune en cas d'inflammation.

Barrett fit une grimace.

– Une fuite de gaz ?

– Oui, ou alors quelqu'un est venu écraser un camion-citerne dans le sous-sol et a ouvert la vanne. (Je regardai autour de nous.) Où se trouvent les autres sorties ?

Il s'appuya contre la porte.

– Il y a un escalier à chaque coin et deux escaliers centraux, un de chaque côté, mais on devrait remonter ici et forcer la porte en haut.

– C'est une porte de sécurité de huit centimètres d'épaisseur. Si elle a été verrouillée de l'extérieur, il n'y a aucun moyen qu'on y arrive.

– Vous pensez que quelqu'un l'a bloquée ?

– Je ne sais pas, mais Albert Black Horse était ici avec moi, il est monté voir la référence du micro au bureau des services sociaux, et il n'est pas revenu.

Barrett ne se démonta pas pour autant.

– Vous avez votre arme, vous n'avez qu'à tirer dans la serrure.

Je rangeai mon .45 et expliquai.

– Avec la quantité de propane qui s'est répandue dans ce sous-sol, tirer avec une arme nous enverrait assurément dans l'autre monde, sans espoir de retour. (Je fis quelques calculs.) Barrett, ce sous-sol est en train de se remplir de propane, un gaz hautement inflammable plus lourd que l'air. Bientôt, nous n'allons plus pouvoir respirer parce que l'oxygène qu'il remplace petit à petit aura totalement disparu. Maintenant, ça, c'est le cadet de nos soucis, parce que si ce gaz entre en contact avec une source d'allumage, comme une veilleuse ou n'importe quel genre de flamme, tout cet espace va ressembler au cul d'une fusée Saturn V.

Je m'apprêtai à repartir lorsque je me tournai pour le regarder et examiner les ampoules à filament qui ponctuaient le couloir.

– Quoi que tu fasses, ne touche à aucun interrupteur, ni à rien d'autre, en fait.

– Vous croyez que c'est Albert qui nous a fait ça ?

Je soupirai, toussai et inspirai une quantité supplémentaire de gaz tandis que nous remontions le couloir, où l'odeur était encore plus forte.

– Je ne sais pas, mais il y a quelqu'un qui tue des gens par ici, et l'un des éléments clés servant à tout mettre sur le dos d'Artie Small Song est l'enregistrement bidon. J'ai idée que la partie où Artie parle a été fabriquée à partir de ce qui a été enregistré par les micros du système de surveillance aux services sociaux.

– L'ancien système de surveillance ?

– Exactement.

Il me rattrapa.

– C'est quand il a explosé contre Audrey ?

– J'éviterais d'utiliser le terme exploser, compte tenu de notre situation actuelle.

Il secoua la tête.

– Il n'y a pas de source de combustion ici, les seules, ce sont les tableaux électriques, dans les placards.

– Ce n'est pas ce qui m'inquiète pour l'instant.

– C'est quoi, alors ?

Nous arrivâmes à l'escalier central.

– Je te le dirai si les portes au sommet de cet escalier sont elles aussi condamnées.

Nous montâmes quatre à quatre, et ce fut d'un geste empreint de résignation que j'appuyai sur la barre transversale. Je poussai à nouveau, juste pour être sûr, mais il n'y eut qu'un tout petit mouvement ; les portes refusaient de s'ouvrir.

– Bon sang.

Barrett s'approcha tandis que je collai mon œil contre la petite fenêtre rectangulaire aménagée dans la porte ; je vis les barres des portes en face, attachées par une chaîne et un gros cadenas. Il poussa aussi fort qu'il put, mais les deux portes ne bougèrent que de deux ou trois centimètres.

– Barrett, est-ce que d'habitude, les portes coupe-feu sont maintenues par une chaîne quand le bâtiment est fermé ?

Ses yeux s'écarquillaient de plus en plus à mesure qu'il commençait à comprendre dans quelle situation périlleuse nous nous trouvions.

– Non, jamais ! C'est interdit par la loi.

Il s'approcha sur la pointe des pieds pour regarder les grosses chaînes enroulées autour des barres des portes en face.

– Bon sang.

Je hochai la tête.

– Faits comme des rats.

– Il faut qu'on trouve une autre porte.

– Elles seront toutes bloquées de la même manière.

Il claqua des deux mains contre la porte épaisse.

– Alors, il faut qu'on arrive à ouvrir celle-ci.

Je levai les yeux et vis que les gonds se trouvaient de l'autre côté.

– Y a-t-il une autre sortie du sous-sol, en dehors de ces portes ? Des trappes, des conduites d'aération, des monte-plats ?

– Je ne sais pas. (Il prit une profonde inspiration toxique.) Nous sommes en sécurité, n'est-ce pas ? Ce que je veux dire, c'est que si toutes les portes sont verrouillées, il est impossible que quelqu'un mette le feu au gaz ?

– Non. Tout ce qu'ils auraient à faire, c'est percer un trou dans le sol et lâcher une allumette dans le sous-sol. Évidemment, il faut qu'ils trouvent un moyen de s'enfuir avant que ça explose.

– Alors, pourquoi on ne reste pas ici, au-dessus du niveau du propane ?

Parce que si le gaz prend feu, il va se dilater et faire sauter toutes les portes, probablement avec des morceaux de nous, et pas en douceur.

– Alors, qu'est-ce qu'on va faire ?

Je me mordillai l'intérieur de la joue.

– J'essaie de trouver une solution, si tu voulais bien arrêter de poser des questions.

Je repensai à ce qu'on m'avait raconté sur l'histoire sordide de ce bâtiment.

– Est-ce que ce bâtiment a été construit au-dessus du quartier général de la tribu d'origine, celui qui a brûlé deux fois ?

– Ouais, en partie.

– Aurais-tu une idée du mode de chauffage de ce bâtiment dans les années 1960, et avant ?

Il secoua la tête puis agita un doigt.

– Ah ouais, le truc qu'on a en abondance sur la réserve, le charbon.

Je hochai la tête.

– Ce qui veut dire qu'il y a un conduit par lequel on déversait le charbon pour l'entreposer au sous-sol quelque part par-là, si il n'a pas été comblé et muré.

Je l'observai pendant qu'il réfléchissait.

– Avec un genre de cave, donc.

– Ouaip.

– C'est par là. Enfin, les portes sont par là.

Nous descendîmes les marches avec précaution et ouvrîmes la porte en bas. Nous sentions bien que l'espace limité du sous-sol se remplissait peu à peu de gaz.

– Mêmes règles. Ne touche à aucun interrupteur et tiens-toi à distance des ampoules. Si tu en casses une, on est morts.

Nous ignorâmes les portes au coin sud-est du bâtiment, et nous vîmes l'endroit où les murs en béton coulé se changeaient en parpaings. Quand nous parvînmes à l'arrière de l'édifice, les parpaings avaient cédé une fois de plus à du béton coulé avec de grosses pierres insérées dans les murs.

À un certain endroit du mur, un rectangle de planches en contreplaqué cachait une ouverture.

– C'est ça ?

Barrett hocha la tête.

– Ouais, mais vous ne pensez pas que c'est bouché ?

– Il n'y a qu'une manière de le savoir.

Je sortis mon couteau Case de ma poche, le glissai sous la fine planche de bois et descellai un coin, découvrant un mur à ossature à claire-voie en dessous.

– Je sens de l'air chaud.

Je saisis le panneau à deux mains, le détachai, tirant avec un peu plus d'empressement.

– Allez, aide-moi.

– Et si un clou érafle le béton ?

– Essayons de faire en sorte que cela n'arrive pas, d'accord ?

Une fois que nous eûmes dégagé un coin du contreplaqué, le revêtement apparut de l'autre côté, couvert de toiles d'araignées, un pan de mur qui n'avait pas vu le jour depuis des décennies. J'appuyai sur le haut du panneau en bois et sentis filtrer le parfum de l'air nocturne. Je posai mes mains à plat sur le bois et l'écrasai sur le béton coulé qu'ils avaient utilisé pour obturer partiellement l'espace vide derrière le mur. Je calai un pied contre une des traverses et enfonçai mon épaule dans la brèche que je venais de créer ; il ne m'en fallait pas plus pour pouvoir désolidariser le montant et me fournir l'appui suffisant pour décoller le poteau de la boutisse.

– Elle a été comblée, mais il y a du vide en haut, tu vas peut-être pouvoir passer.

– Et vous ?

Je secouai la tête.

– Je suis trop grand, je ne passerai jamais.

– Qu'est-ce que vous allez faire ?

– Attendre que tu reviennes et que tu me sortes de là. (J'entrecroisai mes doigts pour lui faire la courte échelle.) Allez, on perd du temps.

– Et si je ne trouve pas de sortie ?

Je souris.

– Tu en trouveras une.

Il mit son pied sur mes mains et je le soulevai jusqu'à l'endroit où il pouvait se faire tout mince et monter le long de la cloison, pour atteindre un espace qui devait faire environ quarante-cinq centimètres.

– Et si je n'arrive pas à ouvrir la trappe de la cave ? Si elle est aussi bloquée par des chaînes ?

– Les portes sont-elles vieilles ou neuves ?

– Vieilles ?

– Casse le bois.

Je l'écoutai progresser en rampant, évitant soigneusement les clous, et se glisser dans les ténèbres.

– Je vois de la lumière là où les portes se joignent.

J'attendis et je l'entendis grogner sous l'effort lorsqu'il tenta de forcer la trappe pour l'ouvrir.

– Elle est verrouillée ou il y a un truc qui bloque, mais il y a du jeu. Je vais essayer de pousser avec mes jambes.

Le bruit produit par ses efforts s'accompagna de celui du bois qu'on fracasse, et un souffle d'air supplémentaire me parvint.

– J'ai réussi, j'ai cassé le verrou et je crois que je vais y arriver. Où est-ce que je vous retrouve ?

– À l'escalier le plus proche sur le côté gauche, au coin sud-est. Trouve quelque chose pour casser la chaîne ou briser le cadenas. (Je réfléchis.) Et appelle ta sœur. Appelle tout le monde.

– Je croyais que c'était une opération secrète.

– Ce n'est plus le cas.

Il rit et je l'entendis faire sauter d'autres morceaux de bois à coups de pied.

– Autre chose ?

– Trouve d'où vient le propane et ferme le robinet.

– OK.

– Eh, Barrett ? Fais attention.

– Promis.

Il ne dit rien d'autre, et j'entendis résonner le bruit de ses pas tandis qu'il partait en courant.

Je m'écroulai contre le mur.

– Et dépêche-toi.

L'escalier se trouvait maintenant sur ma droite, au coin du bâtiment. J'attendais avec impatience de trouver plus d'oxygène que ce qui restait dans le couloir. Lorsque j'arrivai au coin, je crus l'espace d'un instant avoir entendu quelque chose.

– Albert ?

Une quinte de toux. Je scrutai la pénombre.

– Albert !

Une réponse à peine audible, chuchotée d'une voix rauque, me parvint du bout du couloir.

– Ici.

La tentation de sortir mon arme était grande, mais sachant que si je tirais, le bâtiment exploserait comme une chandelle romaine dans une remorque pleine de feux de Bengale, je me retins. Je hâtai le pas vers le fond du couloir. Albert était couché au niveau de la porte de l'escalier et il essayait de se redresser. Derrière la tête il avait une blessure qui saignait, mais pas trop abondamment.

Je l'attrapai et le soulevai au-dessus du niveau du gaz. C'était un miracle qu'il ne soit pas encore asphyxié.

– Albert, que s'est-il passé ?

Sa tête se balança un peu.

– Idiot… ai été frappé par-derrière.

Je le mis sur ses pieds et remarquai qu'il lui manquait une chaussure.

– Ils vous ont pris une chaussure ?

Il secoua la tête pour s'éclaircir les idées.

– Je l'ai calée dans la porte pour que nous puissions sortir.

Je souris.

– Félicitations. Allez, on y va.

Le hissant sur ma hanche, pour pouvoir l'attraper sous le bras et supporter l'essentiel de son poids, je commençai à monter l'escalier. Je regardai la porte extérieure et me dis que la première chose à faire allait être de lui donner de l'air frais ; ensuite, je déciderais si j'étais assez idiot pour retourner dans le bâtiment. J'avançai en trébuchant.

Albert toussa.

– Toutes les portes extérieures sont condamnées ; il y a un mécanisme de double-verrouillage. (Il désigna son flanc.) Ils m'ont pris mes clés.

Je me tournai et regardai vers l'intérieur du bâtiment, à l'endroit où la chaussure d'Albert était coincée dans la porte. Le piège se resserrait.

– On va devoir trouver un autre moyen de sortir.

Nous traversâmes le palier en béton et j'ouvris la porte donnant sur la partie principale du bâtiment. Les nuages de propane nous suivaient. Je pris la précaution de dégager d'un coup de pied la chaussure d'Albert.

Dans le couloir principal les lumières étaient éteintes, mais le coin où se trouvaient les services sociaux était éclairé comme un sapin de Noël.

Je soupirai.

– Vous avez une idée ?

Il essaya de tenir debout, mais je sentais qu'il avait encore besoin de soutien.

– Nous pouvons tenter par-derrière.

Nous pivotâmes et nous engageâmes dans le couloir qui suivait la longueur de l'édifice.

– Juste par curiosité, est-ce que les câbles en question étaient reliés aux services sociaux ?

– Oui.

– Combien de personnes savent que cette installation existe ?

Il trébucha en essayant de faire avancer ses pieds au bout de ses jambes.

– Presque personne. Personne ne descend dans ce sous-sol. Il faut être de l'ancienne génération, comme moi.

Je pensai aux gens de l'ancienne génération, aux Red Foxes, et à des bracelets médicaux – et je finis par gratter ce point qui me démangeait depuis un moment. Je me tournai pour aider à nouveau Albert et à ce moment-là, je vis une silhouette connue se dessiner dans la lueur de la veilleuse marquée SORTIE près du centre du bâtiment.

Il portait même son chapeau et était appuyé sur le bureau de l'accueil, une bouteille pleine de Wild Turkey posée sur le registre des entrées.

Je m'arrêtai et le regardai s'avancer jusqu'au milieu du couloir, face à nous, les mains serrées.

– Ravi de vous voir ici, Herbert.

Il s'arrêta.

– Bonsoir shérif. (Il sortit le cigare intact de sa bouche et sa voix était triste et lointaine.) Je m'étais dit qu'il fallait que je range avant que vous ne découvriez ce que j'avais fait.

Il laissa échapper un rire malheureux et secoua la tête.

– Tout a tellement foiré.

– Vous l'avez tuée ?

Sa réponse eut du mal à sortir de sa gorge ; elle était coincée là, avec son cœur.

– Non, non, je ne l'ai pas tuée.

– Elle est tombée ?

– J'essayais de lui parler, mais elle a reculé et elle a perdu l'équilibre. J'ai essayé de la rattraper, mais elle est tombée.

Sa tête tournait dans tous les sens, cherchant un moyen de quitter ce lieu chargé d'émotions auquel il ne pouvait échapper.

– Je n'aurais pas essayé de tuer mon propre enfant.

– Adrian est votre fils ?

– Oui.

Il fit un pas en avant, et je vis son visage sous le bord de son chapeau haut-de-forme gris, la plume d'aigle pointant vers l'avant. Ce fut à cet instant-là que je constatai qu'il avait remis le cigare dans sa bouche et qu'il tenait le vieux Zippo en laiton dans sa main.

Je m'apprêtai à parler, mais j'en fus empêché par une quinte de toux provoquée par une bouffée de propane.

– J'imagine que vous ne voulez pas qu'on aille discuter dehors ?

Il secoua la tête.

– Non.

Je fis deux pas dans sa direction, sans lâcher Albert, réduisant à une petite quinzaine de mètres la distance qui nous séparait.

Il approcha le briquet du cigare.

– Je crois que vous feriez mieux de ne pas avancer.

Je m'arrêtai.

– Avez-vous tué Clarence Last Bull ?

Il tourna la tête et regarda la porte qui menait au sous-sol ; il l'avait ouverte et calée de manière à ce que le gaz monte à notre niveau.

– Il le méritait. Il n'avait rien de bon. (Il gesticula avec son cigare, le pointant vers moi.) Il la frappait. Il la frappait et il faisait mal à mon enfant. (Il y eut un sanglot dans sa voix.) Il couchait avec toutes les femmes qui voulaient bien de lui… Et les drogues partout chez lui, c'était horrible. Mon fils, si beau, si fort, qui vivait dans un endroit comme celui-là.

Il baissa le cigare mais tint le briquet au niveau de sa poitrine.

J'attendis quelques instants.

– Avez-vous l'intention de nous emmener tous avec vous ?

Il approuva d'un sobre signe de tête.

– C'était l'idée.

– C'était ?

Il s'éclaircit la voix.

– Je suis… je suis tellement las de tout ça. (Il regarda dans le couloir.) Où est Barrett ?

– Il est sorti par l'ancienne cave à charbon, derrière.

– C'est bien. Je n'aurais pas voulu lui faire du mal.

Je fis un pas en avant et désignai la bouteille d'alcool posée sur le bureau.

– Alors, il n'y a que vous, Albert et moi, pour fêter ça ?

Je le vis déglutir tandis qu'il remettait le cigare dans sa bouche et jetait un coup d'œil vers la bouteille.

– On dirait bien.

Je fis encore quelques pas

– Alors, vous allez mettre fin à la vie du seul parent par le sang qu'ait Adrian ?

Il s'interrompit.

– Je ne vois pas d'autre moyen de me sortir de tout ça.

– Il n'y a pas de moyen d'en sortir, mais il y a un moyen d'y survivre. Vous avez tué un homme et vous allez être condamné à une peine de prison. Je ne sais pas laquelle parce que la décision ne m'appartient pas, mais vous serez vivant et vous pourrez raconter à votre fils ce qui s'est passé. Vous pourrez lui parler de sa mère.

Il hocha la tête, mais je vis son visage se crisper lorsqu'il toussa.

– C'était une femme bien. (Il fit un pas de côté et agita son cigare à nouveau, comme s'il nous faisait signe de sortir d'une salle de cinéma.) Vous devriez sortir d'ici, shérif. L'escalier n'est pas condamné. Comme ça, je pourrai boire un dernier verre et allumer mon cigare.

J'avançai de quelques pas.

– Vous êtes sûr que c'est ce que vous voulez ?

Il hocha la tête à nouveau, et j'arrivai à une distance de moins de sept mètres de lui lorsqu'il glissa le cigare au coin de sa bouche et ouvrit le capuchon du vieux Zippo.

– J'en suis sûr.

Je baissai les yeux et je vis ceux du vieux chef de la police, groggy mais attentifs.

– Albert ?

Son regard vacillant se posa sur moi.

– Oui ?

– Vous croyez que vous pouvez sortir du bâtiment tout seul ?

Il hocha la tête.

– Je crois, oui, mais…

– Allez-y. Je vais rester encore une minute et parler à Herbert.

En dépit de sa résistance passive, je le poussai gentiment sur le côté et le regardai se diriger lentement vers la porte extérieure. Il appuya sur la barre, la porte s'ouvrit grand, et il se retourna pour me regarder.

J'appréciai la bouffée d'air frais, mais elle ne dura pas ; la lourde porte pivota sur ses gonds et se referma comme la dalle d'un caveau.

L'air de rien, Herbert approcha le briquet de son cigare, le pouce sur la molette. Son seul souvenir d'une guerre finie depuis longtemps. Il ne bougeait pas, il restait là, la tête basse, prêt à l'allumer.

– Dites à mon fils que je l'aimais.

Afin que mes intentions soient claires, je me tournai et croisai les bras, m'adossant contre le coin frais du mur derrière moi. Je croisai les pieds et considérai la distance de deux mètres qui nous séparait comme si j'avais tout le temps du monde. Je levai la tête lentement pour que mon œil gris sous le bord de mon chapeau rencontre le regard du seul œil marron qui apparaissait sous son chapeau.

Il ne bougeait toujours pas, mais il parla du coin de la bouche.

– Je ne bluffe pas, shérif.

– Je sais. Je sais aussi que dès que ce propane touchera une source inflammable, comme un chauffe-eau ou une veilleuse, on se fichera pas mal de qui bluffe ou pas. (Je soufflai par le nez, tentant de repousser une partie du gaz.) Vous dites que vous êtes las et que vous en avez assez. Eh bien, en vérité, il n'y a qu'une façon de mettre fin à tout ça d'une manière respectable. Donnez-moi le briquet.

Si je devais le lui prendre de force, c'était maintenant ou jamais.

C'est à ce moment-là qu'il y eut, venant de l'autre extrémité du couloir, un fracas épouvantable dans le dos de Herbert. Je m'attendais à ce que le bâtiment explose, mais cela ne se produisit pas. Je jetai un coup d'œil par la fenêtre et vis le pick-up de Barrett qui traînait les portes au bout d'une sangle de remorquage.

J'avais raison, il avait trouvé une solution.

J'étais juste soulagé de voir que les étincelles que les portes métalliques produisaient sur la surface du parking étaient loin, de plus en plus loin.

Notre attention fut soudain attirée par un mouvement à l'autre bout du couloir, où Lolo Long était brusquement entrée, braquant à la fois le faisceau de sa Maglite et le canon de son énorme revolver sur nous.

– On ne bouge plus. Police !

Elle était en progrès.

Herbert recula contre le bureau et me regarda, le pouce toujours posé sur la molette du Zippo.

Je criai aussi vite que je pus.

– Ne tirez pas. Tout le sous-sol est plein de propane ; un tir, et le bâtiment entier explose.

Elle parut douter mais continua à avancer dans le couloir vers nous avec son arme et sa lampe-torche toujours pointées sur Herbert. Ce n'est qu'arrivée à sept ou huit mètres de nous qu'elle remarqua le cigare et, surtout, le briquet.

– Rengainez votre arme, Lolo.

Elle m'ignora et lui fit signe du bout du canon de son Smith.

– Posez ce briquet.

Nous restâmes plantés là, elle et moi de part et d'autre de l'ouverture donnant sur l'escalier, et Herbert en face, avec le gaz qui continuait à monter insidieusement du sous-sol.

– Chef, rengainez votre arme.

Elle me regarda l'espace d'une seconde puis fit ce que je lui demandais.

Je pris une inspiration avant de parler, espérant que ce ne serait pas mes dernières paroles.

– Herbert ? Je n'aurais jamais imaginé qu'après tout ce que nous avons vécu, toutes les épreuves que nous avons traversées, cela finirait ainsi.

Au bout d'un moment, son regard vint à la rencontre du mien.

Je m'écartai du mur et fourrai mes mains dans les poches de mon jean.

– Vous dites que vous êtes las. Eh bien, moi aussi. (Je vis son regard se détourner, se poser à nouveau sur son briquet.) Ma fille se marie à Crazy Head Springs dans quelques jours et je voudrais vraiment pouvoir assister à la cérémonie, tout comme je pense que la chef Long ici présent voudrait aller voir son fils à Billings, et j'imagine que vous aimeriez être là pour le premier anniversaire d'Adrian, derrière une paroi en Plexiglas ou pas.

Il ne bougea pas, et je me demandai l'espace d'une seconde ce que ça ferait d'être grillé au chalumeau à l'instant où il appuierait sur la molette pour que le silex produise l'étincelle qui ferait naître la flamme minuscule dans le creuset du briquet. Les sirènes se mettraient en marche et, très probablement, le bâtiment tout entier serait soufflé et se détacherait de ses fondations. Les arroseurs seraient déclenchés, mais contrairement à ce qu'on voit dans les films, la pression de l'eau serait insuffisante pour qu'ils soient efficaces – et le bâtiment de l'administration tribale des Cheyennes du Nord brûlerait une nouvelle fois.

Nous n'aurions pas la chance de le savoir ni de le voir ; la rapidité de la combustion et de l'explosion instantanée nous emporteraient tous les trois dans le couloir, à travers les portes et les escaliers, et nous projetteraient sur la pelouse comme des morceaux de viande pulvérisés, grillés sur le feu.

Mais je croyais en Herbert His Good Horse, l'homme qui avait apporté tant de rires et de générosité à ses contemporains.

– Étant donné ce que vous vous apprêtez à faire, il faut que je vous dise, la mort n'a rien de romanesque. Vous et moi, nous en avons trop vu.

Je soupirai et poursuivis, me disant que si je devais mourir, j'allais au moins avoir mon mot à dire.

– Je me suis trouvé dans des situations analogues dans le passé et je peux vous dire qu'il n'y a rien de romantique là-dedans, rien d'héroïque. Quand on est mort, on est mort, c'est tout.

Je sortis lentement une main de ma poche et la lui tendis, immobile, la paume tournée vers le haut.

– Que dit Jimi Hendrix sur l'amour, rappelez-moi ?

Il ne me quittait pas des yeux, ne bougeait pas, et les mots gravés sur le briquet sortirent de sa bouche comme une mélodie.

– Quand le pouvoir de l'amour vaincra l'amour du pouvoir, le monde connaîtra la paix.

Son pouce se détendit sur la molette du briquet.

– Hé, un Amérindien, autrement dit un Indigène des Nations premières, et un Blanc entrent dans un débit de boisson multiculturel… (Il m'observa avec un grand sourire.) Vous n'aimez pas celle-là ? Moi non plus. OK, essayons celle-ci. Deux Indiens *sortent* d'un bar…

J'attendis la chute avec la main toujours tendue.

Son sourire s'évanouit.

– Hé… ça pourrait arriver.

Épilogue

Engoncé dans mes beaux vêtements trop raides, j'essayai de ne pas me gratter tout en regardant s'approcher la procession traditionnelle du mariage cheyenne, au complet, avec le cortège à cheval et ma fille d'une robe en daim blanc.

En ma qualité de père de la mariée, je m'étais vu offrir un costume traditionnel, mais j'avais déjà assez à faire avec ma veste de smoking et ma cravate. Je glissai un index dans le col de ma chemise d'apparat et tirai pour l'élargir un peu, essayant de ne pas avoir l'impression d'être le maître d'hôtel de la tribu des Cheyennes du Nord.

Au bout d'un moment, je me remis à triturer nerveusement la bague de fiançailles de ma femme autour de mon petit doigt, et tout à coup un coude me rentra dans les côtes.

– Arrête de t'agiter.

Je lui parlai à voix basse.

– Je ne peux pas m'en empêcher. Je crois que la dernière fois que j'ai porté cette tenue, c'était au balloche de l'association des shérifs du Wyoming, quand je me suis fait élire pour la première fois.

– Je croyais que les shérifs n'en avaient pas, de balloches ?

– Ha ha.

Je baissai les yeux pour regarder mon adjointe, qui était aussi la sœur du marié. Elle avait choisi de se placer du côté de la famille de la mariée parce qu'elle nous aimait mieux.

– J'ai cru qu'on t'avait perdue dans le Nebraska.

– Je t'emmerde.

La procession approcha. Cady était resplendissante.

– Elle est magnifique.

Je souris.

– Ouaip, c'est vrai.

– C'est bien que son ventre ne se voie pas.

Je fusillai Victoria Moretti du regard.

– Oh, ça va. (Son regard s'égara.) Même mon crétin de frère est beau.

J'examinai Michael, qui était sur le point de devenir mon gendre. Il avait l'air un peu abasourdi, un peu perdu, un peu comme un autre gars, il y avait si longtemps, un siècle, semblait-il. Certes, Martha et moi n'avions pas eu le mariage en grande pompe, seulement le juge de paix de Miles City et sa femme qui jouait de l'accordéon, mais cela avait suffi à souder nos deux vies.

Michael avait l'air d'envisager de s'enfuir, mais il y avait les trois autres frères Moretti pour le rattraper, et le père, directeur de la police du secteur nord de Philadelphie, qui probablement lui mettrait une balle dans la cuisse puis se ferait rembourser la balle par la municipalité.

Lena Moretti était ravissante, comme toujours, dans une robe blanc cassé qui lui arrivait au genou ; elle s'appliquait à avoir l'air détendu, imperturbable tandis que ses hauts talons s'enfonçaient dans la terre grasse de Crazy Head Springs.

Nous avions une bande hétéroclite placée de notre côté de l'allée centrale : ma standardiste Ruby, avec le chien ; mon ancien chef, Lucian ; et un contingent d'adjoints – Saizarbitoria avec Marie et Antonio, Ferg et sa femme, et Frymire ; Double-Touch s'était porté volontaire pour tenir la permanence au bureau. Dorothy, qui avait fait le gâteau de mariage en suivant une des recettes ancestrales d'Alphonse, était assise à côté de Lucian, ainsi que la plupart des membres de l'équipe de terrain du FBI, y compris l'agent responsable Cliff Cly, et même deux ou trois policiers du département de Philadelphie qui nous étaient proches, Katz et Gowder. Mary Barsad était venue avec Juana et Benjamin, et Omar, et Lana et Bill, et bien sûr, Doc Bloomfield.

Le chef cheyenne trônait dans son fauteuil roulant avec Melissa derrière lui et il contemplait en souriant le cortège de la mariée. Son bras droit, la Nation Cheyenne, se tenait un peu plus près de nous sur le lit rituel de sauge blanche. Je me répétais tout bas, encore et encore : *E-hestana Na-he-stonahanotse, E-hestana Na-he-stonahanotse, E-hestana Na-he-stonahanotse.*

– Tu pries tout seul ?

Je n'avais pas réalisé que je marmonnais.

– J'essaie de me souvenir comment dire ma phrase.

Elle secoua la tête et parla du bout des lèvres.

– Écoute, personne ne va faire attention à toi. D'accord ?

J'approuvai d'un signe de tête.

Elle changea de sujet, espérant probablement détourner mon attention.

– Alors, KRZZ est à la recherche d'un nouvel animateur pour le matin ?

Je regardai le cheval noir sur lequel se trouvait ma fille traverser la clairière tandis que les demoiselles d'honneur, y compris Dena Many Camps, suivaient sur leur propre monture, en file indienne.

– J'imagine, oui. Il s'est avéré que le premier bébé qu'Audrey a perdu avant terme était de Clarence, mais lorsqu'il était en Irak, il a été blessé.

Vic se pencha vers moi.

– Alors, celui qui est tombé de la falaise avec sa mère…

– Adrian.

– Adrian était de Herbert His Good Horse ?

– Ouaip. Audrey allait quitter la réserve avec Clarence et elle allait emmener Adrian avec elle. C'était probablement plus que Herbert ne pouvait supporter. Adrian est le dernier héritier vivant du nom de His Good Horse.

– Et le neveu dans le fauteuil roulant ?

– Le nom de Karl est différent, il s'appelle Red Fox, et c'est pourquoi je ne l'ai pas repéré sur la liste des patients que m'a donnée la mère de Lolo Long au service de santé, tout au moins, au début.

– Et le bracelet appartenait à Karl ?

– Ouaip. Il appartenait à son arrière-grand-père, qui avait combattu en France pendant la première Guerre Mondiale. Ensuite Herbert s'en est servi pour y noter les traitements de Karl quand il a perdu ses jambes dans l'accident de voiture. Au bout d'un moment, Karl allait tellement bien que Herbert a commencé à porter le bracelet en souvenir de sa famille. Audrey a dû le lui arracher quand elle s'est accrochée à lui.

– Alors, c'est lui qui a essayé de t'écraser sur la 212 ?

– Ouaip.

– Et c'est Herbert qui a fabriqué l'enregistrement dans le bâtiment de l'administration tribale ?

– Exact, et il a rempli les espaces où il voulait faire parler Clarence en imitant sa voix. Il s'inquiétait de ce qu'allait faire Audrey et il écoutait ses conversations depuis des mois.

– Pour finir, il a essayé de tout mettre sur le dos du FBI, selon le bon vieux truc indien.

Je changeai de jambe d'appui.

– Herbert était un informateur pour le bureau des Affaires indiennes et il leur a laissé l'enregistrement de manière anonyme. Le FBI aurait découvert la supercherie avec une analyse un peu plus poussée, mais tout le monde était pressé de mettre Artie en prison.

– Eh bien, ils n'ont pas dû prendre l'affaire trop mal, puisqu'ils sont là.

Elle jeta un coup d'œil au groupe d'agents, puis, plus loin, à l'endroit où un petit contingent représentant la police tribale, deux officiers, pour être exact, se tenaient, vigilants.

– C'est elle ?

Je posai mon regard sur la grande femme aux larges épaules ; elle avait pour une fois détaché ses cheveux, qui tombaient sur son dos comme un précieux châle noir corbeau. Je remarquai qu'elle avait remplacé son Smith & Wesson par un Sig-Sauer P229 de calibre 40, avec tous les accessoires y compris les plaques en bois de rose. Au bout d'une seconde, les yeux de jaspe se tournèrent vers nous, et j'aurais juré qu'elle avait entendu notre conversation à presque vingt mètres de distance. Le sourcil le plus proche de moi était arqué et ses lèvres pleines souriaient.

Mon adjointe tourna la tête pour me regarder.

– Je ne l'aime pas.

– Dommage, vous avez beaucoup de choses en commun.

– Tu trouves ?

Je me tournai vers elle pour la regarder.

– Je lui donnais des leçons pour lui apprendre à devenir shérif.

– J'en doute pas une seconde.

Une voix familière résonna juste derrière nous.

– Je m'en voudrais d'interrompre ces doux échanges, mais ça ne t'ennuierait pas d'aller aider ta fille à descendre de cheval de manière qu'elle puisse se marier ?

Je regardai la Nation Cheyenne, le maître de cérémonie, mon meilleur ami, l'homme qui allait marier ma fille à Michael Moretti.

– *E-hestana Na-he-stonahanotse.*

Son visage resta totalement impassible.

– C'est bon ?

Il haussa les épaules et me poussa d'une main ferme.

– Ça passera.

Vic ajouta, dans un souffle :

– Vas-y, à toi.

Je commençai à remonter l'allée entre les deux familles, et Ruby, toujours capable de déchiffrer mes états d'âme, tendit une main pour serrer la mienne au moment où je passai, pour me rassurer.

Il y avait des rangées de poteaux plantés dans la clairière, menant dans la forêt jusqu'à l'entrée de la vallée qui conduisait aux sources. Les bâtons étaient festonnés de castillejas et ornés de rubans blancs et bleu clair, les couleurs cheyennes traditionnelles, qui voletaient dans la brise légère.

Les parfums du cèdre, de la sauge et de l'herbe aux bisons embaumaient l'air tandis que j'arrivais au dernier rang des invités, à côté de la chef de la police tribale ; je laissai échapper un profond soupir.

Elle me lança un bref regard, sans se départir de son sourire.

– Je crois que votre adjointe ne m'aime pas.

– Effectivement, je le crois aussi. (Je la regardai à mon tour.) Ça vous ennuierait de me dire quelque chose ?

– Quoi ?

– Qu'est-ce que vous avez contre Henry ?

Elle parut gênée, et je regrettai presque d'avoir posé la question.

– Rien d'important. (Elle s'interrompit.) J'en pinçai vraiment pour lui quand j'étais petite, et il ne m'a jamais ne serait-ce que regardée. Il est même sorti avec ma mère. (Je me tournai vers elle.) À l'époque, ma mère était assez canon.

– Je veux bien le croire. (Je jouai avec la bague que je portais au petit doigt.) Où est votre mère ?

– À Billings, elle prend les dispositions nécessaires pour adopter Adrian. Il n'y avait pas d'autre moment pour le faire, sinon, elle serait venue. Je suis censée y aller après la cérémonie.

Je me penchai un peu en avant et regardai Albert Black Horse, portant l'uniforme complet de la police tribale, qui faisait de son mieux pour nous ignorer et s'absorber dans la contemplation du cortège.

– Eh bien, vous avez une aide efficace, maintenant.

J'écoutai les musiciens du Four Dances Drum Group battre tambour au rythme de la marche des chevaux qui s'avançaient sur le chemin. *E-hestana*

Na-he-stonahanotse, E-hestana Na-he-stonahanotse, E-hestana Na-he-stonahanotse.

– J'essaierai peut-être d'aller voir mon fils, quand je serai là-bas.

J'approuvai d'un signe de tête, puis je me rendis compte de ce qu'elle venait de dire et je lui souris.

– Rien d'important, juste une prise de contact. Vous voyez, amorcer les choses.

– Je trouve que c'est une excellente idée.

Elle attendit quelques instants avant de reprendre, et je vis que c'était encore difficile pour elle.

– Si je ne l'ai pas déjà dit…

– Vous l'avez dit.

Elle avança une épaule contre mon bras et me cogna doucement – ce fut suffisant.

La jument noire prit le dernier virage du chemin et je vis que sa crinière était tressée comme les cheveux de Cady.

– Vous savez, vous avez dit quelque chose qui a ravivé ma mémoire sur le lien entre Herbert et Karl et le bracelet. Quand vous étiez sur le point de partir, vous avez dit quelque chose sur les trucs de famille qui étaient plus que vous ne vouliez gérer, et ça m'a fait réfléchir.

– Vous êtes trop gentil.

– Je suis sincère.

Je pris une inspiration et répétai mon texte, en prenant garde de ne pas parler à haute voix cette fois.

– Vous pouvez être fier de moi, Walt. J'ai écrit un très gentil rapport expliquant au ministère de la Justice que l'Agent spécial Cly avait été très utile dans la résolution de l'affaire et que je me réjouissais de pouvoir retravailler avec lui à l'avenir.

Je hochai la tête.

– Vous essayez de vous débarrasser de lui.

– Aussi vite que pourra remonter le rapport.

Étouffant un rire, je jetai un coup d'œil du côté de l'Agent spécial, et il leva les sourcils.

Mon attention fut attirée vers le ciel à l'instant où deux grands oiseaux noirs tournèrent sur le même cercle et je priai en silence qu'ils ne soient pas des urubus à tête rouge. Je regardai Lolo.

– Alors, vous allez garder votre poste ?

Il y eut une longue pause, celle de la réflexion.

– Pendant quelque temps. Le temps de voir si ça me convient.

Je tendis le bras et donnai, du dos de la main, une petite tape sur les chargeurs supplémentaires qu'elle portait à son ceinturon, avant de faire un pas en avant.

– Il vous convient.

Cady avait arrêté Wahoo Sue à l'endroit prescrit ; elle était une cavalière accomplie mais monter sans selle ni bride était toujours un peu périlleux. Je tendis les bras vers elle, la pris par la taille et la descendis doucement jusqu'au sol.

Elle me regarda et sourit, et je ne crois pas l'avoir jamais trouvée aussi belle. Sa main alla caresser la grande jument pour l'apaiser et elle chuchota :

– Jusque-là, tout va bien.

– C'est mieux que la marche nuptiale à l'accordéon, je te le dis.

Je lui pris la main et nous nous tournâmes vers l'autel ; il nous fallait patienter quelques instants pendant que les hommes répondaient aux questions de Henry et se rassemblaient.

– Tu es splendide.

– Merci. Tu es assez chic, toi aussi.

– Chic ?

Elle se serra contre mon bras.

– Ouais.

– Il me semble me rappeler que c'est un mot que ta mère utilisait.

– Effectivement. (Elle se serra plus fort encore, et nous prîmes tous les deux une grande inspiration.) J'aurais bien aimé qu'elle soit là.

– Moi aussi. (Je m'éclaircis la voix et me rappelai la bague.) Hem, j'ai quelque chose à te donner.

Elle me regarda rapidement, et sa voix prit un ton un peu ennuyé.

– Maintenant ?

– Ben… ouaip. Dans deux ou trois minutes, il sera trop tard.

Je plaçai mes doigts autour de la bague que je portais au petit doigt et je la retirai. J'eus un tout petit moment de panique lorsque je crus qu'elle ne passerait pas ma jointure, mais à la seconde tentative, je réussis. Je la tendis à ma fille.

Elle la prit et examina le tout petit diamant entouré de deux éclats, un de chaque côté du chaton ancien.

– Elle appartenait à ton arrière-arrière-grand-mère. Je l'ai donnée à ta mère comme bague de fiançailles quand nous nous sommes mariés, mais elle m'a obligé à la reprendre pour toi quand elle… quand…

Je pris une nouvelle inspiration, sachant que nous n'avions plus beaucoup de temps.

– Vers la fin.

Elle leva les yeux vers moi. Entre les mèches indociles de ses cheveux blond vénitien, ses yeux étaient brillants.

– Elle voulait que tu l'aies.

Elle déglutit et glissa la bague sur le doigt qui portait la bague de fiançailles que lui avait donnée Michael, le contraste entre la taille des deux pierres était presque risible.

– En 1863, c'était un gros diamant.

Elle rit et me serra si fort qu'elle coupa la circulation dans mon bras.

– Tout va bien aller. (Ses grands yeux gris se levèrent vers moi.) N'est-ce pas ?

– Oui.

Henry Standing Bear appela d'un geste de la main la petite famille Longmire, les franges sous sa manche oscillant dans la brise légère. Nous avançâmes dans l'allée, vers les Moretti qui attendaient. L'espace d'une seconde, je me souvins de ce que m'avait dit un ami alors qu'on était sur la montagne, une chose sinistre – mais je chassai le message de mon esprit et levai les yeux pour voir que les deux oiseaux que j'avais remarqués étaient des corbeaux qui tournoyaient juste au-dessus de la clairière, les plumes primaires de leurs ailes étendues comme des doigts tandis qu'ils prenaient appui sur les courants chauds qui les emmenaient dans le ciel immaculé.

Peut-être était-ce un présage, mais je décidai que c'en était un bon. J'avais entendu dire que les corbeaux s'accouplaient pour la vie et qu'ils élevaient leurs petits pendant cinq ans.

Parfois, on n'a pas le bonheur de les avoir si longtemps.

Je pensai à Audrey Plain Feather et au fait que sa vie n'avait pas pris la tournure qu'elle avait espérée – peut-être en était-il de même pour tout le monde.

Il en avait été ainsi pour Martha, ma femme. Pour moi. Même pour Henry.

Peut-être que Cady aurait plus de chance.

Ce sont des espoirs comme ceux-là auxquels on se raccroche aux moments importants de sa vie, et plus important encore, aux moments importants de la vie de nos enfants. On continue à avancer, et on espère que tout se passera pour le mieux, et parfois, peut-être pas très souvent, nos espoirs se concrétisent.

Je m'accordai encore quelques instants le luxe de contempler les corbeaux qui jouaient à chat au-dessus de nos têtes, la courbe gracieuse de leur vol dessinant des huit, symboles de l'infini. C'était probablement notre boulot, de continuer à avancer et de le faire avec autant de talent et de beauté que notre cœur pouvait le supporter.

Lorsque je baissai la tête, Henry était en train de me parler.

Je n'avais pas saisi ce qu'il avait dit, et cela n'aurait fait aucune différence si j'avais entendu, parce que je n'aurais pas compris, mais je regardai la jeune femme qui me tenait le bras, tous mes rêves et tous mes espoirs réunis en une femme belle à pleurer.

Je me tournai vers mon ami et vers le monde, et les mots sortirent de ma bouche comme une prière pleine de ferveur :

– *E-hestana Na-he-stonahanotse.*

Remerciements

Les gens me demandent toujours si je me fais rabrouer lorsque j'utilise le terme politiquement incorrect *Indian* (Indien) dans mes livres plutôt que l'expression aujourd'hui en usage, *Native American* (Amérindien). Le plus souvent, j'interagis avec des membres des tribus cheyenne et crow, qui rient quand je fais appel au terme plus raffiné. Ils me demandent où je suis né, exactement – histoire de me montrer que moi aussi, je suis un *Native American*. J'ai la chance de passer du temps, depuis des années, avec ces magnifiques personnes, et en toute honnêteté, je dirais que je prends plaisir à les fréquenter plus que tout autres.

Tout le monde sait qu'on ne pénètre jamais en territoire inconnu sans un éclaireur indien, et dans ces expéditions, mon éclaireur a été mon bon ami Claude Rowland, avec de nombreuses visites aux bureaux administratifs de la tribu, à Birney (autant Red que White) et quelques-unes au café, à Ashland. Je remercie chaleureusement le chef de la police tribale cheyenne Algin Young pour m'avoir initié aux subtilités de ce travail extrêmement difficile, mais finalement si gratifiant, sur la réserve. Un grand merci à Linnie Birdchief pour le temps qu'elle passe avec l'insigne sur la poitrine et l'inspiration qu'elle m'a fournie pour le personnage de Lolo Long (surtout pour les sourcils). Comme toujours, un remerciement énergique à Leroy Whitman pour les discussions sur le porche et sa vigilance afin que je ne sorte jamais de la « route rouge ». Merci à mon bon ami Charles

Little Old Man pour les histoires et à Rosalie Bird Woman pour m'avoir appris qui était Sweet Medecine. Je remercie de tout mon cœur Lonnie Little Bird pour le feu de camp (bonjour à Melissa de ma part). Merci à Tiger Scalpcane et Don « Porkchop » Shoulderblade pour les prières – apparemment, ça fonctionne.

J'ai une grande dette envers le Bureau des Rangers d'Ashland grâce à qui j'ai eu accès à la Whitetail Cabin et qui ont vaillamment tenté de faire en sorte que je reste politiquement correct. Envers le Jimtown Bar, un lieu formidable pour avoir une conversation et deux ou trois bières bien glacées – mais ne cherchez pas la montagne de canettes qui s'y trouvait autrefois (bien que j'aie contribué un peu à essayer de la reconstruire). Merci à Eli Yoder et à Yoder's World Famous Boots juste au nord d'Ashland – c'est avec une grande fierté que je porte une paire fabriquée par lui !

Les dix petits Indiens habituels trouveront ici l'expression de ma gratitude : Kathryn Court, Tara Singh, Maureen Donnelly, Ben Petrone, Gabrielle Gantz, Barbara Campo, Gail Hochman, Greer Shepard, John Coveny, Hunt Baldwin, Chris Donahue, Tiffany Ward et Susan Fain (bon d'accord, ça fait treize).

Pour l'automne sans hiver, le printemps sans été, jamais froid toujours agréable, celle qui est mon inspiration en toutes choses, mon épouse Judy.

RÉALISATION : IGS-CP À L'ISLE-D'ESPAGNAC (16)
IMPRESSION : MAURY IMPRIMEUR À MALESHERBES (45)
DÉPÔT LÉGAL : MARS 2018 - N° 127962 (225220)
IMPRIMÉ EN FRANCE